HEYNE ENCORE

SABRI LOUATAH

Die Wilden

Familientreffen

Roman

Aus dem Französischen
von Bernd Stratthaus

Wilhelm Heyne Verlag
München

Die Originalausgabe erschien unter dem Titel
Les Sauvages bei Flammarion, Paris

Unter www.heyne-encore.de finden Sie das komplette Encore-Programm.

Weitere News unter http://www.heyne-encore.de/facebook
www.heyne-encore.de/facebook

FSC
www.fsc.org
MIX
Papier aus verantwortungsvollen Quellen
FSC® C083411

Verlagsgruppe Random House FSC® N001967

Redaktion: Loel Zwecker
Umschlaggestaltung: Johannes Wiebel / punchdesign, München,
unter Verwendung von Motiven von Shutterstock.com
(PHOTOCREO Michal Bednarek, Nik Merkulov)
Satz: Satzwerk Huber, Germering
Druck und Bindung: CPI books GmbH, Leck
Printed in the Czech Republic

ISBN: 978-3-453-27122-7

www.heyne-encore.de

Ich danke der Fondation Jean-Luc Lagardère
für das Stipendium, das mir im Jahr 2012 gewährt wurde.

Die Familie Nerrouche

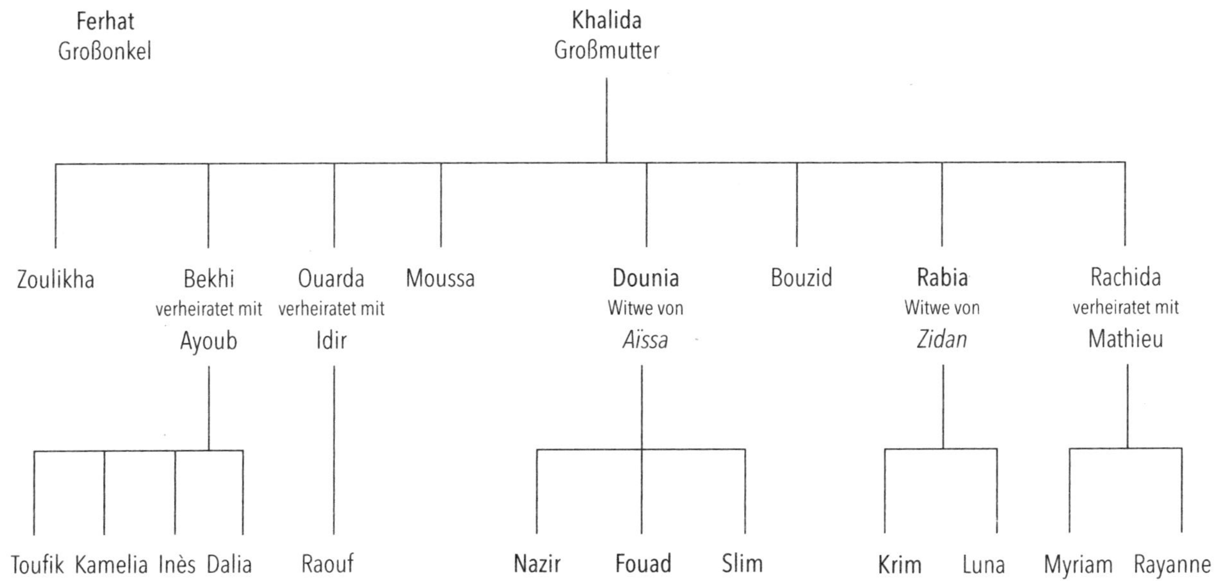

Die Figuren des Romans

Saint-Étienne

Familie Nerrouche

Khalida, die Großmutter, reizbare Matriarchin des Nerrouche-Klans; behandelt alle Menschen schlecht, sobald sie die Pubertät einmal hinter sich haben; fragt andere Menschen grundsätzlich nicht nach ihrer Meinung.

Zoulikha, unverheiratete Tochter Khalidas, deren Lebensinhalt darin besteht, zu kochen und den Haushalt zu führen; ihr Lebensmotto: »Lieber fett als faltig.«

Ferhat, ihr Cousin, um dessen Haushalt sich Zoulikha seit dem Tod seiner Frau kümmert; begeisterter Musiker, inzwischen etwas kauzig.

Bekhi, Tochter Khalidas, verheiratet mit Ayoub, Mutter von Toufik, Kamelia, Inès und Dalia.

Ouarda, Tochter Khalidas, Mutter von Raouf.

Idir, ihr Mann, Vater von Raouf.

Moussa, Lieblingssohn Khalidas, lebt in Algerien, blond und attraktiv; die jüngeren Schwestern Dounia und Rabia haben ihn in ihrer Jugend ebenso sehr geliebt, wie heute alle auf Fouad stehen; musste Frankreich aus totgeschwiegenen Gründen verlassen.

Dounia, Tochter Khalidas, verwitwet, Mutter von Nazir, Fouad und Slim, arbeitet als Krankenschwester, lebt dank Nazirs Zuwendungen auf verhältnismäßig großem Fuß, hat gesundheitliche Probleme.

Bouzid, unverheirateter Sohn Khalidas, hat immer wieder Verhältnisse mit Französinnen, Busfahrer bei den Verkehrsbetrieben von Saint-Étienne.

Rabia, Tochter Khalidas, verwitwet, Mutter von Krim und Luna, arbeitet in einer Kindertagesstätte; ist seit dem Tod ihres Mannes Single; Rabia und Dounia sind die besten Freundinnen, auch weil sie das Schicksal teilen, früh ihre Ehemänner verloren zu haben.

Rachida, jüngste Tochter Khalidas, verheiratet mit Mathieu, Mutter von Myriam und Rayanne; reizbar und schwierig, immer beleidigt, ihr Verhältnis zu ihren älteren Schwestern ist kompliziert.

Krim, eigentlich *Abdelkrim*, Sohn Rabias, absolutes Gehör, musikalisches Wunderkind, der aber von der französischen Gesellschaft ausgebremst wird; bewundert seinen Cousin Fouad, den Schauspieler, und hat eine geheime Verbindung zu dessen verhasstem Bruder Nazir.

Luna, seine Schwester, begabte Turnerin, steht kurz davor, in die französische Jugendnationalmannschaft aufgenommen zu werden; war als Kind Krims Ein und Alles.

Nazir, ältester Sohn Dounias; die Familie schwankt zwischen Dankbarkeit und Bewunderung für seine guten Taten für seine Verwandtschaft und die maghrebinische Gemeinschaft von Saint-Étienne einerseits und totaler Ablehnung seines fanatischen Wesens andererseits.

Fouad, zweiter Sohn Dounias, lebt in Paris, Schauspieler in einer sehr erfolgreichen Daily Soap; Freund von Jasmine Chaouch, der Tochter des neu gewählten Präsidenten; wird von seiner gesamten Verwandtschaft geliebt, liegt jedoch seit Jahren im Clinch mit seinem Bruder Nazir und ist in fast allem sein Gegenteil.

Slim, jüngster Sohn Dounias, schwul (allerdings nicht offen), heiratet im ersten Band Kenza, mit der er allerdings noch nie Sex hatte; naiv und ein wenig weltfremd.

Adnan, Slims Freund, syrischer Flüchtling, kahl rasiert wegen verfrühter Glatzenbildung.

Raouf, Cousin von Krim und den anderen, Geschäftsmann, hat in London einige Restaurants; prahlt gern und redet die ganze Zeit über Politik; glühender Anhänger von Chaouch.

Kamelia, Cousine von Krim und den anderen, lebt in Paris, arbeitet als Flugbegleiterin, stets gut gelaunt und bei allen beliebt.

Mohammed Belaïdi, der »dicke Momo«, Krims bester Freund; sie zocken gemeinsam und lernen gemeinsam mit Waffen, die Nazir ihnen verschafft, schießen; groß, breit und sanftmütig; wird nach der Präsidentschaftswahl zum Spielball der Ereignisse.

Paris

Familie Wagner

Henri Wagner, Untersuchungsrichter in der Abteilung für Terrorismusbekämpfung, wird zunächst mit den Ermittlungen in Bezug auf das Attentat betraut.

Paola Ferris, Pianistin, seine Frau, schwierige Ehe, fühlt sich von ihrem Mann vernachlässigt.

Aurélie, seine Tochter, Urlaubsliebe von Krim, hat aber auch ein Techtelmechtel mit

Tristan Putéoli, Aurélies Freund (wäre er zumindest gern), Anhänger Sarkozys, Sohn von

Xavier Putéoli, Betreiber der sehr erfolgreichen rechtskonservativen Webseite Avernus.fr, ehemaliger Kommilitone Henri Wagners; haben allerdings inzwischen kein allzu gutes Verhältnis mehr zueinander.

Marieke Vandervroom, investigative freie Journalistin, die unter anderem für Putéoli arbeitet und einen Enthüllungsartikel über die Zustände im französischen Geheimdienst geschrieben hat.

Guillaume Poussin, Untersuchungsrichter, treuer Kollege von Wagner, wirkt schüchtern und unsicher, hat aber eine steile Karriere in der Justiz hingelegt, 38 Jahre alt und damit mit Abstand der jüngste Richter in der Galerie Saint-Éloi.

Rotrou, Untersuchungsrichter und Gegenspieler von Wagner; der »Menschenfresser von Saint-Éloi«; fettleibig, trägt stets Hosenträger; ist für seine harte Vorgehensweise berüchtigt.

Familie Chaouch

Idder Chaouch, erster arabischstämmiger Präsident der französischen Geschichte, weltgewandt und charmant.

Esther, seine Frau.

Jasmine, seine Tochter, Opernsängerin, Freundin von Fouad Nerrouche; hat mit ihrem Ruhm zu kämpfen, da er nicht ausschließlich auf ihren Fähigkeiten zu gründen scheint, sondern darauf, dass sie die Tochter ihres Vaters ist; liebt ihn allerdings abgöttisch.

Valérie Simonetti, Chefin der Leibgarde Chaouchs, ein Muster an Disziplin und Integrität.

Aurélien Coûteaux, Leibwächter Chaouchs, später mit dem Personenschutz für Jasmine betraut.

Jean-Sébastien Vogel, Chaouchs Wahlkampfmanager.

Serge Habib, Chaouchs Kommunikationsberater, hat bei einem Autounfall eine Hand verloren; versucht das Handicap durch besonderen Arbeitseifer zu kompensieren.

Politik und Öffentlichkeit

Michel de Dieuleveult, Polizeipräsident, dann Innenminister; »der Kardinal«; Gesicht ohne Mimik; trägt ständig eine Brille, die so sehr spiegelt, dass man auch seine Augen nicht erkennen kann.

Charles Boulimier, Präsident des Inlandsgeheimdienstes DCRI, Vertrauter Sarkozys.

Marie-France Vermorel, ehemalige Innenministerin, die einzige Politikerin, vor der Sarkozy so etwas wie Respekt hat.

Pierre-Jean Corbin de Montesquiou, Stabschef der Ministerin, Politiker der Rechtsnationalen Allianz ADN, Absolvent einer Eliteschule, eitel und überzeugt von sich selbst, ist nie ohne seinen Gehstock unterwegs.

Victoria de Montesquiou, seine Schwester, Wahlkampfmanagerin der Rechtsextremen.

Franck Lamoureux, ihr Liebhaber, gewaltbereiter Rechtsextremist.

Kevin & Dylan Sanchez, Rechtsextreme

Mansourd, Kommandant der SDAT (Antiterroreinheit bei der Kriminalpolizei); ist von einem inneren Drang angetrieben, Gerechtigkeit herzustellen, dafür beugt er manchmal auch das ein oder andere Gesetz.

Thomas Maheut, inzwischen stellvertretender Stabschef von Dieuleveult, Vertrauter und gelegentlicher Liebhaber Valérie Simonettis; pflegt eine sehr schimpfwortlastige Sprache.

Françoise Brisseau, Senatorin und unterlegene Konkurrentin Chaouchs in den Vorwahlen zur Präsidentschaftskandidatur des Parti Socialiste.

Apolline, Generalsekretärin des Parti Socialiste.

Sonstige

Yaël Zitoun, Fouads Agentin.

Florence / Fleur, Nazirs Freundin, Schwester Montesquious.

Romain Gaillac, der Rothaarige, Komplize Nazirs.

Maître Szafran, Anwalt der Familie Nerrouche mit großbürgerlichem Habitus.

Was bisher geschah

Der Romanzyklus *Die Wilden* beginnt am Tag vor dem zweiten Wahlgang der französischen Präsidentschaftswahlen, die vom unaufhaltsamen Aufstieg des Kandidaten der Sozialistischen Partei geprägt sind, einem Abgeordneten algerischer Herkunft namens Idder CHAOUCH. Chaouch ist der charismatische Bürgermeister im Département Seine-Saint-Denis, er ist modern, sehr beliebt und hat überall im Land große Hoffnung verbreitet, besonders auch bei der Familie Nerrouche, die auf einem der Hügel von Saint-Étienne wohnt.

Die Hochzeit des jungen Slimane, genannt SLIM, findet am Vortag der zweiten Runde der Wahlen statt, bei denen Chaouch der große Favorit ist. Doch dunkle Schatten legen sich über die Festlichkeiten. Slim heiratet nur, um die Gerüchte über seine Homosexualität zum Verstummen zu bringen. Er hat zwei ältere Brüder, die einander hassen: den strahlenden FOUAD und den düsteren NAZIR. Fouad ist ein erfolgreicher Fernsehschauspieler; er ist mit Chaouchs Tochter JASMINE zusammen und sorgt so für die Unterstützung des sozialistischen Kandidaten durch die Klatschpresse. Weitab von den hochstehenden Verbindungen seines Bruders spinnt Nazir im Verborgenen sein Netz. Niemand weiß, wie oder wo er lebt, noch worin genau seine politischen und gesellschaftlichen Aktivitäten bestehen.

Über die letzten Monate sorgte sein Verhalten bei seiner Familie für Gesprächsstoff: Er hat die Nähe zu seinem Cousin KRIM gesucht, einem achtzehnjährigen Kleinkriminellen, der sein allseits anerkanntes außerordentliches musikalisches Talent hat brachliegen lassen. Seine Mutter RABIA und seine Tante DOUNIA – die Mutter von Nazir, Fouad und Slim –, beide seit einigen Jahren verwitwet, bilden das Herzstück der Familie. Dounia ist der nachdenkliche, manchmal schwermütige Typ, Rabia ist eine gut gelaunte Quasselstrippe. Die beiden Schwestern sind unzertrennlich. Die wahrscheinliche Wahl Chaouchs bereitet ihnen außerordentlich große Freude.

Doch plötzlich kippt die Stimmung, und das Leben der Familie Nerrouche wird zum Albtraum: Auf dem Hochzeitsfest bricht der alte Onkel FERHAT unvermittelt zusammen, wobei sichtbar wird, dass auf seinen Schädel ein Hakenkreuz und weitere Obszönitäten tätowiert wurden. Außerdem taucht ein Rom in Frauenkleidung namens ZORAN auf, der Slim erpresst. Gemessen an den Ereignissen des folgenden Tages ist das allerdings noch gar nichts: Als Chaouch unter dem Jubel der Menge aus seinem Wahllokal tritt, wird er durch einen Kopfschuss niedergestreckt. Schon wenig später ist das Gesicht des Attentäters auf sämtlichen Bildschirmen weltweit zu sehen: Es ist Krim.

Chaouchs Leben hängt am seidenen Faden; er wird mit 52,9 Prozent der Stimmen gewählt – ein gewählter Präsident im Koma: Für die Fünfte Republik ist das eine noch nie da gewesene Situation.

Das Attentat veranlasst die Regierung, den Antiterrorplan auf die höchste Alarmstufe zu setzen. Der Luftraum wird gesperrt und die Armee zur Verstärkung angefordert, um den öffentlichen Raum zu sichern. In sämtlichen Vorstädten des Landes kommt es zu Unruhen.

In diesem Bürgerkriegsklima verkündet das Verfassungsgericht Chaouchs Amtsverhinderung. Die Aufstände breiten sich bis ins Zentrum von Paris aus. Zwischen dem Polizeipräsidenten der Hauptstadt Michel de DIEULEVEULT und seiner Intimfeindin von der Place Beauvau, der Innenministerin Marie-France VERMOREL, die von ihrem diabolischen jungen Stabschef Pierre-Jean de MONTESQUIOU unterstützt wird, brennt die Luft.

Im Polizeigewahrsam gesteht Krim, von seinem Cousin Nazir manipuliert worden zu sein. Die Ermittlungen der Antiterroreinheit der Polizei richten sich fortan auf die Familie Nerrouche, die von den Medien zu einem Nest radikaler Islamisten stilisiert wird. Das reißt die Familie auseinander: Die »Unschuldigen« werfen Dounia und Rabia vor, Monster geboren zu haben. Nazir ergreift die Flucht. Schon seit Wochen wurde er vom Inlandsgeheimdienst DCRI beschattet, doch nun wird er zum Staatsfeind Nummer 1: Die französische Terrorabwehr muss sich wegen dieses unfassbaren Versäumnisses, ihn nicht früher festgenommen zu haben, erklären. Die Treibjagd beginnt und erfasst die Polizei, den Geheimdienst, das Gericht, die Staatsanwaltschaft, den Anwalt der Familie Nerrouche (Maître SZAFRAN) und die Medien.

Zu den offiziellen Ermittlungen, die sich die DCRI (um den Präfekten BOULIMIER, einen Freund des scheidenden Präsidenten) und die SDAT, die Unterabteilung für Terrorabwehr der Kriminalpolizei (unter Kommandant MANSOURD, einem hartgesottenen Superbullen), untereinander aufteilen, kommen noch die Recherchen einer furchtlosen Journalistin, die sich mit Fouad anfreundet: MARIEKE.

Während die Polizei in ganz Europa nach seinem Bruder fahndet, gerät Fouad unter Verdacht, sich mit Chaouchs Tochter eingelassen zu haben, um das Attentat vorzubereiten. Weitere Spuren tauchen auf, die das Komplott mit Auftraggebern von al-Qaida im Islamischen Maghreb (AQMI) und mit rechtsextremen Splittergruppen in Verbindung bringen. Das Duo Infernale aus Vermorel und Montesquiou, die der härtesten Fraktion innerhalb der Rechten angehören, eine Strömung, die als rechtsnational bekannt ist, begleitet aus der Nähe – aus zu großer Nähe – die Arbeit des für Terrorabwehr zuständigen Untersuchungsrichters WAGNER. Den Richter treibt das zur Verzweiflung. Integer und unabhängig, weigert er sich, seine Untersuchung nur in eine Richtung zu lenken, und er geht auch dem Verdacht nach, es könnte im Herzen des Innenministeriums eine Verschwörung gegeben haben. Als er erfährt, dass zwischen seiner Tochter AURÉLIE und Krim eine Verbindung besteht, muss er die Untersuchung abgeben. An seine Stelle tritt Richter ROTROU, der für sein brutales Vorgehen bekannt ist und dem eine übergroße Nähe zur Macht nachgesagt wird.

Während ein Bereitschaftspolizist bei den Unruhen zu Tode kommt, erwacht Chaouch im Krankenhaus Val-de-Grâce. Unter dem Druck der Öffentlichkeit, dem es sich nicht widersetzen kann, revidiert das Verfassungsgericht seine Entscheidung: Chaouch wird offiziell zum Sieger der Präsidentschaftswahl erklärt. Zur gleichen Zeit entkommt Nazir dem Zugriff, den das Innenministerium angeordnet hatte. Was die Nerrouche-Schwestern betrifft, so haben sie nicht lange Gelegenheit, sich über Chaouchs Wahl zu freuen. Sie werden auf Anweisung Richter Rotrous verhaftet, und zwar auf der Grundlage neuer Beweise über eine angebliche Verbindung ihres in Algerien lebenden Bruders MOUSSA mit den islamistischen Netzwerken, die im Norden Afrikas ununterbrochen an Einfluss gewinnen.

Chaouch wird zum Präsidenten vereidigt, doch natürlich reißen die Gerüchte nicht ab, dass er nicht fit für das Amt ist. Und tatsächlich scheint sich sein ganzes Wesen verändert zu haben, er ist viel ernster und nachdenklicher, hat Aussetzer, spricht mit roboterhafter Stimme und hat all sein Charisma verloren. Trotz seines nach wie vor schlechten Gesundheitszustands entschließt sich Chaouch, als erste Amtshandlung am G-8-Gipfel in New York teilzunehmen.

Nazir ist zusammen mit Montesquious abtrünniger Schwester FLEUR nach Genua entkommen und wartet dort auf ein Schiff, das die beiden außer Landes schaffen soll. Doch er hintergeht Fleur, sie wird entführt und als Geisel nach Algerien gebracht, wo sie als politisches Unterpfand dem Islamistenführer Scheich OTMAN übergeben wird.

Maître Szafran heckt inzwischen zu Hause in Frankreich einen Verfahrenstrick aus, mit dem er die Freilassung Dounias und Rabias erzwingt. Bei Dounia wird zuvor im Gefängniskrankenhaus allerdings noch eine Krebserkrankung im Endstadium festgestellt.

Montesquiou schmiedet weiter seine Ränke. Gemeinsam mit seiner zweiten Schwester VICTORIA, die den Wahlkampf für die rechtsextreme Partei organisiert hat, landet er einen politischen Coup: Sie bilden für die anstehenden Parlamentswahlen eine Allianz aus Rechten und Rechtsextremen. Montesquiou tritt persönlich in Chaouchs Wahlkreis als Kandidat an.

Die Journalistin Marieke sucht derweil weiter Fouads Nähe, zwischen den beiden entwickelt sich eine erotische Anziehung, die schließlich in eine Affäre mündet, was Fouads Leben auch deshalb auf den Kopf stellt, weil er unmittelbar danach erfährt, dass Jasmine ein Kind von ihm erwartet.

Marieke ist weiter davon überzeugt, dass es im Herzen des Innenministeriums eine Verschwörung gegeben hat, die mit dem Attentat auf Chaouch in Verbindung steht. Nazir macht in einer auf verschlungenem Weg überbrachten Nachricht Andeutungen, die diesen Verdacht erhärten, und versucht, Fouad nach New York zu locken, wo er ihm entscheidende Enthüllungen verspricht. Fouad entschließt sich tatsächlich, als Teil der offiziellen Delegation Präsident Chaouch zum G-8-Gipfel zu begleiten. Auf dem Flug weiht dieser Fouad in einen Traum ein, den er während seines Komas hatte, eine surreale Parabel über politische Macht und Ohnmacht.

ERSTER TEIL

»Verbannen wir Trübsal und Angst«

1.

An diesem Nachmittag Ende Mai raste ein Zug mit großer Geschwindigkeit durch die kahlen Hügel des algerischen Hinterlandes. Nachdem er von der Strandpromenade, an der sich der Bahnhof von Algier erhob, ausgehend an der Küste entlanggefahren war, war der Triebwagen Richtung Bejaïa in eine Gegend abgebogen, die aus Schluchten und Wadis bestand und in einer für diese Jahreszeit ungewöhnlichen Hitze dahinschmachtete. An der Eingangstür jedes der klimatisierten Waggons zeigten die Skalen der Thermometer eine Temperatur zwischen 37 und 39 °C an; nur als sie aus der Hauptstadt herausgefahren waren, hatten sie im lärmenden Viertel von El-Harach die Marke von 40 °C überschritten, während Horden barfüßiger Kinder eine Lawine aus Müll und Steinen auf die Lok hatten niederregnen lassen. Ungefähr drei Stunden später legte sich ein Schatten über den mächtigen Rumpf des TGV, der mit einem grünen und einem weißen Streifen überzogen war und so an die Nationalflagge denken ließ: Aus einem Gebirgsausläufer aus Kalkstein war ein Adler wie aus einer Parallelwelt aufgestiegen und richtete seine schwarz-gelben Augen auf die glühenden Gleise dieser Bahnstrecke, auf der gerade zweihundert Seelen dahinrasten.

Die unruhigste Person in diesem Zug war, wie es sich gehört, auch die aufmerksamste. Marieke fielen Baumstümpfe zu beiden Seiten des Korridors auf, durch den die Gleise verliefen. Es kam ihr so vor, als beeilte sich der Zug, als wollte der Lokführer nicht länger auf diesem anonymen Friedhof verweilen, in diesem zerstörten Unterholz, das von einem Bürgerkrieg zeugte, von dem sich das Land noch immer nicht erholt hatte. Um Anschläge zu verhindern, räumte man die Umgebung von Gleisanlagen frei. Vorher hatte es wöchentlich Hinterhalte gegeben. Seit einiger Zeit versteckten sich maghrebinische al-Qaida-Kommandos bei den kabylischen Rebellen. Marieke hatte sich über das Thema im Zuge einer lang andauernden Recherche informiert, die nie zu einem greifbaren Ergebnis geführt hatte, ganz wie – das musste sie einräumen – der Großteil ihrer Recherchen. Sie verbog sich, um in einer Ecke der Scheibe ein Stückchen Himmel zu sehen. So begriff sie als Erste, dass der Adler sich nicht damit begnügte, von Zeit zu Zeit aufzutauchen, sondern dass er ihnen folgte, ganz absichtlich über ihrem Zug dahinglitt, als wollte er dessen Kurs überwachen.

Marieke entschied, dass es sich um ein böses Omen handelte. Ein Seitenstechen ließ sie das Gesicht verziehen, ihr Herz verkrampfte sich. Sie schloss die Augen, um ihre Atmung zu beruhigen, träumte davon einzuschlafen, merkte jedoch sofort, dass ihr das niemals gelingen würde. Ein Geräusch hinter ihr lenkte sie ab. Sie ließ sich den Gegenstand des Streits live übersetzen. Ein aufgebrachter Mann warf einem greisen Ehepaar vor, in einer Tasche Wegzehrung dabeizuhaben, die nach faulen Eiern und verschimmeltem Käse roch. Die alten Leute beschuldigten ihn, auf der Toilette geraucht zu haben. Der Kontrolleur plauderte im Mittelgang, statt den Passagieren mit Sitzplatzreservierung Erfrischungen von seinem Wagen anzubieten. Er wischte sich die Stirn ab und näherte sich ohne große Überzeugung dem Ort des Aufruhrs, wobei er beschwichtigende Worte vor sich hinmurmelte. Als er an Marieke vorbeiging, schloss sie die Augen. Ein Bild formte sich vor ihrem inneren Auge: Ihre unbekannten Sitznachbarn wurden leicht im Rhythmus des Zuges hin und her geschaukelt, doch sie waren bei lebendigem Leib verbrannt, verkohlt, mit offenem Mund, wie man es von Toten kennt, doch in ihren Augen sah man noch Bewegung, ein Feuer, den Abglanz des Schreckens, den sie durchlebt hatten.

Marieke drehte sich zu den Mitreisenden um, die sich an der Nase kratzten, schnarchten, furzten und dabei so taten, als wehte der unangenehme Geruch von irgendwo zu ihnen heran. Sie waren also erkennbar am Leben, und ihre Schultern bewegten sich nicht, obwohl der Zug die Höchstgeschwindigkeit erreicht hatte. Wollte der Kontrolleur etwa die Nachricht verbreiten, dass sie ihr Ziel erreichen würden, dass es nichts zu befürchten gab? Wenn das der Fall war, glaubte Marieke ihm kein Wort. Sie fühlte, dass es besser war, die Augen offen zu halten, doch die Landschaft, die sie in hoher Geschwindigkeit durchquerten, verschmolz zu einem verschwommenen, gleißenden, kaleidoskopartigen Bild, das ihr – wie dumm – den Tod ins Gedächtnis rief, dem sie gerade noch einmal entronnen war, bevor sie diese Reise angetreten hatte.

Es war nicht das erste Mal, dass sie ihrem eigenen Tod um ein Haar entkommen war, doch diesmal war es anders. Verwirrende Gefühle quälten sie, raubten ihr den Atem und verursachten ihr Schwindel. Sie hatte der Angst nachgegeben. Ihr gesamtes System drohte zu kollabieren, denn es erforderte Unwissenheit: Üblicherweise leugnete sie einfach die ungleichen Machtpositionen in den Kämpfen, in die sie sich mit Haut und Haaren und immer mit dem Kopf voran stürzte. Ihre Stärke war nicht die des biegsamen Schilfs, sondern die des Sandkorns im Räderwerk einer Maschine. Nur hatte dieses Sandkorn seit dem vergangenen Tag Risse bekommen, ähnelte einem Atom, das kurz davor stand, sich zu spalten und dabei seine große radioaktive Frage abzustrahlen: wozu?

Marieke hatte ihre Grenzen immer weiter verschoben und ihre goldene Regel missachtet: Sie hatte mit einem Mann geschlafen, der ihr nicht gleichgültig war. Um sich den Kopf durchzupusten, und vielleicht auch als eine Art Selbstgeißelung, hatte sie sich nachts zu einem Kletterfelsen im Wald von Fontainebleau begeben, wo sie auch sonst kletterte. Doch ihre Erfahrung hatte ihr nichts genutzt. Sie war abgerutscht. Ohne das Seil, das ihr von der Klippe herunter zugeworfen worden war, hätte sie zehn Meter tiefer auf dem Boden zerschmettert gelegen.

Als sie dann schließlich gerettet war, hatte sich die Schattengestalt, die ihr Hilfe geleistet hatte, in Luft aufgelöst. Mariekes Hände waren blutig zerschrammt gewesen; sie war einige Meter vorangestolpert und hatte gesehen, wie eine weibliche Gestalt über einen weiter unten gelegenen Pfad davongelaufen war. Ihr Gesicht war hinter einem Schleier verborgen gewesen. Sie hatte für Marieke eine nachlässig gefälschte Louis-Vuitton-Tasche zurückgelassen, was man am fehlenden zweiten T der Beschriftung ablesen konnte. In der Tasche fand Marieke ein Flugticket, einen gefälschten Pass mit einem echten Foto von ihr und einem gültigen Visum sowie eine auf ein Post-it gekritzelte Adresse in Algerien: »18 Uhr, Place du 1er Novembre, Bejaïa. Kommen Sie allein.«

Die darauffolgende Nacht war dann eine Abfolge anstrengender Wegstrecken gewesen: mit dem Motorrad von Fontainebleau nach Paris, mit dem Auto von Paris nach Orly, im Flugzeug bis nach Algier. Marieke gestattete sich zwei Stunden Ruhe in einem schäbigen Hotel in der Nähe des Flugplatzes Boumédiène, ohne dabei ein Auge zuzumachen. Schließlich war sie in diesen Zug gestiegen, mit einer Tasche als einzigem Gepäckstück. In sie hatte sie hastig eine Zahnbürste, ein Handy, das sie im Duty-free-Shop erstanden hatte, und eine Brieftasche mit 500 Euro gestopft. Noch einmal denselben Betrag in algerischen Dinar hatte sie im Futter der Tasche versteckt. Schließlich und vor allem hatte sie noch einen leeren Notizblock und mehrere Kugelschreiber dabei, falls das Geständnis, das sie zu hören erwartete, ausführlicher werden sollte. Sie hatte sich vorgenommen, jedes Wort, jeden Seufzer und jedes Zögern festzuhalten, denn es war unwahrscheinlich, dass ihr Gesprächspartner ihr erlauben würde, das Ganze aufzunehmen …

Der Zug bremste, als er sich der Endstation näherte. Marieke konnte die Ankunft kaum noch erwarten. Ihr Sitznachbar machte sie mit einer Geste auf sich aufmerksam, bevor er zum Himmel deutete: »Sehen Sie ihn? Haben Sie ihn gesehen? Er folgt uns schon seit Blida, vielleicht sogar schon länger …«

Marieke hatte nicht die geringste Lust, sich zu unterhalten. Glücklicherweise fuhr der Zug bereits in den Bahnhof von Bejaïa ein. Die Fahrgäste bildeten schon eine lange, ungeduldige Schlange im Mittelgang. Marieke setzte die Schultern ein, um sich ihren Platz darin zu erkämpfen. Die Schleuse leerte sich dann rascher als erwartet. Noch ein letztes Hindernis trennte sie vom lichtdurchfluteten Bahnsteig: ein fettleibiger Mann, der sich langsam umwandte und ihr direkt in die Augen sah. Er war ein Muslimbruder, bartlos bis auf ein spärliches Band rötlicher Haare, die er sicherlich über mehrere Jahre hinweg hatte hegen und pflegen müssen. Er ließ seine Bifokalbrille auf die Nasenspitze rutschen, um die Ungläubige besser taxieren zu können. Seine salbeigrünen Augen wiesen einen Tick auf, der auf den ersten Blick gar nicht auffiel: eine schnelle, asynchrone Seitwärtsbewegung der Pupillen zum Augenwinkel hin, die seine Hässlichkeit aggressiv und geradezu monströs erscheinen ließ.

Die elektrische Tür glitt auf. Marieke beeilte sich, auf den Bahnsteig hinauszukommen, ohne sich noch einmal zu dem Muslimbruder umzudrehen, der sie gerade hatte ansprechen wollen.

2.

Auf den Schildern stand Bejaïa – *Vgayet* – in drei Alphabeten arabisch, lateinisch und amazigh.

Marieke sprang in das erstbeste Taxi: »Place du 1er Novembre.«

»Place Gueydon«, verbesserte sie der Fahrer spöttisch, bevor er träge am Lenkrad drehte.

Eine halbe Stunde später teilte er ihr mit, dass er sich weigere, den letzten Rest des Anstiegs hochzufahren. Marieke fragte nicht weiter nach. Sie hatte gespürt, dass er jedes Mal, wenn der Verkehr auf diesen abgenutzten Straßen ins Stocken kam, am Rande eines Herzinfarkts stand. Vor ihnen erhoben sich Staubwolken, und sie mussten Schlaglöcher und Rüttelschwellen umkurven und ständig wegen irgendwelcher Fußgängertrauben Vollbremsungen hinlegen, die auf vollkommen anarchische Weise die Straße überquerten, wobei sie die Autofahrer mit unerklärlich herausfordernden Blicken bedachten.

Entlang der verstopften Straße, in der sie gestrandet waren und die sich simultan zu den Arterien des »Taxlers« – so lautete die Firmenbezeichnung auf seiner Visitenkarte – zusammenzuziehen schien, existierten keine Gehwege mehr. Er verlangte eine Bezahlung in Euro. Marieke seufzte, schüttelte den Kopf und drückte ihm ein Bündel Dinar in die feucht-fettige Hand. Während er den Rückwärtsgang einlegte, murmelte er eine komplizierte Verwünschung vor sich hin. Nachdem sie einmal ausgestiegen war, zerriss die Journalistin die Visitenkarte und sah zu den verfallenen Gebäuden der Altstadt auf. In diesem ehemaligen Kolonialviertel waren die Fassaden weiß, die Fensterläden blau und die Balkongeländer schmiedeeisern, ganz wie in jedem beliebigen Zentrum einer südfranzösischen Provinzhauptstadt. Marieke ging in Richtung des hoch gelegenen Platzes, an dem sie verabredet war. Dabei ignorierte sie die Horden junger Männer, die an den abblätternden Hauswänden lehnten und einen Blick über ihre Europäerinnengestalt schweifen ließen, in dem sich sexuelle Frustration, der Hass auf Frauen im Allgemeinen sowie die Verblüffung über das betont lässige Outfit dieses Exemplars im Besonderen miteinander mischten: Stiefel mit klappernden Absätzen, eine enge Jeans, die ihren wohlgeformten Hintern in Szene setzte, ein rotes Spaghettiträgertop, kein BH, ihre festen und prallen Brüste hatten keinen nötig.

Trotz der späten Stunde war die Hitze noch immer nicht abgeklungen, und die Luft stand feucht und drückend. Mit den Fingerspitzen zupfte Marieke sich den Stoff ihres schweißdurchtränkten Oberteils von der Haut und fächelte sich vor einem großen Tollpatsch mit winzigem Gesicht und Wangen voller Aknenarben kräftig Luft zu. Sie nahm die Sonnenbrille ab, ihre arktischen Augen ertrugen nur schwer den Angriff des zu grellen Lichts.

Ihr Nacken und ihre Unterarme machten ihr zu schaffen. Sie setzte die Sonnenbrille wieder auf und streckte sich. Ihre kräftigen Kletterchampionschultern knackten.

Der junge Mann hatte ansonsten nichts zu tun, traute sich inzwischen aber nicht mehr, sie anzusehen. Vor ihm lag eine Zeitung, die sie sich schnappte. *Liberté* war die beliebteste kabylische Tageszeitung, die in Bejaïa viel gelesen wurde – »Bougie« hatte die Stadt zur Kolonialzeit geheißen, »das Juwel der algerischen Küste« hatte der Taxler es genannt. Ein Foto von Chaouch im Rollstuhl auf der Vortreppe des Élysée nahm einen prominenten Platz auf der Titelseite ein. Der französische Präsident würde am G-8-Gipfel in Amerika teilnehmen, und der Leitartikel erweckte den Eindruck, dass die Algerier sich dafür interessierten, als ob er nicht in Frankreich, sondern an die Spitze der *demokratischen Volksrepublik* gewählt worden wäre. »Zwei Wörter, zwei Lügen«, auch das hatte der Taxler gesagt und hinzugefügt: »Denn beim Volk beliebt ist sie auch nicht«. Auf Seite 3 zeigte eine Karikatur von Ali Dilem, wie die große Nase und die Augen ganz Algeriens über den Atlantik gerichtet wurden, auf die New Yorker Wolkenkratzer, auf deren Spitze der »Spross des

Landes« mit stark verlängerten Armen das Victory-Zeichen formte – wahrscheinlich eine Anspielung auf Richard Nixon.

Marieke hatte ganz vergessen, dass Chaouch aus der Kabylei stammte, fast hätte sie den pickligen Einfaltspinsel nach seiner Meinung gefragt, doch der schaute noch immer weg, und sein Mund war demonstrativ angeekelt verzogen. Also warf sie ihm die Zeitung lieber wieder hin und legte dann das letzte Stück des Anstiegs zurück.

Oben angekommen erreichte sie einen Platz, der vom welligen Laub einer Vielzahl von Bäumen geradezu erstickt wurde. Ein paar Jungs kickten mit einem kaputten Ball inmitten der Hunde und der Arbeitslosen jeden Alters, die auf Plastikstühlen herumfläzten und ihren fünfzehnten Kaffee hintereinander mit geschürzten Lippen schlürften, wie man sie von erschöpften Denkern kennt. Am Horizont betonte ein rotorangefarbenes Band die Klippen. Die vor Anker liegenden Boote schaukelten in einem blauen Strahlenkranz wie schwerelos dahin. Marieke beugte sich vor. Zehn Meter weiter unten, am Fuß der Stadtmauer, lagen einige Blumensträuße auf dem Gehweg inmitten des hysterischen Balletts der Autos und Mofas, die so frisiert worden waren, dass sie noch lauter knatterten.

»Das ist der Lieblingsplatz für junge Selbstmörder in der Gegend.«

Obwohl sie sie noch nie vernommen hatte, erkannte Marieke umgehend Nazir Nerrouches Stimme, die von derselben Färbung wie die Fouads war, seines Bruders, den sie seit gestern oder vorgestern auf eine sehr intime Weise kannte. In der Gluthitze hatte sich ihr Zeitgefühl aufgelöst. Beim Gedanken an ihre erst kürzlich vollführten Liebesspiele stieg eine Wärme aus ihrem Bauch empor, für die sie sich schämte und die sich in eine eisige Kaskade verwandelte, als der meistgesuchte Mann der Nordhalbkugel neben sie ans Geländer trat.

Sie gab sich Mühe, den Kopf nicht umzuwenden. Ein üppiger schwarzer Vollbart, rechteckig gestutzt, erschien am Rand ihres Blickfelds. Die hoch aufgeschossene Gestalt seines Besitzers war in ein langes Gewand gehüllt, die Dschellaba der Salafisten, die bis an die Knöchel reicht. Ein weißes Käppchen bedeckte den anscheinend kahlen Kopf. Die Augen waren hinter einer schmalen Sonnenbrille verborgen, über der dennoch keine Augenbrauen zu sehen waren. Marieke fragte sich, ob sie außergewöhnlich tief saßen oder ob er sie zusammen mit seinem Haupthaar abrasiert hatte.

Nazir bemerkte, dass sie ihn unauffällig taxierte und dass ihre Überraschung größer war als ihr Entschluss, sich nichts davon anmerken zu lassen. Mit hinter dem Rücken verschränkten Händen lehnte auch er sich nach vorn und betrachtete das Getümmel weiter unten, dessen Lautstärke in diesem Moment abzunehmen schien. Es gab kaum Ampeln in algerischen Städten: Nichts vermochte die Stille zu erklären, die sich auf einmal über die Uferpromenade gesenkt hatte. Nazir stellte sich auf die Zehenspitzen. Er war ungefähr 1,90 groß, schätzte die Journalistin, dabei war er schmal und sehnig, die Finger, mit denen er schließlich den Stein berührte, wirkten lang und beweglich, als wären sie mit einem Eigenleben ausgestattet. Es waren die Finger eines Hypnotiseurs. Um den Bann zu brechen, stellte Marieke sich vor, dass, sollte es zu Handgreiflichkeiten kommen, ihre eigenen vom Klettern kräftigen und gestählten nützlicher wären.

Vögel hatten begonnen, im Geäst der Bäume zu zwitschern, und Nazir atmete die abendliche Luft ein, um diese Kakofonie in sich aufzunehmen, die eines tropischen Urwalds würdig gewesen wäre und in ihm uralte Erinnerungen wachrief.

3.

»Sie haben recht, vor ein paar Jahren hätte ich mit dieser Verkleidung noch sämtliche Blicke auf mich gezogen. Vor allem hier.«

»Verkleidung?«, rief die Journalistin mit der Reibeisenstimme erstaunt aus.

Nazir machte eine Pause und drehte sich dann um. Seine Bewegungen waren flink, scharf, vor allem hinterließen sie keinen Sinneseindruck. Sein Körper wechselte von einem unbewegten Zustand in den nächsten und verwischte dabei jede Spur des Übergangs und zwar so gut, dass es so schien, als hätte er Stunden wie versteinert in der Position zugebracht – aufrecht, aber ohne steif zu wirken –, in der man ihn dann schließlich erblickte.

»Seien Sie versichert, ich riskiere nichts. Außerdem mache ich keinen Schritt ohne meinen Schutzengel.«

Marieke drehte sich nun ihrerseits um, um Bekanntschaft mit seinem Gorilla zu machen. Doch statt eines Gorillas handelte es sich dabei um einen wirklichen Affen mit wildem Fell und ohne Schwanz, der auf den Sitzen der benachbarten Terrasse Angst und Schrecken verbreitete, indem er ein beträchtliches Geschrei ausstieß.

»Das ist ein Magot oder Berberaffe, die einheimische Variante, sehr aggressiv, wie Sie sehen können.«

Eine seltsame Müdigkeit hatte von der jungen Frau Besitz ergriffen; sie musste die Zähne zusammenbeißen, um nicht zu gähnen. Im Gegensatz zu der seines Bruders war Nazirs Stimme weder süß noch weich. Er artikulierte deutlich, sprach dabei jedoch leise – oder nicht wirklich leise, eher *distanziert*, als stünde er einige Meter von ihr entfernt, wobei er ihr doch in Wirklichkeit so nahe war, dass sie ihn hätte ohrfeigen können. Marieke wollte ihm nicht die Hoheit über den Small Talk überlassen. Sie musste sich vor allem den rauen Klang ihrer eigenen Stimme sowie ihren Kampfgeist ins Gedächtnis rufen, dessen Effekt auf ihre Gesprächspartner sie unter normalen Umständen sehr genoss.

»Wie heißt er denn, der Affe?«

In einem Lidschlag hatte Nazir sein Käppchen abgenommen und war sich mit der Hand über den kahlen Schädel gefahren. Seine Blässe erstaunte Marieke, die noch immer den Geschmack der dunklen und süßen Haut seines kleinen Bruders auf der Zunge hatte.

»Mein eigener Name ist vor fünfzig Jahren von der Kolonialverwaltung erfunden worden. Letzten Endes bin ich nicht überzeugt, dass es eine so gute Idee ist, den Lebenden Namen zu geben. Primaten, Menschen … Aber ich parke in dritter Reihe, wir sollten uns beeilen.«

Der Affe hatte eine spontane Abneigung gegen Marieke entwickelt. Das teilte er ihr mit, indem er ins Auto sprang und versuchte, ihr Gesicht zu zerkratzen. Nazir scherte sich nicht darum. Er manövrierte seinen grauen Logan durch die Gassen der verstopften Altstadt, benutzte erstaunliche Abkürzungen mit ruhiger Gewissheit, die sie schließlich auf eine breite, von Palmen gesäumte Allee Richtung Osten führte. Sie durchquerten die »Neustadt«, die sich wie ein Krebsgeschwür von der Altstadt her ausbreitete und dabei jeden verfügbaren Winkel der Erhebungen mit Meerblick auffraß.

Auf dem imposantesten dieser Hügel war der Namen BEJAÏA in Leuchtbuchstaben aufgebaut und parodierte somit das Hollywoodzeichen in Los Angeles. Doch von sechs Buchstaben blieben drei dunkel: Es waren nur die drei Buchstaben B, E und A zu lesen – bienvenue en Algérie, willkommen in Algerien.

Als der Makak endlich von ihr abgelassen hatte, hatte Marieke alle Zeit der Welt, um die nachlässig zusammengezimmerten Bauten und die Fronten zu betrachten, die wie Kulissen ohne Tiefe wirkten, Schaufenster von Internetcafés und Läden, die Krimskrams oder Billigklamotten feilboten. Es wimmelte von Häuserblocks, die sich in alle Richtungen aneinanderquetschten. In ihnen wohnten schon Menschen, bevor sie überhaupt fertiggestellt waren, sie bestanden aus nackten Betonfassaden, Parabolantennen, die nach Frankreich hin ausgerichtet waren, und halb fertigen Balkons, die ohne Geländer über dem Nichts hingen.

Am Stadtausgang hatte eine Militärkontrolle einen Stau von beträchtlichem Ausmaß erzeugt. Marieke musterte unauffällig ihren neuen Chauffeur und hoffte, bei ihm irgendeine Spur von Furcht auszumachen. Nazirs Augen waren starr auf die Windschutzscheibe des Autos gerichtet, das ihnen den Weg versperrte. Ein dicker, frommer Finger hatte in die Staubschicht darauf Allahs Namen geschrieben.

»Schauen Sie mal auf dem Rücksitz nach«, sagte er plötzlich mit seiner fremdartigen, distanzierten Stimme, »da finden Sie ein Kopftuch und ein Jäckchen, mit dem Sie sich die Arme bedecken können.«

Marieke leistete der Aufforderung Folge und seufzte dabei, um ihrem Widerwillen Ausdruck zu verleihen. Die Soldaten warfen immer wieder kurze Blicke in ihre Richtung, während sie Nazirs Pass studierten, in dem ein gefalteter Brief lag. Der Offizier verbeugte sich respektvoll und bellte einen Befehl, man möge sie passieren lassen.

Nazir fuhr wortlos weiter. Nach einer Minute drehte er sich um. Die Sonne war inzwischen hinter den Klippen versunken. Am Rand der Rückbank hatte sich der Affe wie tot auf der Seite ausgestreckt.

»Mögen Sie Sardinen? Ich nehme an, Sie sterben nach den ganzen Abenteuern vor Hunger.«

»Darf ich erfahren, wo Sie mich hinbringen?«, fragte Marieke, während sie sich das Kopftuch wieder herunterriss.

Nazir nickte. Dabei machte er den Eindruck, als führte er parallel ein Selbstgespräch.

»Sie werden mit diesem Interview berühmt werden. Von einem Tag auf den anderen.«

Aus seinem Ton konnte man schließen, dass er davon ausging, dass Marieke darauf nicht vorbereitet war. Sie wollte gerade etwas erwidern, als Nazir etwas ganz Erstaunliches tat: Er hielt am Straßenrand, öffnete die Tür und ließ den Affen hinaus, der im Halbdunkel der Böschung verschwand. Dann schloss Nazir die Tür wieder, packte das Lenkrad und fuhr weiter.

»Keinen Schutzengel mehr?«, wagte Marieke sich vor, auf der das Schweigen unangenehm zu lasten begann.

»Sie sind ab jetzt mein Schutzengel. Beziehungsweise meine Lebensversicherung, wenn Ihnen das lieber ist.«

Marieke blickte zum noch blauen Himmel auf, der sich am Horizont, wo sich Meer und Berge trafen, bereits verfinsterte. Und mitten am Himmel bemerkte sie dann einen Schatten, der wie eine Warnung über ihrem Fahrzeug schwebte. Der Adler war zurück. Marieke änderte ihre Position und klammerte sich an der Armlehne der Beifahrertür fest.

»Ich bin nur gekommen, um Sie zu interviewen. Es ist nicht meine Art, Partei zu ergreifen.«

»Sie haben einen ganzen Haufen Leute nach New York geschickt, obwohl Sie genau wussten, dass es eine falsche Fährte war. Sie sind jetzt meine Komplizin geworden. Ob Sie es wollen oder nicht, Sie haben Partei ergriffen.«

»Was denn, für Ihre Sache?«, entgegnete Marieke mit einem kurzen spöttischen Lachen.

»Genau«, antwortete Nazir daraufhin geheimnisvoll.

Doch Marieke ließ sich nicht aus der Fassung bringen. »Wie würden Sie diese Sache denn beschreiben?«

»In Worten, wie sie die Strafprozessordnung verwendet: als Wahrheitsfindung.«

Während er sich einer Kreuzung näherte, an der drei Männer auf ihren Mofas saßen und rauchten, wurde der Logan langsamer. Nazir wendete und bog in eine Seitenstraße ein, die er kurz zuvor verpasst hatte. Auf der linken Spur kroch eine Autoschlange langsam voran. Die Fahrzeuge kamen vom Strand, die Insassen wirkten müde. Alle hatten die Scheiben geschlossen. Die Straße führte nämlich an der offenen Mülldeponie von Boulimate vorbei. Beim Verbrennen verströmte der Abfall einen endzeitlichen Gestank. Eine Rauchsäule schaukelte schwer in der Abendluft. Marieke war kurz davor, sich zu übergeben, als die Straße eine Kurve beschrieb und unterhalb einer zwar ebenfalls müllbedeckten, aber immerhin windgeschützten Düne entlangführte.

»Wissen Sie, das ist übel, wie sie ihren Müll einfach an den Straßenrand schmeißen. Ich bin in den letzten Jahren viel rumgekommen, aber ich habe nirgends einen Selbsthass erlebt, der dem der Algerier gleichkommt. Außer vielleicht in Frankreich, wo allerdings – das muss man anerkennen – die Müllabfuhr immer noch einen guten Job macht.«

Die Journalistin schüttelte den Kopf. »Können wir loslegen? Ich habe meinen Notizblock und meine Fragen. Wohin bringen Sie mich denn nun?«

Unter normalen Umständen war ihr Akzent für den unaufmerksamen Hörer nicht zu erkennen. Sie war in einem kleinen Dorf in Flandern aufgewachsen, ihre Mutter stammte aus Gent, der Vater aus Antwerpen, er war allerdings französischer Muttersprachler. Ihre Studienjahre in Lüttich (dessen Namen sie immer noch im örtlichen Dialekt aussprach) hatten ihr jedweden belgischen Akzent so unangenehm und deprimierend werden lassen wie ihre Erinnerung an den Bauernhof, auf dem sich in ganz durchschnittlicher Weise ihre wilde Kindheit abgespielt hatte, am Strand der Nordsee, deren Farbe sich täglich änderte. Es war ein schlechtes Zeichen, wenn ihre germanischen R wieder durchbrachen wie ein Fluss, der über seine Ufer tritt. Damit ging nämlich einher, dass sie zu viele Fragen in zu kurzer Zeit stellte. Nazir antwortete ihr im Übrigen auch mit erkennbarem Missfallen.

»Ich muss Sie noch um ein paar Minuten Geduld bitten.«

Marieke kaute auf dem Pflaster herum, das sie sich von ihrem verletzten Finger abgepult hatte, um sich davon abzuhalten, ihn auf Flämisch zu beschimpfen.

Die Stolperschwellen vervielfachten sich, während sie Richtung Meer hinabfuhren, dessen phosphoreszierende Oberfläche inzwischen in einem Winkel ihrer Scheibe aufgetaucht war. Sie begann, das Salz der Gischt auf ihren nackten Armen zu spüren.

4.

Nazir parkte auf einem Plateau, das durch große Felsen begrenzt wurde, mit ordentlichem Abstand zu den anderen beiden dort abgestellten Autos. Da es in Algerien keinen Tourismus von außerhalb Nordafrikas gab, blieb eine der schönsten Mittelmeerküsten von den Betonriegeln verschont, die ihre nördlichen Pendants entstellten. Das »Restaurant«, in das Nazir sie brachte, bestand nur aus ein paar am Wasser hingeworfenen Brettern, drei Tischen und ungefähr zehn Plastikstühlen, einem Rost, einem Feuer und ein paar langen Fackeln, die an allen vier Ecken der Terrasse aufgestellt worden waren.

Marieke hatte die Schuhe ausgezogen. Der Sand war kühl und mit Glasscherben und leeren Heineken-Flaschen übersät. Um die Bucht herum zog sich eine Küstenstraße an den Klippen entlang, auf denen Sträucher wucherten, deren Spitzen die letzten Sonnenstrahlen aufflackern ließen. Sie setzten sich einander gegenüber. Marieke steckte ihre Sonnenbrille ein und zückte den Notizblock. Das Geräusch der Brandung irritierte sie wie das Pendel einer Uhr, dessen Ticken man nicht mehr ausblenden kann, wenn man unglücklicherweise erst einmal darauf aufmerksam geworden ist.

Ein junges Paar aß am Nebentisch zu Abend. Sie hatten ihr Baby dabei, das in seinem Kinderwagen wimmerte. Die Frau war locker verhüllt und offenbar erneut schwanger, sie hatte blondiertes Haar und gezupfte schwarze Augenbrauen, zu sehr gezupft für Mariekes Geschmack. Ihre großen, spitzen Brüste zeichneten sich unter einer schwarzen Spitzenbluse ab. Ihr Ehemann trug ein bedrucktes T-Shirt, eine Jogginghose und Nike-Turnschuhe. Sein Haar war sehr kurz geschnitten und an den Seiten gestuft, seine Brust wirkte eingefallen, und der gelbe Riemen einer Lacoste-Tasche lief quer darüber.

Sie sprachen nicht, sahen einander noch nicht einmal an. Die Frau wirkte bedrückt.

Ein kleiner Mann deckte ihren Tisch. Er pfiff und hatte einen dicken Schnurrbart, dessen Farbe an Rohrohrzucker erinnerte. Einige Minuten später wurden ihnen die besten gegrillten Sardinen des gesamten Maghreb zusammen mit einer Flasche Selecto – der algerischen Cola – serviert. Marieke würdigte ihren Teller keines Blickes. Mit dem Stift in der Hand stürzte sie sich ins Gespräch.

»Nazir Nerrouche, Sie werden beschuldigt, das Attentat auf den Präsidentschaftskandidaten Idder Chaouch in Auftrag gegeben zu haben. Ihr Cousin Abdelkrim Nerrouche hat am 6. Mai dieses Jahres aus kurzer Distanz auf ihn geschossen. Seit dem Attentat sind nun vierzehn Tage vergangen, und Sie haben sich noch immer nicht dazu bekannt. Meine erste Frage ist ganz einfach: warum?«

Nazir biss den gegrillten Kopf der ersten Sardine ab. Marieke blinzelte. Sie sah ihren Gesprächspartner im Profil, er blickte aufs Meer hinaus, in Richtung des allmählich immer dunkler werdenden Horizonts und Richtung Frankreich, das unsichtbar dahinter lag.

»Ich dachte, Sie hätten Ihre Hausaufgaben gemacht. Ich habe mich nicht dazu bekannt, weil ich es nicht in Auftrag gegeben habe, und Sie wissen sehr genau, wer es in Auftrag gegeben hat.«

»Geben Sie denn wenigstens zu, es organisiert zu haben?«

»Okay. Als ich Sie hierher gerufen habe, habe ich damit gerechnet, dass Sie Erklärungen hören wollen würden. Doch in Ihrer Stimme schwingt nach meinem Dafürhalten eine andere Forderung mit.«

Marieke schrieb all das wortwörtlich auf. Während sie Nazir anblickte, sah er weiter aufs Meer hinaus, seine Hände ruhten flach auf seinen Knien.

»Sie wollen ein Geständnis.«

»Was ist der Unterschied? Ein Geständnis, Erklärungen. Ich möchte jedenfalls Ihre Version der Tatsachen hören.«

»Nein, die Tatsachen interessieren Sie doch nicht. Sie wollen, dass die Verbrecher bestraft werden, dass die Schuldigen das Übel anerkennen, das sie angerichtet haben. Aber ich glaube nicht an Gut und Böse, ich bin kein Christ, wissen Sie. Ich bin versucht zu sagen: Das Gegenteil ist der Fall … Ich glaube weder an die Sünde noch an Vergebung, noch an … wie nennen sie es noch gleich? Ach ja, genau: an die Absolution.«

»Ich weiß, dass Sie gedeckt wurden, so wie Sie offenbar auch hier gedeckt werden. Meine Recherchen haben ergeben, dass Sie beim Geheimdienst angestellt waren. Können Sie mir denn wenigstens bestätigen, dass Sie als Spitzel für die DCRI gearbeitet haben?«

Unter seinem Bart nahm Marieke einen Tick war, der sie wieder an Fouad erinnerte. Die Elastizität ihrer beiden Münder war die gleiche, Marieke ertappte sich bei der Frage, ob seine Lippen wohl genauso schmeckten und dieselbe Textur hatten wie die des Mannes, mit dem sie zuletzt geschlafen hatte.

Am Nachbartisch hatte das junge Paar begonnen, auf Französisch miteinander zu sprechen, im Akzent von Toulouse. Nazir senkte leicht den Kopf, und Marieke sah den dunklen Winkel seines rechten Auges hinter einem der Brillengläser.

»Sie behaupten, das Attentat nicht in Auftrag gegeben zu haben, das Ihr Cousin Abdelkrim verübt hat. Die Antiterroreinheit der Polizei hat letzte Woche eine Splittergruppe ausgehoben, die das Attentat für sich beansprucht. Bis auf sehr wenige Ausnahmen waren sie alle gleich alt und Ihrem Cousin nicht unähnlich. Sie standen alle auf die ein oder andere Weise mit Ihnen in Verbindung.«

»Und hat denn ein Einziger von ihnen im Polizeigewahrsam vorgegeben, dass ich ihn bewaffnet oder finanziert hätte? Was ist mit Krim selbst, hat er mich wegen irgendetwas beschuldigt?«

Marieke rutschte unruhig auf ihrem Plastikstuhl herum. »Und dennoch haben die gerichtlichen Ermittlungen Sie als den Drahtzieher hinter dem Attentat und den Spiritus Rector hinter dem Netzwerk ausgemacht, das seine Vorbereitung ermöglicht hat. Wie erklären Sie das?«

»Bah, die Republik hat sich schon immer Kontrastfolien bedient, Staatsfeinden, teuflischer Gegner. Die ideologische Färbung des Dämons variiert über die Zeit hinweg. Ich stelle fest, dass heute die Religion als wichtigstes Auswahlkriterium dient, eine bestimmte Religion, das haben Sie schon verstanden.«

Marieke nickte, sie war zufrieden, nicht so sehr mit dem Inhalt seiner Antworten als vielmehr damit, dass er sich überhaupt dazu herabließ, welche zu geben.

»Ihren Cousin Krim haben Sie also nicht ferngesteuert, damit er dieses Attentat begeht? Sie haben nicht mit ihm gesprochen? Sie haben sich ihm gegenüber nie feindselig gegenüber Chaouch geäußert?«

»Nein, ich habe nicht mit ihm gesprochen. Ich habe ihm zugehört.«

Marieke machte eine kurze Pause. »Würden Sie sagen, dass Sie Angst haben?«

Mit einem Zungenschnalzen signalisierte Nazir ihr, dass er ihr dieselbe Frage stellen könnte. »Ich weiß, was Sie glauben. Sie glauben, Sie hätten ihn für Ihre Zwecke benutzt, um an mich heranzukommen. Aber Sie sind seinem Zauber erlegen.«

»Kommen wir zu Ihren heimlichen Aktivitäten zurück. Wenn meine Informationen stimmen, sind Sie vor drei Jahren im Rahmen einer Mission rekrutiert worden, die …«

»Ich habe sehr früh verstanden, worin die Natur seiner Verführungskraft besteht. Schon im familiären Rahmen ist er der Liebling aller gewesen, wie eine dieser Fernbedienungen, die es früher gab, erinnern Sie sich? Mit der man alle Fernseher kontrollieren konnte. Niemand konnte seinen zusammengekniffenen Augen widerstehen, seinem Lockenkopf, seiner Lebendigkeit, seinem kristallklar dahinplätschernden Lachen, seinem unzerstörbaren Optimismus, dieser … *Güte*, die ihm alle unterstellten.«

Marieke ließ ihren Stift los und blies auf ihre Sardinen. »Zu Unrecht?«, warf sie provokant ein.

»Jedem seine Art der Rache, wissen Sie. Bei ihm besteht sie darin, so viele weiße Frauen wie möglich zu vögeln, erst im katholischen Gymnasium für Besserverdienende, später dann irgendwelche Möchtegerns aus der Kulturszene, Schauspielerinnen, Journalistinnen … Sie mussten nur weiß sein, sehr weiß, und sie mussten helle Augen haben, so hell wie möglich …«

Es ging kaum heller als das Blau von Mariekes Augen. Sie ähnelten denen einer sibirischen Wölfin. Da sie begriff, dass er auf sie zielte, wand sie sich.

»Jasmine Chaouch sieht aber ganz anders aus …«

»Ah, das … das ist etwas anderes. Bei Jasmine geht es um die Staatsräson.«

Das schiefe Lächeln, das seinen Bart verzog, konnte Marieke sich nicht an Fouad vorstellen. Fouad hatte sie noch nie abstoßend gefunden.

Sie gähnte, die Augen fielen ihr von ganz alleine zu, ihr Kopf wurde schwer. Konnte es sein, dass er ihr etwas eingeflößt hatte? Dabei hatte sie sich davor gehütet, etwas zu essen oder zu trinken, seit sie sich in seiner Gegenwart befand. Es war genau diese Gegenwart, die sie anzweifelte, vor allem seine Stimme – maßvoll, außerirdisch –, die ihre Muskeln entspannte und sie in eine rätselhafte Lethargie versetzte.

»Und Sie, was ist denn Ihr Typ?«

Sein Nasenrücken erzitterte. Sollte es ihr tatsächlich gelungen sein, seinen Panzer aufzubrechen?

»Er fehlt Ihnen, nicht wahr? Ich spüre ihn an Ihnen. Ich muss nur schnuppern, um zu begreifen, dass Sie ihn unter Ihre Haut gelassen haben.«

»Und Sie«, versuchte Marieke abzulenken, »auf welche Art rächen Sie sich?«

»Ich hatte immer nur ein Ziel, und das hat nichts mit Rache zu tun.«

»Die Wahrheitsfindung, stimmt, ich vergaß.«

Die Flammen an der Spitze der Fackeln züngelten, die Temperatur war dabei abzufallen. Zu ihrer Linken hörte Marieke die junge Frau schluchzen und mit einer Stimme voller Bitterkeit, die so geschwollen war wie ihre verweinten Lider, sagen: »Flitterwochen? Scheißflitterwochen …«

5.

Nazir löste den Blick vom Horizont, nahm die Brille ab und sah die Journalistin direkt an. Er hatte sich tatsächlich die Augenbrauen abrasiert, und sein Blick war derselbe wie auf dem Fahndungsfoto, das der Staatsanwalt von Paris am Tag nach dem Attentat präsentiert hatte: Man sah nichts vom Augapfel, alles war schwarz wie eine Ölpest. Unerträglich.

»Mein Bruder hat beschlossen, sich zu integrieren. Oder sagen wir besser, um nicht den Jargon des Feindes zu benützen, er hat beschlossen, ein Teil Frankreichs zu sein. Ich war zugleich ehrgeiziger und bescheidener. Ich wollte einfach nur wissen, ob es Frankreich wirklich gibt oder ob es nur ein Trugbild ist.«

Marieke machte eine ruckartige Kopfbewegung Richtung Horizont. »Und?«

»Etwas hat mich verblüfft an dem, was in letzter Zeit in Frankreich so alles passiert ist. Nach dem Attentat hat niemand gebetet. Wir wissen natürlich, warum. Alle haben sich umgehend an die Analyse der Situation gemacht. Die Experten haben evaluiert, die Würdenträger haben sich darum gerangelt, wer die originellste und kultivierteste Erklärung zustande bringt, während der Pöbel sich Verschwörungstheorien hingab. Aber niemand hat innegehalten mit dem Nachdenken, niemand hat sich … gesammelt. In jedem anderen Land der Welt wäre das die erste Reaktion gewesen. Egal ob gläubig oder nicht, wenn sich so ein Drama ereignet, schweigt man, man schickt gute Gedanken ans Universum oder wenigstens tut man so. Aber nein, nicht in Frankreich.«

»Da täuschen Sie sich. Sie vergessen die Unbekannten, die eine Prozession aus Kerzen über den Canal Saint-Martin haben treiben lassen.«

Nazir schüttelte enttäuscht den Kopf. Sein Hals entspannte sich, sein Adamsapfel hob sich geräuschlos.

»Ich verheimliche Ihnen nicht, dass ich schon immer ein Faible für die *schlafenden Schönen* gehabt habe ...«

Marieke schlug hastig die Augen wieder auf und erzitterte, als ihr klar wurde, dass sie sich nicht daran erinnern konnte, sie geschlossen zu haben.

»Sicherlich hat er mit Ihnen über mich gesprochen, über die seltene Krankheit, an der ich seit frühester Kindheit leide und die mich daran hindert, länger als zwei Stunden pro Nacht zu schlafen. Es ist ein komisches Leben, wissen Sie, wenn man der einzige wache Mensch ist, während alle anderen schlafen.«

Er schien das Thema grundlegend wechseln zu wollen.

»Eines Nachts vor langer Zeit war mir langweilig, also habe ich eine Liste gemacht. Die Liste aller Namen, die sie erfunden haben, um uns verächtlich zu machen.«

»Und wer ist ›uns‹?«

»Na wir, die Kameltreiber, Kaffer, Kanaken, Tschuschen, Farbigen, Islamisten, Ziegenficker, Kopftuchmädchen, Bartträger, Ratten ...«

»Ich hab's kapiert.«

Das Geräusch von splitterndem Glas ließ Marieke zusammenzucken. Am Nachbartisch war der junge Mann aufgestanden und hatte seinen Teller mit einem Handstreich gegen den großen Felsblock gefegt, auf dem der Grill stand.

Außer sich vor Wut packte er seine Frau bei den Haaren und zerrte sie auf den Strand.

Marieke stand ihrerseits auf und sah Nazir an, an dessen Bart sich nicht ein einziges Härchen gerührt hatte und der damit fortfuhr, weiter die Liste der Substantive aufzuzählen.

»... Beschnittene, Maghrebiner, gut Gebräunte, Lockenköpfe, Muskelmänner, Clanangehörige, Kümmelhändler, Dattelfresser, Zigeuner ...«

»Stopp!«, brüllte Marieke den Angreifer an, aber ebenso sehr galt ihr Ausruf Nazir.

Trotz der Proteste des Wirts hatte der junge Mann seine Frau zu Boden gedrückt und ohrfeigte sie nun mit voller Wucht. Marieke sprang auf ihn zu.

»... Südländer, Bimbos, Neger, Affenmenschen, Krausköpfe, Beduinen, Aisches, Fatimas, Alis, Gastarbeiter, Asylbetrüger, Scheinasylanten, Integrationsverweigerer, Nafris, Couscousfresser, Mohammedaner, Mohren, Salafisten, Hassprediger, Indianer, Ausländer.«

Diese letzte Salve hörte Marieke schon nicht mehr: Sie hatte sich auf den Mann gestürzt, der sich benommen aufrichtete, vor allem beeindruckt durch die Kraft, mit der diese Frau, diese Fremde ihn niedergeworfen hatte. Er stieß ein paar Flüche aus und entfernte sich schwankend Richtung Parkplatz oberhalb des Strandes. Marieke half der Schwangeren dabei, sich wieder zu beruhigen, und bat den Wirt darum, ihr Wasser und irgendetwas zu bringen, womit sie die blutenden Wangenknochen verbinden konnte.

Am Rand der Terrasse hatte ihnen Nazir reglos den Rücken zugewandt, saß dort im verschwommen-goldenen Gegenlicht, das seiner Gestalt die Majestät eines Beduinen verlieh. Um ihn herum schien der Horizont zu erzittern und sich zu verformen wie im Feuer eines Lötkolbens. Plötzlich hob er die Arme und drehte die offenen Hände dem Himmel zu. In diesem Moment stieß ein Schatten vom Himmel auf die Terrasse herab. Sein Sturzflug löschte die Flammen der Fackeln. Es war der Adler vom Zug. Er faltete seine riesigen Flügel ein, ließ den Blick einmal über die Umgebung schweifen und hievte sich dann auf den Tisch vor Nazir, der niemals ruhiger gewirkt hatte, denn als der Raubvogel seinen unfassbaren, sechs Noten umfassenden Schrei ausstieß, bevor er wie eine ordinäre Taube auf dem Teller herumpickte, den die Journalistin verschmäht hatte.

6.

Serge Habibs Stimme hatte begonnen, die Lautsprechermembran zum Knistern zu bringen; nach fünf Minuten ununterbrochenen Gebrülls tanzte das Gehäuse über den Tisch und zappelte mit einem ohrenbetäubenden Lärm umher.

»Jetzt hört mal zu, es reicht! In weniger als einem Monat sind Parlamentswahlen, eine Armee nationalistischer Zombies macht uns Feuer unterm Arsch, drei Viertel des Landes fragen sich, ob der Typ, den sie in den Élysée-Palast geschickt haben, alleine pissen kann oder ob er eine Krankenschwester braucht, die ihm den Schwanz fernsteuert, also mal echt, eure Idee mit einem Interview mit CBS, die könnt ihr euch sonst wo hinstecken! He, Kumpels, jetzt kommt langsam mal zu euch, mit dem komfortablen Vorsprung ist es vorbei, genauso wie mit den lächerlichen Ideen! Er ist fast abgeknallt worden, verdammte Scheiße! Das Land steht kurz vorm Auseinanderbrechen. Wir stehen morgens, mittags und abends unter Beschuss von einer Allianz von Arschlöchern, die wie viel repräsentieren? 60 Prozent der Wählerschaft? Jedenfalls stehen sie bereit, um gleich morgen früh eine Regierung zu bilden und heimlich, still und leise den Präsidenten zur Königin von England zu machen, wenn ihr also mit dem Abschnitt ›Chaouch gerät am Rand des G-8-Gipfels ins Schleudern‹ anfangen wollt, könnt ihr die Schlüssel zum Hôtel Matignon auch gleich Montesquiou überreichen! Aber, aber, aber was! Es gibt kein Aber mehr! Wollt ihr, dass ich euch sage, was passiert, wenn er dieses Interview gibt?«

Niemand hatte »aber« gesagt, aber alle mussten sich jetzt anhören, was passieren würde, wenn der Präsident nicht sein Interview mit CBS absagen würde. Unter den Diplomaten, die den engsten Kreis des französischen Konsuls repräsentierten, hatte nur einer – der jüngste von ihnen – nicht die Augenbrauen hochgezogen; ihm war auch nicht die Kinnlade heruntergeklappt. Er nutzte einen der seltenen Momente, in denen der

Sonderberater, der in Paris geblieben war, Luft holte, um leichtsinnigerweise seine Meinung kundzutun.

»Wie dem auch sei, wir reden hier über eine seriöse Sendung, in der schon viele Staatschefs zu Gast waren. Glauben Sie nicht, dass das seinem internationalen Ansehen eher förderlich sein könnte?«

Die Präsidentenberater verdrehte die Augen zum Himmel.

Vogel, der der Besprechung bisher still beigewohnt hatte, räusperte sich nun, um das Wort zu ergreifen und somit einen neuen Ausbruch seines *Freundes* zu verhindern. Er war, wie verabredet, ausgewählt worden, die erste Regierung unter Chaouchs Präsidentschaft zu führen. Was Habib betraf, so wollte er nur beim Prinzen Gehör finden, das heißt, er forderte das Büro im Élysée-Palast, das dem des Präsidenten am nächsten lag. Das war ihm auch zugestanden worden, doch er war ein Mann aus dem Süden, emotional, cholerisch an der Grenze zur Psychopathie, *ein Algerier*, wie er sich oft selbst vorstellte.

Er schätzte, dass diese örtliche und körperliche Nähe mit dem Chef ihm das Recht gab, sich in alle Besprechungen einzumischen, die ihn betrafen, einschließlich derer, die Tausende Kilometer von der Rue du Faubourg-Saint-Honoré entfernt spontan einberufen wurden. Vogel hatte nicht die geringste Lust, ihn zu erniedrigen, also entschied er das von Fall zu Fall. Aus einer Anspannung heraus hatte sich das Verhältnis zwischen den beiden Wahlkampfmanagern schließlich geklärt: Dem temperamentvollen Serge standen die Wortschwalle und die Einschüchterungen zu, dem Premierminister Vogel die eigentliche Macht wie die, eine Telefonkonferenz zu beenden, und zwar mit seiner rituellen Formel, die er voller Ruhe und Resignation aussprach.

»Gut, wir kommen darauf zurück.«

Sowohl Ruhe als auch Resignation waren vollkommen vorgetäuscht. Wenn Vogel immer das letzte Wort hatte, lag es daran, dass er normalerweise nur dieses aussprach. Hatte er nicht erst vor zwei Tagen vor dem Personal im Hôtel Matignon behauptet, am Ruder eines Dampfers mit

65 Millionen Passagieren zu stehen? Serge Habib war als Beobachter nah am Geschehen, vielleicht sogar sehr nah, aber er war nicht sein *Freund*. Die beiden Männer waren einander nicht mehr ebenbürtig. Die Meinungen des Sonderberaters waren pflichtschuldig zur Kenntnis genommen worden, die letztgültige Entscheidung würde im Geist der Synthese aller Standpunkte gefällt werden.

Sobald die Leitung nach Paris gekappt war, eröffnete die Generalsekretärin – eine schlagfertige Vierzigjährige, die mit dem Schmollmund einer Schülerin an ihrem Stift lutschte – den Reigen der Nachbesprechung mit folgendem Entrechat: »Wenn ihr mir erlaubt, offen zu sprechen – was den Penis anbelangt, hat er immerhin recht.«

Der diplomatische Berater des Präsidenten hustete und stellte unter dem Tisch die Beine nebeneinander ab.

»Ich erklär das mal. Die Angriffe der ADN zielen im Grunde nur auf seine körperlichen und mentalen Fähigkeiten, das Land zu regieren, ab, dazu kommt noch seine biologische, seine rassische Legitimität, auch wenn das Begriffe sind, die niemandem in diesem Raum gefallen.«

»Sie gefallen niemandem, weil die Überlegungen, die damit heraufbeschworen werden, in der republikanischen Debatte nichts verloren haben!«

Ein weiterer Diplomat schickte sich an, ein bisschen subtiler – oder vielmehr etwas subtiler empört – genau das Gleiche zu sagen. Die Generalsekretärin kam ihm zuvor, indem sie ganz im Stil Habibs lauter wurde.

»Hört mal zu, ich sehe doch die Versatzstücke in den Reden der ADN, in denen von der Beschneidung des Großmuftis im Élysée die Rede ist. Tut mir leid, aber für mich sind sie schon Realität, diese Überlegungen, vor denen ihr die Nase rümpft. Mit Verlaub, aber wir sind gerade dabei, in einen Flammenwerfer zu laufen, da werden wir doch nicht den alten Katechismus republikanischer Werte hervorziehen … Was die Frage angeht, ob ein halbstündiges Interview mit einem ausländischen Medium der beste Rahmen für einen Gegenangriff ist, würde ich ebenfalls dazu neigen, sie mit Nein zu beantworten, auch wenn ich – im Gegensatz zu Serge – keinerlei Zweifel an der geistigen Gesundheit des Präsidenten hege.«

»Ich natürlich auch nicht«, beeilte der diplomatische Berater sich zu beteuern, nachdem er von seinem hohen Ross der republikanischen Werte wieder abgestiegen war. »Ich habe vorhin mit ihm und meinem Freund John Kerry ein paar Worte gewechselt. Er war sehr ernst, sehr nachdenklich und sehr *gut*, aber das versteht sich ja von selbst …«

»Lasst uns also nicht mehr davon reden«, kürzte Vogel die Diskussion ab, wobei er einen Blick auf seine Armbanduhr warf, die – wie er erst in diesem Moment feststellte – offenbar schon vor ein paar Stunden stehen geblieben war, wahrscheinlich als sie aus dem Flugzeug gestiegen waren.

Während der Premierminister eine dringende SMS an seine Sekretärin verfasste, berührte Fouad Nerrouches schweißnasse Hand die Klinke der Tür eben dieses Konferenzsaals.

Der junge Schauspieler hatte reglos hinter den Kulissen gestanden und dabei alles mit angehört. Die Idee eines Treffens mit der Starreporterin von CBS stammte von ihm, er hatte sie anlässlich des »Familienfrühstücks« ins Spiel gebracht, bei dem der Präsident auf seine Anwesenheit bestanden hatte. Esther Chaouch hatte ihn während der ganzen Zeit keines Blickes gewürdigt, doch ihr klassisch schönes Profil mit den klaren und strengen Zügen bebte noch auf Fouads Netzhaut nach: Fahl und undeutlich stachen aus ihnen lebendige Augen hervor, an deren Farbe er sich nicht mehr erinnerte, abgesehen davon, dass er sie sich ganz erfüllt mit dieser anklagenden Wut vorstellte, die sie mit voller Wucht auf ihn richtete, indem sie ihn ignorierte. Tatsächlich waren sie von einem wundervollen Aschgrau.

Vogel empfing Fouad bei dessen Eintreten mit gerunzelter Stirn. »Wir haben schon gar nicht mehr mit Ihnen gerechnet«, erklärte der Premierminister mit einer Stimme, die sämtliche Anwesenden zu Zeugen machte, während er sein Smartphone vor sich auf den Tisch legte.

Fouad wagte es nicht, sich auf den einzigen freien Platz direkt neben Vogel zu setzen. Der blieb stumm und hatte ganz offensichtlich nicht die Absicht, ihm seine Feuertaufe zu erleichtern.

Der junge Schauspieler schob den Bürostuhl nach hinten. Die Rollen quietschten.

Vogel schloss einmal für einen langen Moment die Augen. »Sie hatten gerade gesagt?«

Der arme diplomatische Berater fing mit seiner Erklärung noch einmal von vorn an. Fouad blickte sich einmal schnell im Raum um. Er war der Einzige, der keine Krawatte trug.

Die Generalsekretärin lächelte ihm aufmunternd zu, sie hatten sich in der Vergangenheit schon ein paarmal zugelächelt, das verbesserte seine Laune, doch Vogel hatte sich inzwischen von seinem Platz erhoben.

»In Ordnung, na gut, das wäre dann alles, wollen Sie noch etwas hinzufügen?«

Nun stand auch Fouad auf, doch er brachte keinen Ton heraus, als er das grausame Lachen bemerkte, das in diesem Dutzend Blicken lag, mit denen die Versammlung ihn fixierte, als wollten sie ihn damit umbringen.

»Nein? Gut. Ich treffe mich in zwanzig Minuten mit dem Präsidenten und sage ihm dann, dass wir das Interview nicht machen, das ist jetzt entschieden, hm, und für die Zukunft …«

Vogel sah, dass das Display seines Handys auf dem Tisch aufleuchtete. Er hielt inne, weil er hoffte, dass es eine Nachricht von seiner Sekretärin war; das Schicksal seiner kaputten Armbanduhr bereitete ihm zudem Kopfzerbrechen.

Fouad wollte das Schweigen ausnutzen, um zu protestieren, doch die Generalsekretärin, die auf seiner Seite war, gab ihm diskret zu verstehen, dass er lieber schweigen solle.

Fouad überging das: »Der Präsident schien heute Morgen von der Idee begeistert zu sein.«

Vogel überhörte ihn absichtlich. Der Saal leerte sich. Vogel hielt den Nachzügler zurück und wartete nicht einmal ab, bis sie allein waren, bevor er ihm in seiner ruhigen, beherrschten Art die Leviten las.

»Wenn der Präsident Sie nach Ihrer Meinung fragt, wäre es in Zukunft besser, Sie verzichteten darauf, sie ihm mitzuteilen, ohne vorher die Konsequenzen bedacht, das heißt, ohne vorher mit einem seiner Mitarbeiter gesprochen zu haben. Der Präsident ist von Fachleuten umgeben, falls Ihnen das noch nicht aufgefallen ist.«

»Wenn Sie erlauben, der Präsident schien sämtliche Konsequenzen bedacht zu haben, als er dem Interview zustimmte.«

»Der Präsident ist noch immer auf dem Weg der Genesung«, entgegnete Vogel harsch.

Die Generalsekretärin biss sich auf die Lippen. Wenn Sie sich nicht gerade noch in seinem Blickfeld befunden hätte (und wenn sie nicht so grüne Augen und diese leicht verruchte Ausstrahlung gehabt hätte), hätte Fouad sicher mit »ja, Monsieur« geantwortet und sich verabschiedet. Doch ihr duftendes Haupt war ihm zugeneigt, er fühlte sich durch ihr angedeutetes Lächeln, ihre Porzellanhaut und ihre Hände, die sie ebenso grazil, langsam und maßvoll bewegte, wie ihre Pupillen lebendig umherschossen, geradezu zu folgender Entgegnung verpflichtet: »Entschuldigung, aber wollen Sie damit andeuten, dass der Präsident nicht ganz bei Sinnen ist und sich von dem erstbesten Dahergelaufenen einen Floh ins Ohr setzen lässt?«

Sie schien von weit her zu kommen, die Verachtung, die Vogels langes Gesicht verzerrte, wobei seine Nasenflügel simultan zu beben begannen. Seine Stimme klang plötzlich ganz tief.

»Ich würde Sie bitten, auf Ihren Ton zu achten.«

Einer von Chaouchs Leibwächtern betrat den Raum. Vogel bemerkte ihn und gab ihm zu verstehen, dass es nicht mehr lang dauern werde.

»Entschuldigung, aber ich soll Monsieur Nerrouche holen, der Präsident möchte ihn sehen, ›umgehend‹ hat er gesagt. Monsieur, der Wagen steht bereit.«

Die Generalsekretärin packte Fouad am Arm und schleuste ihn frech hinaus.

»Passen Sie auf, Fouad«, riet sie ihm im Laufschritt, während sie versuchte mit dem Leibwächter mitzuhalten, der wie ein Brummkreisel über das Parkett des Konsulats schoss.

Zu ihrer Rechten hingen französische Gemälde aus dem 18. Jahrhundert. Zu ihrer Linken sah man durch ein hohes Fensterkreuz auf die feuchte Vegetation des Central Park, in der Ferne auf Hochhäuser und auf rote Backsteinfassaden, die vom Gewitter verdüstert wurden. Fouad sah, wie Hubschrauber am verwaschenen Himmel patrouillierten, während die schönen Augen seiner mächtigen Verbündeten immer noch mahnend auf ihn gerichtet waren.

»... nur dass Sie in dem Moment, in dem Sie den Mund aufmachen, zu einem Rivalen wie alle anderen werden. Schlimmer als alle anderen, denn Sie haben einen Scheiß dafür getan, um da zu stehen, wo Sie jetzt stehen. Ich meine damit in nächster Nähe, Fouad, im *engsten Kreis* des mächtigsten Mannes Frankreichs.«

Fouad erstarrte. Ein eitles Lächeln umspielte seine Lippen. Um es wieder wegzuwischen, erinnerte er sich an Habibs Halali, an die Brutalität seines Tonfalls – wusste er etwa, dass die Idee mit dem CBS-Interview von ihm kam? Er tat so, als echauffierte er sich.

»Was heißt das, soll ich vielleicht aufhören, mit ihm zu sprechen?«

Sie ließ seinen Arm los und seufzte. Doch ihr Blick war noch immer warmherzig, auf ihren Regenbogenhäuten lag ein goldener Glanz, man hätte meinen können, feine Honigfäden flössen über eine flaschengrüne Murmel.

»Jetzt mal unter uns«, fragte Fouad sie in einem ganz aufrichtigen Tonfall, »warum hat Vogel mich gebeten, vor dem Ende dieser Besprechung zu Ihnen zu stoßen und nicht danach? Um mich öffentlich bloßzustellen?«

Fouad wartete auf ein »Aber nein«, die Entgegnung darauf lag ihm bereits auf der Zunge, doch die Generalsekretärin (ihm wollte ihr

Vorname partout nicht mehr einfallen) dachte einen Augenblick nach und erwiderte dann, dass das in der Tat im Bereich des Möglichen liege.

»Eine weitere Möglichkeit – und das würde eher dem Menschen entsprechen, den ich kennengelernt habe – besteht darin, dass er Ihnen zu verstehen geben wollte, dass es nicht *leicht* ist, einen Präsidenten zu beraten, dass nicht jeder dazu in der Lage ist und dass das auch ganz gut so ist. Glücklicherweise …«

Sie schüttelte den Kopf und wandte sich zum Gehen, hinterließ Fouad ganz benommen von ihrem Duft und ihren flüssigen Augen.

7.

Der Präsident war in einem Luxushotel auf der Lower East Side untergebracht. Fouad betrat seine Suite, in der die zugezogenen Vorhänge das Tageslicht dimmten. Ein zufriedenes Grinsen breitete sich im Halbdunkel auf den halb geschlossenen Lippen aus.

Die Sicherheitsleute öffneten die zweiflüglige Tür zum Schlafzimmer. Ausgestreckt auf einer Chaiselongue der Tür gegenüber lag zugedeckt Esther Chaouch. Ihr Mund stand offen, ein Buch lag aufgeschlagen auf ihrer Brust, und obwohl sie gerade erst aufzuwachen schien, waren ihre länglichen grauen Augen bereits wie die Zielvorrichtung einer Armbrust auf Fouad gerichtet.

Fouad schluckte sein Grinsen mühsam herunter. Seit er gestern Abend im Airbus des Präsidenten gesessen hatte, hatte er sich verändert. Die Feindseligkeit stachelte ihn an, und er hatte Lust zu kämpfen.

Hinter der Chaiselongue bemerkte er das Zifferblatt eines Weckers, rechnete aus, dass er keine Schwierigkeiten haben würde, es rechtzeitig zu dem Treffen zu schaffen, das er am Nachmittag in einem Hotel hatte, das im obersten Stockwerk eines schlanken Glasturms in Hell's Kitchen untergebracht war.

Zu seiner Rechten öffnete sich eine Tür, es war die zum Badezimmer. Doch niemand kam heraus. Esther Chaouch hatte die Pantoffeln angezogen, stand auf, wandte den Kopf und rief: »Moment, Liebling, sie ist noch nicht da. Idder?«

Fouad streckte die Brust heraus und verschränkte die Arme hinter dem Rücken. Er richtete den Blick auf den dicken Vorhangstoff, der die schöne Aussicht versperrte, die man von dieser Etage aus zweifellos haben musste.

Unvermittelt fiel ihm auf, dass er wie ein Leibwächter wirkte, also entspannte er seine Haltung wieder. Endlich hallten Jasmines kurze Schritte auf dem Flur wider.

Esther Chaouch hatte noch immer nichts zu ihm gesagt. Sie trug ein langärmliges schwarzes Kleid, einen cremefarbenen Spitzenschal und eine Halskette, an der eine einzelne graue Perle hing.

Jasmine trat ganz außer Atem ein, gerade noch rechtzeitig, um ihrer Mutter beim Anlegen ihres Armbands behilflich zu sein. Sie zwinkerte Fouad schelmisch zu, der entschied, dass sie nicht für die anderen bezahlen sollte, und erwiderte daher mit seinem schönsten und ehrlichsten Lächeln, dem, bei dem seine Augen am intensivsten glänzten.

»Ich habe ein Geschenk für dich, Fouad.«

Es war die Stimme des Präsidenten, er saß in seinem Rollstuhl und stützte mit einer Hand seinen tauben Unterarm. Er hatte Fouad vorher noch nie geduzt.

Jasmine runzelte lächelnd die Stirn. Der Präsident streckte zwei Finger zu Fouad aus, der ihm sofort zu Hilfe eilte. Doch er brauchte seine Hilfe gar nicht, er wollte ihm nur etwas geben. Fouad war drauf und dran, das ultraleichte Telefon abzulehnen, das ihm dieser schwankende Mann schenken wollte, doch in seinem Blick lag etwas Unbeugsames, fast Beunruhigendes, das Fouad an seine Großonkel und seinen Vater erinnerte, die Immigranten von früher, die eine Staatsaffäre aus einer höflich abgelehnten Gastfreundlichkeit oder eben einem Geschenk machten, das man nicht ohne zu zögern annehmen wollte.

»Es ist ein abhörsicheres Telefon, im Telefonbuch ist auch meine direkte Durchwahl gespeichert.«

Jasmine errötete vor Stolz. Hinter ihr kochte es in Esther. Sie erinnerte ihren Ehemann daran, dass der Vorsitzende eines Investmentfonds im Vorzimmer auf ihn wartete.

Chaouch rollte zu seiner Tochter hin und sprach ihr die ersten Verse einer Arie aus den *Indes galantes* vor.

»Verbannen wir Trübsal und Angst! Die Sieger geben uns den Frieden wieder …«

Jasmine fuhr mit ihrer klaren, kräftigen Stimme fort, an deren Klang sich Fouad kaum noch erinnert hatte. Sie sang: »Teilen wir ihre Freuden; fürchten wir ihre Waffen nicht mehr!«

Chaouch strahlte, schien aber zugleich ins Grübeln zu geraten. In seinem Kopf hörte er die Trompeten, die den Sieg der europäischen Armeen verkündeten. Der Vorhang hob sich vor Adarios Ängsten, dem Chef der indianischen Kämpfer, der sich zwar zum wiederhergestellten Frieden beglückwünschte, allerdings auch fürchtete, dass Zima, die er liebte, von den spanischen und französischen Soldaten entführt würde. Vor ihr priesen die diskussionsfreudigen Europäer einerseits die Untreue, andererseits die *Beständigkeit*. Der Spanier und der Franzose polemisierten sich in einer grotesken Parade die Köpfe heiß. Adario machte inzwischen das Rennen, und die beiden amerikanischen Wilden kehrten in ihre friedlichen Wälder zurück, in denen *nie vergebliches Verlangen die Herzen trübte …*

Inzwischen war über eine Minute vergangen, doch niemand hatte es gewagt, den Präsidenten aus seinem Tagtraum zu reißen. Da leuchteten seine Augen wieder auf, und er sprach weiter: »Sie lieben sich ungekünstelt, so heißt es im Libretto. Ungekünstelt, das heißt ohne Lüge. Und es ist eine Ballettoper, also endet alles mit einem Tanz, Wilde und Kolonisatoren Hand in Hand. Es ist der Tanz der großen Friedenspfeife. Der Tanz der großen Friedenspfeife«, wiederholte er etwas leiser und schien plötzlich an etwas völlig anderes zu denken.

Er flüsterte seiner Tochter eine Bitte ins Ohr, die sich zu einem Knicks hinreißen ließ, bevor sie sich mit geschlossenen Augen räusperte, um sich an die Tonart zu erinnern.

»Über unserem Land schwebt Amor und erfüllt unsere Wünsche.«

Sie hatte sich im Dämmerlicht, das im Zimmer herrschte, aufgerichtet, ihre Wangen bebten bis hin zu ihren Augenwinkeln, wenn sie die höchsten Noten anstimmte.

Den nächsten Teil sang sie, nachdem sie Fouads Hand ergriffen hatte.

»In unserer friedvollen Abgeschiedenheit murmeln die Bäche und säuseln die Lüfte; nie hallt hier ein Echo wider von Klagen oder Seufzern …«

Beim Wort »Seufzer« seufzte sie und schien aus einem Traum zu erwachen. Fouad stand der Mund offen. Seit Wochen hatte er sie nicht mehr so strahlend gesehen. Ihre braunen Augen glänzten, ihre immer noch schlanke Gestalt schien kurz davor zu stehen, sich in die Lüfte zu erheben.

Sie küsste Fouad auf den Mund und sprang dann zur Tür: Sie hatte ihre Stola vergessen und musste noch einmal in ihr Zimmer. Gern hätte Fouad sie begleitet, dieses ganze Gefühl begann schwer auf ihm zu lasten. Er hatte Angst, schief zu lächeln, irgendeine Dummheit von sich zu geben, einen unverschämten Satz, der ausreichen würde, um die Glasglocke rissig zu machen, die die Atmosphäre dieses *großen Moments* umschloss, den er gerade erlebte. Doch Chaouch wollte sich sofort mit ihm über das CBS-Interview unterhalten …

Vogel trat auf einmal ins Zimmer und bat darum, »unter vier Augen« mit dem Präsidenten sprechen zu dürfen.

Fouad zog sich zurück, und die beiden Männer bewegten sich in Richtung des gelben Rechtecks, des Badezimmers, wo sie bald nicht mehr zu sehen waren.

Durch die halb offene Flügeltür hindurch tadelte Esther Chaouch den Leibwächter, der Vogel vorbeigelassen hatte. »Ob es der Premierminister oder der belgische König ist, ganz egal, wenn ich niemand sage, meine ich niemand!«

Sie knallte die Tür zu, atmete durch und stellte sich mit verschränkten Armen neben Fouad.

»Sinnlos, so zu tun, als würde uns das beunruhigen, er wird das Interview trotzdem geben.«

Fouad sah aus dem Augenwinkel, dass sie das Kopfteil des Betts fixierte und dass sie ihn auch dann nicht anblicken würde, wenn es ihm einfallen sollte, den Kopf zu drehen. Da sie schwieg, fragte er nach.

»Madame?«

»Es gibt etwas, was sie Ihnen verschwiegen haben. Ganz einfach, weil sie es nicht wissen. Niemand weiß es, doch ich werde es Ihnen sagen, und Sie werden es niemandem weitersagen, das können Sie mir glauben ... Es macht mir keinen Spaß, aber wir sitzen nun mal im selben Boot. Also können Sie es genauso gut erfahren.«

»Ich kann Ihnen nicht folgen ...«

»Sie haben doch mitbekommen, was Montesquiou und seine Meute überall herumerzählen, dass mein Mann halb verrückt ist, dass er im privaten Rahmen Arabisch spricht, dass er, seit er aus dem Koma erwacht ist, die Leute nicht mehr erkennt ... Nun ja, das stimmt, nicht das mit dem Arabischen, aber der ganze Rest schon. Ja, Idder hat Aussetzer, ja, es gibt Momente, in denen er ganz verschwindet, immer wenn er wieder an diesen Traum zurückdenkt, den er Ihnen leichtsinnigerweise erzählt hat ...«

Chaouchs Stimme drang aus den Tiefen des Badezimmers zu ihnen heran: »Das reicht!«

Jetzt wandte Fouad sich entschlossen zu Esther um. Sie hielt die Tränen so gut zurück, dass sie unter ihrer Haut zu fließen schienen, in winzigen Rinnen, die sich beim Austrocknen wieder in Falten verwandeln würden. Würde Jasmine später auch einmal so aussehen? Beide Frauen hatten eine auf dieselbe Weise gewölbte Stirn, sie beschrieb bei beiden dieselbe Kurve, sie hatten den gleichen Haaransatz, der sich nur an dieser Stelle kräuselte. Doch Fouad konnte sich nicht vorstellen, dass auch

Jasmines Haut eines Tages am Hals schlaff sein würde, dass ihre Augen hart und ihr Kinn verbissen wirken würden.

Der Premierminister verließ das Badezimmer, seine gerötete hohe Stirn war zu den komplizierten Mustern auf dem Teppich gesenkt. Ohne ihn anzusehen, ging er an Fouad vorbei, deutete Esther gegenüber ein Höflichkeitslächeln an und beendete dann seinen Spießrutenlauf ins Vorzimmer.

Fouad dachte bei sich: Das ist es, der innerste Kreis, solche Sachen bekommt man da zu sehen.

Er steckte die Hand in sein Jackett und schloss sie um sein brandneues Telefon.

Esther machte einen Schritt nach vorn. Eigentlich wollte sie sich wohl dramatisch umdrehen und Fouad einen scharfen Blick zuwerfen, aber sie konnte sich nicht dazu durchringen. Ihre Kiefer zitterten, sie konnte ihm nicht direkt in die Augen sehen. Also fuhr sie mit gebrochener Stimme und die Arme unter dem üppigen Busen verschränkt fort: »Er hat es Ihnen nicht gesagt und wird es Ihnen gegenüber auch niemals zugeben, aber der Grund, warum er Sie an seiner Seite haben möchte, ist dieser vermaledeite Traum. Er glaubt, dass dieser Traum ihn aus dem Koma geweckt hat, und er glaubt, dass er in diesem Traum Sie war. Dass er aussah wie Sie. Er glaubt, Sie wären der Schlüssel zu ich weiß nicht welchem Rätsel. Er lebt in seinen Träumen, er hat schon immer in seinen Träumen gelebt. Ich weiß nicht, was er gerade tut.« Beim »gerade« brach ihre Stimme vollends. Sie schniefte und war sich selbst böse, derart persönliche Gedanken laut ausgesprochen zu haben. »Wenn er Sie also das nächste Mal nach Ihrer Meinung fragt, dann sagen Sie, dass Sie keine Ahnung haben, hören Sie?«

Sie machte auf dem Absatz kehrt. Ihre Zähne klapperten, sie schien wie eingefroren. Endlich flüsterte sie noch am Rand der Tränen: »Ich kann nicht verhindern, dass meine Tochter Sie liebt, aber Sie können mir glauben, dass ich nicht zulassen werde, dass Sie alles kaputtmachen, Sie nicht, und auch Ihr Terrorist von einem Bruder nicht.«

Fouad überlegte ruhig: Ich habe Feinde, es ist normal, dass ich im engsten Kreis Feinde habe. Nur hatte er vergessen, seinen Mund unter Kontrolle zu halten, als er zu dieser beruhigenden Schlussfolgerung gelangt war. Außerdem sah die First Lady nur sein unergründliches Grinsen. Im Zwielicht ähnelte es dem, das sie sich auf dem Gesicht seines teuflischen großen Bruders vorstellte.

8.

Chaouch verbrachte nur eine Dreiviertelstunde im Studio von CBS in New York. Die Unterhaltung wurde wie ein Live-Interview geführt. Sehr konzentriert wich der Präsident kein einziges Mal aus, er antwortete auf alle Fragen einschließlich derjenigen nach seiner verwirrenden Nähe zum Bruder des mutmaßlichen Auftraggebers des Attentats, das er wie durch ein Wunder überlebt hatte. Er gab mit ruhiger Würde Auskunft, saß dabei in seinem Rollstuhl, dessen Räder allerdings nie im Bild waren, sein Gesicht war reglos, entstellt, er sprach langsam, mit tiefer, monotoner Stimme, hob manchmal den Zeigefinger, um einen Wechsel im Tonfall zu markieren, den er eigentlich gern in die Stimme gelegt hätte, oder vielleicht auch ein Lächeln, das nur noch als schwacher Abglanz in seinen dunklen Augen vorbeihuschte.

»In meiner Person, das muss man verstehen, ist Frankreich selbst angegriffen worden, das, was wir als demokratisches Land repräsentieren, was wir sind, das Amerika Europas, so weit würde ich gehen, ja. Eine Nation, die auf einem Konzept gründet, einer Idee, etwas schwer Definierbarem und noch schwerer zu Schützendem, ich meine die Freiheit, die Freiheit zu glauben, nicht zu glauben, sich auszudrücken, zu brüskieren, zu leben, wie man will, sein Leben zu entwerfen und es noch einmal neu zu entwerfen ... Doch lassen Sie mich auf Ihre Frage zurückkommen: Woran wir glauben, wir anderen Demokraten, ist, dass

Fehler von Individuen begangen werden. Die jungen Deutschen kann man doch heute nicht mehr für die Verbrechen ihrer Urgroßeltern verantwortlich machen, nun, und ich denke, dass Abdelkrim Nerrouches Familie ebenso wenig für das verantwortlich ist, was er und vermutlich auch Nazir Nerrouche getan haben.«

Der Vergleich ließ die Journalistin, die perfekt Französisch sprach, zusammenzucken, und sie nutzte eine der langen Pausen, die er zwischen den Sätzen machte, um nachzuhaken, ob er damit andeuten wolle, dass Nazir Nerrouches Ideologie eine Art Islamo-Nationalsozialismus sei.

Fouad entspannte sich, als er begriff, dass keine weiteren Fragen über ihn und seine Familie mehr folgen würden. Er war der Einzige unter den Zuhörern im Raum, der nicht in Panik geriet. Was für ein Einfall, über Deutschland und den Nationalsozialismus zu sprechen!

Der Präsident fuhr allerdings auf die ruhigste aller erdenklichen Weisen fort: »Nazir Nerrouche wird verdächtigt, einen Mord in Auftrag gegeben zu haben. Wenn hinter diesem Komplott eine Ideologie steht, dann ist es die mörderische, Punkt. Unsere Polizei und unsere Geheimdienste sind ihm auf den Fersen, er wird festgenommen und der Justiz übergeben werden. In der Zwischenzeit habe ich nicht vor, die spezielle Form des Nihilismus zu debattieren, die mich entstellt und vorübergehend an diesen Rollstuhl gefesselt hat, das kann ich Ihnen versichern.«

Daraufhin schwieg Chaouch, und die Journalistin wollte schon wieder loslegen, aber er hinderte sie daran, indem er die Stimme erhob, diese Stimme, die plötzlich ihre Färbung wiederzugewinnen schien, ein bisschen von ihrer verlorenen Lebendigkeit.

»Außerdem möchte ich hinzufügen, dass die Welt auch voller Menschen guten Willens ist, Menschen, die sich für Frieden und Gerechtigkeit einsetzen. Wir dürfen nicht einfach nur auf die Schuldigen zeigen, uns über diese oder jene Religion verbreiten oder uns an Glossen über das vergiftete Klima berauschen, das vielleicht schon während der

Amtszeit meines Vorgängers von unserem Land Besitz ergriffen hat, ganz sicher aber in der Folge des Attentats. Dieses Attentat, das ja gar keine unmittelbaren Opfer gefordert hat, daran möchte ich noch einmal erinnern. Dennoch kann ich nicht leugnen, dass es Aufruhr gegeben hat, Brandstifter auf den Straßen genauso wie aufseiten der Eliten, unter den Journalisten oder vielleicht sogar unter einigen der politisch Verantwortlichen. Verstehen Sie mich recht, das einzige echte Ziel unserer Angreifer besteht darin, uns auseinanderzudividieren, uns wie Hitzköpfe aufeinanderzuhetzen, Erinnerung gegen Erinnerung, Leiden gegen Leiden …«

»Sie sprechen im Plural, von *den Angreifern* Frankreichs, wollen Sie damit sagen, dass vielleicht ausländische Gruppen das Komplott finanziert oder daran mitgewirkt haben?«

»Wir stecken mitten in den Ermittlungen, ich kann zu diesem Thema keinen Kommentar abgeben.«

»Es wird viel über eine Verbindung zwischen Nazir Nerrouche und einer Splittergruppe geredet, die der al-Qaida im Islamischen Maghreb nahestehen soll.« Ihre Phrasierung wirkte sehr dramatisch. »Meine Frage lautet also, Herr Präsident: Fassen Sie die Möglichkeit eines Militärschlags ins Auge? Und wenn Sie mir eine zweite Frage gestatten, die mit der ersten zu tun hat: Manche Menschen in Frankreich werfen Ihnen vor, nicht ausreichend drakonische Maßnahmen im Kampf gegen den Terrorismus ergriffen zu haben, sie beschuldigen Sie der Schwäche und der Unentschlossenheit. Was antworten Sie ihnen darauf?«

Alle Zuschauer hielten die Luft an. Sie standen um Esther herum, die bereits mit trauriger und schicksalsergebener Miene den Kopf schüttelte.

Vogel wiederholte wie ein Mantra: »Ich bin gerade aus dem Koma aufgewacht, ich bin gerade aus dem Koma aufgewacht, ich bin gerade aus dem Koma aufgewacht …«

Im Studio konnte die Journalistin ihren Stolz darüber, eine unangenehme Frage gestellt zu haben, nur schwer verbergen. Chaouch hätte gern gelächelt, doch seine halbseitige Lähmung erlaubte ihm das noch nicht.

Nach einer gespannten Stille, die das ganze Studio in ihren Bann zog, gab er ihr die folgende Antwort: »Ja, das stimmt. Wir könnten panisch reagieren und überhastete Maßnahmen ergreifen. Doch die Strategie des Terrors und derjenigen, die sich seiner bedienen, ähnelt einer Schlinge. Je mehr Sie sich bewegen, desto fester zieht sich die Schlinge zusammen, ob Sie ein Vögelchen sind oder ein Titan, ist dabei vollkommen egal, so ist die Schlinge konstruiert, Ihre eigene Kraft wendet sich gegen Sie, bis Sie sich selbst erwürgen. Ich für meinen Teil glaube, dass die Menschen, die guten Willens sind, eine unbezwingbare Gemeinschaft bilden und dass das, was uns vereint, unvergleichlich viel stärker ist als das, was uns trennt. Das ist auch der Tenor des Protokolls, das wir im Laufe dieses von Präsident Obama ausgerichteten G-8-Gipfels ausarbeiten werden und das – so viel kann ich Ihnen versichern – einen historischen Einschnitt darstellen wird in Bezug darauf, wie die großen, der Freiheit und den Menschenrechten verpflichteten Nationen sich gegenüber dieser wandelbaren, opportunistischen und leider auch vielgestaltigen Bedrohung verhalten werden, wie sie diese neuartigen, von Kindern verübten Attentate darstellen, zu allem Überfluss auch noch Kinder des eigenen Landes, die mit geringen Mitteln ein übertriebenes Echo entfachen. Ich höre manch einen schon von einem *Krieg gegen den Terror* sprechen. Gewiss, die Terroristen sind unsere Feinde, aber sie verdienen ganz sicher nicht, dass man sie als Kämpfer betrachtet. Es sind nur ganz klägliche Flötenspieler, die unsere Kinder einlullen, während wir schlafen, die sie im Gänsemarsch anlocken und sie dann wie Ratten in irgendwelchen dunklen Flüssen ertrinken lassen. Wir werden ihnen das Handwerk legen und ihre Instrumente zerstören, weil wir aufrecht stehen, gemeinsam, und weil wir keine Angst haben.«

Die Zuhörer waren still, Schauer liefen über sämtliche Unterarme, doch niemand hatte Lust, als Erster etwas darauf zu sagen.

Esther saß inmitten der Berater, die auf ihren Displays herumtippten; sie richtete sich ihren Schal, öffnete schließlich den Mund und gestand widerwillig: »Wir hätten wohl doch einer Live-Übertragung zustimmen sollen …«

Vogel atmete aus. »Er war gut, ja.«

»Kein Aussetzer«, fügte Esther hinzu, die natürlich die Einzige war, die das Thema so unverblümt ansprechen konnte.

Dieser Triumph gehörte allerdings ebenso sehr Fouad. Jasmine, die seine Hand hielt, drückte sie und flüsterte ihm ein sinnliches »Bravo« in die Halsbeuge.

Plötzlich schien sie aufzuschrecken: »Hattest du denn nicht einen Termin um 17 Uhr?«

Fouad hatte rote Wangen. Mit feurigem Blick fasste er Jasmine um die Taille und küsste sie direkt auf den Mund.

»Dein Vater wollte, dass ich hier bin, also bin ich geblieben.«

Er spürte eine seltsame Begeisterung in sich, die seiner Stimme Nachhall verliehen hatte und darauf schließen ließ, dass er etwas Tiefsinniges sagen wollte, ihr Leben als Paar betreffend und das Kind, das sie gemeinsam erwarteten.

Doch plötzlich verfinsterte sich sein Blick, und er wirkte verärgert. Nur vorübergehend, vermutete Jasmine, die lieber nicht nachfragen wollte. Als er auf sein Telefon blickte und so tat, als müsste er los und ein oder zwei Stunden verschwinden, konnte sie es sich dann allerdings doch nicht verkneifen, ihm in gespielt scherzhaftem Ton die Frage zu stellen: »Triffst du dich etwa mit einer hübschen, jungen New Yorkerin?«

Als Antwort war sie eigentlich auf ein Augenrollen und eine gerunzelte Stirn gefasst gewesen. Doch ganz im Gegenteil, Fouad ergriff ihre zierlichen Unterarme, ihre schmalen Handgelenke, drückte ihr einen Kuss aufs braune Haar und suchte in seinem komödiantischen Repertoire das Lächeln, das sie am meisten verzauberte und das er ihr schließlich auch wortlos zuwarf, bevor er sich davonmachte.

9.

Der New Yorker Himmel war mit bunten Wolken verhangen, großen Gewittersäcken, die ihre bedrohlichen Rundungen in den Fronten der Wolkenkratzer bewunderten. Von seinem *rooftop* aus hatte Fouad einen Panoramablick auf diesen berühmten Großstadtdschungel, der vom Empire State Building überragt wurde. Das Pandora Five Stars war in den obersten Stockwerken eines schlanken Hochhauses untergebracht, dessen Eingang sich auf der Tenth Avenue befand, in unmittelbarer Nähe des Hudson River und nur wenige Schritte entfernt von der High Line. Oben auf der einundzwanzigsten Etage öffnete sich die Dachterrasse nach Norden, in Richtung der Midtown-Wolkenkratzer, und nach Westen in Richtung Newark, formlos, industriell, wie Saint-Étienne; eine abgeflachte Zitadelle, trübselige Gebäude.

Das Hotel, in dem Fouad verabredet war, lag auf der richtigen Seite des Hudson, doch seine sehr beliebte Terrasse schien zwischen den beiden Welten zu schweben. Sie erstreckte sich über die gesamte Breite des Stockwerks. Die Terrasse war teilweise gefliest, es gab einige lange Theken mit fluoreszierenden Oberflächen. New Yorkerinnen in Louboutins und leichten Kleidern defilierten von einer Seite zur anderen. Ihre Hüften wiegten sich zu Bossa-Nova-Rhythmen.

This is just a little samba
Built upon a single note …

Der Großteil der Gäste der Bar wohnte nicht im Hotel. Die Terrasse des Pandora gehörte zu den angesagten *rooftops*. Die Leute, die den Moden folgten, trafen sich dort am späten Nachmittag, sobald die Tage wieder schöner wurden. Sie schlürften Cocktails und waren sichtlich begeistert von dem schwebenden Pfad, den die High Line bildete, der Gestaltung der Kais oder auch den sommerlichen Temperaturen.

Fouad wechselte den Platz, um diesen Banalitäten zu entkommen, die ihn bei seiner Entscheidungsfindung störten. Gerade waren auf der Seite Hudson, Newark, Saint-Étienne ein paar Plätze frei geworden.

Er entschied sich für eine Bank, die mit der Rückenlehne am Terrassengeländer stand, nur einige Zentimeter vom Abgrund entfernt. Die Geländer waren mit einer leicht getönten Scheibe ausgestattet. Nachdem er seinen Blick über die Piers und den Fluss hatte schweifen lassen, sah Fouad auf einmal sein eigenes Gesicht und die hinter ihm aufragenden Hochhäuser, die sich in der Scheibe spiegelten. Das Licht lockte ihn an, die Wunder boten sich ihm dar.

In diesem Moment musste er wohl sehr schön aussehen, wenigstens drei Frauen verschlangen ihn mit ihren Blicken, während ihre Lippen leicht an ihren Strohhalmen sogen.

Alles erzitterte, alles wurde um ihn herum lebendig. Er fuhr sich mit der Hand durchs Haar und fühlte sich großartig. Er betrachtete die Fassaden der Hochhäuser, die den Times Square umgaben, als gehörten sie ihm. Auf Höhe der 42. Straße war die Sonne in den Fensterfronten der Wohnblocks um den Bryant Park zu sehen und schickte ihre Strahlen von Fassade zu Fassade. Während es sich brach, wurde das Licht um ein Vielfaches stärker. Diese Architektur existierte nur, um ihm zu dienen und es zu reflektieren, statt es zu verschlucken.

Fouad dachte: Ich werde Vater.

Er sah zum Himmel auf. Was riet er ihm?

Der Himmel sandte gemischte Signale aus. Zwar breitete sich die Sonne über den dunklen Wolkenbergen aus und schickte ihre Strahlen überallhin. Doch zugleich war der Westwind aufgefrischt, das Gewitter erreichte die Stadt. Die Frauen rieben sich Arme und Knöchel, Geschäftsleute liefen ihren Papieren hinterher, die von den Tischen geweht worden waren.

Sobald die ersten Tropfen fielen, schnappten sich die Gäste ihre Cocktails und stellten sich eilig auf der Veranda unter. Die Kellner trugen Bänke und Kissen dorthin. In Sicherheit um den Tresen herum gedrängt und überrascht von diesem verfrühten Sommergewitter, fragten sich die Gäste dann, wer wohl dieser seltsame Typ sein konnte, der wie angewurzelt auf seiner Bank ganz am Rand der Terrasse sitzen blieb. Die Arme hatte er eng an den Körper gelegt, und er lächelte, als hätte er gerade eine Erleuchtung gehabt.

Auf Instagram gibt es wenigstens drei Videos, die Fouad dabei zeigen, wie er die wichtigste Entscheidung seines Lebens fällt. Sie sind allerdings kaum aufzufinden, denn sie sind unter den Titeln »Dude sitting in the rain WTF« oder unter dem Hashtag #onlyinnewyork verschlagwortet, der, wie man sich vorstellen kann, auf mehrere Zehntausend Inhalte verweist.

Keines der vierzehnsekündigen Videos zeigt die Schatten, die im Zickzack auf Fouad zuliefen und ihn vor einer Lungenentzündung bewahren wollten. Sein hübsches, vom Gewitter gepeitschtes Gesicht wandte Fouad diesen Schemen zu, die vom äußersten Punkt der Bar aus, die noch vom Vordach geschützt war, versuchten, seine Aufmerksamkeit zu erregen.

Er reagierte nicht. Und als der Regen dann an Heftigkeit nachließ, erhob er sich, überquerte die geflieste Fläche, auf der sich Pfützen gebildet hatten, und ging durch das Spalier, das die ebenso schönen wie fröhlichen weiblichen Gäste bildeten, indem sie ihm Platz machten. Dabei achteten sie darauf, keine Spritzer von dem kräftigen, nassen Wuschelkopf dieses Playboys abzubekommen, von dem die meisten glaubten, dass er wohl unter dem Einfluss irgendwelcher Drogen stand.

10.

Am folgenden Tag, einige Stunden bevor die französische Delegation wieder nach Paris aufbrach, erlaubte sich das junge Paar einen Ausflug nach Brooklyn, wo sie den letzten Weihnachtsurlaub verbracht hatten.

Fouad war dort zu Jasmine gestoßen, Hin- und Rückflug in der Businessclass von Marrakesch aus, wo er für eine große europäische Koproduktion vor der Kamera gestanden hatte.

Drei Fahrzeuge voller Leibwächter eskortierten sie in das Viertel ihrer noch frischen Erinnerungen, vom französischen Konsulat am Central Park aus bis nach Brighton Beach, das direkt am Ozean lag und wo sich das russische Restaurant befand, das eine Mannschaft des Secret Service vorher auf Herz und Nieren geprüft hatte.

Der Abend brach herein, die Lichter der Stadt flimmerten in den getönten Scheiben des Allradwagens, man hätte sie für Feuervögel halten können, die in ihre Richtung spien.

Fouad schaltete sein Telefon ein, aktivierte das Roaming und erhielt umgehend eine SMS von Henri Wagner, der sich so schnell wie möglich nach seiner Rückkehr mit ihm treffen wollte und mit einem förmlichen »um Antwort wird gebeten« schloss.

Nachdem er sein Telefon wieder ausgeschaltet hatte, strich Fouad Jasmine über das zerzauste Haar.

Das Restaurant lag im Erdgeschoss eines dreistöckigen Gebäudes, das zwischen eine Tierklinik und die blinkende Fassade eines Wahrsagers gequetscht war. Nach einigen Blinis mit Heringspastete und einigen Gläsern Wodka wollte das Liebespaar auf die Dachterrasse. Man bat sie um eine Viertelstunde Geduld, musste den Ort absichern; der Polizist, der den Personenschutz der Präsidententochter organisierte, kam nach zehn Minuten wieder und schüttelte traurig den Kopf: zu offen, schlechte Sicht auf die umgebenden Dächer, ein versteckter Paparazzo usw.

Jasmine wollte keinen Aufstand machen, sie nahm Fouads Hand und zog ihn in den geschlossenen Hinterhof, der mit Girlanden und Lampions geschmückt war. Dann steckte sie sich eine Zigarette an, die ihr der Wirt angeboten hatte, ein rotgesichtiger Bursche, der wegen des ganzen Aufruhrs ein bisschen erschreckt war, jedoch nicht unzufrieden mit der Summe, die er für seinen Aufwand erhalten hatte.

Jasmine zog zweimal, trat die Zigarette dann mit dem Rand ihres Turnschuhs aus und hob den Blick zum blau-lila Himmel, an dem sie die Sterne entdeckt zu haben glaubte. Doch jetzt konnte sie sie nicht mehr wiederfinden. Fouad schmiegte sich von hinten an sie. Sie schwankte auf dem unebenen Bodenbelag des kleinen Hofes. Er legte die Arme um ihre Taille und streichelte den Bauch, in dem ihr Kind heranwuchs. Unvermittelt befreite Jasmine sich aus seiner Umarmung.

»Es tut mir leid, Fouad, ich bin ein bisschen angeschickert. Das ist das letzte Mal, versprochen …«

Sie schloss die Augen und öffnete leicht den Mund, ohne sich diesmal darum zu kümmern, dass man dadurch ihre langen Eckzähne sehen konnte, aufgrund derer sie üblicherweise sowohl das Ausmaß als auch die Aufrichtigkeit ihres Lächelns dosierte. Ein blaues Äderchen erschien auf der Haut ihres schmalen Kiefers. Fouad spürte, wie er von zwei tiefen Gefühlen übermannt wurde, die ihm allerdings widersprüchlich vorkamen: Er liebte sie, und er hatte das Gefühl, dass sie zu seiner Familie gehörte.

Sie sprachen über den Gesundheitszustand von Fouads Mutter. Dounia Nerrouches Lungenkrebs war auf der Krankenstation des Gefängnisses in Fresnes entdeckt worden, im Zuge einiger Untersuchungen, die zu Beginn ihrer Ingewahrsamnahme ausgeführt worden waren. Szafran, ihrem Anwalt, war es gerade gelungen, ihre Freilassung zu bewirken. Er hatte sogar angeboten, sie in seiner eigenen Wohnung im Quartier latin aufzunehmen, durch deren große Fenster man einen »erlesenen Blick« auf die Bäume des Jardin des Plantes hatte. Das sagte er am Telefon, als müsste er Fouad noch irgendwie überzeugen. Dort würde er seine Mutter nun also bei seiner Rückkehr nach Paris abholen, er würde den besten Krebsspezialisten für sie suchen und war bereit, auch für die teuersten experimentellen Behandlungsmethoden zu bezahlen. Wenn es vonnöten war, würde er auch Rollen in den abstoßendsten Komödien annehmen, jedenfalls würde er sie retten.

Jasmine blickte ihn an, und Fouad sah, dass es sie wirklich innerlich aufwühlte, ihn so leiden zu sehen.

»Ich kümmere mich darum«, sagte er düster, bevor er das Thema wechselte, aber nicht den Tonfall, der immer noch von Ernst geprägt war, als er sie fragte, was ihr Vater mit der Freiheit, sein Leben neu zu erfinden, gemeint habe.

»Lustig, darüber hab ich auch nachgedacht. Er hat in den Vereinigten Staaten mal gelehrt, weißt du, wir haben hier ein paar Jahre lang gelebt. Er hat mir immer gesagt, dass es genau das ist, was er hier am meisten bewundert, diese Fähigkeit der Menschen, ihr Leben zu ändern, sich immer wieder neu zu erfinden ... Ihm selbst war diese Freiheit unglaublich wichtig, er wollte sein Leben ändern können. Übrigens hat ihm das doch zum Wahlsieg verholfen, da bin ich mir sicher, am Ende der Debatte zwischen den beiden Wahlgängen, erinnerst du dich? Als er gesagt hat, dass er nur für eine Amtszeit zur Verfügung steht, dass er all seine Kraft darauf verwenden wird, Frankreich wieder aufzurichten ... Fünf Jahre lang, nicht mehr, wollte er sein Leben dieser Aufgabe widmen ...«

Sie lachte, um nicht loszuschluchzen, und blinzelte schließlich, um ihrem Gorilla zu signalisieren, dass die Botschaft bei ihr angekommen war. »Na ja, ich bin mir nicht sicher, ob er in diesem Moment von Frankreich gesprochen hat.«

»Und warum nicht?«, hakte Fouad mit diesem erregten Gesichtsausdruck nach, der nicht mehr von ihm gewichen war, seit sie über die Krankheit seiner Mutter geredet hatten.

Jasmine begriff nicht, worauf er hinauswollte.

Doch man drängte zum Aufbruch.

Eine halbe Stunde später standen sie vor dem Freedom Tower, unfertig und erleuchtet, genau an dem Ort, an dem sich einst die Zwillingstürme des World Trade Center erhoben hatten.

Das ganze Wall-Street-Viertel war abgeriegelt, ein Hubschraubergeschwader flog über die Bucht von Manhattan. Das junge Paar wurde in die hinterste der für VIPs reservierten Sitzreihen im Schatten von St. Peter und seinen schlanken ionischen Säulen geführt. Fouad wirkte nachdenklich, in sich gekehrt. Langsam kramte er in der Tasche seines Blazers.

Jasmine wollte ihm das Versprechen abnehmen, dass er im Élysée wohnen würde. Der Sicherheitsdienst hielt es für besser, dass das Paar dort wenigstens für so lange einzog, bis die Dinge sich wieder »stabilisiert« hatten.

»Ja, ich weiß, das ist eine Leerformel«, räumte Jasmine ein und fuhr sich mit einem Erfrischungstuch über die müde, glänzende Stirn. »Sie reden mit mir nicht drüber, aber ich glaube, es hat nach der Titelseite in *Closer* letzte Woche Todesdrohungen gegeben.«

»Gegen dich?«

»Gegen uns«, verbesserte ihn Jasmine mit auffällig ruhiger Stimme. »Wir bekommen ein Kind, Fouad, das macht uns zur perfekten Zielscheibe, egal ob für Islamisten oder für Neonazis. Wir sind uns dessen ja gar nicht mehr richtig bewusst, aber für die Leute bin ich Jüdin, und du bist Araber, basta ... Wie dem auch sei, wir sind zusammen, und dass wir zusammen sind, bedeutet natürlich nicht, dass all unsere Probleme verschwinden, aber immerhin sind wir zu zweit, um uns ihnen zu stellen ...«

Fouad fiel es noch immer schwer zu begreifen, dass er Vater wurde. Unvermittelt stellte er sich Fragen bezüglich der Taufe, der Religion und überlegte, wie der Vorname seines Kindes lauten sollte.

Jasmine hatte lange darüber nachgedacht und unterbreitete ihm nun einen Vorschlag. Sie verschränkte die Hände ineinander und verrenkte sie ein bisschen, um sich Mut zu machen. Mit ihren großen, begeisterten, schwarz glänzenden Augen sah sie aus wie ein Teenager.

»Leben heißt auf Hebräisch Chaim und auf Arabisch Hayat ...« Sie hielt sich an dem Lächeln fest, das sich schüchtern auf dem Gesicht des Vaters ihres Kindes bildete, und fuhr fort: »Wenn es ein Junge wird, nennen wir ihn Chaim. Wenn es ein Mädchen wird, nennen wir sie Hayat. Oder?«

Fouad hatte keine Lust nachzudenken. Er küsste Jasmine auf den Mund und nutzte diese Geste, um eine kleine Schachtel in ihre Hand mit den lackierten Nägeln gleiten zu lassen. Sie war am Vortag in einem Nagelstudio gewesen, während Fouad sich dem Gewitter ausgesetzt und sein geheimes Treffen verpasst hatte und dann nach SoHo zu einem Juwelier gegangen war, um einen Ring zu kaufen.

»Gefällt er dir?«

Der Ring war ganz einfach, aus in sich verdrehtem Weißgold.

»Der Becher eines Zimmermanns«, scherzte Jasmine, indem sie *Indiana Jones und der letzte Kreuzzug* zitierte. »Aber nein, ich liebe ihn … versuchst du mir gerade einen Heiratsantrag zu machen?«

»Ich hab mich wieder sehr ungeschickt angestellt, stimmt's?«

Er steckte ihr den Ring an den Finger. Sie hatten sich verlobt. Jasmine ließ einen bewundernden Blick über die Wolkenkratzer, die Lichter und die Leute schweifen.

Und plötzlich redete sie davon, sich hier niederzulassen, in dieser vielgestaltigen, unendlichen, aufregenden Stadt, der Stadt der Jugend und der ewigen Zukunft.

Fouad zog den Kopf seiner fiebrigen Verlobten gegen seine Schulter. »Du kannst mir glauben, dass ich die Versuchung des Exils kenne, ich hab sie schon eine Million Mal gespürt … Aber wir werden Frankreich doch nicht ausgerechnet jetzt verlassen. Dein Vater braucht uns.«

Ein Schatten lief langsam über die dunklen Augen der jungen Frau, doch Fouad bemerkte ihn gar nicht, obwohl er sie mit Inbrunst ansah.

Hand in Hand wandten sie sich in dieselbe Richtung wie die Kameras und Handys, die das letzte Bild dieses Gipfels für immer festhalten wollten. Er ging auf einer Bühne zu Ende, die wie eine Provokation an der Spitze dieser hochmütigen Halbinsel errichtet worden war, auf der Amerikas Herz schlug. Die Sonne war im Hudson River versunken, die

Sirenen waren verstummt. Eine Schweigeminute wurde zu Ehren der Opfer des 11. September und aller Opfer des weltweiten Terrorismus eingelegt.

Für das traditionelle Familienfoto versammelten sich die sieben anderen Staatschefs um den Rollstuhl des französischen Präsidenten, eine kleine, verhutzelte Gestalt, die gleichwohl an Roosevelt erinnerte und unbezwingbar schien. Präsident Obama applaudierte ihm auf die entspannte Art, deren Geheimnis nur er kannte, und lief dann mit kurzen Schritten zum Mikrofon, wo er auf Französisch den kurzen Satz sprach, der den Geist dieses großen Frühlingsabends perfekt beschreiben sollte.

»*Nous sommes debout, ensemble, et nous n'avons pas peur*. Wir stehen zusammen, und wir fürchten uns nicht.«

11.

Gerade hatte Fouad einen Fuß auf das Rollfeld des Militärflughafens von Villacoublay gesetzt, da rief auch schon Richter Wagner an. Fouad ging nicht ran und schrieb stattdessen eine SMS: »Hab Sie in NYC verpasst, bin wieder in Paris, sry.«

Der Richter antwortete postwendend: »Ich bin in Paris, können wir uns heute Vormittag sehen, es ist sehr dringend.«

Fouad hatte im Flugzeug kein Auge zugetan. Der Präsident musste zu einem seit Langem geplanten Besuch auf dem Großmarkt Rungis, und er hätte ihn gern begleitet, doch der Richter ließ nicht locker. Er ließ sich also im strömenden Regen von einer Corvette C6 aus dem Fuhrpark des Élysée an der Place d'Italie absetzen. Wagner hatte sich mit ihm in einer Brasserie in der Avenue des Gobelins verabredet. Und kam zu spät. Fouad traf durchnässt mit seinem Reiserucksack und seinem feuchten Pass dort ein, der sich in seiner royalblau verfärbten Gesäßtasche wellte. Er stürzte am Tresen zwei Kaffee herunter und starrte dabei auf einen der Fernseher, die im Lokal unter der Decke hingen. Auf ihm waren in Dauerschleife die Bilder des G-8-Gipfels und von Chaouchs Triumph zu sehen.

Der Großteil der Kommentatoren war der Ansicht, dass der gewählte Präsident »im Amt angekommen war« und dass er der Stimme Frankreichs auf internationaler Bühne großartig Gehör verschafft hatte. Wagner war da anderer Meinung. Er stürmte im Regenmantel und glatt rasiert in die Brasserie, seine kühnen dunklen Augenbrauen schlugen unter der grausilbernen Mähne seiner zerzausten Haare ihre letzte Schlacht. Er bestellte ein kleines Bier und kehrte dem Bildschirm den Rücken zu.

»›Wir fürchten uns nicht‹? Quatsch. Oder Bullshit, wie meine Tochter sagen würde. Alle fürchten sich, und zwar zu Recht! Doch ich habe Sie nicht hierher gebeten, um darüber zu diskutieren. Nach meinem Dafürhalten ist das allerdings ein unverantwortliches Verhalten, und ich wähle meine Worte diesbezüglich mit Bedacht. Zwanzig Jahre meines Lebens habe ich mich der Terrorabwehr verschrieben, und ich kann Ihnen sagen: Es wird weitere Anschläge geben, auch verwirrte Kids, die sich eine 9 mm kaufen und damit auf Politiker, Polizisten oder vielleicht sogar in die Menge schießen, ins Gedränge – die einfachste surrealistische Handlung, wie dieser Typ da gesagt hat. Es gibt kein Patentrezept, um darauf zu reagieren. Tausend Leute mehr für den Geheimdienst? Und dann? Wir können ja schlecht alle schwierigen Jugendlichen in ganz Frankreich überwachen! Nein, wir müssten uns zwar dringend ein paar besondere Maßnahmen herausnehmen, aber das bedeutet zuerst und vor allem, die Bevölkerung darauf vorzubereiten, was auf uns zukommt, eine ehrliche Rede zu halten, um Himmels willen. Ihr Chaouch meint es sicher gut, man kann ihm da nichts vorwerfen, er sorgt sich offensichtlich um das Allgemeinwohl, da widerspreche ich nicht, aber mal ehrlich, ein sitzender Mann, der so tut, als stünde er aufrecht, das Oberhaupt eines Staates am Rand des Zusammenbruchs und eines Glaubenskriegs, der behauptet: ›Ich fürchte mich nicht‹ …«

»Na eben, gerade dann«, versuchte es Fouad, »und das ›aufrecht‹ stand bei ihm für ›wach‹ …«

Fouad war nicht ganz bei sich, und auch der Kaffee hatte keinerlei Wirkung mehr auf ihn. Der Richter ergriff erneut das Wort, während er die Hand hob, er glaubte wohl, in seinen Amtsräumen zu sein.

»Ich bin in aller Dringlichkeit nach Paris zurückbeordert worden, man hat mich im Rahmen vorläufiger Ermittlungen damit betraut, eine Reihe von Entweihungen in den muslimischen Bereichen einiger Friedhöfe in der Provinz und im Großraum Paris zu untersuchen. In den Medien ist davon keine Rede, und ich bin versucht zu sagen: umso besser. Doch was wird nach dem nächsten Attentat passieren? Wie kommen wir aus dem Teufelskreis der Repressalien raus und schaffen es, dass die Republik nicht zerbricht? Sicherlich nicht durch große Reden und vage Versprechungen internationaler Zusammenarbeit.«

Da er sich das Protokoll, das am Vortag von den G-8-Staatschefs unterzeichnet worden war, bis ins Detail hatte erläutern lassen, hätte Fouad es auch gern verteidigt, doch Wagner betrachtete mit seinem wachen Blick und verdoppelter Eindringlichkeit den Boden seines leeren Glases. Fouad begriff, dass dieser streitlustige Auftakt nur eine Finte war und dass der berühmte unbestechliche Staatsdiener drauf und dran war, ihn um einen Gefallen zu bitten.

Die beiden Männer richteten sich gleichzeitig auf. Fouad spürte, wie ihm kalte Tropfen in den Nacken rannen; er wischte ein paar davon weg, doch seine dicken Locken waren klitschnass.

»Wie Sie wissen, gehöre ich einer kleinen Gruppe an, einer Handvoll Leuten, die ganz heimlich, wenn das auch zu meinem großen Leidwesen immer weniger der Fall ist, die also ganz heimlich einer Verschwörung im Herzen der Place Beauvau auf der Spur sind, die mit Ihrem Bruder wahrscheinlich auf die ein oder andere Weise in Verbindung gestanden hat.«

Fouad ärgerte sich über die zu leise Stimme, aber vielleicht auch über die Erwähnung seines Bruders in einem Satz mit so vielen Vorbehalten und in diesem beunruhigten Ton, der ihm so viel Gewicht und Realität verlieh.

»Hören Sie, ich bin nicht mit Ihnen zusammen zu diesem Treffen in New York gegangen, ich bin absichtlich nicht gegangen. Ich ... ich habe mich für eine Seite entschieden. Diejenige der Lebenden. Ich habe die Schnauze voll davon, einem Schatten nachzujagen. Ich habe beschlossen, mich um meine Familie zu kümmern, um meine Verlobte. Hätten Sie denn an meiner Stelle nicht dasselbe getan?«

Anscheinend nicht: Wagner hatte seinen Rückzug aufs amerikanische Altenteil verschoben und war wieder mitten im Geschehen. Er trug dafür die Konsequenzen: Seine Frau drohte ihm mit Scheidung.

»In den kommenden Tagen wird es Nominierungen geben«, fuhr Wagner fort, wurde dabei noch einen Tick leiser und schien sich keinen Deut um die Frage zu scheren, die ihm gerade gestellt worden war. »Mansourd ist jetzt die Nummer eins bei der DCRI, Chaouch selbst hat darauf bestanden, dass er diesen Posten erhält, obwohl er nicht mal Kommissar ist. Er wird beim nächsten Ministerrat ernannt. Wissen Sie, was das bedeutet? Es ist das Ende des Albtraums für Sie und Ihre Familie. Mansourd wird mit eisernem Besen durchkehren und die Ermittlungen neu ausrichten, weder die Richter noch die Generalstaatsanwälte werden ihn daran hindern können, Montesquious miese Tricks ans Tageslicht zu bringen. Und das genau in dem Moment, in dem derselbe Montesquiou sich anschickt, zum Politstar des Jahres zu werden, indem er bei den Parlamentswahlen gewinnt und, wer weiß, indem er beizeiten zurück an die Schalthebel der Macht gelangt, etwa als Innenminister einer Kohabitationsregierung. Vermorel hält sich im Wahlkampf bedeckt, sie arbeitet hinter den Kulissen, sie überlässt Montesquiou das ganze Rampenlicht, dafür muss er alle Schläge einstecken. Der öffentliche Aufruhr um diesen Irren ist beträchtlich, täuschen Sie sich da nicht, im Moment ist nur die Spitze des Eisbergs zu sehen. Das ganze rechte Volk wacht gerade auf und fühlt sich beflügelt von revolutionären oder patriotischen Gefühlen, wer kann das schon wissen, aber gut, dieser Irrsinn ist nun Realität geworden. Die ADN kann gewinnen. Können Sie sich das vorstellen? Eine Kohabitation, Vermorel im Hôtel Matignon, und Montesquiou kehrt zurück an die Place Beauvau, und zwar durch die große Eingangstür? *Montesquiou als Innenminister*? Mit der Verfügungsgewalt, sich und seinen Schergen die Straffreiheit zu garantieren?«

Wagner versagte die Stimme. Er wollte seinen Gedanken wieder aufnehmen und auf eine griffige Formulierung bringen. Während er glaubte, immer noch leise zu sprechen, brachte er ganz im Gegenteil die Hälfte der Leute in der Brasserie dazu, sich nach ihm umzudrehen, als er ausrief: »Diese Leute sind Mörder!«

12.

Fouad hatte nicht die geringste Ahnung, was er tun konnte, um dabei zu helfen, das Katastrophenszenario eines Wahlsiegs von Montesquiou zu verhindern. Im tiefsten Inneren war er jedoch überzeugt, dass die ADN keine Chance hatte, die Mehrheit der Sitze im Parlament zu erringen. Man erzählte sich Schauergeschichten, aber Chaouch glättete die Wogen. Es sollten neue Umfragen erstellt werden, nach diesem Wochenende des G-8-Gipfels.

Der Richter kam zur Sache: Er hatte beschlossen, Krim vorzuladen, um ihn darüber zu befragen, was er über die Verbindungen zwischen Nazir und Montesquiou wusste. Niemandem war es in der ersten Woche seiner Befragungen gelungen, ihm irgendeine substanzielle Information zu diesem Thema zu entlocken. Als Wagner wegen der zu großen Nähe seiner Tochter Aurélie zu dem »Schützen vom Rathaus in Grogny« von den Untersuchungen abgezogen worden war, hatte ein anderer Richter, Rotrou, entschieden, dass er sowieso nichts aus ihm herausbekommen würde und dass sein Platz im Gefängnis war, im Hochsicherheitstrakt, ohne Fernseher oder Besuchsrecht.

Fouad hatte den Eindruck, sich verteidigen zu müssen.

»Mein Anwalt hat Krim geraten, bei seiner ersten Vorladung keinerlei Erklärung abzugeben. Und um ehrlich zu sein, wenn ich mir den Richter so anschaue, der Sie ersetzt hat, verstehe ich das auch.«

»Ja, aber so ist es jetzt nicht mehr. Der Wind dreht sich gerade, und ich glaube, dass man selbst am Pariser Gericht – zum Beispiel aufseiten der Untersuchungsrichter – Rotrous Cowboyallüren nicht goutiert. Ich hätte keine Schwierigkeit, den Haftrichter zu überzeugen, doch in der Zwischenzeit … hätte ich gern, dass Sie Ihren Cousin befragen und zwar Sie allein.«

»Herr Richter, ich verstehe nicht ganz, warum …«

Wagner riss der Geduldsfaden.

»Hören Sie zu, ich bin mehr als jeder andere an das Ermittlungsgeheimnis gebunden, aber ich kann Ihnen Folgendes sagen: Mein Kollege Poussin hat einen gewissen Franck Lamoureux verhaften lassen, der niemand anderes als Montesquious Schwager ist. Lamoureux steht unter dringendem Verdacht, Kopf einer gewaltbereiten rechtsextremen Splittergruppe zu sein, von der gewisse Mitglieder sich noch auf freiem Fuß befinden. Er steht kurz davor, in den kommenden Tagen formal angeklagt zu werden, doch mir sind Informationen zu Ohren gekommen, die mich vermuten lassen, dass seine Gruppierung noch immer aktiv und vollkommen handlungsfähig sein könnte. Ich verlange nicht, dass Sie Ihrem kleinen Cousin einen Höflichkeitsbesuch abstatten. Um es Ihnen ganz unmissverständlich zu sagen, bitte ich Sie darum, bei der Verhinderung eines neuerlichen Attentats behilflich zu sein.«

Er zog ein Päckchen Kaugummi aus der Innentasche seines Regenmantels. Fouad fühlte sich ein wenig benommen, er ließ sich auf einen Barhocker fallen und stützte sich mit beiden Ellenbogen auf den Tresen. Sein Blick verlor sich jenseits der Flaschen, die in den Regalen aufgereiht standen, in dem kleinen Rechteck der Küche, in dem schwarze Gehilfen mit weißer Mütze im Kochtopfdampf schwitzten. Eine Kellnerin versperrte ihm die Sicht, sie hatte wunderschöne Kurven, nackte, kräftige Arme und kleine, gleichsam hochnäsige Brüste. Sie wurden von einem schwarzen BH noch weiter hochgezogen, dessen Träger man unter ihrem roten Top deutlich erkennen konnte. Ihre sehr weiße Haut und ihr athletischer Bau erinnerten ihn an Marieke, mit der er vor dem Abflug nach New York geschlafen hatte. Die Ähnlichkeit war noch verblüffender, als sie sich umdrehte, mit einem Teller in jeder Hand, die Bizepse angespannt, hervorspringend und blendend weiß. Ihr Hals streckte sich, und sie schrie mit unangenehmer Stimme: »Hallo, hallo, einmal Sauerkraut und Schinkenbrot! Einmal Sauerkraut und Schinkenbrot für Tisch 13!«

»Hören Sie mir überhaupt zu?«, ließ Wagner ihn aufschrecken, der inzwischen einen Klumpen aus fünf Kaugummis kaute. »Ich habe Ihnen gerade gesagt, dass Mansourd Sie in den kommenden Tagen einbestellen wird. Er wird Ihnen dasselbe vorschlagen, was ich Ihnen gerade vorgeschlagen habe: eine Stunde mit Ihrem Cousin zu verbringen und es irgendwie zu schaffen, die Verbindung zu zerstören, die er zu Nazir hat, der ihn ganz offensichtlich einer Gehirnwäsche unterzogen hat … Keine Ahnung, Sie finden schon einen Weg, um ihn zum Reden zu bringen. Das Wichtigste ist, dass er auspackt. Verdammt, er ist achtzehn Jahre alt, er wird einen Gutteil seines Lebens im Knast verbringen, aber wir reden hier von einem Bauernopfer, von einem ferngesteuerten Kind. Der Prozess wird frühestens in ein, zwei Jahren stattfinden, vielleicht dauert es auch länger, die emotionalen Wogen werden sich bis dahin wieder geglättet haben, die Justiz hat nicht die Aufgabe, Leben zu zerstören, wissen Sie?«

»Selbst wenn ich das könnte, wie …?«

Er verstummte. Der Ausblick auf eine Stunde allein mit Krim machte ihm Angst, er fürchtete, dem nicht gewachsen zu sein und dass sein Eingreifen eher kontraproduktiv sein und Nazirs Macht über Krim noch verstärken könnte.

Wagner nahm einen Anruf seines neuen Mitarbeiters entgegen. Zwanzig Sekunden später legte er die Hand über das Mikrofon, um sich ordentlich von Fouad zu verabschieden.

»Sie können am ehesten zu Krim durchdringen, wissen am ehesten, welche Saite Sie bei ihm anschlagen müssen. Also, ich vertraue Ihnen vollkommen.«

Der Richter wandte sich wieder seinem Telefonat zu und tat so, als wäre Fouad gar nicht da gewesen, obwohl er sich doch auf denselben Tresen stützte.

Draußen hatte es zu regnen aufgehört. Die Avenue des Gobelins lag außergewöhnlich still da, doch nach den Sirenen und den Hubschraubern auf dem G-8-Gipfel in den Staaten erschien Fouad ganz Paris wie durchzogen von einer dörflichen Gutmütigkeit: Die Blumenverkäufer bauten pfeifend ihre Stände auf, Leute, die Sackkarren schoben, wichen damit kleinen, dauergewellten Omas aus, die mit zwei Händen an den Leinen ihrer Pudel zogen, die ihrerseits beim leisesten Hupen in eine Schreckstarre verfielen.

Fouad beschloss, zu Fuß zur Wohnung seines Anwalts am Jardin des Plantes zu gehen. Es war ein zwanzigminütiger Spaziergang in dieser windigen, klaren Luft, der es ihm erlauben würde, sich des ganzen Ausmaßes der Mission bewusst zu werden, die er gerade gegen seinen Willen übernommen hatte.

13.

Maître Szafrans Bassstimme – die berühmteste und beeindruckendste der Pariser Anwaltskammer quer über alle Stimmlagen hinweg – kam ihm an diesem Vormittag übertrieben vor, kurzatmig, wie komponiert im Hinblick auf ihre Bekanntheit, wie einstudiert, um die einfachen Gemüter zu beeindrucken.

Fouad biss sich auf die Zunge, um am anderen Ende der Leitung nicht aufzuseufzen. Er war grausiger Laune, doch das war jetzt nicht der Moment, um den einzigen Unterstützer, auf den seine Familie seit Beginn des Sturmes unverbrüchlich hatte zählen können, gegen sich aufzubringen. Als der Anwalt ihm die technischen Einzelheiten seines letzten den Prozess betreffenden Husarenstücks schilderte, ließ seine Stimme Fouads Telefon erzittern. Fouad stellte sich das dankbare Gesicht seiner Tante Rabia vor. Szafran verteidigte die Nerrouches pro bono, doch in dieser Großzügigkeit sah der junge Schauspieler inzwischen nur noch Paternalismus. Er wartete auf den richtigen Moment, um darauf zu bestehen, über ein Honorar zu verhandeln, denn er wollte sich niemandes Mildtätigkeit unterwerfen.

Sein Stolz konnte nicht die einzige Erklärung für seinen Zorn sein. Auch ein paar weniger ehrbare Überlegungen spielten eine gewisse Rolle. Vor drei Tagen hatte ihm sein Cousin Raouf – ein Geschäftsmann, der nach London ausgewandert war und dort eine Kette von *halal* Restaurants führte – einen Artikel weitergeleitet, in dem die »dunklen Bereiche« und die »Kontroversen« rund um die Laufbahn ihres Anwalts thematisiert wurden. Fouad war über den ersten Absatz nicht hinausgekommen, die sprachlichen Fehler hatten ihn gestört, und bald hatten ihm auch die antisemitischen Klischees die Kehle zugeschnürt, die diese schwerfällige und gefährliche Prosa atmete, gefunden auf einer »Gemeinschaftsseite für europäische Muslime«.

Stattdessen hatte er mehrfach die kleine Notiz gelesen, die Raouf ihm zusammen mit dieser Stinkbombe geschickt hatte. Sie begann mit einem »Salaam alaikum, Cousin« und erstreckte sich dann über zehn Zeilen gespickt mit Frömmeleien, die Fouad wie aus einer anderen Zeit und aus einer anderen Generation vorkamen. Das Klima nach dem Attentat trieb jeden zurück zu seinem Stamm, der Zeitgeist gehörte sicherlich der identitären Rückbesinnung, dem großen Rückschritt. Doch hatte Raouf sich nicht als einer der Jungen in der Familie erwiesen, die am allerbegeistertsten von der Aussicht auf Chaouchs Sieg waren? Chaouch bediente sich einer Heckenschere und wollte damit die Jugend von ihren Wurzeln befreien, die sie erstickten. Lasst euch eigene Wurzeln wachsen, riet Chaouch, und verwurzelt euch im Horizont. Eure Identität? Definiert sie lieber über eure Pläne als über euer Erbe. Lasst euch nicht dadurch entmutigen, dass eure Väter in ihren Träumen enttäuscht wurden. Vertraut auf die Zukunft, *eure* Zukunft!

Fouad hatte daran geglaubt, und er schämte sich dafür nicht das kleinste bisschen. Für Raouf und für viele andere war die Stimme für Chaouch allerdings eine ethnisch motivierte Stimme: »Endlich ein Politiker, der aussieht wie wir.«

Dieses Missverständnis brachte Fouad zur Verzweiflung. Sie kämpften nicht mit denselben Waffen gegen den Stillstand und den Lokalpatriotismus. Im Grunde kämpften sie überhaupt nicht. Sie erzählten sich Geschichten, droschen Sprüche und rezitierten Gedichte, doch sobald die Sache ernst wurde, waren Weiße Weiße und Araber Araber, und die Juden waren verdächtig, alle möglichen Gemeinheiten im Schilde zu führen.

Am anderen Ende der Leitung war Szafran verstummt. Hatte er seine Gedanken erraten? Hatte er ihm vielleicht gerade eine Frage gestellt? Weder das eine noch das andere war der Fall.

»Noch eine letzte Sache, Fouad«, setzte er nach der akzentuierten Pause noch einmal an. »Es ist ein bisschen heikel, und Sie werden verstehen, dass es mir in meiner Position nicht zusteht … Kurzum: Ich glaube, Sie sollten sich mit Ihrer Mutter unterhalten.«

»Das habe ich vor, ja.«

»Ich will damit sagen, dass Sie ein wirkliches Gespräch mit ihr führen sollten, ein Gespräch, das vielleicht ziemlich schmerzhaft werden könnte. Für den Augenblick kann ich Ihnen nicht mehr darüber sagen.«

Szafran war im Gerichtsgebäude und schon spät dran für die Wiederaufnahme einer Sitzung. Er legte auf.

Fouad befand sich im prunkvollen Treppenhaus vor seiner Wohnung. Beim Eintreten ertappte er sich dabei, wie er den Rahmen der Eingangstür nach einer Mesusa absuchte. Es gab keine.

Außerdem konnte man sich kaum einen größeren Goi als Szafrans Haushälterin vorstellen, eine kleine rothaarige Frau mit spitzem Mund, die mit leichtem bretonischem Akzent sprach. Sie band sich die Schürze ab und bat Fouad, ihr ins obere Stockwerk zu folgen, wo seine »Mama« sich gerade ausruhte. Die Wendeltreppe führte sie zum glänzenden Parkett einer riesigen, lichtdurchfluteten und fast leeren Veranda, auf der sich nur ein halb abgedecktes Teleskop, ein altertümliches Fernsehgerät sowie ein Krankenbett mit Galgen und seitlich angebrachten Sicherheitsgittern befanden. Seine Mutter Dounia lag zusammengerollt und reglos darin, atmete lautlos, während der stumm geschaltete Fernseher knallbunte Flecken auf ihre schlafenden Wangen warf.

»Was ist das für ein Bett?«, flüsterte Fouad nervös, als er die Treppe wieder hinabstieg.

Die zarte Gestalt der Haushälterin versperrte ihm den Weg.

»Es hat Madame gehört. Sie verstehen das sicher, er dachte, dass Ihnen das nichts ausmachen würde.«

»Wer ist Madame?«

»Ähm, na, Madame Szafran … Es ist aber ein sehr gemütliches Bett, wissen Sie …«

Fouads Augen traten aus den Höhlen.

»Ja, sicher, der Tod ist gemütlich!«

Er machte auf dem Absatz kehrt und kündigte an, dass er sie wecken und mit zu sich nach Hause nehmen werde. Doch er überlegte es sich anders, als er das zarte, harmonische Gesicht seiner Mutter noch einmal genauer und ohne die groben Projektionen des Bildschirms darauf betrachtete. Ihre faltige Stirn, ihre kleinen Witwenaugen, der Mund einer Mutter, der ihn eine Million Mal geküsst hatte. Ein Lächeln umspielte diese Mundwinkel, und sie hustete nicht. Fouad konnte sich nicht daran erinnern, sie seit dem Tod ihres Mannes vor drei Jahren schon einmal friedvoller gesehen zu haben.

»Gestern sind sie spazieren gegangen, unten, im Jardin des Plantes. Sie haben sich unterhalten und sind danach in die große Moschee gegangen, Sie wissen schon, bei der Teestube. Ah, nein, sie haben einen schönen Nachmittag miteinander verbracht, außerdem war gestern so schönes Wetter! Es ist so schade, dass er ihr den japanischen Kirschbaum nicht in voller Blüte hat zeigen können, wenn sie doch nur schon einen Monat früher hier gewesen wäre …«

Ganz unten in seinem Rucksack hatte Fouad eine ganze Liste mit Adressen und Telefonnummern von Spezialisten, die er kontaktieren wollte. Doch er brachte es nicht übers Herz, seine Mutter aufzuwecken. Er liebte sie so sehr, dass er sich wünschte, ihr Lächeln möge ewig auf ihrem seligen Gesicht bleiben.

Durch die riesigen Fenster sah er auf die Blumenrabatten entlang der zentralen Allee des Jardin des Plantes. Eine Schulklasse in rosa Regenzeug ging auf das Karussell zu. Man hätte sie für eine Gruppe Flamingos halten können – doch welcher Vogel hätte schon das Schwarmverhalten so weit getrieben, sich bei den Krallen zu fassen und dann auf einem Bein imaginäre Hüpfspiele zu vollführen?

Ein andauerndes Vibrieren an seinem Oberschenkel holte ihn in dieses morbide Zimmer zurück. Die Klimaanlage – still und unsichtbar und ohne Zweifel sehr kostspielig – verströmte eine betäubend laue Luft, die einem Lust machte, für immer einzuschlafen.

Fouad näherte sich der Treppe, er war nun bereit davonzulaufen, wenn Jasmine es ihm vorschlug.

»Ist bei dir irgendwo ein Fernseher in der Nähe? Schalt das 15. oder das 16. Programm ein, schnell!«

Fouad stürzte zum Bett, an dessen Fußende er ohnehin seinen Rucksack vergessen hatte.

14.

Auf den beiden Nachrichtensendern liefen die Bilder in Dauerschleife. Sie zeigten Chaouch umgeben von Leuten in dunklen Anzügen und mit Knöpfen in den Ohren, wie er ein Stück Orange aß, in ein Pain au Chocolat biss oder einen Ninja mit weißer Schürze dabei beobachtete, wie er blitzschnell einen Kalbskopf filetierte.

Die Szene wirkte unschuldig, die kleinen Leute in Arbeitskleidung auf dem Markt von Rungis hatten das schon häufiger erlebt, hungrige Politiker, die sie bei den ersten Sonnenstrahlen besuchten.

»Wir wiederholen *die* Nachricht des Vormittags: Präsident Chaouch ist vor einigen Minuten bei seiner Rückkehr nach Paris in einen Streit geraten. Wie Sie auf diesen Bildern sehen können, hat er den Markt von Rungis besucht, wo es anscheinend eine Auseinandersetzung mit einem Bäcker gegeben haben soll. Wir schalten live nach Rungis zu unserem Reporter vor Ort …«

»Ja, es hat einen Zusammenstoß nicht mit einem Bäcker, sondern mit einem Metzger gegeben, der dem Präsidenten ein Sandwich anbot, das der Präsident offenbar abgelehnt hat, was dann wiederum den Zorn des betreffenden Metzgers auslöste.«

»Camille, wir hören Sie nur schlecht. Gibt es denn weitere Informationen über das Sandwich? Ah, nein, Moment, wir schalten um, es gibt nun exklusive Liveaufnahmen des Vorfalls. Wenn Sie gerade erst zuschalten, haben wir *die* Nachricht dieses Vormittags für Sie: Der Präsident ist anlässlich eines Besuchs auf dem Markt von Rungis in einen Streit geraten. Hier folgen gleich die Bilder.«

Fouad sah sie und hörte nichts mehr von dem, was Jasmine ihm am Telefon erzählte. Der Präsident streckte dem Metzger die Hand entgegen, der seinerseits ein Sandwich in sie gleiten ließ, aus dem die Schwarte einer Scheibe Kochschinken hervorstand. Der Präsident wollte das Sandwich daraufhin seinem Besitzer zurückgeben, der das aber unter lautem Gezeter kategorisch ablehnte, das allerdings von der Menge übertönt wurde, durch deren Lärm hindurch man kaum die Worte »Schinken« und »Brot« verstehen konnte.

Dounias Kopf begann, sich auf dem Kissen zu regen. Am Telefon teilte Jasmine ihm mit, dass sie den Besuch abgekürzt hatten und schon wieder im Auto auf dem Rückweg zum Élysée-Palast saßen.

»Ich wusste, dass es eine Schnapsidee war, nach so einem Wochenende noch nach Rungis zu fahren. Innerhalb weniger Stunden sind wir vom Gipfel in die Gosse gestürzt, von der Geschichte mit großem G zu ... dem hier! Mal ehrlich, Frankreich lebe hoch ... und du wirst sehen, sie werden den ganzen Tag von nichts anderem mehr sprechen ...«

»Jasmine, bist du noch im Élysée?«

»Ja, und du? Hast du mit deiner Mutter reden können?«

»Sie schläft«, log Fouad, als er sah, dass ein beginnender Hustenanfall die Brust seiner Mutter zusammenschnürte und die Haut an ihren Schläfen in Falten legte. »Ich spring gleich in ein Taxi und komm zu dir.«

Er bat die Haushälterin darum, seiner Mutter mitzuteilen, dass er am Nachmittag noch einmal vorbeikommen werde. Ganz aus der Bahn geworfen, entfernte er sich vom Bett, stammelte ein paar entschuldigende Worte und verließ dann eilig die Maisonettewohnung.

Der Taxifahrer hatte im Radio France Info eingestellt. Der Metzger aus Rungis wurde zu eventuellen politischen Implikationen seiner Geste befragt.

»Aber was denn für eine Geste? Giscard, Mitterrand, Chirac, Sarkozy, ich habe allen Präsidenten ein Schinkenbrot geschenkt! Es hat nie Probleme gegeben! Ich bereite sie mit dem Baguette eines der besten Bäcker Frankreichs zu. Und mein Schinken, wissen Sie, woher mein Schinken kommt? Nein, ich kann's gar nicht fassen, diese Geringschätzung unserer Heimatregion ...«

Fouad wollte auf keinen Fall die Meinung des Taxifahrers hören, er wollte auch nicht raten, woher er stammte, wo seine Wurzeln lagen, seine Gemeinschaft, das Lager, dem er sich am Abend des Weltenbrands anschließen würde. Aber in weniger als zehn Minuten Fahrtzeit erfuhr er dennoch, dass es sich um einen jungen Familienvater handelte, einen in Frankreich geborenen Algerier, der seit einigen Monaten regelmäßig betete. Er erklärte, er sei bereit, *alle kaputtzumachen*, die *auch nur ein blödes Wort zu seinem Jungen* sagten, und hegte keinerlei Zweifel an der Unschuld des Staatsfeinds Nummer eins, den er einfach nur mit seinem Vornamen bezeichnete, Nazir, und den er für das Opfer eines an der Place Beauvau ausgeheckten Komplotts hielt, unterstützt von den Medien und den Zionisten, die er manchmal auch einfach nur *die Juden* nannte.

»Habib, Vogel, die müssen mal für zwei Minuten aufhören, uns für total bescheuert zu halten. Chaouch ist von Juden umgeben, sogar seine Frau ist doch Zionistin, Esther, nein, du wirst schon noch sehen, wie er sich vor Israel in den Staub wirft … Sag mal, Rue du Faubourg-Saint-Honoré …?«, fragte der Fahrer plötzlich.

Er richtete seinen Rückspiegel und runzelte die Stirn. Er hatte ihn nicht erkannt, es ging anscheinend um etwas anderes. Fouad konnte ihn nachdenken hören: Araber oder nicht? Vielleicht Jude?

»Gibt's ein Problem?«

Der Fahrer gab keine Antwort. Er drehte die Lautstärke am Radio hoch und steuerte seinen altersschwachen Peugeot 207 in den Strudel an der Place de la Concorde. Fouad sah auf die Uhr und auf das Taxameter, das mit einem Stück Tesafilm an das Armaturenbrett geklebt war. Der Fahrer beschleunigte unvermittelt, um scheinbar noch über eine gelbe Ampel zu kommen und dann im letzten Moment doch noch abzubremsen. Fouad schlug mit dem Kopf gegen die Rückenlehne des Vordersitzes.

»Pass doch auf, verdammte Scheiße!«

Er verlangte, auf der Höhe der amerikanischen Botschaft abgesetzt zu werden, er wollte zu Fuß weitergehen, egal. Der Fahrer hielt in zweiter

Reihe und streckte seinem Fahrgast die Hand hin, ohne den Blick von der Windschutzscheibe zu lösen.

»Behalten Sie das Wechselgeld«, zischte Fouad beim Aussteigen.

Kaum hatte er die Tür hinter sich geschlossen, ging ein Regen aus Geldstücken auf das Pflaster nieder. Fouad drehte sich um, und der Fahrer spuckte ihn an, ein riesiger Grüner, der ihn genau unterhalb des Kinns traf, wie ein Haken aus Schleim.

15.

Der junge Mann, der ihn an der Sicherheitsschleuse der 55, Rue du Faubourg-Saint-Honoré begrüßte, fragte ihn, ob es ihm etwas ausmache, mit ihm zusammen auf die Ankunft der neuen Sicherheitschefin des Élysée zu warten. Fouad unterdrückte seinen Ärger und nahm auf der Bank Platz, die man ihm in der verglasten Kammer des beeindruckenden Metalldetektors anwies. Der Bote hatte Wurstfinger, rotes Haar und ein süßliches Lächeln wie Ahornsirup, den er über Fouad ausgoss, wobei er jedes Mal errötete, wenn sich ihre Blicke kreuzten.

»Was ist denn das Problem?«, fragte Fouad nach fünf Minuten und ebenso vielen SMS an Jasmine ungeduldig, die über nichts Bescheid wusste und auch nicht runterkommen konnte, bevor sie geduscht hatte. Sie vermutete jedoch, dass es einfach darum ging, ihn an die Sicherheitsregeln der Privatresidenz zu erinnern, in der er natürlich jedes Recht hatte, sich aufzuhalten.

»Ich … um ehrlich zu sein, bin ich nur Praktikant«, antwortete der scharlachrote Lakai. Dann erregte eine kleine Gruppe seine Aufmerksamkeit. »Ah, da ist sie ja …«

Fouad erhob sich und stand dann direkt vor Valérie Simonettis Blondschopf. Die ehemalige Personenschützerin des Präsidentschaftskandidaten Chaouch war mit weißer Weste aus der Untersuchung der

Dienstaufsicht der Polizei hervorgegangen. Wenn sie ihre Haare streng nach hinten band, wirkten ihre Wangenknochen noch prominenter, und ihre geraden, scharfen Züge erinnerten unweigerlich an die einer Domina. Ihr Blick wurde kein bisschen freundlicher, als sie dem Fouads begegnete, und das, obwohl sie sich doch erst vor drei Tagen heimlich getroffen hatten.

Sie erklärte in dem vorwurfsvollen Ton, den Polizisten oft anschlagen, wenn sie entweder etwas zu verbergen oder nichts zu sagen haben: »Ich sorge ab jetzt für die Sicherheit des Präsidenten im Élysée, genau heute trete ich meinen Job an. Würden Sie mir bitte folgen?« Als sie bemerkte, dass der junge Mann sich versteift hatte, fügte sie ein wenig leiser hinzu: »Es dauert nur ein paar Minuten, versprochen.«

Sie schlugen einen etwas seltsamen Weg ein, um nicht den Hof durchqueren zu müssen. Begleitet wurden sie dabei von zwei Leibwächtern, und Fouad bemerkte, dass sie seinem Blick auswichen.

»Entschuldigung«, wagte er sich plötzlich vor, »wir müssen doch inzwischen mindestens im dritten Untergeschoss sein, darf ich erfahren, was hier los ist?«

Sein Ton verriet eine Vertrautheit, auf die die Polizistin in Gegenwart zweier ihrer Männer gern verzichtet hätte. Also antwortete sie, ohne sich umzudrehen: »Jemand möchte Sie sprechen. Wir sind gleich da.«

»Ich muss mit Jasmine telefonieren. *Valérie*, ich möchte gern wissen, was das alles zu bedeuten hat.«

Was er wirklich gern erfahren hätte, war, wie »Valérie« hierher gelangt war, von welcher Gunst sie dabei profitiert hatte und warum. Der Gedanke, dass es sich um einen simplen Willkürakt von hoher Stelle handeln konnte, betrübte Fouad außerordentlich.

Nachdem sie einen langen Korridor mit einer Gitterdecke entlanggegangen waren, stoppten sie vor einer Tür, die mit einem Zahlencode gesichert war. Valérie Simonetti ließ einen ihrer Männer die Kombination eingeben, und die Tür öffnete sich auf einen weiteren Flur von ähnlichen

Dimensionen wie der erste, nur dass an den verschalten Wänden nun ganz offen eine Reihe von Videokameras hingen.

»Ich dachte immer, der Bunker unter dem Élysée wäre eine Legende. Stimmt es, dass er mit den unterirdischen Anlagen an der Place Beauvau verbunden ist?«

Fouad hatte sich an einen der Männer mit Kopfhörer gewandt, der ihm mit einem Nicken antwortete, das gerade so knapp war, dass es nicht mehr ganz offensichtlich beleidigend wirkte.

Die neue Sicherheitschefin trat nicht durch die Tür in den Bunker. Fouad glaubte, einen warnenden Ausdruck in ihrem Blick wahrzunehmen. Die Leibwächter näherten sich Fouad und begleiteten ihn ein Stück weit durch den Korridor bis zu einem Aufzug, der von zwei mit Maschinengewehren bewaffneten Soldaten bewacht wurde. Ab hier übernahmen sie die Eskorte. Fouad war inzwischen so weit gegangen, dass er nicht überrascht gewesen wäre, wenn sich die Aufzugstüren in einem Erdgeschoss am anderen Seineufer geöffnet hätten oder sogar in einer anderen Stadt. Doch der Fahrstuhl fuhr nicht aufwärts, und als die Türen wieder aufglitten, befand sich Fouad mitten in einer Militärzone: Betonwände, über Putz verlegte Rohre, Käppis, Waffen, ernste Mienen von Leuten, die nur ungern gestört werden wollten, schon gar nicht von Zivilisten.

Glücklicherweise wartete in dem schlecht beleuchteten Raum, in den man ihn brachte, eine vertraute Gestalt auf Fouad. Vertieft in eine Akte, saß da Kommandant Mansourd und grüßte Fouad mit einem Zusammenpressen seiner roten Lippen, die unter dem dichten Bart hervorleuchteten. Er war gerade zum Direktor des Geheimdienstes ernannt worden, wie Wagner ihm bereits verraten hatte. Er war noch nicht offiziell in das Hightech-Büro im obersten Stock des DCRI-Sitzes in Levallois-Perret eingezogen, allerdings hatte er sich immerhin die Mühe gemacht, sich einen Anzug zu besorgen: marineblaues Sakko, weißes Hemd von mittelmäßiger Qualität, Krawatte mit schiefem Knoten und eine zu kurze Hose, die die Sicht auf zwei hässliche Ringe behaarter Haut freigaben.

Als er vor dem zerzausten Kommandanten Platz nahm, musste Fouad an die schlimme Nacht zurückdenken, in der er ihm zum ersten Mal begegnet war, bei der Ingewahrsamnahme vor etwa zwanzig Tagen.

»Es geht um Ihren Bruder«, erklärte Mansourd ohne Umschweife. »Der Präsident wollte, dass Sie von einem Interview erfahren, das er ... Ihrer Journalistenfreundin gegeben hat.«

Die Art, wie er die erste Silbe betonte, zeigte deutlich an, wie wenig Respekt er für diesen Berufsstand übrig hatte.

»Marieke?«, fragte Fouad und wurde blass.

Er spürte sie an seinen Fingerspitzen und in seinen plötzlich schwitzigen Handflächen, die er daraufhin am Stoff seiner Hose abwischte.

»Hat sie sich mit Nazir getroffen? Und das verabredete Treffen in New York? War das nur eine Finte?«

»Nicht ganz. Er war nicht selbst dort, doch darauf war ich gefasst gewesen. Er hat uns allerdings einige Dokumente hinterlassen, die wir gerade auswerten und die sich tatsächlich als ziemlich informativ erweisen. Aber deshalb habe ich Sie nicht hergebeten.«

Hierher, in den Keller des Ostflügels des Élysée-Palasts, ins Herz der Kommandozentrale für die Nuklearwaffen. Mansourd hielt einen dünnen Schnellhefter zwischen seinen enormen Pranken. Eindringlich musterte er Fouad, um zu ermessen, ob man ihm vertrauen konnte oder ob Chaouch nun voll und ganz den Verstand verloren hatte.

»In der Fassung, die Sie gleich lesen werden, ist einiges geschwärzt worden, doch es bleibt immer noch ein hochsensibles Dokument. Und ich will Ihnen nicht verschweigen, dass ich die Idee, Sie einzuweihen, nicht gutheiße, noch weniger die, Sie hierherkommen zu lassen.«

»Na, warum haben Sie's denn dann getan?«

Mansourd schwieg und sah hinab auf den Schriftzug *Streng Vertraulich, Verteidigung*, der auf dem Deckblatt der Akte zu lesen war. Fouad wusste nicht mehr, was er weiter sagen sollte. Er dachte nur noch an Marieke, an ihre weiße Haut, an ihre riesigen blauen Augen, intelligent und tragisch, die niemals nachgaben, nicht einmal beim Orgasmus, den sie wie einen Schock hinnahm, mit einem Ausdruck der Bestürzung und der Auflehnung auf dem Gesicht. Sie überließ sich nie ganz, und sie fürchtete sich vor nichts. Fouad spürte, dass ihr etwas zugestoßen war.

Er nahm die Akte entgegen, die ihm der Kommandant hinstreckte, und fragte nur aus dem Bedürfnis heraus, seine eigene Stimme zu hören: »Wie viele Menschen haben sie bisher gelesen?«

»So wenige, dass schon einer mehr einer zu viel ist«, erwiderte Mansourd und gestikulierte dabei feindselig mit seinen Riesenpranken, um ihm zu signalisieren, dass er mit der Lektüre beginnen solle.

16.

Ab dem Moment, in dem der junge Mann die Akte in Händen hielt, ließ Mansourd ihn nicht mehr aus den Augen. Fouad wusste, dass seine Reaktionen Gegenstand besonderer und möglicherweise auch böswilliger Aufmerksamkeit sein würden. Zu Beginn zwang er sich dazu, nichts durchblicken zu lassen, doch ab dem ersten geschwärzten Abschnitt wurde sein Ärger zu groß, und er seufzte.

»Mal ehrlich, wozu soll es gut sein, mir irgendwelche verstümmelten Erklärungen zu lesen zu geben? Wagner hat mir schon ungefähr gesagt, worum es geht. Die geschwärzten Passagen sind die über Montesquiou?«

Mansourd blinzelte einmal, um ihm zu verstehen zu geben, er möge möglichst schweigend weiterlesen. Fouad las den folgenden Abschnitt mehrfach, bevor es erneut aus ihm herausplatzte.

»Aber wann hat Marieke ihn denn treffen können? Haben sie sich wirklich gesehen, oder ist das übers Internet gelaufen? Und wo ist Marieke denn jetzt? Haben Sie einen Beweis dafür, dass sie ihm diese Fragen wirklich gestellt hat? Für mich sieht das eher wie ein Schauspiel aus, das dem psychopathischen Hirn meines großen Bruders entsprungen ist. Das sähe ihm ganz ähnlich, ein Selbstgespräch zu führen, finden Sie nicht?«

»Lesen Sie, danach können wir uns immer noch um Ihre Fragen kümmern.«

Fouad vertiefte sich wieder in das Dokument. Er las wie ein Schauspieler: Seine Lippen bewegten sich, die Stirn verformte sich, die Brauen setzten Ausrufezeichen, seine Knie schlugen bei jedem Zeilenumbruch den Takt. An mehreren Stellen bemerkte Mansourd, dass seine Ohren rot anliefen.

Als Fouad fertig war, verfiel er ins Grübeln, so tief, dass der Ordner ihm aus der Hand rutschte. Als er sich bückte, um ihn wieder aufzuheben, hielt er kurz inne und atmete dann weiter, um den richtigen Tonfall und den entsprechenden Gesichtsausdruck zu meistern.

»Das ist doch vollkommener Irrsinn, da sind wir uns wohl einig? Ein Lügendickicht. Nazir bei der DCRI? Und wieso ist der Papst dann kein Agent des Mossad?«

»Sie haben nicht gewusst, dass Ihr Bruder als Spitzel bei der DCRI gearbeitet hat?«

»Aber da gibt es doch nichts zu wissen! Das ist doch pure Einbildung, so wie der ganze Rest! Er versucht, Sie zu manipulieren. Es ist ein Aufruf zum Hass, getarnt als wolkiges Geständnis. Er möchte die Muslime gegen den Rest des Landes aufhetzen, das ist doch offensichtlich! Er will einen Bürgerkrieg provozieren!«

Mansourd verschwand auf den Gang. Als er wiederkam, hatte er die Akte nicht mehr bei sich, doch nach den Fragen zu schließen, die er anschließend eine halbe Stunde lang stellte, schien er sie auswendig zu kennen. Er zitierte ausführlich aus der Unterhaltung, ohne Notizen zu konsultieren oder sich selbst welche zu machen. Fouad hatte inzwischen begriffen, dass er hier keinem gewöhnlichen Verhör unterzogen wurde. Als der neue Geheimdienstchef all seine Antworten bekommen hatte, klatschte er in die Hände und sprang von seinem Stuhl auf.

»Gut, dann können wir jetzt gehen!«

Doch Fouad blieb sitzen.

»Was jetzt? Kein Wort über die grotesken Anschuldigungen gegen mich? Nichts über meine Superstrategie, mit Jasmine auszugehen, um an den Präsidenten ranzukommen?«

»Damit habe ich nichts zu tun«, brummte Mansourd und forderte den jungen Schauspieler mit einem nachdrücklichen Blick dazu auf, sich ebenfalls zu erheben. »Ich wollte mich nur einer Sache versichern, von der ich von Anfang an überzeugt war: dass Sie nichts wussten. Nichts über das wahre Leben und Nazirs ›Angelegenheiten‹. Nichts über die tief liegenden Verbindungen, die Nazir zu Ihrer Familie geknüpft hat, nichts über Krim, nichts. Was den Rest angeht, hat der Präsident den Wunsch geäußert, dass Sie hier dazu Stellung nehmen können. Ich selbst habe keinerlei Rat für Sie, außer den, dass Sie besser aufpassen sollten, wo Sie sich blicken lassen.«

»Ich lasse mich nirgends blicken«, rief Fouad aus. »Ich darf Sie daran erinnern, dass man mich hierher eskortiert hat.«

Mansourd packte Fouad am Arm und drückte diesen dabei in einem Maß zusammen, das er noch für freundlich hielt. Die beiden Männer waren gleich groß, doch Mansourd war breiter und stämmiger. Er nahm einen drohenden Tonfall an.

»Nur weil der Große Manitu es so will, müssen Sie ja nicht in seiner Nähe bleiben. Das ist ein gefährlicher Platz, und ich sage Ihnen offen: Sie haben dort nichts verloren. Sie selbst werden in dieser Angelegenheit nicht beschuldigt, aber Ihr Bruder steht in deren Zentrum, egal was er behauptet.«

Mansourd wandte sich wieder dem Korridor zu, als sich hinter seinem Rücken eine klägliche Stimme erhob.

»Und Marieke, können Sie mir die Wahrheit darüber sagen, was mit ihr passiert ist?«

Mansourd drehte sich um. Falten durchschnitten seine breite, zerfurchte Stirn.

»Das reicht jetzt aber, der Präsident möchte Sie sprechen, folgen Sie mir.«

Was das Schicksal dieser Frau betraf, deren Geruch er nicht mehr ganz losgeworden war, nicht einmal auf der anderen Seite des Atlantiks, stellte Fouad sich nun das Schlimmstmögliche vor. Er zitterte noch immer, wenn er an ihr Abenteuer in dem feuchten Gebüsch dachte, mit dem er seine zukünftige Frau ebenso wie seinen zukünftigen Schwiegervater betrogen hatte. Er war im Begriff, jene zu heiraten und diesem unter die Augen zu treten, fünfzehn Meter unterhalb der Erdoberfläche, umgeben von bewaffneten Männern. Und doch wusste Fouad, dass er, sollte Marieke ihm jetzt eine SMS schicken und ihn darum bitten, sie an ihrem üblichen Treffpunkt zu treffen, sich ohne zu zögern dorthin begeben würde.

Das jedenfalls redete er sich ein, während Mansourd ihn in ein weiteres schmales Büro führte. Darin saß ein glatzköpfiger Polizist, der sogleich den Computer ausschaltete, an dem er gerade noch gearbeitet hatte. Nachdem er den Eindringling von Kopf bis Fuß gemustert hatte, zog er sich auf den Gang zurück.

»Aber warum gucken die mich denn alle so schräg an?«, fragte Fouad und setzte sich.

Mansourd richtete sich kerzengerade auf, denn die Räder des Präsidentenrollstuhls waren gerade im Türrahmen erschienen. Fouad erhob sich ebenfalls umgehend wieder. Chaouch war in Hemdsärmeln, ohne Krawatte, er wirkte übellaunig und aufgeregt. Er flüsterte seinem Leibwächter etwas ins Ohr. Der verließ den Raum und schloss dabei die Tür mit beunruhigender Sanftheit.

»Es tut mir leid, dass ich Sie habe warten lassen.«

Fouad glaubte, der Präsident wendete sich an Mansourd und ihn zugleich, doch das war nicht der Fall.

»Fouad, ich habe nicht viel Zeit, Sie erlauben mir, gleich zum Punkt zu kommen.«

Nach dieser Einleitung verstummte er. Fouad betrachtete den Kopf des Präsidenten, der wie aus Bronze wirkte und plötzlich wie erstarrt zu sein schien. Die hohe Stirn hatte er in Richtung der Schreibtischfüße geneigt, wo seine Gedanken sich eher zu verwickeln statt sich zu sammeln schienen und ihn in einen inneren Strudel zogen, der ihn halb die Augen schließen und sie plötzlich wieder öffnen ließ, wobei sie in zwei verschiedene Richtungen blickten: Das rechte Auge sah noch immer ins Ungefähre, während er mit dem linken Fouad fixierte.

Das Schweigen hielt an, Fouad musste sich eingestehen, dass er noch nie so große Schwierigkeiten gehabt hatte, einem Blick standzuhalten. Und auf einmal war er sich sicher, dass Chaouch ihn betrachtete, ohne ihn wirklich zu sehen.

»Sie wollten gerade zum Punkt kommen, Herr …«

»Hm.«

Chaouch kam ebenso seltsam wieder zu sich, wie er gerade weggedämmert war. Ein nicht zu entzifferndes Lächeln lag auf seinen Lippen.

»Ja, es geht um das Interview«, fuhr er fort und hob den Kopf. »Um genau zu sein, geht es um die Art und Weise, wie wir es abgefangen haben.«

Fouad hielt es nicht mehr aus. »Ich muss Ihnen sagen, dass Marieke eine Freundin ist, na ja, ich kenne sie eben.«

Chaouch wirkte betrübt. Er verständigte sich kurz mit Mansourd und informierte den jungen Mann dann darüber, dass Marieke vermisst gemeldet sei.

»Okay«, erwiderte Fouad schlicht.

»Es lässt sich nicht garantieren, dass sie noch am Leben ist«, fügte Mansourd mit tonloser Stimme hinzu, »um das ganz klar zu sagen. Wir können auch nicht mit Sicherheit sagen, ob sie nicht von Anfang an einvernehmlich mit Ihrem Bruder zusammengearbeitet und uns nach New York geschickt hat, damit sie ihn allein treffen und befragen konnte …«

Diese Zusatzinformation schnürte Fouad die Eingeweide zusammen. Er wäre gern aufgestanden, um sich Kopf und Gedanken wieder an Ort und Stelle zu rütteln, doch der Blick des Präsidenten nagelte ihn auf seinem Stuhl fest.

Seine Hände klammerten sich an die Armlehnen, als er verstand, dass das Schlimmste erst noch bevorstand.

Mansourd schickte sich an, die schlechte Nachricht zu überbringen, doch Chaouch wollte es lieber selbst tun. Fouad hatte noch nie erlebt, dass sein Held irgendjemanden unterbrochen hatte, nicht einmal während der Debatte zwischen den Wahlgängen, anlässlich derer er auf die Ansprache des scheidenden Präsidenten mit höflichem Schweigen reagiert hatte, fast schon belustigt. Es hatte ihn als seiner eigenen Kraft sicher und von leuchtenden Absichten beseelt erscheinen lassen.

Fouad zog eine Grimasse. Nichts von diesem Leuchten war mehr auf dem steifen und schmerzvollen Gesicht des Überlebenden übrig, der sich nun an ihn wandte.

»Fouad, wir haben den Interviewtext abfangen können, weil wir aus einem Telefongespräch Erkenntnisse gewonnen haben, das Nazir mit Ihrer Mutter geführt hat.«

Chaouch ließ sich von den entgleisten Gesichtszügen des jungen Mannes nicht beeindrucken.

»Wir haben leider Grund zu der Annahme, dass Ihre Mutter schon seit mehreren Monaten wusste, dass Nazir etwas plante. Sie hat ihn materiell unterstützt, Abhörprotokolle, deren militärische Vertraulichkeit wir haben aufheben lassen, zeigen, dass sie es zwar nicht wahrhaben wollte, dass sie keine Details kannte, dass sie aber Bescheid wusste.«

»Mutterreflex«, bemerkte Mansourd und schüttelte mit skeptischer Miene den Kopf.

Fouad öffnete den Mund, doch ein Schreckensschluckauf hielt die Töne in seiner Luftröhre fest. Als er wieder sprechen konnte, protestierte er so kräftig, wie es ihm nur möglich war: Es sei alles eine Erfindung der DCRI, ein Manöver von Richter Rotrou! Es sei ein neuer teuflischer Trick Nazirs!

Chaouch nickte verständnisvoll. »Ich wollte Ihnen ganz unabhängig von den künftigen Entwicklungen sagen, dass Ihre Mutter angesichts der Umstände natürlich keinen weiteren Tag im Gefängnis verbringen wird. Was ihr Geheimnis anbelangt – wenn Sie es nicht nach draußen tragen, wird es keiner tun, darauf gebe ich Ihnen mein Wort.«

Im Nachbarraum war eine Besprechung im Gang, bei der Chaouch eigentlich die ganze Zeit hätte anwesend sein müssen und an der auch Mansourd teilnehmen sollte. Aber Chaouch bat seinen neuen Geheimdienstchef, noch kurz zu bleiben, um dem Verlobten seiner Tochter eventuell sich ergebende Fragen zu beantworten. Der Kommandant hatte eigentlich Besseres zu tun, als eine psychologische Kundenbetreuung sicherzustellen. Der Präsident verließ den Raum.

»Gibt es eine Aufnahme des Gesprächs zwischen meiner Mutter und ihm?«, fragte Fouad.

»Ja, aber Sie werden sicher verstehen, dass ich nicht …«

»Er hat sie benutzt, sie ausgenutzt, stimmt's? Warum haben Sie mich dieses Interview lesen lassen, das nur ein ganz offensichtlicher Versuch ist, alle an der Nase herumzuführen, und weigern sich jetzt, mir zu verraten, worüber meine Mutter und Nazir, wenn ich es recht verstehe, *dieses Wochenende* gesprochen haben?«

Mansourd sah auf die Uhr. »Der Präsident möchte Ihre Meinung dazu wissen, mehr steckt nicht dahinter.« Der bullige Polizist hatte eine unbeholfene Art, Fürsorge zu zeigen. Er brummelte etwas über die »Loi Kouchner« aus dem Jahr 2002 und hielt es für angebracht, noch hinzuzufügen: »Es fehlte nur noch, dass dieses Gesetz für diesen Abschaum Papon angewendet wird, der ruhig bei sich zu Hause gestorben ist, aber nicht für Ihre Mutter.«

Für all diese Leute war es eine ausgemachte Sache. Sie war schwer krank, also würde sie sterben. Fouad wollte zurück nach oben, raus aus diesem Betonblock, in dem seine Lunge inzwischen die gesamte verfügbare Luft aufgebraucht hatte.

17.

Kommandant Mansourd ließ ihn zum Fahrstuhl zurückbringen und gesellte sich dann zum Präsidenten. Im *warroom* der Einsatzleitstelle Jupiter war eine reine Männerriege versammelt: Ein Dutzend grauhaarige Köpfe hörten dem näselnden Vortrag eines uniformierten Generals zu. Er war gut gebräunt und hatte einen tödlichen Blick.

Ein einziger Mann im Raum grüßte den Kommandanten: sein Chef, der Polizeipräsident Dieuleveult, den Chaouch inzwischen zum Innenminister einer Regierung der nationalen Einheit ernannt hatte. Mansourd schlängelte sich zu ihm durch. Dieuleveult saß ein wenig vom Tisch entfernt. Seine Augen waren hinter den spiegelnden Brillengläsern in dem großen Gestell nicht zu erkennen. Die Gläser waren abgenutzt, er trug sie offenbar absichtlich so. Wie üblich hatte er die Hose bis über den Bauchnabel gezogen, und die übereinandergeschlagenen Beine gaben den Blick auf violette Socken mit senfgelben Punkten frei. In diesem Frühjahr waren gewagte Socken gerade in Mode.

»Sie haben nichts verpasst«, murmelte er Mansourd ins Ohr. »Wie ist es mit dem Schwiegersohn gelaufen?«

»Sie wissen, wie ich darüber denke, wenn es nur nach mir gegangen wäre …«

Mansourds Stimme war zu grob, als dass er mit ihr hätte flüstern können. Der General unterbrach seinen Bericht und fuhr erst fort, nachdem er den Neuankömmling mit einem giftigen Blick bedacht hatte.

Um den Tisch herum saßen die Chefs der Institutionen, die sich an der Jagd auf Nazir beteiligten, aber nicht nur: Der Mann, der gerade sprach, war der Chef des Militärstabs des Präsidenten, General Fenouil. Der Verteidigungs- und der Außenminister waren genauso anwesend wie ein persönlicher Feind Mansourds in Gestalt des Chefs der Spionageabwehr, der mechanisch Blätter abheftete, während er darauf wartete, dass man ihm das Wort erteilte. Er war ein Mann mit glatter Stirn und glatten, sehr weißen Haaren, die ihm wie ein Vorhang auf die Schultern fielen. Er hatte ein längliches Gesicht, aus dem reglose Augen von einem gleichmäßigen und eisigen Blau hervorstachen. Nachdem er ihn kennengelernt hatte, hatte Chaouch gesagt, er sei das Ebenbild Franz Liszts, abzüglich der Pusteln und des Genies. Mansourd wusste nicht, wie Franz Liszt ausgesehen, übrigens auch nicht, auf welchem Feld sich wohl sein Genie entfaltet haben mochte. Doch er hatte eine sehr genaue Vorstellung davon, mit welcher Art von widerlichem Typ er es bei dem Chef der Spionageabwehr zu tun hatte, dem es irgendwie gelungen war, sich an diesem Morgen ins Zentrum des Spiels und der Gespräche zu manövrieren. Der Außenminister stellte unter Beweis, dass er unter seinem Einfluss stand, als er darauf hinwies, dass die amerikanischen Geheimdienste an Nazirs Informationen gelangt waren und nun über eine Operation gegen Scheich Otman nachdachten. Dieser Kriminelle von al-Qaida war ins kabylische Bergland geflohen, wo in den letzten Tagen auch Nazir lokalisiert worden war.

»Jetzt müsste man nur noch wissen, was die Amerikaner Nazir im Gegenzug für seine Informationen über Otman versprochen haben …«

Das Thema schien nicht gerade auf großes Interesse bei den Anwesenden zu stoßen, die sich beflissen in ihre Papierberge versenkten und diese mit sinnlosen Pfeilen annotierten. Der Chef des Militärstabs stand noch immer und wandte sich nun an den Präsidenten, der am Ende des Tisches saß und die Augen zusammenkniff, um etwas auf den Satellitenaufnahmen erkennen zu können, die ihm gegenüber auf eine Großleinwand projiziert wurden. General Fenouil beschrieb Nazirs Weg seit dem Attentat am 6. Mai von Paris nach Zürich, von Zürich in ein kleines Dorf im hintersten Winkel Graubündens, von der Schweiz nach Italien, nach Genua, von hier aus dann die Überfahrt mit neuen falschen Papieren nach Algerien. An diesem Wochenende hielt er sich in der Kabylei auf, in Bejaïa, wo wahrscheinlich auch das Treffen mit der Journalistin stattgefunden hatte und wo sie dann seine Spur verloren hatten.

Chaouch nickte wortlos.

»Wie ich Ihnen vorhin schon sagte«, fuhr der General fort, »haben wir zusammen mit dem Direktor der Spionageabwehr mehrere Szenarien für eine Tötungsmission entwickelt.«

Mansourd lauerte darauf, eine Reaktion auf dem geisterhaften Gesicht des Spionagechefs zu erkennen. Seine glanzlosen Lippen öffneten sich vor einer Reihe unnormal weit auseinanderstehender Zähne, die alle wie Eckzähne aussahen. Da der Präsident keinerlei Reaktion zeigte, schloss er an General Fenouil an, die Hände hatte er dabei flach auf seinen Papierstapel gelegt. Er betonte, dass die Tötungsversuche, deren Ziel gewesen zu sein Nazir Nerrouche behauptete, nicht von den Diensten ausgegangen waren, die er seit vier Jahren mit eiserner Hand lenkte.

»Wenn wir die Anweisung erhalten hätten, uns darum zu kümmern, können Sie sich denken, dass niemand etwas davon erfahren hätte, schon gar nicht der zuvorderst Betroffene.«

Vor- und Nachteile wurden von den anwesenden Ministern und Behördenchefs gegeneinander abgewogen, alle standen dem Vorhaben mehr oder weniger positiv gegenüber. Chaouch hörte sich die Argumente an, die von jedem der blassgesichtigen, grauhaarigen Menschen kamen, an denen er an diesem Morgen eine beunruhigende Familienähnlichkeit entdeckte.

Vogel, sein treuer Wahlkampfmanager, hatte Mühe, sich in die Diskussion einzubringen. Er selbst hielt auch eine Tötungsmission für notwendig (dafür benutzte er einen Begriff, der den Anwesenden signalisieren sollte, dass er sich im Militärjargon auskannte), doch er befürchtete Lecks und davon ausgehend heftige Reaktionen in den Medien. Der Chef der Spionageabwehr brach angesichts dieses sozialistischen Premierministers in ein trockenes, abschätziges Lachen aus, der doch kaum erst seine Kartons im Hôtel Matignon ausgepackt hatte und ganz offensichtlich nichts von der wunderbar undurchsichtigen Welt der Geheimoperationen verstand.

»Was mich persönlich irritiert, ist eher, dass sein kleiner Bruder eingeweiht worden ist und dass seine Mutter ganz nach Belieben mit Nazir telefonieren kann, da man die edelmütige Idee gehabt hat, sie aus dem Gefängnis zu entlassen. Doch ich räume gern ein, dass das nicht in meinen Aufgabenbereich fällt, und ich zweifle natürlich nicht daran, dass alle Konsequenzen dieser offenkundigen Nachgiebigkeit vorher gründlich geprüft worden sind ...«

Der Angriff galt ganz offenbar dem Präsidenten, obwohl er an Mansourd gerichtet war, der seit dem Nachmittag des Attentats die geheimdienstlichen Aktivitäten koordinierte und dem sich der Direktor nun scheinheilig zugewandt hatte. Der Besprechungsraum des Bunkers war nur durch Bankierslampen erleuchtet, die entlang des ovalen Tisches angebracht waren und über jedem Arbeitsplatz hingen. Unter den grünen Lampenschirmen hörte man das ununterbrochene Knistern der Birnen.

Chaouch atmete missmutig ein. Er wollte seinen Rollstuhl dem finsteren Spionagechef zudrehen, doch er täuschte sich in der Richtung und rollte stattdessen nach rechts. Mit erhobener Hand, damit niemand auf die Idee kam, ihm zu Hilfe zu kommen, erlangte er selbst wieder die Kontrolle über seinen fahrbaren Untersatz und erklärte dann außer Atem: »Ich habe diese Besprechung nicht einberufen, um die Auswahl meiner Berater zu debattieren. Das Thema ist hiermit beendet.«

Die grauen Köpfe senkten sich, und Ruhe kehrte ein. Hinter seinen spiegelnden Flaschenböden glitzerten die Augen des Innenministers Dieuleveult. Es stimmte also, der Präsident hatte eine Meise. Zählte er diesen Playboy, der seine Tochter geschwängert hatte, wirklich zu seinen *Beratern*? Mansourd wollte sich einmischen. Geistesgegenwärtig spürte sein unmittelbarer Vorgesetzter, dass er sich gegen die Operation aussprechen wollte, und packte ihn am Ellenbogen, damit er den Mund hielt. Der unerfahrenste von Chaouchs Ministern ergriff also die Gelegenheit, um die »dumme« Frage zu stellen, die ihn seit Beginn der Sitzung umtrieb.

»Aber wie wollen wir ihn denn eliminieren, wenn wir seine Spur verloren haben?«

Mansourd zog es vor, dem bebrillten Politiker zu antworten, statt sich an dem spöttischen Schweigen zu beteiligen, das ihn begrub.

»Wahrscheinlich wird er nach Frankreich zurückkehren wollen, wird versuchen, mit seiner kranken Mutter Kontakt aufzunehmen, und da werden wir ihn schnappen. Meiner Meinung nach ein weiterer Grund, nicht in Panik zu verfallen, indem man auf vereidigte Killer zurückgreift …«

Der Chef der Spionageabwehr kniff die Augen zusammen.

»Sie haben ihn unterschätzt, furchtbar unterschätzt«, sagte er anklagend und mit einer Grabesstimme, mit der er alle Blicke auf sich zog. »Er hat Sie reingelegt, Sie und die Hundertschaften von Polizisten, die Ihnen bei der Treibjagd zur Verfügung standen. Seine Informationen sind vergleichbar mit Sprengstoffgürteln. Und wir können ihn nicht daran hindern, sie hochgehen zu lassen, wann auch immer es ihm passt. Doch er möchte verhandeln, sonst stünde alles schon im Internet. So ist die Lage. Man muss dieses Pseudogespräch behandeln wie eine Warnung, eine Kontaktaufnahme. Wir müssen entschlossen darauf antworten und natürlich vor allem abgestimmt auf das Ausmaß des Schadens, den das betreffende Individuum verursachen könnte.«

Aus Mansourds Nasenlöchern stieg unsichtbarer Rauch auf. Sein zuständiger Minister stieß ihn unter dem Tisch mit dem Knie an. Der Kommandant kratzte sich mit dem Handrücken, der rau wie Baumrinde war, unten am Bart. Er dachte an die Agenten des *Service Action*, die immer bereitstanden, wenn der Oberbefehlshaber der Armee grünes Licht gab, die Lizenz zum Töten auszuüben, von der in keinem Archiv irgendeine Spur zurückblieb. Ein düsterer Eindruck hatte sich bei ihm breitgemacht: derjenige, in eine Zusammenkunft von *consiglieri* im Souterrain einer schlecht beleumundeten Trattoria geraten zu sein.

Chaouch hatte die Lider geschlossen, entweder um nachzudenken oder um sich zu beruhigen, sein Verhalten war zusehends schwerer zu deuten. General Fenouil gestattete sich eine persönliche Bemerkung in einem Ton, der herzlich klingen sollte: »Das ist auf jeden Fall der bestmögliche Ausgang, Herr Präsident.«

Da öffnete Chaouch die Augen, als ob diese letzte Bemerkung die Waagschale zur richtigen Seite hätte herabsinken lassen. Dennoch vertagte er die Sitzung und kündigte an, dass er einen halben Tag Bedenkzeit brauche und es in der Zwischenzeit ganz sinnlos sei, ihm irgendwelche Szenarien auseinanderzusetzen.

Während der Präsident diesmal mit einer geschmeidigen und sicheren Geste den Rückwärtsgang einlegte, hatten sich die zwölf Mittfünfziger wie ein einziger Mann erhoben. Die Militärs unter ihnen standen stramm, mit leerem, starr auf die Wand gerichtetem Blick. Die anderen zogen auf eine Art die Augenbrauen hoch, von der sie hofften, dass sie zugleich vielsagend und vage wirkte.

Nachdem Chaouch fort war, wollte niemand den ersten Stein werfen. Unter ihrer ergrauenden Einförmigkeit war diese ehrwürdige Versammlung ein wahrhaftiger Schmelztiegel: Alle waren vor dreißig Jahren auf verschiedenen Eliteschulen gewesen, der eine auf der École polytechnique, der andere in Saint-Cyr; ein einfacher Polizeikommandant saß mit am Tisch.

Premierminister Vogel hatte sich von Beginn an etwas zurückgenommen; er schien von der Gewalt, die hier im Spiel war, sowie durch die Härte dieser Geheimdienstmitarbeiter eingeschüchtert zu sein, die alle die Augen halb geschlossen hatten und denen der Mund im Gegenzug halb offen stand. Dennoch war er es, der zuerst das Wort ergriff, und zwar mit einer Stimme, die wie der Kopf einer Hornisse durch ihr eigenes Brummen erzitterte. Beim lautesten Wort seiner Erklärung traten dadurch die Adern an seinem dünnen ENA-Absolventenhals hervor.

»Wir machen ihn kalt, Punkt. Der Präsident hört auf mich, Sie können mir vertrauen.«

18.

Am Eingang zu den Privatgemächern im Élysée saß in einem Louis-Philippe-Sessel ein kleiner Mann im beigefarbenen Anzug und schnarchte, wobei er leise durch die Nase pfiff. Sein ausgestreckter Bauch hatte zwei Knöpfe von seinem rosa gestreiften Hemd gesprengt. Nachdem er erfahren hatte, dass Fouad an derselben geheimen Besprechung im Bunker teilnahm, zu der man ihn nicht eingeladen hatte, den *Sonderberater* des Präsidenten, war Serge Habib in die Residenz gestürmt, um ihm zu zeigen, aus welchem Holz er geschnitzt war. Doch da er gerade ausgiebig gefrühstückt hatte, hatte ihn der Schlaf übermannt, sobald seine Schultern die Lehne des zu bequemen Sessels berührt hatten.

Jasmines Sicherheitsbeamte wären lieber zur Abteilung für Verbrechensbekämpfung nach Aulnay-sous-Bois versetzt worden, als den Kettenhund des Präsidenten aufwecken zu müssen. Eine halbe Stunde verging. Habib hatte einen traurigen, nostalgischen Traum, seine Kindheit in Algerien, seine Begegnung mit Idder in Paris … Ein Komet war am Himmel vorbeigezogen, er hatte sein Schicksal ganz an seines geknüpft, und diese Treue wurde nun bestraft. Chaouch wollte die Macht weiblicher machen, jünger. Legionen von kraftstrotzenden Dreißigjährigen hatten bereits damit begonnen, Chaouchs Élysée in ein Start-up zu verwandeln. Sie hatten eine Tischtennisplatte aufgestellt, einen Kicker und außerdem den Casual Friday eingeführt. Habib hatte sie dabei überrascht, wie sie sich über ihn lustig gemacht hatten, über seine Wutausbrüche und den Totalausfall, der sein Kleidungsstil in ihren Augen war. Sie parodierten die abgehobenen Werbespots großer Marken: Monoprix, von Serge Habib. Darüber konnten sie sich totlachen.

Als irgendwer ihn an der Schulter schüttelte, schlug Serge Habib die Augen auf und sah den schlecht erleuchteten Gang des Palastes, in den er sich über die Hälfte seines Lebens hineingewünscht hatte und in dem ihm plötzlich alles den Stempel des Misserfolgs und des Unglücks zu tragen schien. Sein Blick wanderte zu dem Stumpf, der seine rechte Hand ersetzte, ein kleiner Embryo aus weichem Fleisch, faltig und zusammengeschnurrt, der ihm auf einmal besonders widerwärtig vorkam.

Er sah zu Fouad auf und stemmte sich energisch aus dem Sessel hoch. Doch selbst sein Zorn hatte ihn verlassen, also begann er zu sprechen, ohne darüber nachzudenken, was er sagen wollte, einfach nur um den Schleim des Mitleids und der Melancholie loszuwerden, der nichts im Schlund eines Mannes zu suchen hatte, der zum Führen anderer Menschen bestimmt war.

»Weißt du, was mich am meisten an dieser Geschichte mit dem Sandwich stört? Dass keiner außer mir die Eier hat, von ihm die einzig mögliche und radikal effiziente Maßnahme zu fordern: in den Nachrichten auf TF1 folgende Worte einzeln betont auszusprechen: ›Ich bin kein Muslim.‹ Ich werd' ihm das später vorschlagen, und die ganzen Würstchen, die um ihn herumschwirren, werden genau wissen, dass das das Einzige ist, was wir tun können, doch sie werden alle auf ihre Schuhspitzen schauen oder auf die Manschetten ihrer scheiß Dior-Anzüge, und Idder wird denken: ›Das werde ich niemals sagen, denk an meinen Vater, denk an meine Mutter, sie würden sich beide im Grab umdrehen.‹ Aber das wird er nur denken, sagen wird er: ›Hör zu, Serge, darüber rede ich nicht, ich hab noch nie darüber geredet und 52,9 Prozent bekommen, obwohl ich dieses Spielchen nie mitgespielt habe.‹ Und damit hat er recht und gleichzeitig auch unrecht. Recht wegen der Republik und dem ganzen Blabla, unrecht, weil wir seit dem Attentat nicht mehr im selben Land leben, so einfach ist das. Keine Ahnung, ob wir Krieg führen, oder der Krieg zu uns gekommen ist, jedenfalls werden die Dinge wieder ganz simpel. Und Chaouch ist dann eben der Präsident, der sich weigert, *halouf* zu essen. Nach all dem, was wir gemacht haben, dem Sprachgebrauch, den wir ändern wollten, neu erfinden, nach allem, was wir … während des Wahlkampfs geschafft haben … jetzt das: Chaouch, der muslimische Präsident.«

Ein dünner Film ließ seine Wangen glänzen, von denen graue Härchen abstanden. Die Leibwächter trauten ihren Augen kaum: Habib flennte wie ein kleines Kind?

Fouad hatte jedes einzelne Wort seiner Klage gehört, doch es waren andere Worte, die ihn zu diesem Zeitpunkt umtrieben, nämlich die, die er niemals hören und deren Inhalt er wahrscheinlich auch nie erfahren würde, da sie zwischen seiner Mutter und dem Monstrum ausgetauscht worden waren, das sie im Schoß der Familie hatte heranwachsen lassen. Dieses Monstrum hatte ihm während ihrer gemeinsamen Kindheit immer wieder gesagt, dass das Band, das eine Mutter mit ihrem ältesten Sohn verband, ein unergründliches Geheimnis barg, das den jüngeren Kindern dieser Welt zwangsläufig auf immer verborgen bliebe.

Habib hatte seine Batterien zur Hälfte wieder aufgeladen und den Arm um Fouads breite Schultern gelegt.

»Hör zu, Großer, ich hab dich immer verteidigt, vor allem gegenüber Esther, wir beide sind doch im selben Team, oder etwa nicht?«

»Monsieur Habib …«

»Serge, jetzt mal ehrlich, nach all der Zeit müssen wir …«

Er hielt inne, wutentbrannt: Fouad war leichenblass, er sah aus, als stünde er unter Schock. Wie sollte er unter diesen Umständen die kleinste Auskunft darüber bekommen, was gerade im Bunker vor sich gegangen war? Habib entschied sich für die Methode Habib und fragte ihn einfach direkt. Doch Fouad hörte gar nicht zu. Er entschuldigte sich und stieg die Treppe zu den Wohngemächern hinauf: Die Tochter des Präsidenten erwartete ihn, er wollte nicht …

Der Sonderberater war schon aus seinem Blickfeld verschwunden, bevor er seine Erklärungen noch beendet hatte.

19.

Im ersten Stock in dem Bereich, der für das junge Paar reserviert war, stand Jasmine barfuß am Fenster, die Vorhänge waren beiseite gezogen. Erneut braute sich ein Gewitter zusammen, und Jasmine konnte sich nicht dazu durchringen, ihre Koffer auszupacken. Sie war noch nie in eine Wohnung eingezogen, die ihr weniger gastlich als diese vorgekommen war. Das Mobiliar war von den letzten Bewohnern modernisiert worden, alles verströmte einen eleganten und diskreten Luxus in Blassblau und Anthrazit, die Räume waren ergonomisch, intelligent, miteinander verbunden und vollkommen deprimierend. Jasmine würde sich hier niemals zu Hause fühlen, das war das Erste, was sie Fouad mitteilen wollte, doch er kam Hals über Kopf ins Wohnzimmer gerast und hörte ihr gar nicht zu, sondern stürzte sich auf sie und überschüttete sie mit Küssen, knetete ihr die Schenkel und den Hintern. Dann ließ er drei Finger in ihre Unterhose gleiten und konnte schon die Hitze spüren, das Nachgeben.

Doch sein Handy vibrierte, das alte, zweimal, es war eine Nachricht. Fouad dachte, sie könnte vielleicht von Marieke sein, und er wich zurück, fieberhaft und entsetzt.

»Warte«, stammelte er, bevor er ins Bad lief.

Er schloss sich ein. Es gab dort ein doppeltes Waschbecken, aufwendig gestaltete Spiegel, eine Dusche und getrennt davon eine Wanne, unverputzte Steinwände und Wasserstrahlen mit verstellbarer Stärke. Fouad saß auf der Kloschüssel und fuhr sich mit der Hand durchs Haar. Zwischen seinen behaarten Schenkeln sah er seinen beschnittenen Penis, und er schwor sich, das Baby beschneiden zu lassen, falls es ein Junge werden sollte, der übrigens weder Chaim noch Jean-Julien heißen würde, sondern Abderrazak, Punkt.

Er sagte sich: Gut für sie. »Sie« bezeichnete dabei etwas sehr Verschwommenes, aber sein Hass war dafür umso deutlicher. Er nahm sein Geschlechtsteil in die linke Hand und entsperrte mit zwei Fingern der anderen Hand sein Handy. Es war eine Nachricht von Luna, seiner kleinen Cousine. Die Familie, schon wieder die Familie, immer nur die Familie! Wann würden sie ihn endlich in Ruhe lassen?

Jasmine klopfte ein paarmal zaghaft an die Tür. Sie rief ihn mit sanfter, lockender Stimme. Fouad ließ noch einmal den Film seines ungezügelten Ficks letzte Woche im Gebüsch mit dieser verrückten Journalistin vor seinem inneren Auge ablaufen. Es regnete, und es war heftig, ein Kampf, sie hatte ihm Haare ausgerissen, es war, als wollte sie ihn besiegen.

»Fouad?«

Er hatte sich gerade in die Kloschüssel erleichtert, während er an eine Vermisste gedacht hatte; vielleicht hatte er sich auch auf eine Tote einen runtergeholt. Er versuchte seine Atmung zu kontrollieren, damit Jasmine keinen Verdacht schöpfte, als er ihr in unschuldigem Tonfall mitteilte, dass er an einer kleinen Magenverstimmung litt.

Im Wohnzimmer mit dem gedimmten Licht redete Jasmine sich immer wieder ein, dass sie keinerlei Veranlassung hatte, sich Sorgen zu machen. Sie setzte sich ans Klavier, das der Kabinettschef ihres Vaters am Wochenende hatte herbringen lassen, und machte ein paar Stimmübungen. Als Fouad wieder zu ihr kam, wirkte er verloren. Sie bat ihn, sich neben sie auf die Bank zu setzen, und spielte ihm etwas von Mozart vor, wobei sie besonders auf die komischen Momente Wert legte.

»Glaubst du, dass Krim im Gefängnis das Recht auf ein E-Piano hat? Es ist schon verrückt, wie gut er auf der Aufnahme gespielt hat, die du mir gezeigt hast …«

Fouad hatte nicht die geringste Lust, über seinen kleinen Cousin zu sprechen, das Wunderkind am Klavier und am Abzug. Er fuhr Jasmine mit seiner schönen Hand über den Bauch, und sie hörte auf zu spielen. Dann sahen sie sich direkt in die Augen, und sie erkannte darin etwas, was er ihr nicht zeigen wollte. Er küsste sie auf die Augenlider und streichelte ihr über den Kopf. Seine Gesten waren angemessen, gut getaktet, doch von ihnen ging keinerlei Wärme aus. Plötzlich schien er ihr einfach aus Gewohnheit zärtlich zu sein, ganz automatisch.

Und wenn meine Mutter doch recht hatte?, dachte Jasmine zum ersten Mal. Und wenn Fouad sie nur aus Berechnung liebte, um dem Élysée-Palast näherzukommen und damit dem Präsidenten? Sie blickte auf ihren Finger, auf den Ring.

»Fouad, ich habe mich entschieden, ich kann hier nicht leben, ich will, dass wir zu dir ziehen, oder in meine Wohnung am Kanal … Ich ertrage diesen Ort nicht.«

»Aber du bist doch erst zwei Stunden hier!«, rief er mit einem breiten Lächeln aus, das sich im Laufe der Erklärungen, die ihm seine kleine launische Verlobte aufzählte, unerbittlich immer weiter zurückzog.

Schließlich fragte sie Fouad, der aufgestanden war, ihr den Rücken zudrehte und auf sein Telefon starrte: »Warum willst du denn unbedingt hier bleiben? Vielleicht ist das die eigentliche Frage, glaubst du nicht?«

Der junge Mann machte auf dem Absatz kehrt. Er spürte Nazirs Anwesenheit, seinen Schatten, ganz nah.

»Was willst du denn damit sagen?«

»Was will ich damit wohl sagen«, wiederholte Jasmine unmissverständlich.

Sie sah auf die Klaviertasten hinab. Sie wurden von der Nachttischlampe erhellt, die auf einem kleinen Beistelltisch in rätselhaftem Design stand.

Sein Blick verschwamm. Fouad wollte sie am Ellenbogen packen, doch sie schüttelte ihn mit Nachdruck ab und fuhr mit zitternder Stimme fort: »Erinnerst du dich an das, was wir vor dem Freedom Tower gesagt haben?«

»Was, du willst immer noch, dass wir nach New York ziehen, darum geht's?«

Am Ende ihrer Kräfte, stellte Jasmine ihm die Frage, die sie so sehr quälte, in einem langen Diminuendo, sodass sie das letzte Wort ganz tonlos aussprach.

»Sag mir ehrlich, ob es andere Frauen gibt, ich … ich will daran gar nicht denken, ich will dich nicht überwachen, aber sag mir, ob du … bei mir geblieben wärst, wenn mein Vater nicht wäre …?«

Fouad kniff die Augen zusammen, die Lippen, die Haut am Kinn, sein gesamtes hübsches Gesicht brachte zum Ausdruck: Jetzt hör mal zu … Es war der richtige Gesichtsausdruck, um sie zu beruhigen, doch er hatte ihn zu schnell aufgesetzt. Er stand auf, wie ertappt, und entfernte sich, wobei er murmelte, dass er genug echte Probleme hatte, um sich nicht auch noch zusätzlich um ihre Paranoiaschübe zu kümmern.

Es hatte sich jedoch ein Hausdiener in das große Wohnzimmer geschoben, mit schief sitzender Fliege und einer Nachricht für Monsieur Nerrouche. Fouad las sie und schaute auf sein zweites, schlankes und protziges Telefon, das ihm der Präsident geschenkt hatte, darauf hatte er ihm nämlich eine Nachricht geschickt. Er solle so schnell wie möglich in sein Büro kommen – dabei duzte er ihn wieder.

Fouad verlor keine Zeit.

20.

Ein blaues Spitzendeckchen erwartete ihn im Salon, der sich an das Büro des Präsidenten anschloss. Es lag auf dem runden Tisch, an dem dieser mit Vogel, Habib, der Generalsekretärin sowie einem halben Dutzend junger Berater und Beraterinnen Tee trank. Gerade letztere versetzten den Sonderberater in Panik. Der Amtsdiener ließ »Monsieur Fouad« eintreten, dessen Blick sofort auf die Generalsekretärin fiel. Sie trug, daran erinnerte er sich nun, den sanften Vornamen Apolline.

Das Lachen hier und da verebbte langsam, bis es ganz versiegt war. Die jungen Berater und Beraterinnen kehrten in das angrenzende Zimmer zurück, ohne Fouad auch nur eines Blickes zu würdigen, der seinerseits den Grund für die allgemeine Heiterkeit nicht begriff. Apolline blieb.

Der Präsident trank seinen Tee wie die Russen mit vielen losen Blättern, die er lange in der Kanne ziehen ließ, und den er dann im Laufe des Vormittags immer wieder verdünnte, indem er erst ein bisschen kochendes Wasser in die Tasse einschenkte und dann eine Zitronenscheibe hineingab. Der Zitronensaft interessierte ihn dabei weniger als die Schale, was ihn oft dazu zwang, den Kellner im Restaurant noch einmal wegzuschicken, weil dieser auf die komische Idee gekommen war, ihm seine unverzichtbare Zitrusfrucht in Form eines 20-Milliliter-Fläschchens zu bringen.

Was Vogel anbetraf, ging es ihm weniger um den Geschmack des Gebräus als vielmehr um die Pose des Teetrinkers: Er achtete stets darauf, die Untertasse unter der Tasse zu behalten und benetzte dann kaum die geschlossenen Lippen. Habib war selbstverständlich der am wenigsten Vornehme. Er hielt seine Tasse in der hohlen Hand wie eine Cidreschale. Jedenfalls mochte er keinen Tee, für ihn war das heißes Wasser mit einem Nachgeschmack von Grünzeug. Er mochte nur Kaffee und den gern sehr stark und mit viel Zucker. Fouad teilte diese Vorliebe, doch im Augenblick hatte er ohnehin keinen Durst. Er lehnte ein entsprechendes

Angebot des Dieners ab, wobei er ihm direkt in die Augen sah. Apollines Mund umspielte ein Lächeln, denn ihr entging nicht der Nachdruck, den der junge Schauspieler an den Tag legte, um dem Lakaien im dreiteiligen Anzug zu demonstrieren, dass sie seiner aufrichtigen Meinung nach auf derselben Stufe standen.

»Was denkst du«, fragte Chaouch und zerdrückte die Zitronenscheibe auf dem Tassenboden, »wie sollte ich auf diese Geschichte mit dem Schinkenbrot reagieren? Sollte ich betonen, dass ich kein Muslim mit einer geheimen Agenda bin? Nichts sagen? Etwas anderes sagen?«

Diese Salve von Fragen war an Fouad gerichtet. Die beiden Vertrauten des Präsidenten machten simultan das gleiche Gesicht. Es waren nur zwei Blicke, die Blicke zweier Männer, die wie er selbst aus Fleisch und Blut waren, doch Fouad hatten den Eindruck, als würden sich durch sie fünfundsechzig Millionen Augenpaare auf seine Lippen richten.

Die Fragen des Präsidenten hingen in der Luft. Sie ließen Fouad an seinen verstorbenen Vater denken und an das religiöse Begräbnis, das Nazir ihm aufgezwungen hatte, obwohl ihr Vater nicht weniger fromm hätte sein können. Nazir hatte seine Glaubensfreiheit missachtet, und das würde Fouad ihm nie verzeihen.

Doch jetzt musste er etwas sagen, die Stille begann peinlich zu werden. Apolline schien ihn zu ermuntern. Also vergaß Fouad, dass man ihm zuhörte, und redete frei von der Leber weg.

»Ich denke, Sie sollten eine Rede halten.«

Die Generalsekretärin stimmte ihm diskret zu, indem sie ihr Kinn in Falten zog. Fouad fuhr fort.

»Eine große Rede über Frankreich und über die Identitätskrise, in der es sich gerade befindet. Eine Rede, in der Sie alle Tabus ansprechen, in der Sie genau das aufzählen, was uns voneinander trennt, damit sie anschließend mit unwiderstehlichem Schwung erklären können, wie notwendig es für unser kollektives geistiges Überleben ist, das zu betonen, was uns verbindet.«

»Und das Sandwich?«, fragte Vogel lachend und schaute dabei stolz auf seine reparierte Uhr.

Fouad schien gar nicht auf ihn zu achten. »Eine Rede, in der Sie sagen, dass Frankreich das Amerika Europas ist, wie Sie es schon in New York getan haben, ein Einwanderungsland, ja, ganz gleich, was die Nostalgiker und die Reaktionäre behaupten: Wenn Jasmine einmal in Ihrem Alter ist, wird jeder dritte Franzose wenigstens einen eingewanderten Großelternteil haben …«

Er hielt inne, tat so, als suchte er nach den passenden Worten, und fuhr dann mit frischem Elan fort: »Wir sind nämlich vielfältig und nicht auf eine einzige Facette unserer Identität zu beschränken. Das ist meine Erfahrung, und ich bin davon überzeugt, dass die überwältigende Mehrheit der französischen Jugend sie mit mir teilt. Wir sind vielfältig und kommen alle von woanders her. Vielleicht gibt es manche, deren Urahnen schon während der Zeit der Frankeninvasion hier waren, aber im Grunde ist eine so weit entfernte Vergangenheit doch auch irgendwie ein fremdes Land, oder?«

»Ein fernes Land«, verbesserte ihn Chaouch nachdenklich und rätselhaft.

Vogel zog die Augenbrauen hoch.

»Herr Präsident«, hakte Fouad nach und wies mit einer unverschämten Kopfbewegung auf den Premierminister, »man muss dieses Schinkenbrot doch als das betrachten, was es ist: ein kleiner Teil des Landes, der Ihnen nichts weiter sagt als: Hau ab, dreckiger Araber. Es ist so was wie der erste Vorbote einer Hatz auf Ausländer, eine symbolische Hatz. Sie müssen das Sandwich ergreifen und darauf aufbauend eine Rede halten, um das Feuer zu löschen.«

Beim Ausdruck »dreckiger Araber« hatten die Kristalle des Lüsters über ihren Köpfen zu klimpern begonnen. Apolline – deren Stammbaum eben bis in die Zeit der Merowinger zurückreichte – räusperte sich, um ihre tiefe Übereinstimmung mit Fouads Idee zu signalisieren;

doch Habib wischte die Höflichkeit mit einer brüsken Bewegung des Knies beiseite, die den Tisch erzittern und die Teekanne einen Satz machen ließ.

»Gut, also wartet mal, zuallererst gibt es doch noch gar kein Feuer. Und dann, mein Gott, dann haben wir ja noch nie erlebt, dass eine Rede auch nur das winzigste Fünkchen gelöscht hätte, eher das Gegenteil! Nein, nein«, fuhr der Sonderberater fort und versuchte, Chaouchs Blick auf seinen Stumpf zu lenken, »meiner Meinung nach musst du genau das Gegenteil tun: Interaktion, Idder, ein Interview, paff! Ein bisschen Pep, schlagkräftige Journalisten, irgendwelche Deppen, am liebsten von den Rechten, vor denen du klar sagst, dass du ganz persönlich Atheist bist und dass das jetzt das letzte Mal ist, dass du darüber öffentlich sprichst. Und dann setzt du dich natürlich total für den Laizismus ein, die Leute müssen beruhigt werden. Und unter uns gesagt, schadet es doch nicht, sich in einem Bistro im tiefsten Frankreich beim Aperitif filmen zu lassen, damit die Leute kapieren, dass du …«

Doch der Präsident hörte ihm nicht zu, seine Schultern waren immer noch in Fouads Richtung gedreht, den er neugierig musterte. Es war eine Neugier, die vor Zärtlichkeit überquoll.

21.

Nicht zum ersten Mal war ein solcher Blick auf Fouads Profil gerichtet. Seine Züge waren ebenmäßig, sein Mund war sinnlich, aber da war noch etwas anderes: Die Prüfungen der vergangenen Tage hatten dunkle Ringe unter seine Augen gezeichnet. Diese leuchteten noch immer auf, wenn ihn etwas packte und seine Stimme seine Aufregung zum Ausdruck brachte. Sein ausgezehrtes Gesicht wirkte mittlerweile streng, verlieh ihm eine Art Grandezza, die auf ebenso wundersame Weise bezauberte, wie sie verärgern konnte.

Wenige Meter von dem Salon entfernt, in dem der junge Schauspieler dem Präsidenten freigiebig Rat erteilte – oder, wenn man den Standpunkt seiner Gegner einnahm, das Casting seines Lebens hatte –, war die verbissenste seiner Kritikerinnen, Esther Chaouch, gerade dabei, sich ihrer aktuellsten Obsession zu widmen: dass dem, den sie inzwischen ganz offen als »den Hochstapler« bezeichnete, weder Büro noch offizieller Titel zuerkannt würden. Nachdem sie eine Stunde damit zugebracht hatte, im Büro des Kabinettschefs des Präsidenten herumzukeifen, erfuhr Esther, dass ihre Tochter sich im Bad ihrer neuen Wohnung verschanzt hatte, dass sie sich weigerte, daraus hervorzukommen, und dass sie in Tränen aufgelöst war. Sie stieg zu ihr hinauf, ließ die Tür entriegeln und sie ein bisschen an ihre Brust gedrückt weinen, wobei sie im Geiste bereits ihren Schlachtplan ausarbeitete.

»Tut mir leid, Mama«, schnaubte Jasmine und versuchte, nach und nach wieder zu Atem zu kommen.

Beinahe hätte sie noch etwas über ihre Schwangerschaft hinzugefügt. Eine junge Schwangere war niemandem gegenüber Rechenschaft schuldig, doch ihre Tränen hatten einen anderen Grund, und da ihre Mutter auf einmal so mitfühlend wirkte, hatte sie den Eindruck, sich ihr gegenüber rückhaltlos öffnen zu können.

»Ich stelle mir Fragen über Fouad. Auch über mich selbst.«

»Über dich und Fouad«, fasste die First Lady zusammen.

In dieser Zusammenfassung lag ein Hintergedanke, die ihr die Möglichkeit gab, das Problem zu ergründen, ihrer Tochter dabei aber den Vortritt zu lassen.

»Glaubst du, er hat mich benutzt, um an Papa ranzukommen?«

Sofort bedauerte Jasmine ihre Worte. Wie sah sie denn jetzt aus? Wie eine Feder, die man im Wind losgelassen hatte. Wie ein kleines Mädchen, das unfähig war, sich auf ihr eigenes Urteil zu verlassen. Sie sah wieder Fouads Gesicht vor sich, der enttäuscht war, wenn sie ihn darum bat, ihr zu versichern, dass sie schön sei, begabt, in einem Wort, dass sie es verdiene, an seiner Seite zu leben … Und dann dachte sie an die kommenden Proben, noch wenigstens zwei, bevor dann die Generalprobe anstand. Wie sollte sie nur singen? Ihre Launen führten sie an der Nase herum, und sie änderte inzwischen alle zwei Stunden ihre Karriereplanung!

Esthers Blick fiel auf den Verlobungsring, der den Finger ihrer einzigen Tochter umschloss. Diese wirkte auf einmal mitgenommen. Sie setzten sich auf eine leere Fläche, ein Stückchen Parkett zwischen zwei Teppichen, die die First Lady anstarrte, um sich an ihre eigene Jugend zu erinnern, und das mit einem angemessen melancholischen Glanz in den Augen.

Jasmine widmete ihr nicht die gesamte Aufmerksamkeit, also setzte Esther alles auf eine Karte: »Man erwischt nicht immer gleich beim ersten Mal den Richtigen. Nicht immer oder eigentlich nie.«

Sie hatte selbst ihren ersten Verlobten verlassen – er war Historiker gewesen wie sie selbst –, um Idder zu heiraten und mit ihm in die USA zu gehen, mit ihm und seinem Leben voller Musik und Abenteuer. Kurzum: Sie wusste, was es einen kostete, einen Mann zu verlassen, den man zu lieben glaubte.

Sie spürte Jasmines Abwehrhaltung und räumte ein: »Aber die Situationen sind unterschiedlich, auch die Zeit und die Männer, um die es geht … Lass uns nicht darüber reden. Dein Vater wollte Kinder, viele Kinder, wenn wir gekonnt hätten … Na ja, die Zeiten haben sich geändert, zum Glück. Heutzutage kann eine Frau unabhängig von dem Mann existieren, den sie liebt, ja, sie muss es sogar … Ich würde um nichts auf der Welt die Zukunft gegen die Vergangenheit eintauschen, das gilt für dieses Thema übrigens genauso wie für viele andere.«

Jasmine rutschte Richtung Fenster. Ein weißhaariger Gärtner rechte den Kiesweg im Park. Ihm folgte sein junger Lehrling, der sehr angestrengt mit einer Schubkarre hantierte. Der Alte gab Befehle, drehte sich bisweilen um und schüttelte den Kopf über so viel Schwerfälligkeit. Schließlich schnappte sich auch der Lehrling einen Rechen. Als der Alte ihm den Rücken zuwandte, zeigte ihm der Lehrling den Stinkefinger. Jasmine riss die Augen auf, um nicht laut loszulachen. Sie hätte eine solche Geste niemals von diesem tollpatschigen und rotwangigen Bürschchen erwartet.

Esther war ihrer Tochter gefolgt. Ihr war bewusst, dass sie es falsch angegangen war, also entschloss sie sich, das Thema zu wechseln: »Heute Abend wird in *Le Monde* eine Umfrage veröffentlicht. Na, und rat mal. Wir liegen vorn! *Yes!* Ungefähr zwanzig Sitze über der absoluten Mehrheit schon im ersten Wahlgang … Die ADN zieht nicht, nur hier und da, im Var, im Gard, im Pas-de-Calais, an solchen Orten halt …«

»Ich liebe ihn«, erklärte Jasmine unvermittelt mit durchgestreckten Schultern und lauter, klarer Stimme. »Aber wenn ich mir nichts vormache, ja, dann muss ich einsehen, dass er mich nicht so sehr liebt, wie … ich ihn liebe.«

Der Gedanke an ihr Kind ließ sie sofort innehalten, als wäre sie an einen Abgrund geraten. Ihre Entschiedenheit verflüchtigte sich schon wieder. Esther nahm ihre Hand, die mit dem Ring, und drückte einen zarten Kuss darauf.

»Welche Entscheidung du auch immer fällst, du weißt, dass ich dich dabei unterstütze, wenigstens darüber sind wir uns doch einig, hm?«

Jasmine nickte. Und ihre Entscheidung hatte sie in diesem Moment getroffen.

22.

Seine Glatze wurde über die gesamte Breite von der berüchtigten Ader überspannt, Bouzid Nerrouche – Onkel Bouzid – blieb stur: »Nichts zu machen, wir grillen!«

Er hatte es sich in den Kopf gesetzt, die Heimkehr seiner beiden Lieblingsschwestern würdig zu begehen. Das »Zuhause«, in das sie zurückkehrten, gab es allerdings nicht mehr: Das nahm er zwar wahr, hatte es aber noch nicht wirklich begriffen. Die Nachricht von Dounias Krebserkrankung war noch nicht bis nach Saint-Étienne vorgedrungen. Am Ende seines schmerzhaften Gesprächs mit Rabia hatte Bouzid gar nicht mehr gehört, dass sie allein kam; sie hatte aber auch absichtlich genuschelt, als sie den Grund dafür erklären musste.

Bouzid genügte das, er hatte die Kinder aufgeweckt, die mit ihrer großen Cousine in Dounias Haus auf einem Hügel im Saint-Roch-Viertel wohnten. Slim und Luna, die »Kinder«, weigerten sich, an dem neuerlichen schrulligen Plan ihres Onkels mitzuwirken. Luna erfand irgendwelche Hausaufgaben, obwohl sie seit dem Tag nach dem Attentat, das ihr großer Bruder verübt hatte, schon nicht mehr aufs Collège ging. Was Krim betraf, hatte er ein blaues Auge, das er sich zu erklären weigerte, und zwar deshalb: Der arme Junge war von einem der Brüder der Frau, die er vor zwei Wochen geheiratet und die ihm gerade die Formulare zur Annullierung der Ehe zur Unterschrift zugeschickt hatte, verprügelt und als *Scheißschwuchtel* beschimpft worden.

Bouzid wusste davon nichts und wollte auch gar nichts wissen. »Eure Mütter kommen heim, und wir grillen! Punkt, da gibt es nichts zu diskutieren …«

Aber ein bisschen zu rechnen: Er leerte seine Taschen, plünderte den Notgroschen unter der Matratze und ging zu dem Bäcker, den die Großmutter am liebsten mochte, um dort zwölf Baguettes zu kaufen; das Brot war noch warm und knusprig. Als er sich bewusst wurde, dass das am kommenden Tag nicht mehr der Fall sein würde, zerschnitt er die Beute, damit sie in seinen Gefrierschrank passte. Er wollte alle vor vollendete Tatsachen stellen und so unter Zugzwang setzen. Er musste Ausgaben tätigen, ohne vorher überhaupt nachzuzählen, zu wievielt sie wären. Also machte er weitere Besorgungen, räumte sein Sparbuch ab (€ 85,76), um die besten Merguez von ganz Saint-Étienne in der teuersten *halal* Metzgerei zu kaufen, die auch noch am weitesten entfernt von seiner Wohnung lag. Vor der Auslage mit den blutigen Leckerbissen kam er dann mit stummen Lippenbewegungen zu folgender schmerzhafter Rechnung: Zwanzig Mäuler waren im Idealfall, in dem alle seiner Einladung folgen würden, zu stopfen, drei Merguez pro Person, das hieß ungefähr 200 Gramm pro Nase … Dabei musste allerdings in Betracht gezogen werden, dass Rachidas Kinder nur wie die Spatzen aßen – falls sie denn überhaupt käme.

Die Rechnung stellte sich als zu kompliziert heraus. Er warf dem ungeduldigen Metzger einen seiner üblichen jämmerlichen und zugleich entschiedenen Blicke zu. Sie waren der Grund dafür, warum er außerhalb der Familie auch nach fünf Jahrzehnten in derselben Stadt noch keinen Freund gefunden hatte.

»*Echatt*, gib mir sechs Kilo, wenn was übrig bleibt, egal, dann gibt es eben Sadaqa …«

Sadaqa, das traditionelle Almosen des Islam! Der Metzger schüttelte missbilligend den Kopf. Man musste wirklich Kabyle sein, um sich mit Wohltätigkeiten zu brüsten, die man noch gar nicht vollbracht hatte.

Der Onkel war jedoch sicher, einen Eindruck bei seinem Glaubensgenossen hinterlassen zu haben, ließ ihm ein ruinöses Trinkgeld da und verließ dann die Metzgerei mit einem zufriedenen Lächeln und zwei riesigen Tüten voller roter Würstchen, die er schon auf Dounias großem Grill mitten in ihrem hoch gelegenen Gärtchen in Ruhe schmurgeln sah.

In seiner Fantasie hörte er plötzlich das fröhliche Geplapper der Kinder, die um den Grill herumtollten. Seine eigenen waren es nicht, denn er hatte die Madame Bouzid noch nicht gefunden, die zugleich verrückt genug war, sich in ihn zu verlieben, und außerdem noch frisch genug, um ihm Nachkommen zu schenken. Aber man konnte über Bouzid sagen, was man wollte: Er hatte sich immer aufopferungsvoll um seine Nichten und Neffen gekümmert. Er dachte an die Geburtstage, an denen er immer eine kleine Moral in seine Ansprachen eingebaut hatte, ohne die bei ihm die Geschenkübergabe nie vonstattenging. Bouzids Geschenke waren zudem stets enttäuschend. Es war ihm nie gelungen, sich in jemand anderen hineinzuversetzen, ja, er war noch nicht einmal auf die Idee gekommen, es zu versuchen. Keine seiner Schwestern war diesem erzieherischen Bouzid entkommen, jede von ihnen wusste über ihre Begegnungen mit seinen großen pädagogischen Prinzipien zu berichten, die er ja nicht zu seinen eigenen Regeln machen konnte und bei denen er folglich die Tendenz hatte, sie wie Offenbarungen zu verkünden.

Na und, hatte er bei Krim etwa nicht recht behalten? Hatte er Rabia nicht immer wieder ermuntert, weniger lasch mit ihm zu sein? Sich der Religion zuzuwenden, der wahren Religion, die einen dazu anhielt, sich gut zu benehmen und die Alten zu ehren?

Krims Schwester Luna verzieh ihrem Onkel nicht, diese Fragen laut gestellt zu haben, an einem Abend des Wochenendes, an dem Kamelia, ihre Cousine, die ihren Babysitter spielte, es zugelassen hatte, dass er sich selbst zum Essen einlud. Luna hatte ihren großen Bruder verteidigt und den Islam angegriffen, der ihrer Meinung nach die mörderischen Gelüste nur befeuert hatte, statt sie zum Erlöschen zu bringen. Kamelia, die ebenso modern und in Paris zu Hause war wie Fouad, war ihrer kleinen Cousine zwar beigesprungen, hatte sich aber auch beeilt, das Thema zu wechseln.

Slim hingegen hatte sich auf die Seite seines Onkels geschlagen: Die Religion hätte Krim eingehegt, sie hätte ihm zuallererst den Wert menschlichen Lebens beigebracht. Luna war rot angelaufen. Ihr Turnerinnenhals war auf das Doppelte seines normalen Umfangs angeschwollen. Sie war nach oben in ihr Zimmer gestürmt und hatte versucht, Fouad anzurufen, erfolglos, denn er war in diesem Moment gerade in den Vereinigten Staaten. Auf dem alten PC des Zimmers, in dem sie schlief, mischte sich die Jugendliche daraufhin in alle virtuellen Diskussionen ein, in denen es um Krim, das Komplott oder Nazirs Unschuld ging. Sie brauchte zwei Tage, um ihre Weltsicht anzupassen und sich davon zu überzeugen, dass sie vorher in einem Lügengebäude gelebt hatte.

Ihr neuer rachsüchtiger und realistischer Geisteszustand brachte sie dazu, die letzten Ereignisse ihres Lebens umzudeuten. Man hatte ihr zu verstehen gegeben, dass es aufgrund der Umstände vielleicht besser sei, dass sie nicht an den Europameisterschaften teilnehme, obwohl sie die größte Medaillenhoffnung der Sportfördergruppe am Stützpunkt in Saint-Étienne war.

Kamelia drang nicht zu den Verantwortlichen durch. Die Mannschaftskameradinnen antworteten nicht mehr auf ihre SMS, und niemand schrieb ihr mehr auf WhatsApp.

23.

In einem Anflug absolutistischer Wut löschte Luna sämtliche ihrer Facebookfreunde, deren Namen nicht muslimisch klangen. Nachdem sie eine ganze Nacht damit verbracht hatte, Theorien darüber zu lesen, dass Krim etwas eingeflößt und er von den Geheimdiensten benutzt worden war, waren ihr ein paar alte Sätze von Nazir wieder eingefallen. Als sie ungefähr zwölf Jahre alt war, hatte Nazir ihr einmal eine Fahrt im Riesenrad auf dem Jahrmarkt auf dem Rathausvorplatz bezahlt. Drei Jahre später erinnerte Luna sich nur noch an das, was an den Äußerungen ihres Cousins dazu geeignet war, ihre ganz frischen Überzeugungen zu stützen: dass die Franzosen sie verabscheuten und es darauf anlegten, ihnen das Gefühl zu geben, nicht zu ihnen zu passen.

Der Sinneswandel war sicherlich ein wenig abrupt. Um ehrlich zu sein, wusste Luna nicht mehr, was sie noch denken sollte. Kamelia wollte sie nicht um Rat fragen, Kamelia mit ihren bunten Outfits und den viel zu tiefen Ausschnitten.

Auch Fouad hatte eine französische Mentalität, doch ihn himmelte Luna weiterhin an und vertraute ihm. Bis zu diesem Dienstagmorgen, dem Tag, an dem ihre Mutter aus dem Gefängnis entlassen wurde und an dem sie realisierte, dass sie ihrem berühmten Cousin zwei Nachrichten geschickt hatte, seit er wieder zurück in Frankreich war, er sich aber nicht dazu herabgelassen hatte, ihr zu antworten, nicht mal mit einem schnell getippten Smiley. So hatte er es immerhin während des Wahlkampfs getan, als er bei jedem Fernsehauftritt Glückwünsche von denen erhalten hatte, die seinen Namen trugen, deren Gesellschaft er inzwischen allerdings diejenige seiner anderen Familie vorzuziehen schien, seiner neuen Familie, der des Präsidenten.

Im Bad hörte das junge Mädchen, wie sie vom Erdgeschoss aus gerufen wurde. Heute hatte sie nicht die nötige Kraft, mit Kamelia zu sprechen oder mit Slim, so zu tun, als ob alles wieder in Ordnung käme, sobald ihre Mutter erst einmal aus dem Gefängnis entlassen war.

Manche Internetseiten behaupteten, dass die Antiterroreinheit der Polizei Beweise gefälscht habe, um Rabia Nerrouche zu belasten, die »Mutter des Schützen«. Luna wunderte das nicht. Nichts wunderte sie mehr.

Sie erriet, dass Bouzid ihnen schon wieder einen Besuch abstattete, bevor er überhaupt noch den Mund aufgemacht hatte und in seiner charakteristischen Art den Stuhl über die Fliesen des Eingangsbereichs hatte quietschen lassen, als könnte er das schrille Geräusch nicht wahrnehmen, das normalen Menschen Zahnschmerzen verursachte. Bouzid fing an, über das gute Wetter und den heute anstehenden Grillabend zu sprechen. Um 16 Uhr sollte es losgehen, Bouzid hatte alle eingeladen, »nach allen Regeln der Kunst«. Rabias und Dounias TGV traf um 18.12 Uhr ein, was den Gästen noch genügend Zeit gab, um aufzutauchen.

Luna war ihrem Onkel böse, sie war überzeugt, dass niemand kommen würde. Alle hatten sich gegen ihre Mutter und gegen Dounia verbündet. Luna hatte ganze Gespräche mit angehört, die Kamelia mit den

Tanten, den Schwägern und der Großmutter geführt hatte. Dieser hatte sie vorgeworfen, ihre beiden Töchter in dem Moment im Stich gelassen zu haben, als sie sie am meisten gebraucht hätten, und alle anderen islamisieren zu wollen, um das Wappen der unschuldigen Nerrouches im Viertel wieder auf Hochglanz zu polieren.

»Luna? Luna?«

Das war Kamelias Stimme.

»Da ist ein Päckchen für dich angekommen!«

Zwar war die Neugier des jungen Mädchens geweckt, allerdings nicht in dem Maß, dass sie den wohlriechenden Kokon des Wehleidigen, in dem sie Zuflucht gefunden hatte, hätte verlassen wollen.

Sie erkannte Slims hastige Schritte auf dem Teppich im Treppenhaus. Er hatte darauf bestanden, ihr das Päckchen zu bringen, weil er ihr eine Frage stellen und sie um einen Gefallen bitten wollte. Luna hatte sich entschlossen, mit unverbrüchlichem Schweigen zu antworten, um den Redestreik fortzusetzen, in den sie heute beim Aufwachen getreten war. Aber Slims Stimme klang so jämmerlich, als er fragte, ob sie irgendwen etwas über den Gesundheitszustand seiner Mutter habe erwähnen hören ... Dounia war Lunas Lieblingstante; nach zehn Sekunden gab sie auf.

»Ich glaube, Kam hat mal drüber gesprochen, aber ich hab nichts davon kapiert.«

Slim entfernte sich. Luna stieß die Badezimmertür einen Spaltbreit auf und schnappte sich das Paket. Sie hatte nichts bestellt, wer konnte ihr das wohl geschickt haben? Sie schüttelte den Karton neben ihrem Ohr, um den Inhalt zu erraten.

Zur selben Zeit schlürfte Bouzid in der Küche einen kleinen Kaffee. Vergeblich rief er nach Slim, um nicht mit Kamelia allein bleiben zu müssen. In Gegenwart seiner Nichte fühlte er sich nicht wohl, und zwar ausschließlich aufgrund ihrer Brüste, obwohl er sich das niemals eingestanden hätte. Ihr buntes Oberteil hatte einen eckigen Halsausschnitt, und der Onkel hatte das Pech, den Blick über die tiefe, verführerische

Furche zwischen den beiden großartigen Melonen schweifen zu lassen. Er versank in nie gekannte Qualen, sprang auf und stürzte zum Schuhschrank im Flur, wobei er gezwungen hustete.

»In Ordnung, wir sind noch nicht fertig, aber ich komme sonst zu spät zur Moschee.«

Kamelia fragte ihn, welcher Hafer ihn gerade gestochen habe. Bouzid schaffte es gerade noch, ihren Ausdruck wörtlich zu nehmen und darauf mit einem Witz zu antworten: Nicht der Hafer habe ihn gestochen, sondern die Tsetsefliege. Doch im Namen dieses tragischen Insekts lag etwas unbestimmbar Sexuelles; wahrscheinlich war es das doppelte »tse«, das ihm wie alles Verdoppelte in diesem Moment nur die beiden verbotenen Brüste seiner hübschen Nichte ins Gedächtnis rief. Er lief bis über beide Ohren rot an.

»Nein, aber ich hab vorher noch was in der Stadt zu erledigen.«

Slim schlüpfte in die Küche, schmal, zerbrechlich, schlaksig. Im Keller hatte er eine von Fouads Baseballkappen gefunden. Sie war weiß und hatte einen tannengrünen Schirm.

»Onkel, meinst du, du könntest mich zur Moschee mitnehmen?«

Kamelia fuhr ihn, wenngleich mit gedämpfter Stimme, an: »Jetzt mal ehrlich, Slim, was redest du denn da? Du wirst jetzt nicht auch noch damit anfangen! Was ist denn nur mit dieser Familie los?«

Slim schlug die Augen nieder und starrte auf seine Strumpfspitzen, während er sich an einer Erklärung versuchte.

»Ich weiß auch nicht, irgendwas in meinem Kopf hat klick gemacht, das ist alles ...«

Bouzid hatte die Gerüchte gehört, die über die sexuellen Vorlieben seines Neffen in Umlauf waren. Bisher hatte er ihnen keinerlei Glaubwürdigkeit beigemessen und war darin durch Slims Heirat mit diesem jungen Mädchen bestärkt worden, deren Familie aus Oran stammte. Doch nun verlangte die Familie die Annullierung dieser Ehe, und die Gerüchte hielten sich hartnäckig; was den Aufzug von Dounias jüngstem

Sohn anging, so war er sicher nicht besonders männlich …Plötzlich leuchteten Bouzids Augen auf: Wenn Krim ihn in die Moschee begleiten wollte, dann war er sicher bereit, sich zu ändern, sich von seinen ungesunden Gedanken zu reinigen und auf den rechten Weg zurückzufinden. Seine Aufgabe als Onkel war es, ihm dabei die Hand zu reichen!

Kamelia sah ihnen also dabei zu, wie sie durch die Haustür traten, mit einer zu großen Kappe beziehungsweise einer glänzenden Glatze, die auf den Tau auf den benachbarten Rasenstücken abgestimmt zu sein schien. Im Vergleich dazu kam die Grünfläche, die zu Dounias Haus gehörte, ihrer dreißigjährigen Nichte auf einmal furchtbar glanzlos vor. Sie begann sich nach Paris zu sehnen. Während sie die Tasse ihres Onkels spülte, eingezwängt in eine dieser geblümten Schürzen, wie sie ihre alten Tanten trugen, wurde ihr klar, dass ihre Wohltätigkeit nun lange genug angedauert hatte und dass es Zeit war, heimzufahren. Sie beschloss, gleich nach dem Abspülen des Geschirrs vom Vortag ihr Zugticket zu kaufen, als jemand die Küche betrat. Kamelia fühlte hinter ihrem Rücken einen dunklen Schatten, der einfach nur reglos dastand. Der Wasserhahn lief immer weniger stark, das Wasser wurde im Gegenzug immer heißer. Kamelia drehte sich um. Sie hielt einen Teller in der Hand, den sie fallen ließ, und stieß dabei einen Schrei aus. Der Teller zerbarst auf den Fliesen. Lunas Kopf war mit einem Tuch bedeckt.

Die beiden Cousinen bückten sich im selben Augenblick, um die Scherben aufzuheben. Kamelia war schon drauf und dran, Luna auf das Kopftuch anzusprechen, als das Festnetztelefon klingelte. Sie hatte sich selbst darum gekümmert, letzte Woche die Rufnummer zu ändern, eigentlich sollte sie niemand kennen. Am anderen Ende der Leitung fragte die Stimme eines Polizisten, ob er mit Dounia Nerrouche spreche.

»Mit ihrer Nichte«, entgegnete Kamelia.

»Es ist etwas vorgefallen auf dem Friedhof, auf dem Ihr … äh … Ihr Onkel begraben ist. Es ist ein bisschen schwierig, das am Telefon zu besprechen. Können Sie kurz vorbeikommen?«

Beim Zuhören hatte Kamelia den Computer hochgefahren und nachgesehen, ob die Stichworte »Saint-Étienne« und »Friedhof« irgendeinen Treffer auf Google News ergaben. Das war zwar noch nicht der Fall, doch die junge Frau entdeckte zu ihrer Verblüffung, dass die jüngsten Meldungen bezüglich antimuslimischer Vorfälle mehrere Seiten einnahmen: Schweine- oder Wildschweinköpfe, die über die Pforten von Moscheen gehängt worden waren, Brandstiftungen, beleidigende Graffiti, Friedhofsschändungen, verwüstete Gräber, manchmal waren sie auch vollkommen ausgeräumt worden.

Kamelia legte auf, zog sich im Vorraum ein Paar Turnschuhe an und brach auf. Sie tat so, als hätte sie die ängstliche Stimme ihrer kleinen Cousine nicht gehört, die sie gefragt hatte, welches Unglück nun wieder über sie hereingebrochen war.

24.

Im Großraum Paris entging keiner der Friedhöfe mit muslimischem Teil der Welle an Grabschändungen, die drei Nächte zuvor losgebrochen war, deren Ausmaß und Gewalt die Medien jedoch erst an diesem Abend erkannten. Eine ziemlich seltsame Verzögerung, die all den Paranoiden auf Twitter in die Karten spielte. Im Élysée wurden derweil die »Repräsentanten der muslimischen Gemeinschaft« empfangen, die aus ihrem Misstrauen gegenüber dem »arabischen Kandidaten« nie einen Hehl gemacht hatten, da er sich stets geweigert hatte, ihnen auch nur die winzigsten Zugeständnisse zu machen. In den vertäfelten Salons forderten die bärtigen Würdenträger nun Erklärungen und exemplarische Strafen. Chaouch erwiderte, dass er ihnen erstere noch nicht geben könne und letztere nicht in seinen Aufgabenbereich fielen. Die Würdenträger rächten sich auf dem Hof des Élysée-Palasts, wo sie sich den Blitzlichtern der Fotografen sowie den Rufen der Journalisten präsentierten: In einer gemeinsamen Erklärung, die von demjenigen dieser Herrschaften vorgetragen wurde, der am besten die Stirn zu runzeln vermochte, gaben sie zu Protokoll, gar nicht richtig angehört worden zu sein. Sie teilten ihre Befürchtungen bezüglich der Sicherheit der muslimischen Bevölkerung *insgesamt* mit – was heißen sollte: nicht nur der unserer Toten.

Sobald das Treffen vorbei war, rief der Innenminister Mansourd an und wies ihn an, sich mit Richter Poussin in Verbindung zu setzen, der sofort nach den ersten Schändungen strafrechtliche Ermittlungen eingeleitet hatte. Mansourd erfuhr aus dem Mund des Richters, dass Fragen über die wahre Urheberschaft dieser Taten aufgekommen waren: Die Hakenkreuze und die rassistischen Schmierereien waren zweifellos das Werk der rechtsextremen Splittergruppe, zu der er ermittelte, aber wie verhielt es sich mit den Grabrauben? Mithilfe der Videoüberwachung waren auf mehreren der angegriffenen Friedhöfe Subjekte mit maghrebinischem Erscheinungsbild identifiziert worden, darunter auch auf dem von Saint-Étienne, von dem die sterblichen Überreste von Dounia Nerrouches Ehemann verschwunden waren.

»Kurzum, w-w-ie man bei mir zu Hause s-s-sagt: Es steckt ein Aal u-u-nter dem Stein, wenn nicht sogar ein W-W-Wal unter dem K-K-Kies.«

Mansourd lauschte dem Bericht des stotternden Richters auf dem Rücksitz eines Taxis, das in zweiter Reihe im hintersten Winkel des 20. Arrondissements geparkt war. Er hatte seinem Fahrer für den Rest des Tages freigegeben und sich dann allein vor dem Friedhof von Belleville postiert, in der Rue du Télégraphe. Kein Polizeiauto versperrte hier den Zugang, denn auf diesem kleinen Landfriedhof, der von zwei Wasserschlössern überragt wurde und von einer von Kletterpflanzen überwucherten Mauer umgeben war, gab es keinen muslimischen Bereich. Als das Telefongespräch beendet war, stieg der Kommandant aus dem Taxi, riss sich die Krawatte ab und stellte den Kragen seiner Anzugjacke auf. Entschlossenen Schrittes ging er zu einem Grabstein ohne Kreuz, um den herum es üppig blühte und auf dem der Name seiner Tochter zu lesen war. Darunter war außerdem noch die traurigste Ziffernfolge der Welt eingemeißelt: »1983-1995.«

Unter der üppigen Haarpracht des Kommandanten hatte sich nie auch nur der leiseste religiöse Gedanke eingenistet. Dennoch begab er sich einmal wöchentlich auf diesen Friedhof. Er glaubte nicht eine Sekunde lang, dass die Seele seiner einzigen, geliebten Tochter die Explosion der Nagelbombe in der Metrostation Saint-Michel überlebt hatte. Und doch vollführte er, sobald er am Kopfende dieser Marmorplatte stand, zärtliche Gesten, versuchte sich das Gefühl ins Gedächtnis zu rufen, das er jedes Mal gehabt hatte, wenn er sie im Arm gehalten hatte. Dabei sagte er kein Wort. Er blieb vernünftig, sogar anlässlich dieser wöchentlichen Besuche, die keinen Sinn hatten, keinerlei Nutzen, und nur einem Zweck dienten, nämlich sich daran zu erinnern, dass im Inneren seiner unerschütterlichen Hülle ein gebrochener Mann lebte.

Seine breiten Schultern bebten wie in Zeitlupe. Nach einer Viertelstunde dieser minimalistischen Choreografie ging er wieder zur zentralen Allee, den großen, bärtigen Kopf hatte er dabei hinter dem aufgeschlagenen Kragen seines Jacketts versteckt. Am Ausgang des Friedhofs schien er zu zögern. Sein tränenverschleierter Blick verlor sich in dem plätschernden Rinnsal, dem er so lange wie möglich durch ein Labyrinth aus Straßen mit schmalen Gehsteigen folgte, die glitzerten, als wollten sie ihm den Weg weisen. Kein einziges Mal wandte er sich um, nicht einmal bevor er hinter dem schäbigen Schaufenster eines verlassen wirkenden Bistros verschwand.

Die blonde Frau, die ihm seit einer Stunde folgte, erwartete ihn auf den Tresen gestützt vorzufinden, den Bart in den Schaum eines Bierglases gestippt. Doch Mansourd hatte sie von Anfang an bemerkt, im Außenspiegel seines Taxis hatte er sie hinterm Steuer ihres Leihwagens sitzen sehen: Sie folgte ihm auf demselben verschlungenen Weg, den er seinen Fahrer einzuschlagen anwies.

»Sagen Sie mir schnell, warum Sie mir folgen, oder das hier nimmt kein gutes Ende.«

Er hatte ihr Handgelenk mit einer seiner Pranken gepackt und ihren Oberkörper gegen die Tür gepresst, die von zerfledderten Plakaten übersät war. Im Bistro roch es schlecht, und es war menschenleer bis auf den Inhaber, einen alten Mann mit Schürze, der weiter seine Biergläser polierte, als ob nichts wäre.

Mansourd unterzog die Frau einer grundlegenden Leibesvisitation. Der fügte sie sich mit einer Duldsamkeit, die vermuten ließ, dass ihr dieses Vorgehen nicht ganz fremd war. Ihre zerzausten Haare rochen nach Shampoo, und ihre hohen Wangenknochen zeigten keinerlei Gefühlsregung. Als er erkannte, dass es sich bei ihr um eine amerikanische Staatsbürgerin handelte, lockerte Mansourd seine Umklammerung. Er hatte gerade begriffen, mit wem er es hier zu tun hatte.

»Warum haben Sie mich nicht angerufen und einen Termin mit mir vereinbart wie sonst alle?«

Sie antwortete in perfektem Französisch: »Weil ich nicht will, dass die Informationen, die ich für Sie habe, allen zu Ohren kommen.«

Mansourd knurrte und musterte »Susanna« von Kopf bis Fuß – sie trug auffällige Stiefel, die ihr bis zu den Knien reichten.

Sie zogen sich in ein Hinterzimmer zurück, von dessen feuchten roten Wänden die Farbe abblätterte. Ein schmales Fenster warf ein Rechteck aus Licht auf den runden Tisch, an den sie sich setzten. Die knarzenden Holzstühle erinnerten Mansourd an die Klassenzimmer von früher. Als der Wirt zu ihrem Tisch geschlurft kam, wimmelte Mansourd ihn mit einer Handbewegung ab. Der alte Mann warf sich das Handtuch über die Schulter und ging in Zeitlupe zur Ladentür, die er doppelt abschloss. Die amerikanische Spionin mit den hellen Augen richtete ihren Blick auf ihre gefalteten Hände, die sie ins Licht hielt.

»Ich bin diejenige, die sich um die Akte Nazir gekümmert hat. Durch mich haben wir die Auskünfte über Otman erhalten, die wir brauchen, um in den kommenden Tagen die Operation durchzuführen, über die Sie ja Bescheid wissen.«

»Und was haben Sie ihm im Gegenzug für seine Auskünfte versprochen?«

»Vor allem Bargeld und falsche Papiere.«

»Vor allem?«

Bei dem Gedanken, dass sie ihm dabei zugesehen hatte, wie er sich am Grab seiner Tochter gesammelt hatte, rutschte der Kommandant auf seinem Stuhl herum, um seinen Ärger zu unterdrücken.

»Er wollte außerdem noch Aufzeichnungen«, fuhr Susanna fort. »Von einer Reihe von Gesprächen, die er mit einem ... *high ranking official* ... geführt hat, der bei Ihnen inzwischen ein bekannter Politiker geworden ist.«

Mansourd deutete ein Nicken an und schob die Unterlippe kurz vor die Oberlippe. »Gut, gut. Und diese Aufzeichnungen, die verdanken wir der NSA, nehme ich an ... Haben Sie sie ihm ausgehändigt?«

»Ja, aber in einem Gerichtsverfahren wären sie wertlos. Wir würden leugnen, dass sie von uns stammen, und das weiß Nazir auch. Verstehen Sie, was ich Ihnen zu sagen versuche?«

»Wie lange hören Sie Montesquiou denn schon ab?«

»Drei Jahre«, erwiderte die Spionin, ohne auch nur mit der Wimper zu zucken. »Seit er sich die DCRI unter den Nagel gerissen hat. Für seinen Fall haben wir uns ab dem Augenblick interessiert, in dem er persönlich Nazir rekrutiert hat. Der hatte bereits zuvor für uns gearbeitet.«

»Es ist also die Wahrheit«, knurrte Mansourd mehr zu sich selbst als an seine Gesprächspartnerin gewandt.

Die Wahrheit: die er in den Dokumenten gelesen hatte, die Nazir für ihn in dem New Yorker Hotel hatte hinterlegen lassen – eine Reihe sehr glaubhafter wortwörtlicher Berichte seiner Gespräche mit Montesquiou. Die große Glaubwürdigkeit hatte sich gerade in eine sehr wahrscheinliche Wahrheit verwandelt, und dennoch tat sich Mansourd immer schwerer damit, an sie zu glauben.

»Darf ich Sie fragen, warum Sie mir das alles jetzt verraten?«

»Der G-8-Gipfel in New York«, entgegnete die Amerikanerin sofort. »Wir haben uns entschieden – nicht ich selbst, das ist weiter oben passiert –, dass wir jetzt mit Ihnen zusammenarbeiten sollten. Ich für meinen Teil vermute, dass Nazir weniger ein Doppel- als ein Dreifachagent ist, der für Sie und für uns arbeitet, aber auch noch eigene Ziele verfolgt. Was die angeht, muss ich allerdings zugeben, tappen wir im Dunkeln. Wir können nicht zulassen, dass es einen so unberechenbaren Faktor gibt, vor allem nicht innerhalb der neuen Gleichung …«

Sie lehnte sich auf ihrem Stuhl zurück, hob das linke Bein an und legte es auf dem Tisch ab. Aus ihrem Stiefel zog sie einen USB-Stick, den sie dem Kommandanten zuschob.

»Das ist die Liste aller falschen Identitäten, deren er sich bedient. Nach meinen Informationen müsste er übermorgen einen Flug nach Lyon nehmen, spät am Abend. Diesmal können Sie ihn wirklich nicht verfehlen.«

25.

Marieke lag in einem unbekannten Zimmer mit zwei runden, scheibenlosen Luken. Ein Hubschrauber war in dem Traum, aus dem sie gerade aufgewacht war, knapp über die Dächer hinweggeflogen. Ihr Blick klärte sich, und sie erlangte die Gewalt über ihre Glieder zurück, doch das schneidende Rattern des Hubschraubers ebbte nicht ab. Es waren sogar mehrere, die nicht aufhören wollten zu brüllen und direkt über ihrem Kopf ihre Kreise zu ziehen schienen. Als sie sich aufrichtete, bemerkte die Journalistin, dass eine Kette in ihre Knöchel schnitt und dass irgendwer ihr, während sie geschlafen hatte, ein orientalisches Gewand übergezogen hatte. Mit Mühe kniete sie sich hin und streckte die Arme zum Licht aus, fiel aber gleich wieder hin. Die Kette war nirgends befestigt,

Marieke konnte sich bis zu den Luken hochziehen, die den Rahmen für eine schroffe Berglandschaft bildeten, an deren Hängen sich ein Pinienwald und große Olivenhaine ausdehnten. Drei Helikopter flogen über sie hinweg und verschwanden hinter dem nächsten Hang. Als sie nicht mehr zu sehen waren, hörte Marieke vor dem Haus, in dem man sie eingesperrt hatte, Stimmen. Es waren junge Männer, die Französisch mit einem Vorstadteinschlag sprachen.

»Echt tot hier, Bruder, nicht mal die Provinztussis gucken dich an.«

»Du hast nix verstanden, *wallah*, die müssen's mal besorgt kriegen, zeig ihnen nur deinen französischen Pass, und die Mädels werden feucht, Ehrenwort, die Schlampen werden feucht. Und wenn du ihnen dann noch nen Fünfeuroschein zeigst, drehen sie komplett durch. Nicht mal zehn Euro, fünf reichen, beim Leben meiner Mutter. Was für Schlampen …«

»Ja, vielleicht für ein Visum, aber in Wirklichkeit hassen sie uns. Frag mal Nazir, was sie denken, diese Huren. Alle Algerier, nicht nur die Frauen. Für sie stinken wir nach Scheiße, das schwör ich dir. Weißt du, was sie sagen, die Hurensöhne? Dass wir, *zarma*, die Hässlichsten sind, weil damals die Ärmsten nach Frankreich gegangen sind, die Hungerleider, und Hungerleider kriegen hässliche Kinder, stimmt's oder etwa nicht?«

»Und du glaubst, dass sie hier reich sind? Das sind halt Vielfraße!«

»Ja, aber schau dir ihre Frauen an, Bruder, ganz ehrlich, wie hübsch die sind. Selbst die kleinen Flittchen vom Land, hast du die Blonde gesehen, die da drüben die Oliven aufsammelt?«

Die beiden Männer entfernten sich, um ein Auto unter die Lupe zu nehmen, das in der Ferne in einer Staubwolke am Rand der Olivenhaine entlangfuhr. Marieke bemerkte, dass das Klicken, das diese liebenswürdige Unterhaltung begleitet hatte, von Kalaschnikows stammte, die diese beiden Ehrenmänner sich umgehängt hatten. Sie trugen weite Drillichhosen, Tarnjacken und Kampfstiefel. Als das Auto herankam, ein Peugeot-Van, nahmen sie Haltung an. Als sich Marieke von einer Luke zur nächsten hangelte, klimperte ihre Kette. Ihre Kerkermeister hoben die Köpfe. Marieke streckte sich wieder auf dem Bett aus.

Sie hörte, wie eine einzelne Person aus dem Fahrzeug stieg, dass dessen Motor weiterlief und dass, noch seltsamer, kein Wort zwischen dem Neuankömmling und den beiden Schergen gewechselt wurde. Diese morbide Ruhe hielt über eine Minute lang an und wurde dann von einer in der Ferne in den Bergen widerhallenden Explosion beendet. Die Zimmerwände wackelten, und Mariekes Ketten klirrten. Sie richtete sich auf der Decke auf und erblickte über den Berggipfeln eine große Rauchsäule an der Stelle, an der die Helikopter verschwunden waren.

»Sie bombardieren einfach auf gut Glück«, erklärte ihr Nazir beim Betreten ihrer Zelle. »Man hat ihnen gesagt, dass sich Terroristen in den Bergen aufhalten, also werfen sie Bomben ab. Das mit den Ketten tut mir übrigens leid. Nachdem sie Sie nackt gesehen haben, haben die Männer es für besser gehalten, kein Risiko einzugehen.«

»Ich bin jetzt also Ihre Geisel?«

»Ah, nein, meine nicht.«

Er ging bis zur linken Luke und hatte dabei eine Hand hinter den Rücken gelegt, mit der anderen strich er sich seinen schwarzen Bart glatt. Seine Djellaba hatte er gegen einen tadellos geschnittenen schwarzen Anzug eingetauscht. An seinem rechten Handgelenk bemerkte Marieke eine Armbanduhr, am Ringfinger seiner rechten Hand steckte ein Ehering, und aus einer seiner Jacketttaschen schaute eine schwarze Seidenkrawatte hervor.

»Ich nehme Ihnen jetzt die Ketten ab und bitte Sie, sich dann umzuziehen. Ich wäre gern vor Einbruch der Dunkelheit fertig.«

Eine Viertelstunde später hatte Marieke ein langes schwarzes Kleid, oben geschlossene Sandalen und ein Kopftuch angelegt. Sie wurde zur Rückbank des Vans geführt, wo sie sich neben einen der Schergen setzte. Hinter ihnen nahm eine riesige Kiste die ganze Ladefläche ein.

Sie rumpelten über ungeteerte Feldwege zwischen den Olivenbäumen dahin. Kaum einmal richteten sich die Olivenpflücker auf, wenn sie vorbeikamen. Im Wagen redeten die Männer über die lustigsten Foltermethoden, die es gab. Es kamen Wasserstrahlen und Klimaanlage infrage sowie Ratten, die man in einer Röhre einsperrte, deren eines Ende auf dem Bauch befestigt war, während ans andere, verschlossene Ende Feuer gelegt wurde ... Mariekes Nachbar hatte schon einmal davon gehört.

»Aber es gibt noch was Schlimmeres. Stell dir einen Käfig vor«, malte er mit dem Eifer eines Amateurfilmers ein Bild. »Den Typen legst du nackt da rein, und dann füllst du das Ding mit Mücken. Nichts sonst, nur Mücken. Der Typ wird versuchen, sich alle Löcher zu verstopfen, aber alle Löcher stopfen, das schafft er nicht, der Hurensohn.«

Sein Kamerad bevorzugte Foltermethoden, für die man keine Ausrüstung brauchte.

»Gute Folter läuft auf der psychologischen Ebene, kapierst du, was ich sagen will? Die beste Folter ist jedenfalls, die Leute am Schlafen zu hindern. Die Typen drehen total durch, wenn du sie aufweckst, sobald sie eingeschlafen sind. Und dafür brauchst du keine Mücken und keine Ratten, du brauchst gar nichts, du musst nur mit dem Typen reden, sobald er die Augen zumacht, und ihn an der Schulter rütteln ...«

Nach einer halben Stunde hielten sie vor der baufälligen Säulenhalle eines Friedhofs. Die Gräber stapelten sich an der Seite eines Hügels und waren alle gleich ausgerichtet, zu den Bergen hin, nach Osten. Eine Gruppe alter Frauen wartete unter einem Baum am Friedhofseingang auf sie. Zwei lösten sich aus der Gruppe und halfen Nazir und seinen beiden Helfershelfern beim Tragen der Kiste. Marieke blieb allein im entriegelten Van zurück und fragte sich, warum sie sich, statt zu fliehen, einfach nur fragte, was sie daran hinderte. Es kam ihr so vor, als hätte sie achtundvierzig Stunden am Stück geschlafen, dass sie aber noch einmal genauso viel brauchen würde, um die Lethargie abzuschütteln, die sie an diese Rückbank fesselte. Ihr Kopf drehte sich, doch die Schultern blieben unbeweglich, als Nazir wieder zu ihr kam. Er bat sie, ihm zu folgen.

»Sie werden gleich an Ihrem ersten Wiederbegräbnis teilnehmen. Dem ersten einer langen Reihe. Wenn Gott es so will, natürlich.«

Sie hatte nicht die Kraft, ihn danach zu fragen, was er unter einem *Wiederbegräbnis* verstand. Ohnehin hatte er schon begonnen, es ihr zu erklären.

»Wenn das Unternehmen harmonisch weiterläuft, könnten zum Ende des Sommers bereits drei Viertel der muslimischen Bereiche auf den französischen Friedhöfen ausgeräumt sein. Riechen Sie, Marieke, riechen Sie nur diesen wunderbaren Salbeiduft, der die algerischen Gräber umgibt. Welcher gute Muslim kann denn schon wollen, dass seine Toten in Frankreich liegen, in diesem feindseligen, verregneten Land, mitten unter lauter Leichen, die beim Verwesen nach Schweinefleisch stinken?«

Sie waren an einem Baum mitten auf dem Friedhof angelangt; die Hubschrauber fingen wieder an, Bomben über den Bergen abzuwerfen, der Boden bebte, doch niemand der Umstehenden schien sich deshalb Sorgen zu machen. Die alten Frauen stimmten Gebete an. Sie hatten mit blauen Zeichen bemalte Gesichter und wild zerzaustes Haar, wodurch sie wie Hexen wirkten. Waren sie von Nazir engagiert worden, weil er keinen Imam hatte finden können, der verrückt genug war, an dieser gotteslästerlichen Aktion teilzunehmen?

Der Verwesungsgestank wurde alsbald unerträglich. Außer Nazir hielten sich alle in der versammelten Menge die Nase zu.

Ein Motorenknattern veranlasste sie, die Köpfe zu drehen. Ein Renault Estafette in schlimmem Zustand holperte durch den Staub. Er parkte neben dem Van. Eine der alten Hexen flüsterte Nazir etwas ins Ohr, während ein dicker Junge sich aus dem Fahrzeug stemmte und verblüfft am Friedhofseingang weiter unten stehen blieb.

Die alte Frau, die seine Mutter war, brüllte ihm zu: »Mounir! Mounir!«

Mounir wischte sich die Stirn mit seinem weißen Hemdsärmel ab. Er ähnelte einer riesigen Nacktschnecke, die man aus Spaß aufrecht hingestellt hatte. Der Speck umgab ungleichmäßig seinen Bauch, den er wie einen Rettungsring aufgeblasen hatte. Im Meer hätte er sich sicher leichter fortbewegen können als an diesem steinigen Abhang, wo er von links und rechts mit spöttischen Blicken bedacht wurde.

Am Baum angelangt benötigte er eine volle Minute, um wieder zu Atem zu kommen. Der Stoff seines Hemdes war durchsichtig geworden, der Schweiß rann ihm über das aufgedunsene Gesicht. Mit einem dünnen Stimmchen verkündete er, dass er den Hammel hatte erschlagen müssen, der nun im Inneren seines Estafette lag. Seine Mutter beschimpfte ihn mit sämtlichen Beleidigungen, die ihr einfielen, und drohte ihm mit Schlägen, sollte er nicht gleich den Mund halten. Sein Schnaufen deutete sie als Widerwort und verpasste ihm mehrere Nackenschläge. Dann erinnerte sie Nazir daran, dass er ihm als Gegenleistung für seine Dienste einen französischen Pass versprochen habe. Millionen junger Leute in seinem Alter hätten für einen französischen Pass ihre Mutter verkauft. Als er hörte, wie seine ihn vor versammelter Mannschaft zusammenstauchte, hätte Mounir sie gern auch ohne Pass als Gegenleistung verkauft.

Marieke hatte Schwierigkeiten, ihr Gleichgewicht zu halten; als sie sich deshalb am Baumstamm abstützte, sah sie plötzlich, dass zwei Gruben ausgehoben worden waren. In die erste wurde die Kiste aus dem Van hinabgelassen, die zweite blieb vorerst leer.

»Wer ist das?«, fragte sie leise und merkte, dass ihre Augen zu schielen begannen.

Nazir trat zu ihr, ohne sie zu berühren. Er hatte sie noch nie berührt. Nicht einmal im Traum, einem ihrer Träume, an den sie sich endlich erinnerte: Sie war nackt an eine Folterbank geschnallt, Nazirs eigenartige Stimme blies ihr in den Schambereich, doch als sie die Augen öffnete, erschien Fouads Gesicht, Fouad, der zu ihren Füßen kniete und dem es leidtat, an einer solchen Scharade teilnehmen zu müssen.

»Das ist der Leichnam meines Vaters«, antwortete nun sein großer Bruder.

Die beiden Jungs in den Drillichhosen hatten ihre Waffen auf den Boden gelegt. Sie standen nebeneinander, hielten sich bei den Händen und hatten die Köpfe vor dem kleinen Erdhaufen gesenkt, mit dem sie gleich den Sarg bedecken würden.

»Und das Loch daneben?«, fragte Marieke, die spürte, dass sie reden, Fragen stellen musste, um nicht erneut zusammenzuklappen.

Nazir wies an seine Schergen gewandt auf die Spaten und blickte dann auf die Armbanduhr. »Sie können aufatmen, es ist nicht für Sie bestimmt.«

Daraufhin bückte er sich, nahm eine Handvoll Erde in die langen, dürren Finger und warf sie aufs Kopfende der rechteckigen Kiste.

26.

Dounia hatte vom aufklarenden Wetter profitieren und im Jardin des Plantes spazieren gehen wollen. Als ihr Sohn zu ihr trat, stand sie gebeugt an der Fensterfront, hinter der die Blüten einer zweihundertjährigen Linde wogten. Sobald er das Zimmer gemessenen Schrittes betrat, wusste sie, dass er Bescheid wusste. Sein »Guten Tag« erwiderte sie mit demselben Gruß, der um seine ersten beiden Silben beschnitten worden war.

Ihr Spaziergang verlief in andächtiger, bedrückender Stille. Fouad wich dem Blick seiner Mutter aus und hob den Kopf, um dem Vogelgezwitscher in den Bäumen zu lauschen. Er hatte dabei den Eindruck, dass sie eher husteten als sangen. An einem mit Seerosen bedeckten Teich blieb sie stehen. Frösche in Paarungslaune jagten einander, ohne sich zu erwischen. Bei jedem Quaken nahm der Umfang ihrer Hälse um das Dreifache zu.

Fouad suchte nach geeigneten Satzanfängen, um ihr mitzuteilen, dass der Leichnam seines Vaters geraubt worden war. Doch ständig drangen von allen Seiten Bilder auf ihn ein, Erinnerungen an eheliches Glück und solche, die das nicht waren oder nicht seine eigenen waren und dennoch dieselbe brennende Realität besaßen: die langen Nächte seiner Mutter in diesem Bett, in dem sie seit fünf Jahren ohne ihn schlief. Es hatte keinen Sinn, sie weiter zu quälen. Kamelia hatte eingewilligt, mit niemandem über das »Friedhofsereignis« zu sprechen, auch wenn das Verhalten ihres Cousins sie schockierte. Fouad hatte einen Teil der Wut, die er wegen dieser Entweihung verspürte, auf sie übertragen. Er hatte behauptet, dass die Toten egal seien, dass nur die Lebenden zählten. Er glaubte daran, wollte daran glauben. Glauben, dass diese Frösche, die sich vor seiner Nase liebten, wertvoller waren als ein lebloser Knochenhaufen, der einmal sein Vater gewesen war.

Als Dounia außer Atem geriet, zeigte sie auf eine Bank etwas abseits der zentralen Allee. Sie war durch ein kleines, abgedecktes Karussell vor den Blicken der anderen Spaziergänger geschützt. Durch das Wachstuch hindurch konnte man einen Blick auf ausgestorbene oder mythologische Tiere erhaschen: einen Säbelzahntiger, einen Dodo, eine Kreuzung aus Giraffe und Hirsch, und für die weniger experimentierfreudigen Kinder auch zwei oder drei gewöhnliche Karussellpferde.

Dounia trug einen langen grünen Rock, eine beige Korsage mit braunen Blüten und Pantoletten mit schwarzen Socken. Sie hatte sich ein Tuch um den Kopf gewickelt, um sich nicht zu erkälten. Ihr Haar war vollständig von diesem Stück rotem Stoff bedeckt, das ihr das Aussehen einer slawischen Bäuerin verlieh. Seufzend befreite sie sich davon.

»*Staf'Allah …*«

Fouad starrte seine Mutter mit einer Intensität an, die ihm selbst Angst machte. Es war, als wollte er sie als Ganzes in sein Gedächtnis übertragen. Als er ihre glatten schwarzen und so seidigen Haare sah, konnte Fouad der Versuchung nicht widerstehen, einen Kuss darauf zu drücken.

Dieser Ausdruck von Sohnesliebe ließ Dounia in einen tiefen Abgrund stolpern, aus dem sie erst eine Minute später mit folgender Frage wieder emporkam: »Du glaubst, ich bin eine schlechte Mutter gewesen, stimmt's?«

Ihr Tonfall zeigte an, dass er gleich in einen Angriff münden konnte, und Fouad wartete darauf, dass sie hinzufügen würde, »nun, da irrst du dich aber«, und bereitete sich schon darauf vor, alles, was er auf dem Herzen, im Bauch, unter der Haut hatte, hervorzuschleudern. Doch er bekam keine Gelegenheit dazu.

»Und es stimmt auch, ich bin eine schlechte Mutter gewesen. Ich wünschte, ich könnte dir sagen, ich hätte alles in meiner Macht Stehende getan, aber das ist nicht wahr. Ich habe zwischen meinen drei Söhnen Unterschiede gemacht. Und ich war dem nicht gewachsen, als euer Vater gestorben ist. Ich bin zusammengebrochen. Das war äußerlich natürlich nicht sichtbar, ich hab mich immer bemüht, den Schein zu wahren ...«

Fouad zwang sich, den Blick auf seine eigenen Hände zu richten, er wollte nicht sehen, wie der Schmerz das Gesicht seiner Mutter verzerrte. Schließlich wandte er dann doch den Kopf, und was er sah, erschreckte ihn: Ein Lächeln wanderte über ihr Gesicht, und ein herausfordernder und hasserfüllter Schimmer leuchtete in ihren Augen. »Ich habe nichts mehr zu verlieren«, sagten diese Augen, die unterschiedlich weit geöffnet waren.

»Geht es dir denn gut bei Szafran?«, fragte daher ihr Sohn hektisch und faltete dabei ein paar Blätter auseinander, die er studierte, ohne wirklich etwas auf ihnen lesen zu können. »Wir müssen das vielleicht ein bisschen zusammen durchgehen, ich habe die Kontaktadressen von ...«

Seine Mutter atmete lang aus und wollte sich erheben. Das gelang ihr aber nicht, ihre Erschöpfung war zu groß. Eine sanfte Brise wirbelte die Blüten von den Bäumen und trug einen Rosenduft heran. Seit einigen

Tagen roch sie nichts mehr, was sie nicht daran hinderte, tief einzuatmen und anschließend eine Minute lang zu husten, bis sie ausspucken musste. Fouad legte ihr eine Hand auf die zitternde Schulter. Es stand nicht zur Debatte, sie über ihr Gespräch mit Nazir auszufragen. Sie wäre wie eine Kristallfigur zerborsten.

»Ich will das nicht, ich hab gesehen, was das mit einem macht, die Chemo, Bestrahlung, ihre ganzen beschissenen Behandlungsmethoden. Wir haben doch gesehen, was mit Papa passiert ist …«

»Aber bei Papa hat man es doch zu spät entdeckt … Und wir haben nur eine einzige Meinung eingeholt, jetzt hab ich die besten Spezialisten ausfindig gemacht, die onkologische Station von …«

»Stopp! Ich will dieses Wort nie mehr hören.«

Fouad traute sich nicht zu insistieren. Er wollte aufstehen, laut werden, sie in die Enge treiben: »Was sollen wir also machen?« Doch Tränen liefen seiner Mutter über die Wangen, ausgiebig, still. All ihre Gedanken brachten sie zurück zu Nazir; und alle verloren sich in ihm.

»Er ist auch mein Sohn. Du weißt doch, was die Großmutter gesagt hat, ein Leopard trennt sich nie von seinen Flecken.«

Fouad biss sich auf die Zunge.

»Und Slim? Und ich? Sind wir etwa nicht deine Söhne?«

Sie tat so, als hätte sie ihn nicht gehört.

»Bist du dir denn bewusst, was er getan hat? Bist du dir bewusst, dass er noch schlimmer als ein Mörder ist?«

Sie murmelte einen langen Satz auf Kabylisch vor sich hin, den Fouad nicht verstand. Kabylisch war die Sprache, deren sich seine Eltern immer dann bedient hatten, wenn sie nicht wollten, dass ihre Kinder etwas mitbekamen. Nur Nazir hatte sich die Mühe gemacht, sie als Jugendlicher zu lernen – und zwar nicht, um die geheimen Gespräche seiner Eltern zu belauschen. Es ging nur darum, Fouad zu erniedrigen und ihn damit bloßzustellen, dass er seinen eigenen Vornamen nicht mit dem richtigen Akzent aussprechen konnte: *Fouèd.*

»Es gibt Dinge, von denen du nichts weißt, mein Sohn«, fuhr Dounia auf Französisch fort. »Für dich ist es immer einfach gewesen, du machst dir ja nicht bewusst ...«

»Was denn? Ich hoffe, du fängst jetzt nicht von Rassismus und dem ganzen Unsinn an? Mama, ihr habt uns doch nicht dazu erzogen, dass wir uns für Opfer halten, ihr habt uns immer ermuntert, die Menschen zu lieben, Vertrauen zu haben, statt misstrauisch zu sein, und in der Schule Erfolg zu haben, im Leben. Warum wechselst du jetzt das Thema?«

»Ich bin nicht diejenige, die das Thema wechselt ...«

Fouad fiel etwas ein.

»Du bist doch stolz auf mich, oder nicht? Du hast mir tausend Mal gesagt, wie viel Freude es dir macht, mich im Fernsehen zu sehen ...«

»Im Fernsehen«, wiederholte seine Mutter abschätzig.

Diese Herabwürdigung versetzte Fouads Selbstbewusstsein einen Schlag, streckte ihn aber nicht nieder.

»Und du weißt doch auch, dass Jasmine schwanger ist. Mama, du wirst Oma!«

Sie starrte auf die Säbelzähne des hölzernen Tigers, presste ganz schnell die Lippen aufeinander. Sie würde explodieren, nachgeben, der Dämon, von dem sie besessen war, würde sie nicht kampflos freigeben. Fouad spürte, dass ihm keine andere Wahl mehr blieb. Er musste sie weiter in die Enge treiben.

»Wenn ich mir dich so anhöre, hab ich den Eindruck, dass ich dir vollkommen egal bin, Slim auch, dass du uns im Stich lässt, dass du dich entscheidest, in der Vergangenheit zu leben statt in der Zukunft ...«

»Aber Nazir braucht mich doch am nötigsten!«, sagte sie plötzlich ganz ruhig, ergriff seine Hand und versenkte den Blick ihrer verweinten Augen, die inzwischen schon wieder getrocknet waren, in seinen. »Er hat einen schweren Weg gewählt, er hat den Weg des Schicksals gewählt. Alles steht geschrieben, mein Sohn. Alles steht geschrieben.«

Fouad riss seine Hand zurück und sprang entsetzt auf. Als er sich ihr erneut zuwandte, hatte seine Mutter sich das Tuch wieder um den Kopf geschlungen. Auf Arabisch murmelte sie in einem Singsang unverständliche Worte vor sich hin.

ZWEITER TEIL

Blutige Banner

1.

Im Abgeordnetencafé des Parlaments hatten alle die Umfrage von Ipsos-*Le Monde* gelesen, die die Linke von Chaouch bei den Wahlabsichten in einem Großteil der Wahlkreise vorn sah. Der Regen überschwemmte die Rasenflächen, von denen aus man das Quai d'Orsay und den Pont de la Concorde sehen konnte. Ein paar Raucher hatten sich unter dem Vordach der Restaurantterrasse zusammengedrängt. Einer der führenden Köpfe der Rechten philosophierte vor den jungen Parlamentariern seiner politischen Familie, wobei er seinen morgendlichen Zeitungsstapel schwenkte, den er eingerollt hatte, um ihm die Form eines Knüppels zu geben.

»Man sollte jetzt nicht so tun, als wäre man erstaunt, das wird immer schlimmer werden: Chaouch hat erst einmal Rückenwind dank seines gelungenen G-8-Gipfels, das sollten wir zugeben, aber auch so habe ich von Anfang an gesagt, dass unter den gegebenen Umständen und mit Blick auf den Zustand, in dem sich das Land befindet, die Leute beruhigt und gehätschelt werden mussten. Die ADN hatte nie eine Chance, dessen war ich mir immer sicher. Es war ein zu wildes Gebräu! Aber na ja, was wollen Sie, es scheint so, als hätte fast die Gesamtheit der Funktionäre unserer geschätzten Partei den Verstand verloren, wenn sie ihn nicht sogar absichtlich ausgeschaltet haben, nicht wahr, um diesem kurzbehosten Autokraten hinterherlaufen zu können, ohne sich zu viele Fragen stellen zu müssen …«

Er redete von Montesquiou, dessen extreme Jugend – er war kaum dreißig – mehr noch als die Brutalität seiner Vorgehensweise denjenigen quer im Hals steckte, die er um eine Nasenlänge geschlagen hatte. Nach dem Rücktritt des abgewählten Präsidenten waren diejenigen zahlreich gewesen, die nun endlich ihre Stunde gekommen sahen. Sie sahen dabei nicht einen Augenblick lang kommen, dass ein seit Monaten vorbereiteter Coup, während sie noch ihre Truppen zusammenzogen, um ihre Kandidatur um den Vorsitz der Partei zu erklären, all ihre Bemühungen im Keim ersticken und sie dazu zwingen würde, mitzumarschieren, und zwar unter dem Banner eines heiligen Bundes der Patrioten, der nach Putsch und Geheimdienstmethoden roch.

Für die alten Hasen, die der ADN Treue hatten geloben müssen, war nun das Endstadium eines Republikzerfalls erreicht, der mit Chaouchs Sieg bei den Vorwahlen der Sozialisten begonnen hatte. Die Medien hatten für den arabischen Kandidaten geschwärmt, einen ebenso charmanten wie unerfahrenen Betrüger. Die kollektive Wahnvorstellung hatte anlässlich des Attentats am 6. Mai ein jähes Ende genommen. Die Volksvertreter waren damals aufgewacht, benommen und im ersten Moment vollkommen sprachlos. Selbst diejenigen, die ihm nicht positiv gegenüberstanden, mussten anerkennen, dass Montesquiou der Einzige war, der sich traute, über Strategie, Chancen und Wiedereroberung zu sprechen, während den Parteigrößen noch die Knie zitterten und sie sich, ohne mit der Wimper zu zucken, dem Prinzip eines »heiligen Bundes« mit und unter Chaouch beugten.

Montesquious alte, geheime Ränke trugen endlich Früchte; die außerordentliche Versammlung war ein Erfolg und ein Meisterstück gewesen; und als sich dann Stimmen erhoben, um dem betreffenden Meister vorzuwerfen, niemals gewählt worden zu sein, nahm sie der furchtlose Eliteschüler beim Wort und wagte sich in die Höhle des Löwen, warf sich mitten in die Glut, ging nach Grogny – in Chaouchs Stadt.

Das Ziel war schön, und der Schütze stand mitten im Scheinwerferlicht; es waren jedoch seine Kritiker, die sich die Hände rieben: Die Wähler des 13. Wahlkreises von Seine-Saint-Denis würden diesen adligen Vogel, der gekleidet war wie ein Investmentbanker und sicherlich nicht einmal wusste, welche Farbe ein RER-Ticket hat, mit Haut und Haaren verschlingen.

Doch etwas lag in diesen Frühlingswochen in der Luft. Forscher untersuchten die Zusammensetzung des Blütenstaubs, der zu dieser Zeit in großen Mengen auf Frankreich niederging: Die Wahlabsichten waren drei Wochen vor den Parlamentswahlen ganz zweifellos enttäuschend für die ADN, doch nicht für den, der sich zu ihrem unbestrittenen Star gemausert hatte. Man sagte ihm den Sieg im ersten Wahlgang voraus. Für die intimsten Kenner der Wahllandschaft war das ziemlich unerklärlich, doch nicht für den führenden Kopf mit der Zigarre, der seit dem Attentat wie der Evangelist Johannes im Exil auf Patmos in jedem Ereignis den Vorboten eines Weltendes las, das zwar unbestreitbar auf sich warten ließ, aber letztlich durch nichts mehr verhindert werden konnte.

»Es ist dieselbe Wahnvorstellung, derselbe Medienzauber«, orakelte er, während er sich die Zigarre in die Anzugtasche steckte. »Chaouch, Montesquiou. Unbekannte tauchen auf, für sie spricht nichts als diese telegene Anziehungskraft, die das gemeine Volk für Charisma hält. Ah, wir sind in eine gefährliche Phase eingetreten, diejenige, die sich direkt an die Panik und die Furcht anschließt. Die Leute wollen wieder wegnicken, sie wollen, dass wir sie führen, aber sie wollen dabei nicht bei Bewusstsein sein. Freunde, die Zeit der Sandmännchen ist gekommen. Und wenn wir alle zu richtigen Schlafwandlern geworden sind, werden in dunkler Nacht die Mörder auftauchen, und dann sind wir verloren!«

Zu dieser Zeit hörte man diese Art von Äußerung häufig auf den Korridoren der Macht. Gewissenlose Politiker dichteten. Man konnte altgediente Funktionäre dabei überraschen, wie sie auf den roten Bänken fläzten, die Daumen auf die Schläfen gepresst, verstört und ratlos, und sich dabei esoterischen Vorahnungen hingaben.

An diesem Tag der Regierungsbefragung war das Parlament zum Bersten gefüllt. Die Parlamentarier hatten sich für die überregionalen Medien herbegeben. Am Abend würden sie wieder tief in ihre Lehen abreisen, die sich in desolatem Zustand befanden. Die Abstumpfung spiegelte die allgemeine Instabilität wider. Im für Kontakte mit der Presse vorgesehenen Viersäulensaal gaben sich alte Recken, ehemalige Überflieger und ewige »bald Vierzigjährige« die Klinke in die Hand, die vor den Kameras, vor die sie sich selbst gedrängt hatten und die sie dennoch nur jedes zweite Mal ins Bild nahmen, den Fall der Institutionen verkündeten.

Der Dichter zog seinen Zigarrenstumpen wieder hervor und wollte ihn wieder anzünden, er fühlte sich beschwingt, doch die jungen Leute, die ihm mit zerstreuter Ehrerbietung lauschten, hatten sich dem Tresen des Cafés zugewandt, wo gerade Unruhe entstand und sich ein Stimmengewirr erhob.

Ein Gehstock wirbelte durch die Luft über die Welle aus Köpfen und Anzügen hinweg, was diejenigen aufhorchen ließ, die Montesquiou »umschwänzelt« hatten, bevor er noch seine Bombe auf der großen Bühne der Parlamentswahlen hatte platzen lassen. Sie hatten ihn als erzkonservativen und dämonischen Dandy kennengelernt, als lebendiges Idol einer Sekte von jungen hohen Funktionären, die ihm mit einer Feder im Hintern und zur Primetime den Siegelring geküsst hätten, wenn er ihnen eine entsprechende Anweisung gegeben hätte.

Zu Montesquiou gehörten die hinterhältigen Angriffe, die Drecksarbeit, das Lächeln eines Beutegreifers, der einen auf dem Flur in die Enge trieb, um einen zu erpressen. Doch zu Montesquiou gehörte zuallererst eben auch ein Gang auf drei Beinen, eine hoch aufgeschossene, aber humpelnde Gestalt, die beim Setzen das Gesicht verzog und dabei das rechte Knie nicht beugte. Wie war er zu diesem gewandten Fechter geworden, der den einzigen Menschen im Raum in Schach hielt, dessen Hautfarbe zufällig schwarz war?

Der Skandal wurde von den Journalisten vor Ort live begleitet. Einige Stunden lang rauschten die verrücktesten Gerüchte über diesen Zwischenfall im Abgeordnetencafé durch den erweiterten Pariser Blätterwald. Niemand oder fast niemand wusste, was wirklich passiert war, bevor der Anführer der ADN Anschuldigungen gegen diesen schwarzen Abgeordneten erhob. Montesquiou habe ihm etwas ins Ohr flüstern wollen, behauptete hingegen der Besitzer dieses Ohrs, in das jener dann gebissen habe. »Bis aufs Blut«, so stand es in dem anklagenden Tweet, den @jbdiop am späten Nachmittag absetzte, garniert mit Fotos, auf denen man, um ehrlich zu sein, Schwierigkeiten hatte, die im Text erwähnten Kerben zu erkennen.

Die Kommentatoren waren wie entfesselt durch den Vorfall, bei dem mit dem parlamentarischen Verhaltenskodex gebrochen worden war, gemäß dem im Plenarsaal Beleidigungen umherfliegen durften, Streitigkeiten am Ende aber im Parlamentscafé bei einem überparteilichen Glas Rotwein beigelegt werden mussten. Sollte es denn wirklich einen Biss gegeben haben, erhielt diese Angelegenheit wiederum eine politische Dimension und deutete auf einen beunruhigenden Grad an Nervosität bei unseren Eliten hin.

Doch dann folgte etwas, was die Twitter-Annalen verschweigen sollten: Nach dem veranstalteten Eklat begab sich Montesquiou mit ungefähr vierzig seiner Anhänger im Schlepptau in den großen Ballsaal neben dem Parlamentscafé, das in Aufruhr war. Die Leuchter klirrten, die Wandbehänge erzitterten; Gemälde fielen von der Wand. Die Amtsdiener bekamen eine so große Gruppe nicht in den Griff, genauso wenig gelang es ihnen, ihren aufgewühlten Anstifter zur Raison zu bringen.

Die republikanische Garde wurde zur Verstärkung gerufen. Es folgten Diskussionen und Drohungen. Langsam kristallisierte sich heraus, dass sich der Parlamentspräsident ein wenig früher am Morgen geweigert hatte, Montesquiou zu empfangen. Montesquiou hatte die Aktion nämlich nur zu dem einen Zweck angezettelt, das Büro des Präsidenten Lamborghini zu belagern, der zum selben politischen Lager wie er selbst gehörte und dem er es übel nahm, ihn als einen von »hochriskanten Gefühlswallungen« erregten Teenager zu betrachten, als einen unverantwortlichen und gefährlichen »Aufrührer«.

Ein lautstarker Mob folgte ihm tatsächlich durch die knarzenden Korridore des Hôtel de Lassay. Lamborghini, den alle nur Lambo nannten, saß gerade beim zweiten Frühstück. Er war allein in seinem Büro, als die ersten Ausläufer des Aufruhrs zu ihm heranwogten. Er war ein korpulenter Sechzigjähriger, der mit der beträchtlichen Wampe an eine Jahrmarktsattraktion erinnerte. Sie lastete mit ihrem Zentnergewicht auf den schmächtigen Hühnerbeinchen, während sich über dieser Damoklesplauze ein briocheförmiges Gesicht Geltung zu verschaffen suchte, in das zwei ewig tränende, vergnügte Äuglein eingelassen waren und das voller leckermäuliger Grimassen steckte, zumal Lambo immerzu aus der Puste war.

Er trat nach draußen, um seine Sekretärin nach dem Grund des Lärms zu fragen, und sah, wie sich eine Gruppe von Männern in marineblauen Anzügen in seinem Vorzimmer drängte. Er glaubte bereits, sie wollten ihn niedertrampeln, in seinen kleinen, panischen Augen war genau das zu erkennen, worauf Montesquiou gewettet hatte: darauf, dass dieser fette Vielfraß mit den weichen Patschehändchen einer dicken Dame nichts so sehr fürchtete wie körperliche Einschüchterung.

Montesquiou baute sich mit verschränkten Armen vor dem Dreifachkinn des Parlamentspräsidenten auf. »Das ist doch keine Art …«, brachte der mit Piepsstimme gerade mal heraus.

Montesquiou hörte ihn gar nicht. Er streckte seinen Gehstock senkrecht nach oben, ließ ihn an seinem quaderförmigen Knauf mit der linken Hand langsam kreisen, wobei er die Stuckaturen und goldenen Verzierungen an der Decke bewunderte.

Lamborghinis Sekretärin steckte dem aufgebrachten dritten Mann im Staate in diesem Moment verstohlen etwas zu. Es war sein Asthmaspray.

2.

Er wartete, bis die gepolsterte Doppelflügeltür zu seinem Büro wieder geschlossen war, und jagte sich einen Sprühstoß tief in die Bronchien. Montesquious verdammte Seelen blieben im Vorzimmer zurück, elektrisiert von und solidarisch mit dem Geniestreich oder der Wahnsinnstat ihres Chefs.

»Pierre-Jean, mal ehrlich, was hat das zu bedeuten? Wie steh ich denn jetzt da? Können Sie mir das verraten?«

»Setzen Sie sich, Herr Präsident, Frankreich braucht Sie.«

Montesquious Stimme war wärmer geworden, samtiger, süßer. Halb saß er auf der Schreibtischkante, hielt die Hände wie ein offenes Buch und steckte die Nase zwischen zwei imaginäre aufgeschlagene Seiten.

Lambo ließ sich auf einen der Sessel fallen, die normalerweise für seine Gäste reserviert waren. Er löste den Knoten seiner Seidenkrawatte in Panamabindung, wobei er mit den Beinen strampelte und die Füße in den Slippers nicht mehr den Boden berührten. Auch seine Finger zappelten wie Cocktailwürstchen, griffen aber ohne den Hammer, mit dem er für gewöhnlich die Sitzung unterbrechen konnte, ins Leere, sobald sich erste Anzeichen seines Herzflatterns einstellten.

»Lassen Sie mich Ihnen zuerst sagen, Herr Präsident, dass ich es vorgezogen hätte, wenn Sie mir heute Morgen Audienz gewährt hätten, das hätte uns beiden diese bedauerliche Aufregung erspart. Alle sind momentan angespannt, manchmal genügt eine Nichtigkeit, aber Sie sind ein erfahrener Mann, wir können uns doch vernünftig miteinander unterhalten, nicht wahr?«

Der Präsident fühlte sich nicht sicher. Ein solcher Überfall war für diesen Mandarin mit den salbungsvollen Umgangsformen absolut unerhört. Er war am Busen der hohen Verwaltung aufgezogen worden, seit fünf Jahren eingeigelt in diese Pfründe der Republik, mit denen sichergestellt wurde, dass er ernährt, dass ihm Obdach gewährt und er nochmals ernährt wurde, eingedenk der Tatsache, dass seine Bedürfnisse diesbezüglich diejenigen gewöhnlicher Sterblicher bei Weitem übertrafen.

Montesquiou stand auf, ging einmal quer durch das riesige Büro, das bis auf die bemerkenswerte Ausnahme einer rot gefleckten Serviette erstaunlich leer war. Dann setzte sich der junge Mann mit einem provokanten Kichern in den großen Sessel, in dem der beste Esser der Republik zwischen den Sitzungen den Großteil seiner Nickerchen hielt, die nicht mal die Lästlinge des »Petit Journal« ihm verleiden konnten.

Er erzitterte: Sein Besucher hatte die Hand genau über die Schublade gelegt, in der der nächste Teil seiner Mahlzeit auf ihn wartete, ein Teller Couscous Royal mit einer doppelten Portion Merguez, die er gerade noch rechtzeitig versteckt hatte, als ihm schwante, dass sich Besuch ankündigte.

Montesquiou schnupperte.

»Herr Präsident, ich möchte ihre fachmännische Meinung über die aktuelle Situation einholen, aber zunächst muss ich Ihnen etwas gestehen.«

Lamborghini rutschte erleichtert auf seinem eigenen Sitz umher. Seine dünnen Brauen hoben sich deutlich von seiner gelblich-wächsernen Stirn ab. Sein Magen versuchte, ihm eine Botschaft zu senden, die gleiche wie üblich. Doch die Schublade war weit weg, geschlossen, und außerdem war er ja nicht alleine … Montesquiou drückte sich die Daumen auf die Augäpfel, bevor er eine alberne Atemübung durchführte, die er mit immer noch verdeckten Augen und beim Prasseln des Regens erklärte, der einen Geruch nach Erde und gemähtem Gras in das Büro mit den schräg gestellten Fenstern hereintrieb.

»Ich habe jetzt seit zehn Tagen kein Auge mehr zugetan. Einige meiner engsten Mitarbeiter haben das bemerkt, also habe ich ihnen gegenüber behauptet, dass ich kurze Nickerchen mache, gewissermaßen eine verschobene Nachtruhe. Doch die Wahrheit erzähle ich nur Ihnen, Herr Präsident: Ich schlafe überhaupt nicht mehr. Ich mache alle zwei oder drei Stunden nur noch *powernaps* von anderthalb Minuten.«

Er ließ die Daumen über seine Wangen gleiten und drückte dabei fest zu, um die Müdigkeit zu vertreiben.

»Ich höre«, wagte Lamborghini sich vor.

Doch sein Besucher sagte nun gar nichts mehr. Sein Gesicht entspannte sich, seine Stirn wurde wieder glatt wie die Oberfläche eines abgeschliffenen Steines. Er hatte sein jugendliches Äußeres wieder. Er schlief.

Nach anderthalb Minuten wachte er auf, war wieder voll funktionsfähig, bereit zum Kampf. In diesen warf er sich mit so lauter Stimme, dass derjenige, der sonst üblicherweise in diesem Liegesessel saß, zusammenzuckte. Das Möbel war strategisch gut im toten Winkel zwischen den zwei Bürofenstern platziert.

»Also gut, Frankreich braucht Sie. Und ich sage das nicht, weil ich mich gern hochtrabend ausdrücke. Sie wissen, welcher Ruf mir und meinem Namen vorauseilt.«

Lamborghini hörte ihm zu, wie er ausgewählte Stücke seiner Familiengeschichte vor ihm ausbreitete. Schließlich unterbrach er ihn.

»Gestatten Sie mir, dass ich mich hier einschalte, lieber Freund. Meine Ahnen väterlicherseits stammen aus dem Piemont. Heißt das, ich bin weniger Franzose als Sie? Aber vor allem, hören Sie … Ich habe nicht vor, mich noch einmal um den Posten des Parlamentspräsidenten zu bewerben, und ich möchte auch keine andere verantwortliche Position innerhalb der Partei mehr, in die ich vor vierzig Jahren eingetreten bin, denn ich muss Ihnen gestehen, dass ich sie inzwischen nicht mehr wiedererkenne. Ich vertrete keine Strömung, ich vertrete«, er keuchte, »gar nichts! Ich habe Ihrer Strategie der Annäherung an die Rechtsextremen nicht zugestimmt, aber sie ist erfolgreich gewesen, und ich habe weder Lust noch die Kraft, mich Ihnen in den Weg zu stellen. Also, reden Sie endlich: Was wollen Sie von mir?«

Diese Tirade hatte den armen Mann schweißgebadet zurückgelassen. Montesquiou reichte ihm ein Papiertaschentuch. Er wischte sich damit die Stirn ab, oder vielmehr ihre oberste linke Ecke. Er hätte noch fünfzehn weitere dieser kleinen Dinger benötigt, um des rinnenden Schweißes Herr zu werden.

»Es geht weder um Lust noch um Kraft, sondern um Pflicht. Wenn ich in Ihrem Sekretariat um einen Termin gebeten habe, dann deshalb, weil ich Informationen für Sie habe, die im Augenblick streng vertraulich sind und das auch unbedingt bleiben müssen. Wie Sie sicher erraten haben, geht es dabei um Chaouch.«

Er flüsterte den Präsidentennamen und erhob sich dann, bevor er fortfuhr, wobei er seinen Gehstock ergriff und ihn mit aller Kraft umklammerte. Als er wieder zu sprechen begann, stützte er sich auf das Marmorsims des Kamins, und sein Tonfall hatte sich verändert. Darin lag nicht mehr die leiseste Spur von Spott.

»Wir leben in ernsten Zeiten, Frankreich prescht wie ein kopfloses Huhn voran. Wir sind zu Geiseln geworden, Lamborghini, zu Geiseln eines blinden Fahrers, der direkt auf eine Wand zuhält. Gleich werde ich Ihnen Erstaunliches enthüllen.«

Lamborghini verdrehte die Augen. An seinem Karriereabend erstaunte ihn gar nichts mehr. Die Wandlung seiner liberal-bonapartistischen Partei zu einer entfesselten Allianz der populistischen und fremdenfeindlichen Rechten? Darauf musste man gefasst sein: Die Franzosen fühlten sich nicht mehr zu Hause, und da setzte man ihnen ausgerechnet einen Präsidenten vor, der der Inbegriff von Diversität war … Was die Metamorphose eines noch bartlosen Stabschefs im Innenministerium anging, der zum Heilsbringer der Rechten für die Parlamentswahl avancierte – auch sie erschien ihm alles andere als unglaublich, schließlich gab es auch in den Reihen afrikanischer Milizen eine große Anzahl von Kindersoldaten.

»Es muss natürlich unter uns bleiben, wenigstens im Augenblick. Doch ich bin im Besitz des Beweises, dass der Präsident an einer Form von Schizophrenie leidet, das bestätigen mehrere Zeugenaussagen, die ich gerade zusammentrage.«

Der Parlamentspräsident erhob sich nun ebenfalls. Für einen Mann seiner Ausmaße war es eine kräftezehrende Angelegenheit, sich aus einem so niedrigen Sessel wie dem hochzustemmen, den er seinen seltenen Gästen antat. Er schnäuzte sich, schien hintüberzukippen, schwankte, blieb dann doch stehen. Er war scharlachrot angelaufen, aber noch immer großmütig.

»Der arme Tropf ist gerade erst aus einem dreitägigen Koma erwacht, er ist gerade in Rehabilitation, da ist es doch normal, dass er noch ein bisschen langsam ist, oder?«

Montesquiou verlor die Geduld. »Mich freut es aber ganz und gar nicht, dass der Erbe der französischen Könige ein halbdebiler Immigrant ist, der im Rollstuhl sitzt! Und zwar umso weniger, wenn ich erfahren muss, dass er sich seine Vorgehensweise von wenig vertrauenswürdigen Beratern diktieren lässt, um nicht zu sagen, von vollkommen durchgeknallten. Um ganz offen zu sein, es ekelt mich an. Dass er einen deutschen Juden zum Premierminister gemacht hat, lasse ich mir ja noch gefallen, obwohl man über den Rückzug der traditionellen französischen Mannschaft, die bei unseren Gegnern so verschrien ist, doch eigentlich nur noch erschrecken kann … Wie kann man denn übersehen, dass wir vor einer wahrhaftigen Semitisierung der Staatsspitze stehen! Und wenn diese Leute dann wenigstens noch geistig gesund wären und Frankreich liebten, würde ich ja gar nichts sagen! Nur ist das eben nicht der Fall. Nun ja, das ist es, aus all diesen Gründen wollte ich mich mit Ihnen treffen.«

»Aber was genau schwebt Ihnen denn vor?«

Montesquious Augen loderten, in ihnen war nur noch das Blut seiner Äderchen zu sehen, die wegen des Schlafmangels brannten.

»Was sagen Sie zu einem Abendessen, ganz diskret, irgendwann diese Woche? Sie, ich und unser gemeinsamer Freund Cornut?«

»Cornut? Meinen Sie den Senatspräsidenten? Aber warum wollen Sie denn, dass ich mit ihm zu Abend …«

Er beendete seine Frage nicht. Er hatte verstanden. Montesquiou brauchte die Präsidenten beider Kammern. Er wollte den Hohen Gerichtshof davon überzeugen, ein Amtsenthebungsverfahren einzuleiten, Chaouch zu verurteilen und ihn zu Fall zu bringen.

Lambo überschlug das schnell im Geiste und schüttelte schließlich den Kopf: Das würde nicht klappen, niemals. Montesquiou streckte den Arm nach ihm aus, fasste ihn beim Ellenbogen und führte ihn zur Tür.

Im Vorzimmer war niemand mehr außer der Sekretärin, eingemummelt in ihren kleinen weißen Wollpullover. Sie bedachte die beiden Männer mit einem leeren und ungläubigen Blick, wie man ihn sonst nur von Fischen kennt.

»Sie können für morgen Abend alle Termine des Präsidenten absagen«, befahl ihr Montesquiou.

Dann wandte er sich an Lamborghini, der im Türrahmen stand, mit dem Kopf wackelte und dabei vor sich hin murrte, dass das alles trotzdem doch ein bisschen starker Tobak sei …

»Ich lasse Ihnen die Adresse zukommen.«

Lamborghini hievte sich auf die Zehenspitzen, um dem jungen Husar der ADN ins Ohr zu flüstern, der sich aus Übermut versündigte und die wirklichen Kräfteverhältnisse und die angeborene Kleinmütigkeit der Mehrzahl seiner Parlamentskollegen verkannte.

»Sie brauchen eine Zweidrittelmehrheit, das wird Ihnen niemals gelingen. Ich habe da eine gewisse Umfrage gesehen, wissen Sie, in einer bekannten Abendzeitung …«

»Ach, ach! Die Umfrage! Ich rede aber von der Geschichte Frankreichs, Lambo, ich rede von der Seite im Geschichtsbuch, die wir gemeinsam schreiben werden!«

Montesquiou streckte ihm die Hand wie zum Kuss entgegen. Dabei sah er das Riesenschweinchen im Maßanzug auf aufrichtig abschätzige Weise an.

Lamborghini nuschelte schniefend: »Hören Sie, ich esse gern mit Cornut zu Abend und schaue mir an, wie Sie mit dieser unmöglichen Vorgehensweise auf die Nase fallen, ganz wie Sie wollen, aber zuerst … Wollen Sie mir nicht das mit dem Stock erklären … mit Ihrem Knie …?«

Dieses Knie, das plötzlich gebeugt werden konnte, dieses Bein, das, indem es sich befreit hatte, seine gesamte Haltung befreit, ihn größer und breiter gemacht und ihm neue Kraft verliehen hatte.

»Nun, na ja«, erwiderte Montesquiou, während er Schlangenlinien lief, um die verwirrte Sekretärin nicht umzurennen, »das muss wohl das *mekhtoub* sein, die Vorsehung!«

Mit diesem Satz entfernte er sich, lachte ansteckend und aus vollem Hals im Halbdunkel, ganz ehrlich, denn er wusste, dass er die schlaueste Ratte in seinem Umfeld war und nichts und niemanden mehr fürchten musste.

3.

Unter Montesquious Feinden gab es zwei verschiedene und sich wechselseitig ausschließende Typen: zum einen die, deren Abneigung tief verwurzelt war, gleichsam körperlich, in einem Wort die Mansourds, bei denen die geschniegelte Visage und der aus der Zeit gefallene Dünkel dieses Keimlings eines Tyrannen Erwürgefantasien erzeugten. Zum anderen gab es die Ermittlungsrichter, kaltblütige Wesen, die sich mit mehr oder weniger Erfolg darum bemühten, ihre Antipathien zu zügeln. Auf diese Weise wollten sie an belastbare Beweise kommen, ohne andererseits das zu ignorieren, was ihn eventuell auch entlasten konnte. Wagner war nicht ganz allein in dieser zweiten Kategorie: Sein Kollege Poussin wechselte lieber den Sender, wenn die Stimme des rechten Frontmanns ungebeten auf France Inter erklang, damit die überzogenen Meinungen, die er vertrat, nicht am Ende noch seine fachliche Entscheidungsfindung beeinträchtigte.

Die beiden Richter hatten in der Abteilung für Terrorabwehr inzwischen eine gewisse Machtposition inne. Der Verfahrensfehler, den Maître Szafran provoziert hatte, hatte das Ermittlungsgericht dazu gebracht, die Ingewahrsamnahme der Nerrouche-Schwestern aufzuheben: eine Schmach für Richter Rotrou. Bis in die Kapelle des Justizpalasts war sein Röhren zu hören gewesen, als er sich auf den unglückseligen Mitarbeiter gestürzt hatte, dem dieser Irrtum bei den Kreuzen und Unterschriften unterlaufen war, den der Rechtsanwalt vorausgesehen, ja, auf den er es allem Anschein nach sogar angelegt hatte, auch wenn man ihm das nicht zweifelsfrei nachweisen konnte.

Wagner erklärte dem jungen Poussin, dass ihr Rivale in den Diensten des Mannes stand, um den sich das Netz ihrer Ermittlungen gerade zusammenzog. Montesquious Schwager Franck Lamoureux wurde wegen seiner Verbindungen zu terroristischen Straftätern verhört. In einer Garage, die von einer rechtsextremen Splittergruppe angemietet worden war, für deren Spiritus Rector man ihn hielt, waren Waffendepots entdeckt worden.

Anlässlich seiner ersten Vernehmung leugnete Lamoureux jedoch auf sehr überzeugende Weise, dass sein Kopf jemals zum Denken getaugt hatte. Poussin hielt ihm Fotos von Ferhat Nerrouche unter die Nase, Nazirs Großonkel, den er zwei Wochen vor dem Attentat angegriffen hatte; er fügte Fotos von verwüsteten Moscheen, entweihten Friedhöfen und Belege von Zahlungen bei, die seine Gruppierung getätigt hatte, um für fast hunderttausend Euro Kriegswaffen zu kaufen. Lamoureux beschränkte sich darauf zu wiederholen, dass er keinerlei Verbindung zur FRAASE hatte, der Radikalen Föderation für Anti-Antirassismus im Südosten, deren einzelne Mitglieder mit einer neuen »nationalen Revolution« und der »Erweckung des einheimischen Volkes« prahlten.

Da der junge Richter Poussin von einem hartnäckigen und sehr einschränkenden Stottern betroffen war, erwies sich jede Nennung des Namens dieser Splittergruppe für ihn als ebenso furchterregend wie die Aussicht, den Mont-Blanc-Tunnel mit einem Roller zu durchfahren – im Alltag das Fortbewegungsmittel seiner Wahl. Und doch war der Großteil der Mitglieder der FRAASE auf Betreiben dieses seltsamen, stotternden Mittdreißigers vorgeladen worden. Bei ihnen handelte es sich im Großen und Ganzen um sehr junge, vollkommen ahnungslose Freunde paramilitärischer Übungen aus den entlegensten Ecken des Departements Var, die ab und an in den umliegenden Städten durch Angriffe auf Araber oder Schwarze aufgefallen waren. Poussin gelang es, ihnen die Verantwortung für den bisher nicht aufgeklärten Tod eines Lagerarbeiters mit senegalesischen Wurzeln nachzuweisen. Einige Monate zuvor hatte man seine Leiche grün und blau geschlagen in einem Straßengraben in der Nähe der Fabrik gefunden, in der er dreißig Jahre lang Kisten ein- und ausgeladen hatte.

Auf dem virenverseuchten Computer einer der FRAASE-Dumpfbacken entdeckten die Ermittler den Text einer Rede, die schlicht mit »Aufruf« überschrieben war. Denselben Text fanden sie auch in den Papierkörben der Mailprogramme einiger seiner Kameraden. Mansourd erlangte am frühen Morgen davon Kenntnis, maß dem allerdings keinerlei Bedeutung bei. Am frühen Nachmittag waren die Medien wegen des Ohrs heiß gelaufen, in das Montesquiou anlässlich seines Besuchs im Parlament gebissen oder nicht gebissen hatte. Um 16 Uhr veröffentlichte

Xavier Putéoli, ein Journalist, dem nachgesagt wurde, der ADN nahezustehen, seinen täglichen Leitartikel auf der Seite Avernus.fr, des *Pure Player*, dessen Chefredakteur und Galionsfigur er war. Mansourd sprang auf: Dabei handelte es sich um eine korrigierte und erweiterte Fassung des Textes, der auf den Computern der FRAASE-Faschos zirkuliert war.

Putéoli wurde ins Radio eingeladen, ihm wurde vorgeworfen, eine rote Linie überschritten zu haben, indem er diesen »Aufruf zur Nacht der Schinkenbrote« veröffentlicht hatte, in dem alle Franzosen dazu angehalten wurden, eines dieser von Chaouch verschmähten Sandwiches vor den Türen ihrer muslimischen Mitbürger zu hinterlassen. Damit sollte ihnen eine klare und im Grunde doch friedliche Botschaft gesandt werden: Ihr wart bei uns unter der Bedingung willkommen, dass ihr euch unseren Gepflogenheiten anpasst und dieselben Fleischarten esst wie wir.

Es war von Anstiftung zum Rassenhass die Rede, von ins Feuer gegossenem Öl, von antirepublikanischen Äußerungen. Doch Putéoli bedauerte nicht ein Wort seines Textes, der den Pariser Mikrokosmos nur deshalb schockierte, weil er ein Gefühl zum Ausdruck brachte, das unleugbar in den schweigenden Untiefen des »wahren Landes« beheimatet war. Der Leitartikler wurde zum Zeitpunkt der Veröffentlichung befragt, der genau passte, um Montesquiou ganz unverhofft Beistand zu leisten. Schlugen Putéoli und sein Schmierblatt sich nun etwa offen auf die Seite der ADN?

Der Geheimdienstchef bekam gar nicht mit, wie Putéoli sich mit Schaum vor dem Mund in demagogischen Verwünschungen erging. Denn Mansourd befand sich bereits im Büro des Richters, um einen Durchsuchungsbefehl für die Geschäftsräume von Avernus zu erwirken und den Direktor der Seite in Gewahrsam zu nehmen, sobald der Speichel in seinen Mundwinkeln getrocknet wäre.

Putéoli war ein alter Kommilitone Wagners. Der Richter sah keinerlei Problem darin, ihn ins Kittchen zu werfen, doch Mansourd erhielt einen

Anruf des Innenministers, der ihn über die »Beunruhigung« im Hôtel Matignon in Kenntnis setzen wollte. An hoher Stelle gab es die Befürchtung, dass die Verhaftung eines rechten Journalisten in diesem Kontext, noch dazu von der Antiterroreinheit, die erst »ganz frisch einen Chaouchroten Anstrich erhalten hatte«, in der Öffentlichkeit als offensichtlich politisch motivierte Polizeimaßnahme wahrgenommen würde.

Mansourd reagierte sich an dem Antistressball ab, den er gerade erst vom Schreibtisch des Richters gemopst hatte.

»Jetzt mal ehrlich, scheiße, wir haben denselben Text auf den Computern einer gewaltbereiten und bis an die Zähne bewaffneten Splittergruppe gefunden, Wort für Wort! Die Befragungen haben ergeben, dass sich noch zwei von denen in freier Wildbahn rumtreiben, wahrscheinlich die verrücktesten von allen. Sie stammen aus einem Dorf im Var und heißen Kevin und Dylan Sanchez. Es sind Brüder; Dylan ist sogar noch minderjährig. Herr Minister, irgendwann werden Sie mich auch mal meine Arbeit machen lassen müssen. Zwischen Putéoli und diesen Knaben gibt es irgendeine Verbindung, ich weiß noch nicht, welche, und darum muss ich ihn verhören.«

Dieuleveult besprach das mit seinem stellvertretenden Stabschef, Kommissar Maheut, der mit ihm zusammen aus dem Polizeipräsidium hierher gewechselt war. Maheut war der Ansicht, dass man dem betreffenden Leitartikler besser kein Haar krümmen solle. Die Medienwelt könnte sonst bald einem Aquarium voller Piranhas gleichen: Sobald ein Blutstropfen eines der Ihren vergossen werde, könne man sicher sein, dass ein Kampf bis aufs Messer losbrechen werde.

Der Minister wollte keine Lynchjustiz und seufzte ins Telefon: »Machen Sie es ohne großes Tamtam und halten Sie sich von den Kameras fern.«

Um 17 Uhr war der Aufruf mehrere Hunderttausend Mal gelesen und in ähnlichem Umfang geteilt worden. Zerstückelt in einzelne schockierende und mörderische Satzfetzen hatte er sich im gesamten französischsprachigen Twitter-Universum verbreitet, wo der Hashtag #NJB, für die »Nuits des Jambons-Beurre«, die Schinkenbrotnächte, stand und sofort in die Top Trends geschnellt war. Mehrere Organisationen, die gegen Diskriminierung kämpften, kündigten an, dass sie Anzeige erstatten wollten.

Putéoli weigerte sich, seinen Text zurückzuziehen oder auch nur ein Jota an ihm zu verändern. Da das Gezeter immer lauter wurde, durfte er vom Radio ins Fernsehen überwechseln, in zwei Primetime-Sendungen, die in benachbarten Studios aufgezeichnet wurden. Dort berief er sich auf die Meinungsfreiheit, auf das Recht zur Frechheit und vor allem natürlich auf den unsterblichen Galliergeist, der Geschmack am Pennälerhumor fand. Man könne sich glücklich schätzen, dass er sich ins neue Jahrtausend hinübergerettet habe, wenn man die enorme Zahl an Likes und Teilnehmern betrachtete, die diese Veranstaltung auf Facebook mobilisiert hatte. Dasselbe wiederholte er noch einmal in Issy-les-Moulineaux bei BFMTV.

Inzwischen waren die Wahlkämpfer dazu aufgefordert worden, auf die »Polemik« des Tages zu reagieren. Sie taten das, indem sie sie zum größten Teil verurteilten, und fügten eine lauwarme Unterstützungserklärung für die französischen Bürger muslimischen Glaubens hinzu (der Nachdruck ihrer Erklärung war mehr oder weniger abhängig von ihrer Nähe zum dunklen Stern der ADN). Dabei wurde unablässig darauf hingewiesen, dass sie natürlich Rechte »ebenso wie Pflichten« hätten.

Was die Truppen der ADN betraf, so hatten sie die Anweisung bekommen, sich nicht zu dem Thema zu äußern, sondern den Text nur kommentarlos weiterzuleiten und keine Störgeräusche zu erzeugen, die die Tragweite von Montesquious großer Ansprache hätten schmälern können. Sie war für diesen Mittwochabend vorgesehen, in der zweiten Hälfte der Hauptnachrichtensendung »20 Heures« auf TF1.

4.

»Er wird das anprangern müssen«, prophezeite Wagner und bat seinen letzten Besucher an diesem Tag in sein Büro unterm Dach des Justizpalasts. »Und wenn er anfängt, sich zu winden und diesen grotesken Aufruf zu unterstützen, sei es auch nur andeutungsweise, ist es ganz einfach: Dann ist er erledigt. Die Leute werden Angst kriegen ... Allerdings werden wahrscheinlich, vorsichtig geschätzt, mehrere Millionen Menschen zusehen. Endlich werden wir erfahren, wie viel Mut er wirklich hat ...«

Der Richter ärgerte sich über seinen eigenen Tonfall, über seine sich überschlagende Stimme. Jetzt war nicht der geeignete Moment, um in triumphierendes Gehabe zu verfallen. Er verwies seinen Gast auf einen Stuhl, auf dem ein Stapel Papier lag.

»Meine Tochter sollte auch gleich hier sein.«

Fouad reagierte nicht und blieb wie angewurzelt stehen. Der Richter sah von dem iPad auf, das er aus New York mitgebracht hatte, und musterte den jungen Schauspieler: Seine rechte Hand zitterte auf beunruhigende Weise, es gelang ihm nicht, das Zittern abzustellen. Es wurde noch schlimmer, sobald er eine Faust machte, man hätte meinen können, dass er kurz davor stand zuzuschlagen.

Auf dem Schreibtisch von Wagners neuem Mitarbeiter, der sich gerade aus dem Büro zurückgezogen hatte, stand ein Radio. Im Moment lief der Wetterbericht und kündigte das Ende der Schlechtwetterperiode für die Hauptstadt an.

Wagner stand auf und schaltete das Gerät aus. Dann fragte er Fouad, ob es ihm gut gehe, er wirke ein bisschen blass um die Nase und, wie solle er sich ausdrücken, aufgeregt. Der Richter nahm die Akten vom Stuhl, sodass Fouad sich setzen konnte. Dieser schüttelte den Kopf und fuhr sich mit den Händen übers Gesicht.

»Entschuldigung, ich hatte einen anstrengenden Tag.«

Wagner hätte beinahe erwidert, »wie wir alle«, doch er verzichtete auf einen Kommentar und nickte nur knapp, während er auf die Uhr seines Tablets sah.

Doch genau in diesem Augenblick klopfte es an die Tür ... Wagners Tochter rauschte wie eine Furie herein, pfefferte ihren Rucksack vor den Schreibtisch und begann, auf ihr poshes Lycée zu schimpfen, in dem alle nur noch auf Montesquiou und die ADN schworen ... Sie setzte sich im Schneidersitz auf die Fensterbank und ließ ihren Blick über die Dächer von Paris schweifen, ihre düsteren und buntscheckigen Farben, den Schiefer, das Zink, die Ziegel. Fouad bemerkte, dass das Mädchen, in das Krim verschossen war – eine Schönheit mit langem, vollem hellem Haar –, auffällig gefärbte Augen, einen Schmollmund und eine dieser Reibeisenstimmen hatte, die man nur in Frankreich zu hören bekommt: Es war die Stimme einer Gymnasiastin nach einer Demonstration.

»Allein in meiner Klasse gibt es wenigstens fünfzehn, die dem Aufruf folgen und Muslimen auf den Sack gehen wollen. Pff. Außerdem nur Typen, na klar. Echt, ich kann das nicht fassen ...«

Fouad sah ihr an, dass sie ehrlich aufgewühlt war. Er richtete sich auf, und ihm wurde bewusst, dass er, seit dieser Zirkus begonnen hatte, zu keinem Zeitpunkt ernsthaft daran geglaubt hatte, dass die Leute das tun würden: ein Schweinefleischsandwich kaufen oder selbst machen, um damit ihre Nachbarn mit arabischen Nachnamen zu drangsalieren. Fouad hatte vor allem Putéolis Äußerungen verurteilt, das Ausmaß seiner »Entgleisung« bewertet; doch wozu war das gut? Der Präsident hatte ihn den ganzen Tag nicht angerufen, auch Jasmine antwortete ihm nicht mehr. Seit er seine Mutter am Vortag besucht hatte, schien sich alles in der Schwebe zu befinden, über alles fegte ein großer Wirbelsturm hinweg.

Aurélie beugte sich über das verrostete Gitter der Reling. Ihr Vater wusste, dass sie oft etwas zappelig und unaufmerksam war, und schlug ihr deshalb vor, sich doch lieber auf seinen Platz zu setzen.

Wagner schien das Verhalten ihrer Klassenkameraden nicht zu überraschen, er ging mit keinem Wort darauf ein. Überall in Frankreich wurden Dutzende von Angriffen mit islamfeindlichem Hintergrund sowie Entweihungen muslimischer Friedhöfe gemeldet. Die niederträchtigen Graffiti auf der Fassade der Moschee von Paris stammten von zwei Gymnasiasten von der École alsacienne. Wagner hatte die Verhörprotokolle gelesen: Sie wollten sich als politische Gefangene darstellen, machten Witze und glaubten, als Schüler der Kaderschmiede für die zukünftigen Weltherrscher unantastbar zu sein; vor siebzig Jahren hatten diese angehenden Erben ihre »israelitischen« Kameraden denunziert, heute besprühten sie Moscheen. *Nihil novi sub sole.* Der Rassismus war für die Jeunesse dorée der Postdekadenz zur angesagten Grenzüberschreitung geworden. Dabei wurde der alte Hass, dem Chaouchs Wahl neuen Auftrieb gegeben hatte, wiederverwertet, natürlich unter der weißen Flagge der Ironie. Die Staatsanwälte hingegen mussten in letzter Zeit einiges sehr wörtlich nehmen und waren gewillt, die ganze Härte des Gesetzes gegen diese Witzbolde aus den besseren Vierteln zur Anwendung zu bringen.

Richter Wagner wollte lieber keines dieser Details vor seiner Tochter preisgeben, und sei es nur, um sie zu beruhigen.

»Zwischen dem, was diese Grünschnäbel erzählen, und dem, was sie tun, besteht ein himmelweiter Unterschied, weißt du? Oder wie man bei mir zu Hause sagte: ›Große Klappe, nichts dahinter.‹«

Fouads Blick hellte sich auf; sein Vater hatte stets die gleiche Redewendung benutzt.

»Hat übrigens jemand meinen Antistressball gesehen?«

Der Glanz in Fouads Augen erlosch wieder, ihm war ein Verdacht gekommen: Wollte Wagner ihn etwa des Diebstahls bezichtigen? Schlimmer: Auf einmal schien es ihm so, als hätte der Richter nur deshalb von den »Grünschnäbeln« gesprochen, damit er, der Ausländer, sich nicht aufregte.

Er hatte keine Zeit herauszufinden, ob es nur ein vorübergehender paranoider Schub war oder ob er wirklich durchs Leben gegangen war, ohne sich bewusst zu werden, dass man ihn zuallererst immer als Araber betrachtete und also als einen potenziellen Dieb. Aurélie hatte wieder das Wort ergriffen. Sie sprach nun ruhiger als vor zwei Wochen, als sie ihm gefolgt war und ihn vor seinem Haus im Bastille-Viertel angesprochen hatte, um ihm einen Brief für Krim zuzustecken.

»Wir haben uns in den Ferien kennengelernt, in Südfrankreich, in Bandol. Ich weiß nicht, was ich sonst noch erzählen kann … Wir haben geflirtet, so eine Urlaubsgeschichte halt. Es ist nichts passiert, aber … Er hatte so gar nichts mit dem zu tun, was alle jetzt über ihn erzählen, dass er ein Terrorist ist und der ganze Kram. Einmal, daran erinnere ich mich sehr gut, hat er mir gesagt, dass sie in seiner Familie nicht an Gott glauben, in Ihrer Familie, er hat sogar darüber Witze gemacht, dass seine Mutter Schweinefleisch isst und keine bärtigen Männer mag. Und dann, ich weiß auch nicht, er war so schüchtern, er hat nicht geredet, aber als er dann im Haus Klavier gespielt hat, das war einfach der Hammer … wunderschön, es hatte so gar nichts zu tun mit … Ehrlich, manchmal frag ich mich … Wie kann man sich denn so sehr in jemandem täuschen?«

Fouad hatte große Lust, ihr zu antworten, dass sie sich eben gerade nicht getäuscht hatte, doch die Frage hallte in ihm nach, und ihr Echo ließ seine rechte Hand erneut schlottern. Wie hatte er sich so sehr in seiner Mutter täuschen können?

Eine Stunde später auf dem Boulevard du Palais fürchtete Fouad dann schon, alles wieder vergessen zu haben, was ihm die Tochter des Richters gerade erzählt hatte. Vor seinem Auto wartete der Richter ab, bis Aurélie die Tür geschlossen hatte, und fragte Fouad nach den wahren Gründen für seine Niedergeschlagenheit. Er ahnte, dass zwischen dem jungen Mann und seiner Mutter eine lebhafte Diskussion stattgefunden haben musste, erfuhr aus dessen Mund an diesem Abend allerdings nichts weiter darüber.

Bevor sich ihre Wege trennten, musste Wagner wenigstens sicherstellen, dass Fouad klar war, was auf dem Spiel stand, sollte Krim sich als unkooperativ erweisen. Er musste ihn manipulieren, ihm Sachen vorgaukeln. Sie mussten mehr über das herausfinden, was Nazir in Zukunft plante, Krims Informationen konnten sich als entscheidend herausstellen, es war ein Wettlauf gegen die Zeit. Doch der Richter beobachtete, wie sich eine Grimasse auf Fouads Gesicht breitmachte, das unvermittelt streng, zahnlos und dämonisch wirkte.

Tatsächlich lächelte er das erste und einzige Mal an diesem Tag. »Offenbar sind alle in meiner Familie Verräter, also kann ich doch auch zu einem werden, immerhin ist es für die gute Sache …«

»Jetzt mal langsam, Sie wissen schon, dass niemand von Ihnen verlangt, irgendwen zu hintergehen.«

Wagner hätte ihm beinahe geraten, sich aufs Ohr zu legen. Er sah furchtbar aus, und es musste allen daran gelegen sein, dass er für sein Treffen in nur wenigen Stunden frisch und munter wäre. Fouad war sich dessen bewusst und doch zog er, sobald er wieder allein war, seine beiden Telefone hervor. Er hoffte darauf, ein paar ungelesene Nachrichten vorzufinden, wie zum Beweis dafür, dass die Welt sich weiterdrehte und auch noch woanders Späne fielen als nur unter seiner Schädeldecke.

Die Welt gewährte ihm allerdings nicht mehr als die Hälfte dieses Beweises: Auf ihn warteten Dutzende von Nachrichten, Einladungen zum Abendessen in der Stadt. Nach dem Wochenende waren sie reihenweise ausgesprochen worden, und zwar aufgrund des Gerüchts, dass er nun den Präsidenten beriet. Von Chaouch hatte er keine Nachricht erhalten und auch nicht den kleinsten Kuss von dessen Tochter.

Er rief Jasmine an und sagte ihr, dass er auf dem Weg in »die Residenz« sei.

»Du meinst ins Élysée«, erwiderte sie scharf und verabredete sich mit ihm in der Opéra Garnier, wo sie bis spät in die Nacht probte.

Fouad willigte ein, in einer benachbarten Brasserie, in der die junge Sängerin oft zu Gast war, »einen Happen zu essen«. Dann überquerte er die Seine und ging zu einer Bushaltestelle am Fuß der Tour Saint-Jacques. Er wartete auf den 74er. Auf dem Platz patrouillierte eine Gruppe Soldaten mit geladenen Gewehren.

Eine Nachricht von seiner Tante Rabia riss ihn aus seiner Apathie. Sie wollte ihm Bescheid geben, dass ihr Zug in einem Tunnel zwischen Lyon und Saint-Étienne stecken geblieben sei, dass sie nur langsam vorankämen und dass sie eine ziemliche Verspätung haben würden, dass sie Bouz und Kam in »Sainté« aber vorgewarnt hätten und dass es keinen Grund gebe, sich Sorgen zu machen.

»Ja, na gut, jetzt ist es eh zu spät«, brummte Fouad und entfernte sich vom Wartehäuschen, um seine Tante zurückzurufen.

5.

Die Anrufe gingen nicht durch. Rabia versuchte, ihm das in einer verworrenen Nachricht zu erklären, die noch länger als die erste war und die sie aus Versehen löschte, als sie sie eigentlich abschicken wollte. Sie atmete einmal tief durch. Mit einem fuchsiafarbenen Gummi bändigte sie ihr Haar, das im Gefängnis wieder angefangen hatte, sich zu locken. Dann nahm sie die Nachricht von Neuem in Angriff und benutzte dabei vollkommen andere Wörter.

Am Vortag hatte sie Fouad schon eine kurze Nachricht zugesteckt, als er so lieb gewesen war, sie am Ausgang des Gefängnisses in Fresnes abzuholen. Die Nachricht war für Krim, es war eine Liebesbotschaft, mit der sie ihm Mut zusprechen wollte. Fouad war verblüfft gewesen, als er sie mit stolzem, würdevollem und kampfbereitem Ausdruck den Ort hatte verlassen sehen, der doch die Hölle für sie gewesen sein musste. Ihr Anwalt war daran nicht ganz unbeteiligt: Er hatte ihr zu verstehen gegeben, dass ihre beiden Kinder auf sie zählten, dass für Krim im Lichte der letzten Fortschritte bei den Ermittlungen noch nicht alles verloren sei und dass sie sich also stark zeigen müsse.

Kämpferisch wollte Rabia auch angesichts der Krebserkrankung ihrer Schwester sein. Sie willigte ein, dem Rest der Familie nichts davon zu verraten, und sprach darüber, als handelte es sich um einen Feind, dem sie sich stellen und den sie überwinden mussten. »Wir werden ihn fertigmachen«, sagte sie, während sie den Lidstrich über ihren großen Rehaugen nachzog. Die Untersuchungshaft hatte ihr weder die Grübchen noch die große Klappe geraubt.

Der Uber, den Fouad bestellt hatte, hatte vor Szafrans Haus gehalten. Rabia hatte gespürt, dass ihr Neffe kurz davor stand, ihr etwas anzuvertrauen. Er sprach zunächst von seiner Mutter und schwenkte dann zu den weltbekannten Spezialisten über, die ihm auf dem Rückflug von New York empfohlen worden waren. Doch seine Stimme hatte dabei entmutigt, vielleicht auch einfach nur müde geklungen.

»Willst du mir denn nicht verraten, was Fouad dir gesagt hat? Hast du wegen eures Gesprächs entschieden, in Paris zu bleiben? Dounia, meine Liebe, ich bin deine Schwester, wenn du mit mir nicht sprichst, mit wem dann?«

Das erste Mal, als Rabia ihr diese Fragen gestellt hatte, hatte Dounia darauf mit einem Hustenanfall der schlimmsten Sorte reagiert, der ihr sehr gelegen kam. Ein kitzliger Drache wohnte in ihrer Lunge, und sie störte ihn immer häufiger auf, um keine Antworten mehr geben zu müssen. Doch ihr TGV drosselte erneut die Geschwindigkeit, ein Ritt auf einem Esel wäre schneller gewesen als dieses Auf-der-Stelle-Treten. Diesmal wurde durchgesagt, dass eine Wildschweinfamilie mit der Lok zusammengeprallt sei.

Der Abend war über das Gier-Tal hereingebrochen, lachsfarbene Schlieren liefen auf den Horizont, die Hügel und Saint-Étienne zu wie eine böse Vorahnung. Dounia sah an ihrem Spiegelbild im Wagenfenster der ersten Klasse vorbei und murmelte mit leiser Stimme: »Ich frage mich, ob sie alle tot sind.«

»Wen meinst du?«, fragte Rabia.

»Die Wildschweine.«

Dann brach sie in Tränen aus und fing wieder an zu husten, ohne diesmal ihren Drachen aufgeschreckt zu haben. Er war dennoch entfesselt, ihre gesamte Lunge schien Feuer zu fangen. Rabia küsste ihre Schwester aufs Haar und kniff sich dabei abergläubisch selbst in die Hand, in dieses Dreieck aus Haut zwischen dem Daumen und dem Zeigefinger, was einem, wie sie bereits seit Kinderzeiten wusste, helfen konnte, nicht zu weinen.

Einige Minuten später fuhr der Zug mit etwa einer Stunde Verspätung im Bahnhof von Châteaucreux ein. Der Bahnsteig war brechend voll. Rabia telefonierte mit Bouzid und stützte dabei ihre große Schwester, die mit feuerrotem Gesicht keuchte, leuchtend wie die Sonne, der sie beim Untergang hatte zusehen wollen, bis ganz zum Schluss. Bouzid war nirgends zu sehen: Dieser *arioul* hatte sich verlaufen und die ganze Sippschaft zur anderen Seite gelotst, bis ans Ende des Bahnsteigs, wo es aus gutem Grund weder Waggons noch reisende Familien gab.

»Das ist hier ganz schlecht ausgeschildert«, murrte er, als er seine Schwestern schließlich entdeckte, nachdem er den gesamten Bahnsteig wieder zurückgelaufen war und dabei alle Passanten schief angeschaut hatte.

Kamelia erblasste, als sie Dounia sah. Sie war die Einzige, die in Saint-Étienne über die Erkrankung ihrer Tante Bescheid wusste. Sie wollte ihre andere Tante beiseitenehmen, doch Rabia war nach dem vierten Begrüßungsküsschen davongeschwirrt.

»Und meine Luna, wo ist sie, meine liebste kleine Nanouche?«

Rabia suchte mit ihren großen braunen Augen die Umgebung ab. Sie waren vor Begeisterung weit aufgerissen und schon bei dem Gedanken ganz wässrig, ihren kleinen Liebling wiederzusehen. Doch dann fiel ihr

Blick auf die zitternde Gestalt ihrer kleinen Tochter, die nichts Lebendiges mehr an sich hatte, eingewickelt in ein Stück Stoff, das wie eine schwarze Fahne aussah. Es sah so sehr danach aus, dass Rabia sich die Haut des magischen Dreiecks wund zwickte und sie in alle Richtungen zog, um nicht zu weinen, nicht zu schreien und auf den verhüllten Kopf dieser kleinen Idiotin nicht eine Lawine aus Ohrfeigen niederregnen zu lassen.

6.

In einem Dorf in der Großen Kabylei gab es eine katholische Kirche, die seit Jahren sowohl den Schikanen der algerischen Zentralregierung als auch dem Eindringling in Gestalt der evangelischen Kirche widerstand, die im Maghreb bereits Tausende von Anhängern zählte. Vater Michel war der Benediktinerpfarrer dieser Kirchengemeinde, etwa fünfzig Seelen. Sein Ruf, recht wehrhaft zu sein, war bis nach Tizi-Ouzou vorgedrungen. Dort pries die örtliche Intelligenzija noch immer die Kaltblütigkeit, die er unter Beweis gestellt hatte, als ein paar angehende Islamisten seine Sonntagsmesse gestört und Panik unter seinen Schäfchen hervorgerufen hatten: Vater Michel hatte auf Kabylisch mit ihnen gesprochen und in perfektem Arabisch aus dem Koran zitiert. Regelmäßig wurde er auf Konferenzen und Gesprächsrunden eingeladen; er war von empfindlicher Gesundheit und lebte in legendärer Armut, doch niemals lehnte er eine Einladung zum Dialog ab. Das war einer seiner Grundsätze, denen er zeit seines Lebens treu blieb, selbst als er sich wegen seiner Krankheit, an der er schließlich auch sterben sollte, kaum noch aufrecht halten und kaum noch ein zusammenhängendes Gespräch führen konnte.

»Ach, Sie machen sich gar keine Vorstellung davon, wie sehr er dieses kabylische Land geliebt hat«, schloss Schwester Thérèse, während sie ihre beiden Gäste in die Kapelle begleitete, an deren hinterem Ende ein notdürftig zusammengezimmertes Kreuz hing, und zwar immer leicht schief. »Er hat es von ganzem Herzen geliebt«, fuhr sie fort und fügte hinzu: »Vor allem hat er die geliebt, die dort lebten. Ich bin sicher, dass er ihnen vergeben hätte, dass sie nicht zu seinem Begräbnis gekommen sind. In Wahrheit hatte er ihnen das bereits vergeben.«

Die Nonne kniete sich am Ende des Mittelgangs hin und bekreuzigte sich. Ihr Gesicht war pergamentartig – für eine Dame ihres Alters nicht ungewöhnlich –, doch als sie zu Füßen dieser aus einem sehr braunen Holz geschnitzten Jesusfigur niederkniete, glich ihre Gestalt der eines kleinen Mädchens.

Das ganze Porträt, das sie gerade gezeichnet hatte, war von einem entschuldigenden Tonfall geprägt. Den kannte Nazir nur allzu gut, und er erregte seinen besonderen Widerwillen. Seinem hinter den getönten Brillengläsern verborgenen Blick war sie zwar ausgewichen, aber seine Gesichtszüge hatte sie, als er am Eingang der Kapelle die schwarze Mütze abgenommen hatte, sehr wohl gemustert. Ob sein neues kahles und glatt rasiertes Gesicht ihr wohl Vertrauen einflößte? Nazir hatte sich zum Lächeln gezwungen, die Augen geschlossen und bei jeder neuen Anekdote, mit der sie die Güte und die Bescheidenheit Vater Michels illustrierte, mit dem Kopf genickt. Die Hartnäckigkeit, mit der die Schwester die Heimatverbundenheit des heiligen Mannes lobte, hatte eine zugleich einfache und sehr schwer zu erklärende Ursache: Vater Michel, der definitiv zu gütig gewesen war, stammte aus der Haute-Savoie und hatte in seinem Testament den Wunsch hinterlegt, in der Familiengruft in den Alpen bestattet zu werden. Damit entsprach er dem Wunsch, den seine alte Mutter ihm gegenüber auf dem Sterbebett geäußert hatte.

»Wie dem auch sei, ich möchte Ihnen danken«, fügte Schwester Thérèse noch hinzu und wischte sich die Tränen von den Wangenknochen. »Für das, was Sie tun, Monsieur …«

»Nennen Sie mich doch Nicolas«, antwortete der Gast und kniete sich hin, um sich dann, unter dem starren Blick seines Komplizen, ebenfalls zu bekreuzigen.

Nachdem Nazir sich um den Papierkram gekümmert hatte, bestand die Nonne darauf, ihm einen Teller Couscous aus Weizengraupen mit einem Hühnerbein zu servieren. Noch immer schockiert von Nazirs Kniefall, blieb Mounir lieber am Van im Hof stehen. Es hatte kein äußeres Anzeichen dafür gegeben, dass dieser Weiler eine Kirche der Ungläubigen beherbergte. Die Front der Kapelle hätte genauso gut zu einem Stall gehören können. Mounir war es trotzdem unangenehm; er flüchtete sich hinters Steuer und betrachtete das Foto auf dem Pass, den Nazir ihm gegeben hatte. Dabei versuchte er, sich davon zu überzeugen, dass die List tatsächlich Aussicht auf Erfolg hatte. Das glatt rasierte, scharfe Profil seines Wohltäters erschien im Küchenfenster: Er gab ihm ein Zeichen, zu ihm zu kommen. Mounir war also gezwungen, sich einen Teller Couscous und einen Kaffee einzuverleiben, den er weit über jedes vernünftige Maß hinaus zuckerte.

Eine Stunde später parkte er den Van vor der Leichenhalle in Tizi-Ouzou, ohne auch nur die geringste Erklärung erhalten zu haben. Er folgte Nazir durch die Gänge, in denen die Klagen einer untröstlichen Familie widerhallten. Jedes Mal, wenn Nazir vor irgendeinem Schalter anhielt, hatte Mounir Gelegenheit, sich zu setzen, um wieder zu Atem zu kommen. Auf diese Weise verstrich ein Großteil des Nachmittags; dann kam Nazir plötzlich händereibend zu ihm.

»Okay, wir können los.«

Verdutzt half Mounir einem weiß bekittelten Typ dabei, einen Sarg in den breiten Kofferraum des Vans zu verladen.

»Zum Flughafen nach Bejaïa«, wies Nazir ihn schließlich an und nahm auf der Rückbank Platz.

Mounir spürte Nazirs Blick auf den Speckfalten seines Nackens; er nahm all seinen Mut zusammen.

»Wer ist das?«

»Im Sarg? Ein Priester«, antwortete Nazir.

»Und den nehmen wir im Flugzeug mit?«

Nazir näherte sich und blies seinen geruchlosen Atem auf die Wange seines letzten Fahrers.

»Den Sarg schon, aber der Priester bleibt hier. Er hat *sein* kabylisches Land doch so sehr geliebt, wenn du verstehst, was ich meine.«

7.

Fouad traf sich mit seiner Verlobten hinter den Kulissen der Opéra Garnier. Leibwächter kontrollierten die Zugänge und patrouillierten auf den Theaterrängen, leuchteten mit Taschenlampen in die Ecken und zwischen die Klappsitze.

Jasmine sprach von abgesagten Festivals, von Postengerangel in den Leitungsetagen der Opernhäuser und von einer »Anschubfinanzierung der Qataris«, und zwar mit ihrem Regisseursfreund. Jean-Dominique Lechevalier, der Jean-Do genannt werden wollte, legte Wert darauf, dass er etwas eher *in den Raum* als auf die Bühne brachte, duzte wild um sich und trug an diesem Abend trotz der Hitze einen braun-rosa-violetten Samtanzug. Samt war sein bevorzugtes Material, es war auch das A und O seines gesamten Gehabes: Er hatte ein samtiges Lächeln, eine samtige Stimme und die schlaffe Statur eines riesigen Stofftiers aus Samt, in das große schwarze Augen wie Plastikknöpfe eingelassen waren, ohne jeden Glanz und ohne jede Tiefe.

»Gut, jetzt lass ich euch aber allein, ihr Turteltäubchen, geht ihr nebenan essen?«

Fouad vermutete, dass er eingeladen werden wollte. Er hatte Jean-Do gegenüber immer mehr Feindschaft als Sympathie empfunden, er gehörte zu den Leuten, die sich über den kleinsten Witz totlachten und von *sublimen* Ausstellungen und *Giacometti'schen* Möbelstücken sprachen. Sein Kopf steckte voller Anspielungen und Urteilen, die nur die Eingeweihten seiner Sekte verstehen konnten, der subventionierten Kulturbourgeoisie, einer abgebrannten und im Sterben liegenden Halbwelt. Fouad ignorierte lieber, dass sie immer noch existierte und in dieser Hauptstadt der Eitelkeiten umherwuselte. Seinen Platz darin hatte er verloren, ebenso allerdings den Wunsch, ihn zurückzuerobern.

Bisher hatte Jasmine sich nicht ein einziges Mal an ihren Verlobten gewandt, sah nun Jean-Do an und machte den folgenden Vorschlag: »Und wenn wir zu dritt essen würden? Dann könntest du mir weiter von deinen Ideen für die Chaconne erzählen …«

Ihr Blick kreuzte den Fouads. Er begriff, dass es ein Problem zwischen ihnen gab, dass er den Bogen überspannt hatte und nun aufpassen musste.

»Das stört dich doch gewiss nicht, Fouad, oder?«

Mehr als der Zorn, der den Augen seiner Verlobten einen hässlichen Ausdruck verlieh, war es ihre förmliche Ausdrucksweise – wahrscheinlich zufällig und an sich auch nicht zu tadeln –, die bei Fouad das Fass zum Überlaufen brachte. Er hatte die Nase voll, keine Lust mehr, sich zurückzuhalten.

»Na doch, stell dir vor. Ich hatte gehofft, dass wir zwei allein über etwas Privates sprechen könnten.«

Jean-Dos Dauerlächeln verschmierte wie Eyeliner – zwar war es immer noch vorhanden, aber in einer minderwertigen, unreinen Ausführung, die einer gequälten Grimasse glich. Wenn seine Augen auch immer noch denen eines Stofftiers ähnelten, waren es nun die eines hasserfüllten Stofftiers. Er verabschiedete sich mit einer steifen Verbeugung. Fouad fiel auf, dass er ein kleines Loch in der Leistengegend seiner Cordsamthose hatte.

Jasmine konnte es nicht fassen. Die Präsidententochter machte zunächst eine Bemerkung über den Verkehr und das Ausmaß des Staus, den ihr dreißig Meter weiter Weg zur Brasserie gegenüber verursacht hatte, entschied dann aber, dass sie keinesfalls über die Demütigung hinweggehen konnte, die Fouad ihrem Freund gerade zugefügt hatte. Der riss sich den Hintern auf, um ihr Bühnenbild weniger als zwei Wochen vor der Premiere von *Indes galantes* auf ihre Schwangerschaft abzustimmen und auf das, was die Interpretin der Zima kürzlich durchgemacht hatte. Es war die Hauptrolle des vierten Aufzugs der Ballettoper, bekannt unter dem Titel »Die Wilden«. Der Auftritt der jungen Sopranistin wurde gespannt erwartet, und sie wollte darin glänzen.

»Du musst nicht glauben, dass ich hier viele Verbündete habe … Jean-Do ist vielleicht sogar der einzige. Kannst du dir vorstellen, dass sie mir die Schwierigkeiten bei der Finanzierung verschwiegen haben? Beinahe hätten sie alles absagen müssen, wenn nicht ein Milliardär aus Qatar gekommen wäre, der behauptet, die französische Musik des 16. Jahrhunderts zu lieben. Nein, ehrlich, ich hätte große Lust zu sagen: *What the fuck …*«

Fouad nahm gerade in dem vom Rest des Lokals abgeschirmten Bereich Platz, den man für sie hinter einem Paravent und schweren bräunlichen Vorhängen hergerichtet hatte.

»Du bist die Tochter des Präsidenten, glaubst du denn ernsthaft, es bestand auch nur das kleinste Risiko, dass deine Aufführung aus Geldmangel abgesagt würde?«

Jasmine steckte das ein. Er sprach von ihrem Stück wie von einer Schulaufführung, die am Ende des Jahres für die Eltern geplant wurde.

An der mit Stoff bespannten Wand hing ein Flachbildschirm, auf dem ohne Ton die Nachrichten liefen. Fouad bat den Chef der Leibwache, den Ton anzustellen, damit sie Montesquious Darbietung mit anhören konnten, die in Kürze beginnen sollte. Der Leibwächter warf Jasmine einen vielsagenden Blick zu.

Unter ihrem ewigen weißen Angorapulli trug sie Yogakleidung. Fouad bemerkte, dass sie heute weniger in dem Pulli schwamm. Ihr Körper erblühte, die Schwangerschaft veränderte ihn, davon hatte er bis jetzt keine Ahnung gehabt. Seit seinem Abenteuer mit Marieke hatte er sie nicht mehr nackt gesehen, und wenn sie auch im hellen amerikanischen Licht wieder schön gewirkt hatte, so erschien sie ihm hier in Paris wieder fad und weit weg. Dieser Eindruck verstärkte sich, als sie ihren Stuhl an seinen heranrückte, um eine Nähe zu erzeugen, an die sie als Allererste nicht mehr glaubte. In jeder ihrer Gesten war so die Last der Anklage zu spüren, die sie ihnen auch mitgeben wollte.

Als sie den Ton anschlug, den sie sonst für Tadel und Beschwerden aufsparte, erschauderte Fouad und schmiegte sich in die Erinnerung an seine verschwundene Geliebte. Marieke, Marieke, Marieke! Ach, sie hatte ihn nur benutzt, um ihr Treffen mit Nazir vorzubereiten. Er bedeutete ihr nichts. Vielleicht fühlte er sich gerade deshalb so stark zu ihr hingezogen … Doch dieses Gefühlschaos war keine gute Entschuldigung dafür, dass er keinen einzigen Satz des gesamten Monologs seiner Verlobten hörte, der Mutter seines ungeborenen Kindes. All die Verwirrung nur wegen einer anderen Frau, genauer gesagt, dem Gespenst einer Frau, unsichtbar und doch allgegenwärtig.

»… und deshalb habe ich eine Entscheidung getroffen. Fouad, hörst du mir überhaupt zu?«

Fouad sah den Sondergast der 20-Uhr-Nachrichten auf TF1 auf dem Bildschirm. Er wirkte ungerührt von den Themen, die vor seinem eigentlichen Interview angesprochen wurden. Jasmine hatte eine Entscheidung erwähnt, die sie getroffen hatte. Sollte er nachfragen? Fouad brachte den Mut dazu nicht auf. Außerdem hatte er keine Kraft mehr, sie anzulügen. Doch statt ihr rundheraus die Wahrheit zu sagen, wie er es getan hätte, bevor die Ereignisse dieses Mais ihn so schnell und tief greifend verändert hatten, ließ der junge Schauspieler die Maske fallen – um dann allerdings sofort wieder eine andere aufzusetzen, die des Bedrückten, fast schon Trauernden: Er erzählte von der katastrophalen halben Stunde, die er am frühen Nachmittag mit seiner Mutter verbracht hatte.

Ihre Speisen kamen: ein Salade périgourdine für ihn und eine Gemüsesuppe für sie. Fouad starrte auf seinen Teller, hatte aber nicht den geringsten Appetit. Er konnte sich nicht erinnern, wann er zuletzt etwas mit Genuss gegessen hatte. Er hatte die Hände auf die Knie gelegt und legte nun die Rechte wieder auf den Tisch, nahm seine Gabel, ließ sie jedoch im nächsten Moment angestrengt wieder fallen.

»Meine Mutter wird sterben«, sagte er langsam und leise. »Sie lässt sich sterben.«

Jasmine wollte seine Hand ergreifen, doch er zog sie zurück. »Sie weigert sich, den Spezialisten zu konsultieren, über den du mit dieser Frau im Flugzeug gesprochen hast?«

»Sie verweigert jegliche Behandlung. Sie will nicht monatelang dahinsiechen, mit Schläuchen überall, der Chemo, dem ganzen Zeug … Sie sagt, wir hätten das in der Familie alles schon mal mitgemacht. Wir wüssten doch, wie es ausgeht.«

Fast hätte er die Wahrheit gesagt, die andere, echte, die darin bestand, dass er auf seine Mutter böse war, und dies umso mehr, da sie litt und er ihr Leiden kaum ertragen konnte. Doch er wollte nicht noch mehr von sich preisgeben. Der Klang seiner eigenen Stimme kam ihm strähnig vor. Außerdem wusste er nicht mehr, wer Jasmine war und warum er mit ihr sprach. Er erinnerte sich an ihren Gesichtsausdruck beim Singen, verformt durch das Gefühl, ein Gefühl, das ihn inzwischen anwiderte.

Zu seiner Linken nahm er eine Bewegung wahr. Montesquious ruhmreiche Viertelstunde war angebrochen. Fouad überließ sich erleichtert dem aggressiven Flimmern des hochauflösenden Bildschirms.

8.

Vor dem berühmten Hintergrund des Eiffelturms am Seineufer zeichnete sich Montesquious Gesicht klar, schmal, gerade und symmetrisch ab, vollkommen austauschbar bis auf sein Kinngrübchen. Man hätte ihm problemlos die Rolle des Gecken in einem Film geben können, nur seine Nase war ein paar wenige Millimeter zu weit aufgeworfen – die ganze Brutalität seines Charakters drückte sich in diesem kleinen Abstand aus und machte sein Gesicht noch abstoßender als einfach nur hässlich. Er hatte sich die Haare föhnen lassen und ganz ausdrücklich darum gebeten, dem Prinzen aus *Shrek* ähnlich zu sehen. Die Hairstylistin hatte erst gelacht, bevor sie begriff, dass er es ernst meinte. Später in der Maske hatte er verlangt, dass sein Kinngrübchen überschminkt werde, er wolle *makellos* wirken. Auch darauf bestand er. Aufgrund eines minimalen Sprachfehlers konnte er seine S-Laute nicht zischen lassen. Um das zu überdecken, zog er den gefürchteten Konsonanten häufig in die Länge. *Makellossssss.*

Die Maskenbildnerin verabscheute ihn wahrscheinlich, das traf gewöhnlich auf all diejenigen zu, die ihn nicht verehrten. Dennoch machte sie ihren Job, und zwar sehr gut. Als der Anführer der ADN dann auf dem Bildschirm erschien, strahlte er eine selige Ruhe aus, wie ein Reitsportchampion, der betont selbstbewusst beim Turnier antritt. Vom Fernsehsessel aus betrachtete ihn ganz Frankreich wie eine verliebte und schüchterne alte Jungfer.

»Was für ein widerliches Ohrfeigengesicht! …«, kommentierte Jasmine, noch bevor er noch den Mund geöffnet hatte, und zwar in einem schleppenden, bourgeoisen Tonfall, dessen sich wahrscheinlich auch ihre Mutter befleißigte, wenn sie dasselbe Urteil über ihren Verlobten sprach.

Dieser Verlobte runzelte die Stirn, um zu signalisieren, dass er hoch konzentriert sei. Jasmine stand auf und ging zur Toilette. Der Anblick ihrer Gorillas deprimierte sie. Hinter dem Paravent löste Fouad urplötzlich den Blick vom Bildschirm, schnappte sich sein Telefon, rief seine Kontaktliste auf und scrollte nach unten bis zum Eintrag »Mama«. Er schwankte dazwischen, sie anzurufen oder den Eintrag zu löschen.

Als Jasmine zurückkam, schien ihr ihr Separee noch schlechter ausgeleuchtet zu sein als zuvor. Fouad ließ seine Hand mit dem Telefon sinken und tat so, als sähe er fern.

»Und was willst du jetzt wegen deiner Mutter machen?«

Es war ausgeschlossen, ihr zu sagen, warum er vorhatte, nichts zu tun, ausgeschlossen, ihr zu sagen, dass er sich fest vorgenommen hatte, sich keinen Kopf mehr darüber zu machen und stattdessen an sich zu denken, an sein eigenes Leben, wie vor dem Attentat, als seine Familie nur noch ein sagenumwobenes Etwas gewesen war, mit Erinnerungen in Sepia und halbstündigen Telefonaten alle zwei, drei oder sechs Wochen.

Montesquiou wurde zu Putéolis Aufruf befragt, zur Nacht der Schinkenbrote. Würde er ihn streng verurteilen? Oder wachsweich? Die Reaktionen der ADN-Kandidaten fielen aus dem Rahmen, das Fehlen jeglicher Stellungnahme warf Fragen auf. Stimmte der, der nichts sagte, nicht eigentlich zu? Und gehörte die ADN dann überhaupt noch zur Republik?

Der junge Politiker faltete die Hände und streckte sie dann in einer verblüffend lässigen Geste durch. Er hatte sich keinen Spickzettel vorbereitet, der Tisch vor ihm war vollkommen leer. Als er zu sprechen begann, geschah das vor fast neun Millionen Fernsehzuschauern. Das war an sich schon enorm, doch zehn Minuten später näherte sich die Zuschauerzahl der Grenze von zwölf Millionen, eine geradezu monströse Zahl: Das gemeine Volk und die Hausfrau wurden vom Blutgeruch angelockt.

»Es wird Sie überraschen, aber ich verurteile diese Initiative nicht.«

Die Kamera schwenkte wieder auf den Moderator, dessen Augen gerade ihre Form verändert hatten.

»Ich verurteile sie ganz und gar nicht. Warum? Weil Sie noch etwas überraschen wird; Antirassisten aufgemerkt, ich traue mich zu sagen: Ich bin stolz, Franzose französischer Abstammung zu sein, ja. Französischer Abstammung. Es ist nicht dasselbe, wenn man erst seit fünfzig Jahren Franzose ist oder seit tausend Jahren. Ich für meinen Teil bin stolz auf meine Wurzeln, stolz auf die Jahrhunderte, aus denen ich hervorgegangen bin, die mich zu dem gemacht haben, was ich bin; und ich fürchte mich nicht, das auch auszusprechen.«

»Pierre-Jean de Montesquiou, sagen Sie hier gerade, dass Sie Putéolis Aufruf nicht anprangern?«

»Ja, genau das sage ich. Denn wenn man stolz ist, der zu sein, der man ist, stolz auf sein Erbe, auf unsere Zivilisation, nun, sehen Sie, dann ist man mit seinem Gewissen im Reinen, und man ist friedlich. Genau das: friedlich. Ich für meinen Teil glaube, dass diese Initiative, die die gesamte Oligarchie Zeter und Mordio schreien lässt, perfekt zu dieser *friedlichen* Geisteshaltung passt. Ich würde sogar noch weitergehen: Sie ist ein Willkommensgruß. Seid willkommen, liebe Fremde. Das hier sind wir, wir haben keine Angst vor euch, habt ihr also auch keine Angst vor uns. Ich bin mir sicher, dass die meisten Teilnehmer an dieser friedlichen Nacht genau so denken, vielleicht sprechen sie es sogar aus …«

Der Moderator wusste nicht, wie er darauf reagieren sollte. Er war darauf vorbereitet gewesen, ihn systematisch zu grillen, bis er ihn schließlich dazu brachte einzugestehen, dass er im tiefsten Inneren Verständnis hatte und das Vorgehen teils billigte.

»Und dann, wenn Sie mir das noch zu sagen erlauben, sind wir hier ja nicht in den Vereinigten Staaten, in den Vereinigten Staaten, in die uns allem Anschein nach dieser Chaouch verwandeln will …«

»DIESER Chaouch?«, platzte es aus Jasmine heraus. »Verdammte Scheiße, warum haben sie eigentlich nicht auf den geschossen?«

»… in den Vereinigten Staaten, wo, wenn Sie aus Versehen das Wort ›Neger‹ im hintersten Eck Ihres Gartens aussprechen, die Hubschrauber der politischen Korrektheit ausschwärmen und die Lobbys der ethnischen Minderheiten versuchen, Ihnen den Mund zu verbieten. Nun ja, tut mir leid, hm, verzeihen Sie, dass ich es Ihnen so sagen muss, doch wir sind hier in Frankreich, wir pflegen eine unfertige, bunte Sprache, und wir lassen uns kein Schloss vor den Mund hängen!«

Fouad spürte den Zorn in sich aufsteigen; als ihm die Lava dann zu den Ohren herauszuquellen drohte, wandte er sich Jasmine zu, um sich mit ihr zusammen über das Gehörte zu empören. Sie hatte jedoch eine grünliche Gesichtsfarbe angenommen, und ihr Mund stand gefährlich halb offen.

Ihr blieb kaum Zeit aufzustehen, bevor sie sich ein erstes Mal übergeben musste. Es war ein bescheidener Schwall, vielleicht die Menge eines Sakeglases. Sie ließ sich wieder auf den Stuhl zurückfallen, glaubte, es wäre vorbei. Doch der zweite Ausbruch dauerte schon dreimal so lang. Jasmine beugte sich weit nach vorn und bemühte sich, den Kopf zwischen den Beinen zu halten. Die Leibwächter kamen herbeigeeilt und postierten sich um sie herum. Der Ranghöchste unter ihnen schüttelte den Kopf und sah dabei Fouad an, als wäre alles ganz allein seine Schuld.

Jasmine hob den Kopf und sah sich plötzlich den gigantischen Nasenlöchern des Chefs ihrer Leibgarde gegenüber. Sie klafften auf absurde Weise, so sehr, dass man sie für ein zweites Augenpaar in seinem Allerweltsgesicht hätte halten können.

»Haut ab! Lasst mich in Ruhe!«, brüllte die Präsidententochter.

Ihre tränenerfüllten Augen hatten eine niederschmetternde Wirkung auf Fouad. Er war vor Verblüffung erstarrt. Die Sicherheitsleute zogen sich zurück.

»Jasmine, was ist denn in dich gefahren?«

Sie senkte den Blick, die Stirn, den Kopf. Fouad sah nur noch ihre Schädeldecke mit den glatten Haaren, aus einem Blickwinkel, den er bisher nicht kannte.

»Was in mich gefahren ist? Ich will dieses Kind nicht bekommen, Fouad. Ich habe mich entschieden, einen Termin zu machen. Ich will nicht mit dir darüber diskutieren, es ist ganz allein meine Entscheidung«, rief sie mit zitternder Stimme, »und sie ist endgültig.«

Fouad entgegnete nichts. Er betrachtete Montesquiou, verstand nichts, so viel Lärm dröhnte in seinem Kopf. Und es war kein parasitärer Lärm, den man mit einer Konzentrationsanstrengung ausblenden konnte; es war Kampflärm, politischer Tumult, das ganze Land zerfleischte sich in seinem Kopf. Die Leute spuckten einander an, bald würden sie sich schlagen, in den Treppenhäusern, vor den Augen ihrer Kinder … Wer hätte gedacht, dass der Bürgerkrieg auf diese Weise losbrechen würde, in den Treppenhäusern, unter Nachbarn?

Die Antwort fand sich auf dem Bildschirm. Fouad sah wieder hin. Da hörte er das Rascheln von Jasmines Hose, das Geräusch, das ihre Tasche machte, als sie versuchte, den Henkel loszumachen, der sich am Stuhlbein verfangen hatte. Ihr Stuhl kippte um, die Lehne kam auf dem Teppich auf und machte dabei ein dumpfes, einfältiges Geräusch. Fouad hielt die Augen weiter geschlossen, um besser hören zu können. Er erkannte alle Geräusche außer dem letzten, das doch eigentlich das offensichtlichste war: Es war das Klimpern eines metallischen Gegenstands auf dem Tellerrand.

Er schlug die Augen auf: Jasmine war fort, und vor ihm lag der Ring, den er ihr geschenkt hatte, in einer Mischung aus Suppe und Erbrochenem.

9.

Der Premierminister kaute an seinen Nägeln. Er war von den wichtigsten Beratern seines Kabinetts umgeben, anthrazitfarbene Anzüge und kluge Köpfe, die ohne Ausnahme aus dem Grand Corps stammten, in das er selbst vor drei Jahrzehnten eingetreten war. Alle glaubten, dass seine Nervosität mit Montesquious Auftritt zu tun hätte. Doch da täuschten sie sich. Wenn Vogel regelmäßig einen Blick auf seine Armbanduhr warf, hatte das nichts damit zu tun, dass er wissen wollte, wann das Interview vorüber war, sondern damit, wie viele Zeigerumdrehungen ihn noch von einem Treffen trennten, das nicht auf seinem offiziellen Terminplan stand und von dem keiner in seinem Büro auch nur die leiseste Ahnung hatte.

Auf TF1 hatte Montesquiou gerade die Stimme erhoben: »Hören Sie sich eigentlich selbst zu? Was ich von den Leistungen des Präsidenten halte? Ist Ihnen eigentlich klar, was Ihre Frage unterstellt?«

Seine eigene war nicht rhetorisch gemeint, und ein peinliches Schweigen entstand zwischen den beiden Männern. Als der Moderator dann versuchte, sich von jeder Zweideutigkeit reinzuwaschen, fiel Montesquiou ihm ins Wort.

»Ihre Frage unterstellt, dass wir uns um unseren armen Chaouch sorgen müssen, der gerade aus dem Koma erwacht ist, Ihre Frage unterstellt, dass er sich in einem verletzlichen Zustand befindet, einem instabilen Zustand, und dass jeder seiner öffentlichen Auftritte, sei es im Ausland oder bei uns, plötzlich mit dem Maßstab zu messen ist, den wir bei einem Rekonvaleszenten anlegen dürfen …«

»Und daraus schließen Sie …«

»Daraus schließe ich? Nehmen wir einmal an, dass ich daraus etwas schließe. Das ändert nichts daran, dass die Franzosen Ihre Frage gehört haben, und die Franzosen sind keine Schafsköpfe, sie verstehen sehr wohl, was es bedeutet, sich die ganze Zeit darüber zu freuen, dass der Staatschef keinen Aussetzer hatte oder keine unangemessene Bemerkung gemacht hat …«

Vogel hoffte, dass der Moderator das Thema wechseln würde. Das tat er auch, ohne seinen Ärger zu verbergen.

»Ihr Schwager, Franck Lamoureux, ist im Rahmen einer Untersuchung über eine rechtsextreme Gruppierung verhaftet worden …«

Ein breites Grinsen Montesquious; man hätte meinen können, er hätte gerade eine Wahl gewonnen.

»Ich darf Sie da gleich unterbrechen. Ja, ich sollte schweigen und das Politblabla wiederholen, wie es meine Altvorderen tun, ich könnte mich hinter der üblichen Litanei verstecken, der zufolge man sich über laufende Gerichtsverfahren nicht äußert und so weiter. Nun ja, nein, ich werde nicht schweigen. Ganz im Gegenteil.«

Er zog einen Umschlag aus der Innentasche seines Jacketts.

»Ich habe Ihnen für alle Fälle eine Kopie des Antrittsschreibens mitgebracht, das vom aktuellen Bewohner des Élysée-Palasts unterzeichnet ist und Kommandant Mansourd autorisiert, die Geheimdienste tief greifend zu reformieren, und zwar auf eine Art und Weise, die uns nicht kaltlassen kann. Persönlich kenne ich diesen Dienst, wie Sie sich vorstellen können, sehr genau und bin daher in der Lage, Ihnen und ganz Frankreich gegenüber zu bezeugen, dass der ... Chaouch dabei ist, die Geheimpolizei in eine richtige politische Polizei zu verwandeln, die nur ein einziges Ziel hat, nämlich die Opposition zu überwachen, ihr einen Maulkorb zu verpassen und sie mit der ganzen Wucht des Herrschaftsapparats zu neutralisieren. Doch ich sage Ihnen gleich, dass mir diese linksislamistische Stasi keine Angst macht: Ich schäme mich für sie. Ja, ich schäme mich für sie. Denn wenn Sie mich fragen, wer uns angreift ...«

»Ich habe Sie nichts dergleichen gefragt!«

»... dann gebe ich Ihnen die Antwort. Wir werden von einer Religion angegriffen, einer Religion, die zugleich eine Kriegsideologie ist, ich möchte daher vom Islamismus sprechen. In Ordnung. Die Angelegenheit ist ernst, das werden Sie mir doch wenigstens zugestehen. Was machen nun aber die zuständigen Dienste? Sie suchen nach der Laus auf dem rasierten Schädel harmloser Nazis.«

»Harmlos?«

»Hat man die Gruppe denn nicht zerschlagen?«

Vogel hatte genug gehört. Er wühlte auf seinem Schreibtisch herum, fand die Fernbedienung und schaltete den Fernseher aus. Verdutzt rutschten seine Berater auf ihren Stühlen herum; nun stand die Nachbesprechung an.

»Der traut sich aber was, ›Bewohner des Élysée-Palasts‹, ›dieser... Chaouch‹, und dann noch diese Art von angewiderter Grimasse, jedes Mal, wenn er gezwungen ist, ›der Präsident‹ zu sagen ...«

Ein anderer Berater wollte gerade das Wort ergreifen, doch Vogel hinderte ihn daran.

»Darauf kommen wir später zurück. Besprechen Sie das untereinander und finden Sie eine geeignete Erwiderung, morgen früh will ich Ergebnisse auf meinem Schreibtisch haben.«

Dann löste er die kleine Versammlung auf und stellte sich vor die Glastür zur Terrasse, durch die man hinter den Säulen des Geländers den ausgedehnten, abschüssigen Rasen des Parks von Matignon sehen konnte.

Zu seiner Rechten sah er die Reihe der Berater vorbeigehen, die sich zur Sicherheitsschleuse begaben. Dahinter befand sich der abgelegene Block mit ihren Büros. Der Stabschef bildete die Nachhut. Er drehte sich noch einmal um und warf einen ratlosen Blick auf die Fenster im Erdgeschoss. Vogel zuckte zurück und hoffte, dass ihn die zugezogenen Gardinen vor seinen Blicken geschützt hatten.

Ein paar Journalisten hatten ihm Nachrichten geschickt, in denen sie nach seiner Reaktion fragten. Er schaltete das Telefon aus.

»Soll ich den Koch bitten, dass er heute Abend etwas für Sie zubereitet?«

Vogel fiel schlagartig auf, dass er schon wieder vergessen hatte zu essen. In letzter Zeit aß er nur noch einmal pro Tag ohne besondere Freude, aber mit einer Vorliebe für Spargel; die Spargelzeit neigte sich schon ihrem Ende zu. Je holziger, desto länger lagen sie ihm im Magen und wirkten so als Appetitzügler. Am Abend begnügte er sich mit Schokoriegeln, um nicht zusammenzuklappen.

Diese Appetitlosigkeit beunruhigte ihn nicht weiter, genau genommen hatte er bisher noch gar keine Zeit gehabt, sich mit ihr zu befassen. Auch heute Abend hätte er das nicht getan, doch sobald er einen Fuß auf die weiß gekieste Terrasse gesetzt hatte, überkam ihn eine Welle der Angst, die ihn straucheln ließ. Seine Sicherheitsleute boten ihm an, ihm ein Glas Orangensaft zu bringen. Neben diesen kräftigen Burschen fühlte er sich schwach und ausgezehrt. Er schickte sie weg und erklärte, dass er auf neue Gedanken kommen müsse und es sinnlos sei, ihm zu folgen: Er habe nicht vor, das Gelände zu verlassen.

Die Sicherheitsleute zogen sich zurück, doch genau in diesem Moment kam sein Stabschef angelaufen. »Jean-Sébastien, den musst du annehmen«, sagte er und reichte ihm sein Telefon.

Es war Dieuleveult, der Innenminister, der ihm erklärte, dass gerade ein Zugriff am Flughafen Lyon-Saint-Exupéry stattgefunden habe. Ein Fluggast aus Algerien war mit einem von Nazirs falschen Pässen gereist. Mansourd war vor Ort: Alle Fluggäste waren befragt worden, und die betreffende Person, die mit Vornamen Mounir hieß, musste nach einem leichten Herzanfall ins Krankenhaus eingeliefert werden.

»Also immer noch keine Spur von Nazir?«, fasste Vogel zusammen. Er war beleidigt, weil man ihn nicht die ganze Zeit auf dem Laufenden gehalten hatte.

Der Minister erklärte, dass man sicher mehr erfahren werde, sobald Mounir wieder auf den Beinen und vernehmungsfähig wäre. Dann legte Vogel einfach auf und schickte seinen Stabschef mit empörter Miene davon.

10.

Weiße Lichtflecken fielen auf den Rasen. Vogel umschiffte sie und schlug einen von ehrwürdig wirkenden Bäumen gesäumten Pfad ein. Vor dem, den er an diesem Morgen erst gepflanzt hatte, hielt er inne. Es war ein alter republikanischer Brauch, dass jeder neue Premierminister sich »verewigte«, indem er für die Fotografen zwei Schläge mit der Hacke ausführte und dann mit einer Erklärung zur »Symbolik« herausrückte, die hinter der Wahl des Baumes steckte. Vogel wollte seinen Großeltern Reverenz erweisen, die im Lager von Auschwitz ermordet worden waren, und hatte daher eine Erle gepflanzt, wie sie in den Sümpfen Oberschlesiens wuchsen. Damit hatte er entgegen den Empfehlungen seines Stabschefs gehandelt, der einen weniger »trübseligen« Baum bevorzugt hätte. Vogel hatte zahlreiche Qualitäten, doch keinerlei Hang zu festlicher Ausgelassenheit, wie sie – manchmal sogar aufrichtigerweise – typisch für Chaouchs sonstige Freunde war.

War er überhaupt sein Freund? Mit hinter dem Rücken verschränkten Händen sagte sich der Spaziergänger von Matignon, dass im Augenblick wohl nichts weniger gewiss sei. Er schüttelte den Kopf und massierte sich murrend den Nacken. Der Himmel erinnerte ihn an ein Chagall-Gemälde. Ein malvenfarbener Halbmond schob sich in einer heftigen Farbexplosion zwischen die Wolkenfetzen. Das Perspektivenspiel verlieh dem Mond das längliche Aussehen eines Ziegenkopfs. Vogel dachte bei sich, dass er Chagall im Grunde nicht sehr gern mochte.

Er senkte den Blick auf den von Akazienblättern übersäten Weg und dachte an das erste Mal, als er den Namen des künftigen Präsidenten vernommen hatte. Es war anlässlich eines Jahrgangstreffens in den Achtzigerjahren gewesen. Alle sprachen von diesem jungen Araber, *beur*, wie man damals sagte, der als Klassenbester abgeschlossen und sich der gefürchteten Sekte der Finanzinspektoren angeschlossen, sich dann aufsehenerregenderweise verabschiedet und aufgemacht hatte,

Wirtschaftswissenschaft an der Harvard Kennedy School zu lehren. Im Gegensatz zu seinen Kameraden hatte Vogel den Affront bewundert, den das Verhalten des Jahrgangsbesten für viele bedeutet hatte. Und im Gegensatz zu eben diesen Kameraden war er nicht überrascht gewesen, als Chaouch später nach Frankreich zurückgekehrt war, um sich in einer unscheinbaren Vorstadtgemeinde zum Bürgermeister wählen zu lassen.

Seine zwei Amtszeiten hatten die Stadt von Grund auf verändert, die Arbeitslosenzahlen und die öffentliche Verschuldung waren wie Schnee in der Sonne geschmolzen. Chaouch hatte sich vorsorglich von der nationalen Politik ferngehalten. Er war nie in die Sozialistische Partei eingetreten, die er seit seiner Wahl im Übrigen umtaufen wollte. Seine Vorschläge waren Progressive Partei oder Demokratische Partei. Sogar das Wort »Partei« wollte er ganz aus dem Namen streichen. In den Vorwahlen, in denen er den Bonzen der Linken gegenübergestanden hatte, hatte er deren Angriffe vorweggenommen und sich keineswegs versteckt: Er hatte für sich in Anspruch genommen, nicht zum inneren Parteizirkel zu gehören; schlimmer noch: Er glaubte nicht an den Sozialismus.

Dieses Eingeständnis hätte eigentlich zu seiner Niederlage führen sollen. Doch sein Charme war zu groß, seine unkonventionelle Art zu augenfällig. In der letzten Minute der Debatte zwischen den Wahlgängen hatte er das Jackett ausgezogen. In Hemdsärmeln hatte er versprochen, nur für eine Amtszeit zur Verfügung zu stehen. Mit seinem breiten amerikanischen Lächeln hatte er im Kern erklärt, dass er die Macht um der Macht willen verabscheue, dass er eine Reihe präziser Probleme lösen und die Reformen in Angriff nehmen wolle, die in Angriff genommen werden mussten. Man dürfe nicht auf ihn zählen, wenn es darum ging, entweder den bequemen Monarchen oder den Schutzheiligen des »französischen Sozialmodells« zu spielen, solange einer von drei Jugendlichen arbeitslos war.

»Die liberale Schlange«, murmelte Vogel und zitierte damit eine vom Gegner erdachte Wahlkampfschmähung. Der Premierminister war am anderen Ende des Parks angelangt. Drei Hektar unverhoffte Grünfläche mitten im Herzen des 7. Arrondissements. Er blieb vor der schmalen Tür des am weitesten vom Palast entfernten Gebäudes stehen. Es war ein zweistöckiger, mit Efeu bewachsener, verlassen wirkender Bau. Er wurde »Musikpavillon« genannt und bot den Vorteil, dass er über einen unscheinbaren Eingang verfügte, der von der Rue de Babylone aus fast nicht einzusehen war, sodass man hier nicht Gefahr lief, auf der Lauer liegenden Journalisten zu begegnen.

Vogel hob die Hand und warf einen langen Blick auf seine reparierte Armbanduhr. Wenn er ein Zifferblatt mit Zeigern einer elektronischen Anzeige vorzog, dann lag das daran, dass er seit jeher die Zeit physisch verstreichen sehen musste, Sekunde für Sekunde. Der leidenschaftliche Sammler von Sanduhren beglückwünschte sich dazu, dass sein Abendspaziergang genauso lang gedauert hatte, wie er hatte dauern sollen, um ihn zur vorgesehenen Zeit an den Rand des Abgrunds zu führen. Er hörte das Läuten einer fernen Glocke. Es schlug erst neun Uhr. Nichts war entschieden.

Ein altgedienter Polizist, der mit den Treffen im Musikpavillon vertraut war, ließ den ersten Regierungschef unter der Präsidentschaft Chaouchs eintreten. Das Parkett knarrte und drohte unter jedem seiner Schritte nachzugeben. Drei Gestalten erwarteten ihn stehend in einem Salon in der oberen Etage, in dessen Mitte ein verstaubtes Cembalo thronte. Die Senatorin Françoise Brisseau, Zweitplatzierte bei den Vorwahlen, hatte sich auf den Marmorsims eines Kamins gestützt, den zwei Kerzenleuchter schmückten und über dem ein halb blinder Spiegel hing, in dem der Premierminister unglücklicherweise sein Gesicht sah. Die elektrischen Kerzen hatten Mühe, gegen die Dunkelheit im Raum mit den verrammelten Fenstern anzukommen. Vogel trat einen Schritt zur Seite, um seinen erschöpften Gesichtsausdruck und seinen eigenen Blick, den Blick eines Wortbrüchigen, nicht mehr ertragen zu müssen.

Als er an das erniedrigende »Das reicht!« dachte, mit dem ihn der Präsident in New York abgefertigt hatte, verzog er schmerzlich das Gesicht. Die Grimasse weitete sich aus, seine Lippen wirkten bläulich, seine Finger krümmten sich, was ihn dazu zwang, die geballten Fäuste hinter seinem Rücken zu verstecken.

Chaouch hatte es noch nicht einmal für nötig befunden, ihn zu sich zu rufen, um ihm mitzuteilen, dass es nun doch keine Tötungsmission gegen Nazir Nerrouche geben werde, dass seine falschen Identitäten bekannt seien und seine Rückkehr nun jeden Augenblick erwartet werde. Ein Anruf war ihm ausreichend erschienen. Ein zweiundzwanzigsekündiges Telefonat. Vogel hatte darin einen kurzen Satz gesagt: »Ich halte das für einen Fehler.« Worauf Chaouch entgegnet hatte: »Ich nicht.« Dann hatte er aufgelegt. Vogel biss sich auf die Zunge. Er würde gern die Zeit bis zu diesem Punkt zurückdrehen, an dem er im Besprechungsraum des Bunkers gesessen und sich der lächerlichen Illusion hingegeben hatte, der Präsident würde auf ihn hören …

»Jean-Sébastien, geht es dir gut?«

»Entschuldigung. Langer Tag.«

Die Senatorin wollte keine Zeit verlieren; sie fragte ihn, ob er noch »auf unserer Seite« und mit dem »Plan« einverstanden sei. Der »Plan« war schwindelerregend einfach: nichts tun; beziehungsweise fast nichts. Die ganze Prozedur würde durch Montesquious Parteigänger ins Rollen gebracht werden, es genügt, ihn nicht daran zu hindern, ans Ziel zu gelangen. Sobald Chaouchs Amtsenthebung einmal vonstattengegangen wäre, würde Vogel als der neue Hoffnungsträger der Linken erscheinen. Innerhalb von fünfunddreißig Tagen würde die nächste Präsidentschaftswahl stattfinden, die er problemlos gewinnen würde, wenn man sich auf die letzten Umfragen verließ. Brisseau würde das Hôtel Matignon übernehmen, die beiden anderen Schächer Bercy und Beauvau.

Es war ausgerechnet dieser mögliche zukünftige oberste Polizist Frankreichs, der sein langes Kinn in Falten legte, als er sah, dass Vogels

Blick fest auf das Zifferblatt seiner Uhr gerichtet war, und ihn in einem Tonfall voller vorsorglicher Anklage daran erinnerte: »Du sagst doch selbst, dass er nicht mehr all seine Sinne beisammen hat …«

»Außerdem geht es hier nicht um Verrat«, bestätigte Françoise Brisseau, »wenn es das ist, was dich quält.«

Dann begann die Senatorin, die die Favoritin der »linken Linken« war, mit einem raschen und wirkungsvollen Vortrag über »unsere Geschichte«, die Kämpfe, die sozialen Errungenschaften, die ganze Tradition, die Chaouch drauf und dran war, mit seinem berüchtigten Pragmatismus und seinen liberalen Ideen kaputtzumachen. »Im Gegenteil«, betonte sie, »ihn an seinem Platz zu belassen, das wäre Verrat!«

11.

Da er dreiundzwanzig von vierundzwanzig Stunden in seiner Zelle verbrachte, konnte sich Krim nur noch auf seine Erinnerung verlassen, um nicht in Trübsal zu versinken; doch seine Erinnerung war hart geworden, wie eine Tube Zahnpasta, die man zu sehr eingerollt, zu sehr gefaltet und gedrückt hat, bis aus ihr nicht mehr der kleinste Rest herauszuquetschen war. Doch glücklicherweise hatte Krim eine zweite Tube, eine zweite Erinnerung, die vor Noten und Harmonien überquoll, einer unsichtbaren und folglich unerschöpflichen Substanz.

Für die mit seiner Überführung ins Gerichtsgebäude beauftragten Beamten war der jüngste Insasse des Hochsicherheitstrakts von La Santé vor allem der seltsamste. Niemandem sah er in die Augen, und er summte ununterbrochen mit geschlossenen Lidern vor sich hin; Oberkörper und Schultern zuckten im Takt, was ihm den Spitznamen »Hochsicherheitsautist« eingetragen hatte. Wenn ihm mehrmals hintereinander dieselbe Frage gestellt wurde, summte er den zweiten Takt des berühmten *Türkischen Marschs* von Mozart; immer nur den zweiten Takt.

An diesem Abend wurde er zum ersten Mal seit dem Beginn seiner Untersuchungshaft vom Richter vorgeladen. Maître Szafran hatte ihm erklärt, dass es sich nicht um denselben Richter handle und dass auch sein Cousin Fouad anwesend sein werde. Krim hatte darauf nicht reagiert. Er reagierte überhaupt nicht mehr. Stattdessen erinnerte er sich. An Aurélies unglaublichen kleinen Hintern, an ihre Schenkel und ihre glitzernden Rundungen, wenn sie sich aus dem Meer stemmte und sich mithilfe einer Leiter mit blauem Plastik ummantelten Stangen auf den Steg zog. Er erinnerte sich an alles.

Es war in Bandol, an der Küste des Var, zu Beginn des Sommers, knapp ein Jahr vor dem Attentat am 6. Mai gewesen. Sie waren geschwommen und dabei der Kolonne der Lichtreflexe bis weit über die Bojengrenze hinaus gefolgt, Richtung Algerien, Richtung Sonne. Nach 800 Metern hatte Krim Anzeichen von Müdigkeit gezeigt, ganz im Gegensatz zu Aurélie, die die Hälfte ihres Lebens im Wasser verbrachte. Krim war ihr nachgeschwommen und hatte sich zwischendurch immer mal wieder einfach treiben lassen, um wieder zu Kräften zu kommen. Diese Zeit hatte er genutzt, um die ockergelben und weißen Klippen zu betrachten, die Luxusvillen, die hier und da zwischen den Pinienstämmen auftauchten. Der Strand schien kilometerlang zu sein, die Lautstärke des Kindergeschreis war allmählich abgeebbt, bis es schließlich ganz verstummt war. Man hörte nur noch das Plätschern der Wellen und das Lachen, das die Möwen bei jedem Windstoß durch die Luft schickten.

Aurélie zeigte auf einen Vorsprung, der sich wie eine Halbinsel von der Küste löste. Als sie sich der Küste näherten, war eine Rinne zwischen den großen Felsen zu erahnen, die knapp unterhalb der Oberfläche lagen, neben der Schwimmbadleiter, über die man auf den Steg klettern konnte. Aurélie schwamm als Erste hindurch. Halb verdeckt durch ihre Badehose, zeichneten sich ihre Pobacken hart und voll und perfekt ab, und Krim begriff, als er sie im Gegenlicht sich bewegen sah, dass er sie niemals mehr vergessen würde. Sie ging voran, am Ufer entlang und sprang von Stein zu Stein, weniger als einen Meter vom Wasser entfernt. Der Nachmittag zog sich, die Sonne brannte heiß auf ihren Weg nieder, der von Piniennadeln und -zapfen übersät war. Krim lauschte dem Grillengesang, das Meer schnalzte zu seinen Füßen mit der Zunge; er war glücklich. Aurélie drosselte oft ihr Tempo, so ergriffen war sie von der tiefen Schönheit der Uferlandschaft: manchmal glatte, manchmal vermooste Oberflächen, denen Wellen und Sonnenstrahlen eine zugleich changierende und dauerhafte Färbung verliehen, mattgolden und blaugrün, immer jedoch kostbar und wundervoll.

Krim leckte sich über die Lippen – sie schmeckten salzig – und fragte Aurélie, wohin sie ihn bringe. Sie zeigte auf den Gipfel der Geröllhalde, die sie begonnen hatten hinaufzuklettern. Nach einem Aufstieg, der leichter war, als er ausgesehen hatte, gelangten sie an den Rand einer Klippe. Die Wellen brachen zu ihren Füßen in phosphoreszierenden Schaumkronen.

Sie wollte hineinspringen. Er brachte sie davon ab. Also schlugen sie einen spektakulären Pfad ein, der sich zwischen dem Meer und den Tennisplätzen aus Beton dahinschlängelte. Ein paar junge Mädchen schlugen die Bälle zu einem Trainer zurück, der wie angewurzelt in der Mitte des Platzes stand, wobei sie blasierte Stöhnlaute von sich gaben. Aurélie durchquerte ein Pinienwäldchen und kletterte über die Umzäunung des Tennisklubs. Sie fragte Krim, was er trinken wolle, und trat dann ins Lokal, in dem Stimmen von Männern zu hören waren, die miteinander plauderten. Krim hatte Angst einzutreten und setzte sich an einen Plastiktisch unter dem weiß-blauen Vordach der Terrasse. Eine Gruppe blonder reicher Leute kam von den Tennisplätzen heran, die Schläger unter den Arm geklemmt und mit perfekten Zahnreihen.

Ihr Lächeln erstarb, als sie den Araber mit nacktem Oberkörper wie einen dunklen Fleck auf dem Azurblau ihrer Ferien sitzen sahen. Die Jungen suchten sich die Plätze aus, von denen aus sie ihm den Weg versperren würden können, falls der Eindringling irgendwelche zwielichtigen Absichten hegte.

Ein Paar muskulöser Schenkel ging an Krim vorbei: Aurélie war zurück. Sie hatte sich die nassen langen Haare hochgebunden, ein hässliches weißes Stirnband hielt sie zurück, konnte aber nicht verhindern, dass ihr das Wasser auf Nacken und Schultern tropfte, wo es sogleich kleine Pfützen in den Gruben ihres Schlüsselbeins bildete. Sie kannte alle hier. Krim vermutete, dass es eine Art war, ihm zu verstehen zu geben, dass sie auch den Deppen am Nebentisch Hallo sagen musste. Doch sie hob nur ihre hübsche geschlossene Faust und ließ einen Schlüsselbund auf den Tisch fallen. Das Faktotum des Klubs mochte sie gern: Er lieh ihnen sein Mofa!

Sie riss sich das Stirnband herunter und bestand darauf, am Steuer zu sitzen. Krim traute sich nicht, sie um die Taille zu fassen, stattdessen legte er die Hände auf ihre aufgeheizten Arme, als er hinten auf dem Mofa saß. Sie fuhren durch blühende Felder, blaue Berge und Pinienwälder, durch die die Sonne großzügige Schneisen schlug, wovon er aber nichts wahrnahm, da er von Aurélies Körperbau ganz in Beschlag genommen war, vom Ansatz ihres Pos und dem glänzenden Kreuz.

Nach einer halben Stunde fuhren sie in eine kleine Stadt mit palmengesäumten Straßen ein. Sie mussten absteigen und am letzten Anstieg neben dem Mofa herlaufen, ein gewundener Weg aus großen unebenen Pflastersteinen führte zum Zweitwohnsitz der Wagners, einem dreistöckigen Bau mit einer Dachterrasse und einem riesigen Garten. Die Mauern waren weiß gekalkt, das Mobiliar rustikal, aber von diskreter Kultiviertheit. Es gab keinen Fernseher, keinen Computer. Aurélie hüpfte wortlos von einem Zimmer ins nächste. Auf dem letzten Treppenabsatz angekommen, gab sie ihm ein Zeichen, er solle die Augen schließen, und ergriff seine Hand, um ihn zu führen.

Ta-da! Unter den schwarzen Holzbalken standen nebeneinander vier Klaviere in zwei parallelen Reihen. Jedes Jahr lud Aurélies Mutter junge Pianisten aus der ganzen Welt ein, um an ihrer berühmten Meisterklasse teilzunehmen. Krim hatte ihr nie verraten, dass er Klavier spielen konnte, dass er es so ausgezeichnet konnte, dass er eine Zeit lang sogar in Betracht gezogen hatte, daraus einen Beruf zu machen.

Die junge Frau öffnete eine dunkle Holztür und lief hinaus, um sich in dem hängenden Garten auszutoben. Krim folgte ihr kopfschüttelnd. Sie machte ihn ganz kirre. Er sah ihr beim Radschlagen zu, sie lief auf den Händen von einer Seite des gelb vertrockneten Rasens zur anderen, tat das auf solch überschwängliche Weise, dass sie beinahe im Dickicht gelandet wäre. Es gab dort Bambus, Rosenlorbeer, zwei Feigenbäume und eine Schirmpinie, mit der Krim sich gut identifizieren konnte: Sie hatte einen schmalen Stamm und wild zerzaustes Haar. Er streichelte sie, um sein Unwohlsein zu überspielen.

Dann dachte er an seine Mutter, stellte sich vor, wie sie sich über ihn lustig machte. Das Jugend- und Kulturzentrum seines Viertels bezahlte ihm die Ferien, also hatte er Nazir dafür zu danken; doch statt das zu tun und Zeit mit seinen »Kollegen« zu verbringen, hatte er sich von einer Bürgerlichen einwickeln lassen. Warum war er ihr am Strand aufgefallen? Warum ausgerechnet er? Er war weder hübsch noch stylish, noch hatte er eine besonders flinke Zunge oder sonst irgendwas. Er hatte nur eine Besonderheit, eine Gabe, doch von der wusste sie nichts. Außerdem war sie ganz entschieden zu hübsch, es war nicht normal, dass ein Mädchen, dem jeder neun von zehn Punkten gegeben hätte, sich mit einem siebzehnjährigen Araber einließ, der unter normalen Umständen vielleicht vier von zehn Punkten erreichte und vielleicht gerade mal auf sechs kam, wenn er seine kleine Nummer am Klavier abzog.

Aurélie war seine veränderte Laune aufgefallen. Sie gesellte sich am Fuß der Schirmpinie zu ihm und schlug ihm vor zu grillen. »Grillen?«, erwiderte Krim. Es waren noch viele Würstchen vom Vortag übrig, Chipolatas, Merguez, aß er eigentlich Schweinefleisch? Krim zuckte mit den Schultern. Sie führte ihn ans andere Ende der Terrasse, wo der Grill stand. Sie befüllten den Metallbehälter mit Reisig und zwei großen

Holzscheiten. Dann bat sie ihn um sein Feuerzeug und zündete damit ein Stück Zeitungspapier an, das sie zwischen die Scheite steckte. Die fingen sofort Feuer, große Flammen schlugen empor und züngelten zum Himmel, der dieselbe Farbe und Textur wie ein Pfirsich aufwies. Zwei Wolken glitten in der Ferne wie flache Platten über einer Reihe von Zypressen dahin, die den Gipfel eines Hügels krönten. Aurélie schnappte sich den Rost und legte ihn auf das Becken, um ihn zu säubern. Dann ging sie ins Haus, doch bevor sie darin verschwand, sagte sie Krim noch, er solle auf Funkenflug achten.

Aurélie kehrte mit einem Beutel Würstchen, zwei Tellern und einer Wasserflasche zurück, die sie sich unter den Arm geklemmt hatte. Krim sah sie nicht kommen, das Feuer schien ihn hypnotisiert zu haben. Aurélie führte die Flasche zu den Flammen und goss Wasser darauf, dann blies sie auf die Glut, stand auf und klatschte in die Hände. Jetzt mussten sie nur noch abwarten. Erst in diesem Moment bemerkte Krim, dass sie zwei verschiedenfarbige Augen hatte, ein grünes und ein braunes. Zwischendurch schien ihre Iris gelblich zu schimmern. Sie hatte Drachenaugen; das hatte er sich vorher nicht zu bemerken gewagt. Als er sich ihr vorher zugewandt hatte, war ihr Gesicht ein einziges Feuerwerk gewesen; ihre vollen Lippen und ihre strahlende Haut blendeten ihn.

Sie setzte sich vor ihn hin. Durch das Schwimmen waren ihre überdurchschnittlich breiten Schultern muskulös. Er schaute weg. Das Feuer knisterte. Auf den benachbarten Häuserfassaden ließ der Wind schiefe Schatten zwischen den blauen Fensterläden tanzen.

Krim? Die Wahrheit, Krim?

Er senkte den Blick zu ihren beunruhigenden Brüsten, die aus dieser Nähe riesig erschienen. Wenn sie Atem holte, hob sich ein indigoblauer Anhänger simultan mit ihrer Brust. Irgendetwas würde geschehen, es genügte, nicht in Panik zu verfallen, unbeweglich zu bleiben, stumm, dann würden sich ihre Lippen seinen nähern. Übrigens lächelten ihre brennenden Augen nicht mehr, auch sie hatte Angst!

Aber dann doch nicht.

Später redete er sich ein, dass der einzige Grund für alle Katastrophen, die folgten, das blöde Läuten des Telefons war, der erste Takt des *Türkischen Marschs*, im schlimmsten Moment abgeschnitten und immer und immer wieder wiederholt, wie bei einer psychischen Folter. Zwei Tage später schlug Aurélie ihm eine Bootstour zu den Calanques vor und gestand ihm, dass sie mehr oder weniger vergeben war. Zehn Monate später sah er sie in Paris wieder, lernte den Freund kennen und schoss dann auf Chaouch.

Die Wahrheit, Krim, die Wahrheit …

Die Wahrheit war, dass sie den Rückzug bereits vor der ersten Note eingeleitet hatte. Sie wollte nichts von ihm. Sie hatte nie etwas von ihm gewollt.

Sie konnten alle krepieren. Alle, ohne Ausnahme.

12.

Als er begriff, dass er nicht ein einziges Wort aus seinem Bruder herausbekommen würde, weder durch die Erwähnung seiner Mutter noch durch die seiner kleinen Schwester (»sie will einfach nur dein Youtube-Passwort wissen«), begab Fouad sich unverrichteter Dinge in das angrenzende Büro und bedachte die Tochter des Richters mit seinem unerbittlichsten Blick.

Aurélie saß an dem Platz, an dem sonst der Mitarbeiter ihres Vaters saß, und hatte die Hände zwischen den Knien gefaltet, die sie gegeneinanderschlagen ließ, um sich in den Griff zu bekommen. Ihr Vater stand in der Mitte des Raumes und hatte sie gerade zusammengestaucht; eine Ader pochte noch auf seiner linken Schläfe.

»Ich glaube, Aurélie hat Ihnen etwas mitzuteilen, etwas, was sie beim letzten Mal *vergessen* hat.«

Fouad nahm den Richter beiseite und beschrieb ihm in wenigen Worten seinen Misserfolg. Als einzige Reaktion zog Wagner eine seiner Augenbrauen hoch und polterte, ohne dabei jedoch den kohlrabenschwarzen Blick auf seine Tochter zu richten: »Aurélie!«

Das junge Mädchen durchmaß einmal das Büro. »Und womit soll ich anfangen?«, fragte sie in einem aufsässigen Ton, der im Gegensatz zu ihrer zerknirschten Haltung stand.

Wagner richtete sich auf, man hätte meinen können, er würde ihr gleich ein paar Ohrfeigen verpassen: »Ich lasse Sie mal machen; wenn ich hierbleibe, fürchte ich, dass ich mich vergesse. Du sagst ihm alles. Hörst du? Alles!«

Nachdem Wagner den Raum verlassen hatte, bot Fouad Aurélie an, sich auf einen der beiden Stühle zu setzen, die üblicherweise dem Beschuldigten und seinem Anwalt vorbehalten waren. Die Jugendliche starrte auf den flauschigen Schirm der Schreibtischlampe. Zögerlich begann sie zu erklären, dass sie beim letzten Mal im Amtszimmer ihres Vaters, in dem sich in diesem Moment Krim bewacht von Polizei und der Eliteeinheit der Strafvollzugsbehörden befand, seine Stimme wiedererkannt habe.

»Es ist dieselbe wie die von … Nathan … meinem Dealer. So ließ er sich nennen, Nathan, aber eigentlich war es … na er halt.«

Sie wollte Nazirs Namen nicht aussprechen. Nach dem Attentat hatte sie Fotos von ihm gesehen, aber er war darauf nicht wiederzuerkennen. Letzten Sommer hatte er halblanges Haar, einen Dreitagebart und eine runde Brille mit farbigen Gläsern getragen, wie Elton John.

»Und was hat das mit Krim zu tun?«

Aurélie schloss die Augen und atmete gequält ein. »Na ja, er hat mir ne ganze Menge … MDMA verschafft, umsonst, als Gegenleistung sollte ich nur … Zeit mit Krim verbringen, ihn ein bisschen anmachen halt. Die Sommer in diesen kleinen Käffern ziehen sich so …«

Fouad stand unvermittelt auf. Die junge Frau zuckte zusammen.

»Erzähl weiter«, befahl er ihr und stellte sich an die dunkle Fensterscheibe, in der er kaum sein Spiegelbild ausmachen konnte.

Aurélie erzählte von ihrem gemeinsamen Nachmittag, vom Strand bis zu ihrem Haus im Hinterland. Als sie von ihrer Untat berichtete, wurde ihre Stimme kaum wahrnehmbar leiser. Sie brach in Tränen aus, als sie auf das Telefongespräch zu sprechen kam, das ihren Flirt unterbrochen hatte.

»War er dran?«

»Ja, er stand unten, er wollte, dass ich runterkomme. Dann hat er mir das Zeug gegeben und das war's ... Ich hab ihn dann zwei Tage später noch mal getroffen. Wir haben uns ein Motorboot ausgeliehen ...«

»Und was war das Ziel? Sollte er in den Selbstmord getrieben werden?«

Fouad bedauerte gleich, sich so hartherzig geäußert zu haben. Er drehte sich um, Aurélies Mund stand halb offen, als hätte sie gerade einen Faustschlag direkt auf den Kiefer bekommen.

»Das mit der Bootstour hätte ich nicht machen müssen. Ich wollte ihn wiedersehen. In dem Moment war es aufrichtig. Genau wie ... später dann, am Tag, als das Attentat in Paris passiert ist. Und auch der Brief, den ich Ihnen für ihn mitgeben wollte, das war ... ehrlich.«

Fouad setzte sich wieder neben sie.

»Es ist was passiert, letzten Sommer, als ich wieder nach oben ins Haus gegangen bin, nachdem ich Nazir getroffen hatte. Ich hab Musik gehört, Klaviermusik. Krim hat gespielt, statt auf den Grill aufzupassen. Und ich weiß gar nicht, wie ich es beschreiben soll ... er hat wie ein Gott gespielt. Ehrlich, ich bin ja an Wunderkinder gewöhnt, jedes Jahr schleppt meine Mutter irgendwen Neues an, den wir dann zu Hause und sonst überall ertragen müssen ... Aber das war was anderes. Er hat, glaub ich, Beethoven gespielt, es war ganz sanft und zugleich wütend ... Na ja ... vielleicht sag ich das auch nur, weil ich ihn gerade kennengelernt hatte ...«

»Oder weil du nicht darauf gefasst warst, dass ein solches Gesindel ein Ohr für Musik hat.«

Fouad erschrak über seinen brutalen Ton. Er staunte selbst darüber. Er hatte keineswegs vor, sie zu quälen. Also wurde er sanfter.

Diesmal war es Aurélie, die ihre schönen schmalen Augen auf ihn richtete. Sie waren vor Unverständnis und Verblüffung zusammengekniffen. »Aber Krim ist doch kein Gesindel …«

Diese Wahrheit hatte sie mit demselben Anheben der Stimme ausgesprochen, mit demselben selbstverständlichen Tonfall, als hätte sie ihn gerade über eine objektive Tatsache aufgeklärt, über ihre Augenfarbe etwa oder ihr Geburtsdatum. Fouad nahm ihr die Ehrlichkeit ab.

»Mir ist gerade was eingefallen.«

Als er Aurélie gerade sagen wollte, was es war, stürzte Wagner ins Zimmer. Er führte ein Telefongespräch und gab gleichzeitig den uniformierten Beamten, die ihm im Gänsemarsch folgten, Anweisungen.

»Was ist los, Herr Richter?«

Mit einem nervösen Zwinkern gab Wagner Fouad zu verstehen, er möge sich gedulden. Fouad glaubte herauszuhören, dass er mit Kommandant Mansourd telefonierte. Dann legte er auf und ignorierte, dass seine Tochter ihn aus großen hervorquellenden Augen anschaute. Er bat einen der Polizisten, sie nach draußen zu bringen. Doch Aurélie wehrte sich, und ein zweiter Schrank war nötig, um sie hinauszubefördern.

Wagner brüllte, man solle umgehend seinen Kollegen Poussin ausfindig machen.

»Es ist gut, er hat ausgepackt«, sagte er und wählte erneut. »Ein zweites Attentat ist für den 5. Juli geplant, Chaouchs Geburtstag, der auf den algerischen Unabhängigkeitstag fällt. All das bestätigt, was wir in groben Zügen schon geahnt haben. Doch jetzt haben wir wenigstens das genaue Datum.«

»Sind Sie sicher? Wie können Sie sicher sein, dass er Ihnen das nicht einfach nur so hingeworfen hat? Und wie haben Sie ihn überhaupt zum Reden gebracht?«

»Es ist gut, Fouad, Sie haben Ihre Pflicht getan, daran wird man sich erinnern.« Am anderen Ende der Leitung nahm niemand ab. »Die Informationen, die er mir gegeben hat, decken sich mit einem Teil derer, die wir bereits hatten. Außerdem hat Montesquiou ihm vor zwei Wochen einen Besuch in seiner Arrestzelle in Levallois-Perret abgestattet. Wie durch Zufall sind die Bänder der Überwachungskamera verschwunden, aber wir werden die Kriminalpolizisten aussagen lassen, die an diesem Tag in der Abteilung für Terrorabwehr Dienst hatten. Ich wusste es! Ich wusste, dass wir ihn zum Reden bringen müssen!«

Aus dem Flur drangen Geräusche eines Handgemenges zu ihnen herein. Fouad und Wagner liefen zur Tür. Aurélie war ihren Bewachern entkommen. Sie versuchte, die Tür zum Amtszimmer ihres Vaters aufzureißen, und schrie dabei: »Krim! Krim! Es tut mir leid, Krim! Ich liebe dich, Krim!«

Wagner war rot vor Zorn. »Bringen Sie sie weg, verdammte Scheiße!«

Die Tür blieb geschlossen, und Krim hatte keine Zeit, ihr zu antworten. Ein paar Minuten später sah sein großer Cousin dabei zu, wie er in Handschellen und umgeben von Elitepolizisten des Strafvollzugs abgeführt wurde. Ein Lächeln umspielte sein sanftes, kindliches Gesicht.

13.

Der Hubschrauber landete außerhalb von Saint-Étienne. Mansourd stieg aus und bückte sich gerade so weit, dass er nicht durch die Rotorblätter enthauptet wurde. Er hatte seinen zu engen Anzug gegen ein schwarzes T-Shirt getauscht, über das er noch eine kugelsichere Weste zog, als er den Hubschrauberlandeplatz verließ. Die Verstärkung durch die Spezialeinheit der Polizei traf gemeinsam mit ihm im Hof des Polizeihauptquartiers ein. Es war das erste Mal, dass die Polizisten einen Geheimdienstchef in so einem Aufzug sahen. Am Telefon erklärte ihm

Wagner, was er Fouad lieber nicht verraten hatte: Krims Aussage zufolge zielte das zweite Attentat nicht auf Chaouch, sondern auf ein anderes, unbekanntes Opfer.

»Wann findet die Operation statt?«

Der Kommandant schlug sich auf die Brust, um sich aufzupeitschen. »Jetzt. Ich muss jetzt auch weiter.«

Ungefähr zwanzig Polizisten der Antiterroreinheit waren hergeschickt worden. Die Unterstützung durch die Spezialeinheit und eine Abteilung der örtlichen Verbrechensbekämpfung hatte den Umfang der Maßnahme auf fünfzig Einheiten steigen lassen. Der Polizeikommandant aus Saint-Étienne hörte gar nicht mehr auf, gegen die Superbullen aus Paris zu stänkern, die mit ihren eigenen Eingreiftruppen im Hubschrauber hier auftauchten und sich auch nur die kleinste Einmischung durch seine Leute verbaten.

Das Zielobjekt hatte den Codenamen »Lokal«; es handelte sich um eine Lagerhalle, ein paar Steinwürfe von der Autobahn entfernt, in der sich die Ultras von Saint-Étienne trafen. Diese wilden Fans ließen sich auch Green Devils nennen und saßen üblicherweise am Rand der Nordtribüne im Stadion Geoffroy-Guichard. An diesem Abend fand kein Spiel statt, und doch hatten sich einige den Behörden bekannte Personen im »Lokal« verabredet. Eine ganze Anzahl der Hooligans aus Saint-Étienne hatte sich mehr oder weniger vor Kurzem »politisiert«. Es gab Bilder der Aufgekratztesten unter ihnen, wie sie an Treffen von rechtsextremen Splittergruppen auf dem flachen Land teilnahmen. Doch es waren nicht die Aufgekratztesten, für die sich Mansourd interessierte. Die regionale Außenstelle des Geheimdienstes, die diese kleine Welt überwachte, hatte Erkenntnisse zusammengetragen, die Kontakte zwischen den Green Devils – und zwar zwischen ihren unauffälligsten Mitgliedern – und den schrecklichen Brüdern Sanchez nahelegten, den Einzigen, die die Verhaftungswelle überstanden hatten, durch die die Reihen der FRAASE dezimiert worden waren. Den Tipp, dass dieses

Treffen stattfand, verdankte man einem ängstlichen Gymnasiasten. Er hatte dieses beachtliche Polizeiaufgebot verursacht, an dessen Spitze nun Mansourd stand.

Sperren wurden ab der Autobahnausfahrt errichtet. Es dauerte nur zehn Minuten, bis das Viertel abgeriegelt war, ein ehemaliges Industriegebiet, inzwischen eine Wohnsiedlung mit vielen Einfamilienhäusern. Ein Junge mit einem Fahrrad wurde zum Umkehren aufgefordert. Er drehte sich noch ein paarmal zu diesem unwirklichen Spektakel um und glotzte auf die schwer bewaffneten Polizeikolonnen, die sich auf die Lagerhalle zubewegten, wobei ihre starken Taschenlampen fahle Lichtkegel erzeugten.

Mansourd hatte persönlich die Baupläne des »Lokals« studiert und ein paar seiner Leute so postiert, dass sie die seitlichen Eingänge des Gebäudes im Blick hatten. Er fürchtete jedoch, dass die Furchtlosesten durch die Kanalisation würden fliehen können, die auf den Plänen leider nur schlecht dokumentiert war. Bevor er das Zeichen gab, die Lagerhalle zu stürmen, folgte er dem Jungen auf dem Fahrrad erst noch einmal ein Stück mit dem Blick und winkte ihn dann zu sich heran. Unter den Visieren der Helme zeichnete sich eine gewisse Ratlosigkeit auf den Mienen ab. Nachdem er sich mit dem Jungen unterhalten hatte, klopfte Mansourd ihm auf die Schulter und forderte einen Teil der Spezialeinheit zur Verstärkung an. Sie sollten die Anhöhe umrunden, die die Örtlichkeit im Westen und eine freie Fläche an ihrer anderen Seite überragte. Ein Abwasserkanal spuckte dort schmutziges Wasser auf eine brachliegende Grasfläche.

Zehn Minuten nach Beginn der Razzia kamen zwei Personen aus der Kanalisation hervor, die die Spezialeinheit ins Visier genommen hatte. Kein Schuss war abgefeuert worden, und Mansourds Intuition hatte sich als richtig erwiesen. Doch die beiden Eierköpfe, die er sich geschnappt hatte, waren nicht die Sanchez-Brüder. Die Verhöre ergaben, dass der Informant nicht gelogen hatte: Die Sanchez-Brüder hatten den

Anführer dieser Splittergruppe aus Saint-Étienne hereingelegt, die sich selbst »Phalanx des Pilat« nannte. Ihr Anführer, ein rotwangiger dicker Junge mit gebrochener Nase, schien eher seinen Gegenstücken aus Lyon, den dortigen Hooligans, die Schuld dafür zu geben, die Reinheit der weißen Rasse zu verderben, als den Immigranten.

Bei der Durchsuchung wurden keine Waffen gefunden. Einer der Polizisten stieß allerdings auf ungefähr fünfzig halbe, mit Schinken im Sonderangebot belegte Baguettes in einem Müllsack. Die Mitglieder der »Phalanx« gestanden, dass sie vorgehabt hatten, Putéolis Aufruf zu folgen, leugneten aber rundheraus, jemals auch nur die winzigste terroristische oder kriminelle Vereinigung gebildet zu haben. Mansourd grillte ihren Anführer so lange, bis er ihm den Grund für das geplante Treffen mit den Sanchez-Brüdern gestand. Es ging um eine gewisse »Operation Jasmin«, über die er, wie er bei all seinen Göttern schwor, sonst nichts wisse. Die Sanchez-Brüder hätten ihn nämlich bei eben diesem Treffen erst über den genauen Inhalt aufklären wollen ...

»Operation Jasmin wie Jasmine?«, fragte sich Richter Wagner, als ihn der Geheimdienstchef gegen 22 Uhr benachrichtigte.

Es war schwer, diese Frage zu beantworten, doch in jedem Fall musste man vorsorgliche Maßnahmen zum Schutz der Präsidententochter ergreifen. Der Sicherheitsdienst des Präsidenten wurde innerhalb einer halben Stunde alarmiert und bereitete umgehend die Aufstockung des Personenschutzes vor.

»Am 5. Juli ist Chaouchs Geburtstag«, erinnerte sich Valérie Simonetti, seine ehemalige Leibwächterin. »Aber es ist ebenfalls der Tag der Premiere der *Indes galantes* mit Jasmine ... Halten Sie etwa einen Anschlag in der Oper für denkbar?«

Mansourd zeigte sich am Telefon umsichtig. Entgegen der Empfehlung seiner Nummer zwei blieb er in Saint-Étienne, wo er sein provisorisches Hauptquartier einrichtete. Nachdem er sich entschieden hatte, ihn nicht abzuknallen, hatte der Präsident Mansourd freie Hand bei der

Jagd auf Nazir Nerrouche gegeben. Der junge Algerier, der mit seinem falschen Pass gereist war, hatte letztendlich etwas über den Sarg im Frachtraum der Maschine ausgesagt, die auf dem Flughafen Saint-Exupéry gelandet war. Nazir hatte sich darin versteckt. Alle waren natürlich zu sehr mit der Kontrolle der lebenden Passagiere beschäftigt gewesen, um auch noch auf die Toten zu achten, die sich unter den Gepäckhaufen verkrochen. Der Sarg war in einen Leichenwagen aus der Savoie verladen worden. Einige Stunden später hatte der Fahrer ein seltsames Geräusch vernommen. Als er den Kofferraum schließlich geöffnet hatte, war der Sarg leer gewesen. Mansourd stand kurz vor einem Nervenzusammenbruch, als er davon erfuhr.

Fahndungsplakate sollten vorbereitet, Warnungen in großem Stil über die Medien verbreitet werden. Doch diese Einbeziehung der Bevölkerung war nicht unumstritten. Manche meinten, dass der Chef der DCRI seinen kühlen Kopf verlor, andere, dass dieser Aufruf zur Denunziation den gegenteiligen Effekt erzielen und die muslimische Gemeinschaft noch enger um denjenigen zusammenschweißen würde, den sie als einen Sündenbock betrachtete, als ein Opfer einer von *der Macht* geschmiedeten Intrige. Mansourd war gegen die Ansichten beider Seiten immun, er verließ sich nur auf seinen eigenen Instinkt; nun sagte ihm sein Instinkt aber, dass Nazir genau hier war, in dieser ehemaligen Bergbauregion, ganz nah.

»Und die Sanchez-Brüder?«, fragte der Staatsanwalt von Saint-Étienne, der die ganze fruchtlose Operation von seinem Schreibtisch aus verfolgt hatte und nicht verstand, warum Mansourd nicht all seine Kräfte bündelte, um die Nazis festzunehmen, mit denen man ihm seit Stunden in den Ohren lag.

»Wir haben mehr als genug Leute, um beide Spuren zu verfolgen«, erwiderte der Kommandant. »Außerdem wird die Wachsamkeit dieser beiden kleinen Idioten nachlassen, wenn wir alle Scheinwerfer auf Nazir richten, und wir werden sie ohne größere Mühe in unsere Gewalt bringen. Sie sind siebzehn und neunzehn Jahre alt, und wir wissen, dass sie sich im Departement aufhalten …«

Im selben Augenblick musste die Präsidententochter ihre Proben in der Opéra Garnier unterbrechen. Valérie Simonetti erwartete sie in ihrer Wohnung im Élysée-Palast. Außer sich vor Wut, wollte die junge Frau nichts davon hören. Sie hatte es satt, ständig in Angst zu leben. Wann würde das alles aufhören? Wann würde sie wieder ein normales Leben führen können?

»Ihr Vater hat mich darum gebeten, Ihnen etwas zu zeigen«, sagte Valérie, die sich immer gut mit der jungen Frau verstanden hatte.

Sie hatte ihren Laptop mitgebracht und auf dem Tresen der ultramodernen Küchenzeile abgestellt und rief nun ein Video auf, das sich im Internet der Faschos großer Beliebtheit erfreute. Unterlegt von Hardrock sah man eine Reihe von Aufnahmen von Jasmine, die meisten von ihnen waren veröffentlicht worden, manchmal in der Klatschpresse. Sie waren garniert mit antisemitischen Beleidigungen und Mordaufrufen in blutiger Frakturschrift. Valérie Simonetti wollte den Bildschirm vor dem letzten Bild zuklappen, doch Jasmine bestand darauf, sich alles bis zum Schluss anzusehen. Sie reduzierte selbst die Größe des Videos und überflog die Kommentare. Plötzlich schwieg die Stimme, die Musik verstummte, das Geräusch von pfeifendem Wind trat an ihre Stelle. Jasmine scrollte wieder ganz nach oben auf die Seite. Die Slideshow war bei einer Fotomontage stehen geblieben, die ihr Gesicht zeigte, das auf den Körper einer Frau montiert worden war, bei der gerade ein Kaiserschnitt durchgeführt wurde. Auf dem Kopf des Babys war eine Francisque des Vichy-Regimes zu sehen, während man ihr das Kind aus dem »Judensaubauch« riss.

14.

Rabia hatte entschieden, dass der Fernseher den ganzen Abend lang ausgeschaltet bleiben sollte, und sei es auch nur aus Respekt vor den Gästen. Bouzid hatte im großen Maßstab gedacht, doch von den zwanzig Familienangehörigen, die er eingeladen hatte, waren nur zwei gekommen: die ältesten; Tante Zoulikha (obwohl sie Merguez verabscheute) und Großonkel Ferhat, der für seinen Teil nichts gegen Merguez hatte und bei Weitem am betrübtesten war, als die leichte Brise Dounia zum Husten veranlasste und sie von Kopf bis Fuß durchschüttelte, was alle dazu zwang hineinzugehen. Ferhat begriff schnell, dass er Rabia überzeugen musste, wenn wenigstens das Küchenfenster offen bleiben sollte. Nur fürchtete sie sich vor Mücken und Fledermäusen, vor diesen übrigens mehr als vor jenen – entgegen jeder Logik und jedem gesunden Menschenverstand. Der alte Mann machte dazu eine Bemerkung auf Kabylisch in diesem schwankenden und jovialen Akzent, der den Ostalgeriern zu eigen ist. Wegen seines ausgefeilten Vokabulars hatten seine in Frankreich geborenen Nichten Mühe, ihm zu folgen; sie selbst sprachen radebrechend Kabylisch, mischten Ausdrücke aus dem Dialekt von Saint-Étienne mit hinein, so wie Rabia dies tat.

»Huch! Man versteht wirklich gar nichts, wenn du sprichst, *khale* …«

Rabia trug wieder das smaragdgrüne Gewand mit den geometrischen Stickereien am Halsausschnitt und den weiten Puffärmeln, damit sie bei ihren operettenhaften Anwandlungen und ausladenden Gesten nicht behindert wurde. An diesem Abend hatte sie ihr Glätteisen nicht erneut hervorgeholt, wie am Tag nach dem Attentat, als sie gehofft hatte, ihre finsteren Gedanken vertreiben zu können, indem sie die Struktur ihrer Haare veränderte. Als sie sich dann wieder gelockt hatten, war der Glanz auch wieder da; und auch in ihre großen dunklen Augen war der Glanz zurückgekehrt, Augen, in denen die Pupillen ununterbrochen hin und her zuckten, bei jedem Wort, bei jeder Bewegung.

Ferhat ging ins Esszimmer hinüber. Aus einem unbekannten Grund war er sehr elegant gekleidet, violette Krawatte, Weste und Jackett waren tadellos. Luna hatte sich in ihrem Zimmer verbarrikadiert. Ein Wort von Dounia, der Hausherrin, hatte genügt, um die »Wahl« ihrer kleinen Nichte zum Tabuthema zu erklären. Rabia war darüber nicht unzufrieden, sie redete sich ein, dass morgen auch noch ein Tag und dass ihre kleine Nanouche eben eigensinnig sei, dass es alles in allem doch besser sei, wenn sie sich als Belphegor verkleidete, als dass sie sich wie die »kleinen Spießerinnen aus der Innenstadt« die Haare grün und blau färbte.

»Wo ist Slim eigentlich hin?«

Dounia antwortete ihrer Schwester, dass sie ihm erlaubt habe, bis Mitternacht auszugehen. Er war bei einem Freund (sie verschwieg dabei, dass er Muslim war und dass er ihn in der Moschee kennengelernt hatte). *Miskin*, der Arme, er hatte es nicht leicht, die Familie seiner Frau verweigerte ihm kategorisch ein Wiedersehen mit ihr …

»Pah, am Ende war es das Beste, was passieren konnte.«

Dounia runzelte die Stirn. Sie stand auf, um ins andere Zimmer zu gehen, die Hand in Habachtstellung, um ihren Mund bedecken zu können, sollte sie sich wieder übergeben müssen. In der Küche ließ Tante Zoulikha die warmen, dicken Hände durch das Geflecht der überzähligen Merguez gleiten, die sie traurig und ein bisschen empört betrachtete. Diese ganze Verschwendung hatte Bouzid zu verantworten …

Nachdem er erst in großem Maßstab gedacht hatte, war der Onkel nun sehr kleinlaut, saß zusammengesunken auf seinem Schaukelstuhl, der jedes Mal ächzte, wenn er aus Scham einen Muskel bewegte. Diesen Schaukelstuhl hatte er selbst wieder hergerichtet. Von allem, was das Leben der Familie Nerrouche im Augenblick unterschwellig belastete, war Bouzids mangelnde Begabung für seinen Lieblingszeitvertreib – das Heimwerken – ganz sicher das geringste Problem; und doch schien in diesem Moment peinlichen Schweigens im Wohnzimmer vor dem ausgeschalteten Fernseher dieses Unausgesprochene all das andere zu umfassen und zu repräsentieren, es auf einer unerträglichen Ultraschallebene ertönen zu lassen, was alle dennoch, ohne mit der Wimper zu zucken, über sich ergehen ließen. Alle außer Rabia, die vielleicht nicht ins Fettnapfchen getreten wäre, wenn sie im Mondgesicht ihrer kranken Schwester keine Fügsamkeit wahrgenommen hätte.

»Bouz, kannst du dich nicht woanders hinsetzen, das nervt wirklich gewaltig!«

Der Onkel erstarrte. Was ritt sie eigentlich, ihn einfach so ohne Grund anzufahren? Der alte Junggeselle hätte beinahe geantwortet und sich verteidigt, doch in diesem Moment kam Onkel Ferhat zurück.

Niemand hatte bemerkt, dass er weg gewesen war. Er trug seine große orientalische Gitarre unter dem Arm, Gott allein wusste, wo er sie hergeholt hatte. Bei seiner Ankunft hatte er seinen Gitarrenkoffer jedenfalls nicht dabeigehabt. Vor der verdutzten Versammlung rückte er einen Schemel vor den schwarzen Bildschirm, setzte sich und stützte die Gitarre auf den Oberschenkel, der unter dem ausladenden Bauch des Instruments wie unterentwickelt wirkte. Ferhat nahm ganz unten aus seiner Kautabakdose ein weißes Plektrum. Erst wanderte er ein paar Mal auf der ersten Doppelsaite auf und ab, der tiefsten. Seine Finger flogen dann mit verblüffender Beweglichkeit über den Gitarrenhals. Seine Schultern fingen an, sich wie diejenigen eines jungen Mannes im Takt der Arpeggios zu wiegen, die eine besondere Fertigkeit erforderten.

Unvermittelt erhob sich seine Stimme, tief, sanft und vibrierend. Er hatte nicht genug Atem und kannte auch nicht den gesamten Text der Ballade Idirs, die er langsamer spielte als das Original. Es ging um die Kabylei, ihre Sonne, ihre Hügel, ihre Frauen mit den lebhaften und tragischen Augen.

Dounia war eine dieser Frauen. Zu Beginn der Achtzigerjahre hatte ihr ihr Mann eine Hochzeitsreise nach Algerien geschenkt, nach Bejaïa, woher die Nerrouches stammten. Nazir war gerade zweieinhalb, und sie hatten ihn mitgenommen. Er plapperte die ganze Zeit, stellte kreuz und quer Fragen. Eines Abends nahm sein Vater ihn auf der Place Gueydon auf die Schultern und ging mit ihm dann bis zur Balustrade. Dounia erinnerte sich daran, die Hände auf das Geländer gelegt und gedacht zu haben, dass endlich die richtige Seite des Mittelmeers zu ihren Füßen lag. Eine Stimme ermunterte sie, sich weiter vorzubeugen. Noch immer zitterte sie beim Gedanken daran, warf sich vor, dass sie ihrem Mann gestattet hatte, ihr laut von den jungen Einwohnern Bougies zu erzählen, die manchmal einfach über das Geländer kletterten und sprangen. Nazir hörte alles mit an, ließ aber keinerlei Reaktion darauf erkennen. Er fragte nur, warum sie sprangen. Dounia weigerte sich zu antworten und schimpfte ihn aus, als er seine Frage noch einmal anders stellte.

Fast dreißig Jahre waren seither vergangen, aus der jungen, unerfahrenen Mutter war eine alte Dame geworden, die im Sterben lag, gelähmt von Geheimnissen, von Gewissensbissen zerfressen, die sie von innen verdarben und an dem Übel zugrunde gehen ließen, das sich mit ihrem Einverständnis im Schoß der Familie hatte entwickeln können. Sie beugte sich wieder vor, im Wohnzimmer, inmitten der Feiernden. Sie wollte daran glauben, dass sie bald wieder mit ihrem Mann vereint wäre, dass ihre Körper sich Seite an Seite in Algerien ausstrecken würden. Doch sie glaubte nicht daran. Sie hätte gewünscht, der Boden würde sich unter ihren Füßen auftun, sie würde auf dieses Stück Gehweg fallen, das sie zehn Meter weiter unten zu sich rief. Mit geschlossenen Augen hörte sie erneut auf das irrsinnige Zwitschern der Vögel, auf das Brummen des Verkehrs.

Dann schreckte sie aus dem Schlaf hoch. Großer Applaus erscholl im Zimmer, alle waren aufgesprungen. Dounia hielt sich die Ohren zu, ihr Gesicht verzerrte sich. Wenn sie allein gewesen wäre, hätte sie sich Strähne für Strähne das Haar ausgerissen.

Der Lärm pflanzte sich bis zur Einfahrt der Wohnsiedlung fort. Vier Gestalten waren dabei, die Umfriedung zu überwinden. Ihre Gesichter waren unter den Kapuzen ihrer Hoodies verborgen.

Im oberen Stockwerk, wo sich die Schlafzimmer befanden, hatte Luna gerade ein ganzes Fotoalbum mit Bildern von Bejaïa und den Felsvorsprüngen, die vor den Klippen hingen, gelikt und geteilt, vor allem ein unglaubliches Foto, auf dem vier einzelne Wolken in vollkommen gleichem Abstand voneinander am rosa Himmel standen und dabei einen Namen zu bilden schienen, der aus einem nicht zu entziffernden Alphabet zusammengesetzt war. Innerhalb einer halben Stunde teilte das junge Mädchen ungefähr zehn Koranzitate, die sie auf einer vor Werbung überquellenden Suchmaschinenseite gefunden hatte. Die Seite diente der Vermittlung muslimischer Partner aus der Region:

Die wahren Freunde sind die, an die man sich im Augenblick seiner Unterwerfung erinnert.
Allah schenkt dir eine Frau, der Teufel schenkt dir Tausende.
Wähl deinen Ehemann sorgfältig aus, er kann dich ebenso gut ins Paradies wie in die Hölle führen!

Fernab ihres bonbonrosafarbenen Mystizismus blickte Rabia auf die Stufen der Treppe, an deren oberem Ende sich ihre Tochter vorhin versteckt hatte, um ebenfalls dem Konzert lauschen zu können. Ferhats Gesangseinlage war noch nicht vorüber, die Liedwünsche überschlugen sich. Der Großonkel wählte diesmal einen Titel von Lounis Aït Menguellet aus. Er hatte seine Gitarre so zurechtgebastelt, dass sie genauso klang wie diejenige seines kabylischen Lieblingssängers. Nach zwei Strophen übernahm eine Flöte den Refrain, dessen Melodie auch die eines Stücks traditioneller keltischer Musik hätte sein können. Ferhat wollte dieses Solo eigentlich pfeifen, doch die Töne kamen trotz aufgeblasener Backen nicht über seine herzförmig gespitzten Lippen. Er klopfte den Takt mit seinen schmächtigen Handgelenken, doch alte Erinnerungen übermannten ihn, in seinen kleinen Augen glitzerten die Tränen. Er dachte an seine Jugend in der Kabylei, in den Bergen, als er sich eine Flöte aus Schilfrohr geschnitzt hatte, *ajewwaq*, und dabei den jugendlichen und freundlichen Blick, der ihm nie wirklich abhandengekommen war, über die Schafherde hatte schweifen lassen, die er bewachen musste.

Er hörte auf, mit dem Fuß zu klopfen, vergaß das Flötensolo und setzte noch einmal weiter vorn im Lied an. Doch da unterbrachen ihn Schreie. Sie kamen nicht von der Straße, sondern von der Umfriedung der Wohnanlage. Dounia hatte die Augen wieder aufgeschlagen.

Eine neue Salve erklang. Es bestand also kein Zweifel mehr, jedenfalls nicht für Bouzid, der bereits die Fäuste geballt und die Schultern kampfbereit angespannt hatte. Als er sich auf die Eingangstür zubewegte, hinderte ihn nur ein allgemeiner Aufschrei daran, sie zu öffnen. Rabia begriff, dass das nicht genügen würde, und Bouzid war sich sicher, rassistische Beleidigungen gehört zu haben, und »bei allem, was im Moment so vor sich ging …«

An eine Straßenlaterne mit weißem Licht gelehnt, rauchten vier Bengel nur wenige Meter vom Haus entfernt. Bouzid stürmte ganz allein auf sie los. Rabia und Kamelia waren auf dem Bürgersteig zurückgeblieben und hoben das Sandwich auf, das die Jungs auf der Fußmatte hatten liegen lassen, die Besucher in geschwungenen Buchstaben »willkommen« hieß. Kamelia brüllte los, ohne große Hoffnung darauf, den Onkel aufhalten zu können. Im Wohnzimmer waren Tante Zoulikhas Hängebacken knallrot angelaufen. Sie schüttelte sich und stieß dabei unheilvolle Seufzer aus.

Luna war die Treppe herabgestürmt, bereit, sich zu prügeln. Während sie durch das Wohnzimmer flitzte, bot sich ihr ein herzzerreißender Anblick: Onkel Ferhat, der unbeirrbar weiterspielte, dessen Finger aber zu sehr zitterten und sich dauernd zwischen den Doppelsaiten seines Instruments verhedderten, das mittlerweile eine Tonne zu wiegen schien.

Luna riss sich das Kopftuch herunter, während sie auf den Parkplatz hinausschoss. Kamelia war in Panik geraten, hatte sich halb auf den

Boden gekauert und die Hände vor den Mund geschlagen. Rabia wollte sie beruhigen, doch ihre Stimme tat das Gegenteil. Sie kannte ihren Bruder, er würde sie verprügeln, er hatte sich schon in seiner Jugend ständig an Schlägereien beteiligt und musste bis heute einem Typen eine monatliche Zahlung leisten, der durch ihn ein Auge verloren hatte. Kamelia hörte nicht auf Rabias Gerede, sondern rief stattdessen die Polizei an. Luna sah, dass es dafür schon zu spät war, die Keilerei war bereits im Gang.

Die kleine Turnerin lief auf das Handgemenge zu. Ihre Mutter brüllte ihr hinterher, sie solle dableiben, doch Luna wollte ihrem Onkel beistehen. In ihrer Klasse schlug sie beim Armdrücken alle Jungs, sie fürchtete sich vor niemandem. Doch als sie am Ort des Geschehens eintraf, hatten drei der Angreifer bereits die Flucht ergriffen. Bouzid reagierte sich an dem ab, den er hatte zu Boden werfen können und den er letztendlich ganz sicher mit bloßen Händen getötet hätte, wenn Luna sich nicht von hinten an seinen Hals geworfen und ihm damit gedroht hätte zuzubeißen, wenn er nicht gleich mit dem Prügeln aufhörte.

15.

Vorfälle dieser Art wurden den Behörden massenweise gemeldet. An der Place Beauvau geisterte eine furchterregende Zahl durch die Flure. Der Öffentlichkeit sollte sie erst ein paar Tage später zur Kenntnis gelangen. Intern waren die Generalstaatsanwälte dazu angehalten, wo möglich nach der Devise »Schwamm drüber« zu verfahren. Man wollte nicht wieder denselben Fehler begehen wie in der Woche der Unruhen nach dem Attentat – diese Null-Toleranz-Politik der exemplarischen Sühne, die die Amtszimmer und die staatlichen Gefängnisse verstopft hatte, ohne auch nur einen einzigen Molotowcocktailwerfer abzuschrecken. Zugleich lief man so Gefahr, den Eindruck zu vermitteln, die Justiz mäße mit zweierlei Maß, eine Befürchtung, die vor allem Serge Habib umtrieb.

»Ist dir klar, was wir damit für eine Botschaft aussenden? Die aufrührerischen Araber und Schwarzen wandern ins Kittchen, die kleinen Weißen, die genau dasselbe tun, profitieren von der Großmut der Republik …«

Der Präsident war gerade bei seinen morgendlichen Reha-Übungen in einem Raum im Untergeschoss, der zu diesem Zweck eingerichtet worden war, und hörte dabei ein Terzett für Klavier und Streicher von Schostakowitsch. Das Anschwellen der Celli überdeckte auf erfreuliche Weise die Stimme seines Sonderberaters. Als er am Ende des Barrens angelangt war, beglückwünschte ihn sein Physiotherapeut und stellte ihm seinen Rollstuhl bereit. Doch Chaouch lehnte ab. Er forderte Serge auf, seine Äuglein weit zu öffnen, und machte dann, gestützt auf einen dreifüßigen Gehstock, noch ein paar Schritte.

Einige Augenblicke später entspannte sich sein verkrampfter Gesichtsausdruck wieder. Er stürzte eine halbe Flasche Wasser herunter und rang nach Atem, während er sich an die Tür lehnte und mit zufriedenem Blick die fünf oder sechs Meter maß, die er gerade gemeistert hatte. Der Physiotherapeut schüttelte den Kopf und zog dabei bewundernd die Brauen hoch. Wenn er in diesem Tempo fortfuhr, würde er in weniger als einem Monat keinen Rollstuhl mehr benötigen.

»Bravo«, stimmte Habib halbherzig ein. Der Präsident schloss bei den letzten Noten des Terzetts die Augen. Statt am Ende des Stücks zu applaudieren, antwortete er auf die inzwischen schon alte Frage seines alten Freundes.

»Keine Ahnung, welche Botschaft wir damit aussenden. Aber die Gewaltenteilung sagt dir schon etwas? Sofern ich auf dem aktuellsten Stand bin, hat man mich nicht zum obersten Staatsanwalt des Königreichs gemacht.«

Zehn Minuten später – nach einer Dusche und einem kurzen Streit mit seiner Frau – saß Chaouch im weißen Hemd an seinem Schreibtisch.

Zwei Krawatten lagen ausgefaltet neben dem Aktenstapel für diesen Vormittag und einem dicken Buch, über dessen Zeilen er mit seinem Finger fuhr. Serge Habib gesellte sich zu ihm und schloss die Doppelflügeltür hinter sich. Er hoffte auf ein Vieraugengespräch, doch beinahe geräuschlos schob sich die Generalsekretärin ins Büro, und zwar durch einen Seiteneingang. Sie trug einen Hosenanzug und eine Bluse mit offenem Kragen, ihr waches Lächeln schien unverwüstlich zu sein.

»Apolline«, knurrte der Sonderberater.

»Monsieur Habib«, entgegnete sie mit fröhlicher, hoher Stimme.

Und das, obwohl die Stunde schwer war. Die Nachricht über die Drohungen gegen Jasmine hatte unter den Beratern bereits die Runde gemacht, aber es waren nur vage und weit entfernte Andeutungen verglichen mit dem politischen Wirbelsturm, der langsam, aber sicher auf den Élysée-Palast zukam.

Apolline wollte optimistisch klingen: »Wie es aussieht, folgt aus der Anrufung des Obersten Gerichtshofs, sofern sie überhaupt stattfindet, erst einmal noch gar nichts ... Es wird eine öffentliche Debatte geben, doch ich sehe überhaupt nicht, unter welchen Umständen ein Amtsenthebungsverfahren Aussicht auf Erfolg haben könnte ...«

»Ach, ich zähl einfach mal auf, was mir gerade einfällt«, entgegnete Habib empört und streckte nacheinander die fünf Finger seiner gesunden Hand aus: »Deine Aussetzer während der Reden, dieser berühmte seltsame Traum, der zum Spekulationsobjekt aller möglichen Hirngespinste geworden ist, dass du beim Erwachen aus dem Koma angeblich Arabisch gesprochen hast, deine Nähe zu Fouad Nerrouche, deine Weigerung, dich einer psychiatrischen Untersuchung zu unterziehen ...«

Apolline wagte sich mit dem folgenden Kommentar vor: »Also am Ende nicht sehr viel ...«

Doch der Berater vollendete seine Aufzählung, indem er zu seinem verkrüppelten Stumpf überging, den er mit einer schrecklichen Geste rieb: »Der Islam!«

»Der Islam?«, wiederholte Apolline und riss die Augen auf.

»Machen wir uns doch nichts vor, Idder; das ist eine Katastrophe. Sie finden irgendwas, es geht nicht darum, dass du wegen deines Gesundheitszustands ins Straucheln geraten könntest, deine Legitimation insgesamt steht auf dem Spiel. Du musst dich persönlich einzeln mit möglichst vielen Abgeordneten treffen, um sie zu beruhigen und ihnen nebenbei begreiflich zu machen, wo ihr verdammtes Interesse liegt.«

Der Präsident wandte sich Apolline mit einem konzentrierten, aber emotionslosen Gesichtsausdruck zu, demjenigen des Schiedsrichters bei einem Tennismatch.

Und die Generalsekretärin schickte den Ball mit der Rückhand zurück: »Ein paar einflussreiche Parlamentarier treffen, ja, warum nicht, aber das darf auch nicht als Zeichen der Panik interpretiert werden. Und soweit ich weiß, reden wir immer noch über ein Gerücht …«

»Nein, es ist mehr als ein Gerücht, und ja, es besteht durchaus Anlass dazu, in Panik zu verfallen! Vom Volk gewählt und von den Eliten mit Amtsenthebung bedroht! Genau das spielt sich im Moment ab …«

Apolline spürte erneut Chaouchs neutralen Blick auf sich ruhen. »Warum bitten Sie nicht Vogel, sich mit ihnen an Ihrer Stelle zu treffen?«

»Wie? Unter dem Vorwand, dass er ein hoher Funktionär ist und deshalb ihren dreckigen Dialekt spricht? Allerdings, eine Molluske zu schicken, um Wirbellose zu überzeugen, diesem Vorschlag mangelt es weder an gesundem Menschenverstand noch an einer gewissen Pikanterie, das will ich wohl anerkennen …«

Der Angriff erfolgte weniger willkürlich, als es den Anschein hatte. Im brenzligsten Wahlkampfmoment hatten sie sich auf Habibs Aggressivität verlassen müssen, um die Trendumkehr bei den Umfragen zu verhindern, nicht auf das besänftigende Gemurmel des ehrbaren Monsieur Vogel. Chaouch hatte das niemals ausdrücklich zugegeben, doch er verdankte seine Wahl den Ratschlägen dieses Mannes mit der fehlenden Hand, der nach Aftershave stank und den der gesamte Hofstaat verachtete. Chaouch hatte noch keine Zeit gehabt, sich dessen bewusst zu werden. Natürlich hätten die steifen Gestalten, die ihn umgaben, es niemals gewagt, ihm gegenüber etwas Schlechtes über den besten Freund des Präsidenten zu sagen.

»Was liest du da?«, fragte nun dieser *beste Freund* mit übertrieben betontem Pied-noir-Akzent und klopfte auf den Deckel des Schinkens, in den Chaouch in regelmäßigen Abständen einen Blick warf. Apolline sah, wie aus Habibs Gesicht jegliche Farbe wich.

»Idder, zum Teufel noch mal, warum liest du denn den Koran?«

Chaouch verdrehte die Augen.

»Den *heiligen* Koran!«, verbesserte er in offensichtlich amüsiertem Tonfall.

»Jetzt mal ehrlich, glaubst du nicht, dass wir auch so schon genug Ärger haben? Kannst du dir vorstellen, was los ist, wenn irgendwer dem *Canard enchaîné* zuspielt, dass der Schinken hassende Präsident jetzt auch noch im Koran liest ...?«

Chaouch lächelte nicht mehr, als er die Generalsekretärin bat, sie allein zu lassen. Apolline nickte knapp und zog sich dann leise zurück; es gab ganz entschieden nichts, was ihr die gute Laune verderben konnte.

16.

Sobald sie die Tür hinter sich zugezogen hatte, wandte sich der Präsident dem grünen, sonnigen Garten zu.

»Serge, was hast du nach den Parlamentswahlen vor?«

Habib zog die dicken Brauen zusammen, zeitgleich mit den Haaren, die im Laufe der Zeit seine Nasenlöcher erobert hatten.

»Schon vor den Parlamentswahlen habe ich vor, nach Grogny zu fahren und diesem ... diesem ... diesem ... Idioten, na ja, halt dem Typen, der nicht in der Lage ist, sich gegen Montesquiou zu verteidigen, mal einen Einlauf zu verpassen, verdammte Scheiße, wie heißt der Knabe noch mal? Kurz gesagt, müssen wir die Lücke schließen, das ist das Vordringlichste, es wäre ja schon eine peinliche Schlappe für dich, wenn diese Stadt, die du buchstäblich aus der Scheiße gezogen hast, den Wiedergänger von Goebbels zu ihrem Abgeordneten wählen würde …«

»Und hast du vor, das während der gesamten Amtszeit zu machen? Überall Einläufe zu verabreichen?«

»Du hast mich nicht ausreden lassen«, setzte Habib noch einmal an. »Angesichts des Shitstorms, der über uns hinwegfegt, muss sich doch irgendwer um diese Sache mit der Anrufung des Obersten Gerichts kümmern. Vor der Mieze kannst du ja sagen, was du willst …«

Chaouch drehte sich der Magen um, und er unterbrach ihn mit lauter Stimme: »Serge, das reicht! Du kannst so nicht weitermachen, überall rumfluchen, irgendwas von Miezen oder Mollusken faseln … Der Wahlkampf und die Eroberung sind vorbei. Jetzt muss regiert werden. Im Stil eines Präsidenten. Die Leute müssen überzeugt, nicht mit Beleidigungen überhäuft werden. Es kann doch nicht sein, dass du so etwas Einfaches nicht begreifst, das kann doch nicht sein …«

»Was heißt das? Willst du diesem … Entschuldigung, Jean-Sébastien Vogel vertrauen? Trau meinem Instinkt, Idder, von Vogel kannst du alles erwarten, aber sicherlich nicht mal ein Viertel der Treue, die ich dir gegenüber bewiesen habe.«

Am Ende seines Satzes hatte er die Stimme wieder gesenkt. Chaouch biss sich auf die Lippe.

»Das hier ist ein richtiges Ökosystem, mit allen Schwierigkeiten und Empfindlichkeiten, man kann es nicht im Handumdrehen ändern und sollte lieber Pragmatismus an den Tag legen und … Hör zu, du bist mein Sonderberater, also habe ich beschlossen, dir eine etwas knifflige Mission anzuvertrauen.«

Habib spitzte die Ohren.

»Bouteflikas Tod hat die Gegebenheiten verändert. Die berüchtigte Macht, die das Land zusammenhält, ist gealtert, die Erlöse aus den

Gasvorkommen werden nicht ewig vorhalten, und wir laufen auf einen Generationswechsel zu, dem wir unbedingt Rechnung tragen müssen. Na ja, die Lage ist simpel, und du kennst sie genauso gut wie ich. Wir haben über die letzten Jahre zu viele Marktanteile verloren, die Chinesen haben uns ersetzt. Wir müssen alles neu aufbauen. Außerdem ist da noch die Sicherheitsfrage, in der Sahelzone wimmelt es nur so von Dschihadisten. Ich will jetzt gar nicht ins Detail gehen, aber wir werden die algerischen Geheimdienste bald brauchen, sehr bald. Bei einer gemeinsamen Aktion mit den Amerikanern … Ein Austausch von Geheimdienstinformationen, Überflugsrechte … Kurzum, ich komme zur Sache: Ich habe das Quai d'Orsay gebeten, mit den algerischen Behörden in Kontakt zu treten, wir werden versuchen, am 5. Juli einen Staatsbesuch anzusetzen, als Auftakt meiner großen Mittelmeerreise.«

»Du machst dich wohl über mich lustig? Du willst mich wegschicken, damit ich die Vorbereitungen für deinen Geburtstag organisiere?«

»Ich möchte das zum Anlass nehmen, um das öffentliche Gedächtnis zu befrieden. Ich will eine starke Geste, Sétif besuchen, um dort der Massaker vom Mai 1945 zu gedenken. Außerdem möchte ich Algerien die gesammelten Parlamentsdebatten aus der 4. Republik schenken, die dem Krieg vorangegangen sind. Es handelt sich dabei um Dokumente, die seit Jahrzehnten in den Panzerschränken des Parlaments schlummern, ich hatte einmal die Gelegenheit, sie mir anzusehen. Anhand von ihnen kann man nachvollziehen, wie Frankreich zu der Entscheidung gekommen ist, mit etwas zu beginnen, was damals einfach als ›Operation zur Aufrechterhaltung der Ordnung‹ betrachtet wurde …«

Mit geschlossenen Augen hatte sich Habib auf eine Chaiselongue plumpsen lassen, die Beine von sich gestreckt und die Hände über seiner Plauze verschränkt.

»Serge, das ist wichtig. Am 5. Juli ist die Unabhängigkeit Algeriens genau fünfzig Jahre her, fünfzig Jahre Unausgesprochenes, was uns auf beiden Seiten zu teuer zu stehen gekommen ist. Es handelt sich um ein

Stück algerische Geschichte, das ich seinen Historikern zurückgeben und womit ich zugleich die französische Erinnerung entlasten will, ohne in Begrifflichkeiten mit religiöser oder ideologischer Konnotation zu verfallen, Reue, Sühne und so weiter. Nein, ganz ehrlich, ich bin überzeugt, dass alle Seiten gewinnen, wenn die Sache richtig angepackt wird, und dass wir uns dann endlich anderen Dingen zuwenden können. Außerdem stammen meine Eltern genau wie deine von dort. Nur bist du, im Gegensatz zu mir, dort geboren und aufgewachsen, dort haben deine Augen zum ersten Mal die Welt erblickt und du hast, so stell ich mir das wenigstens vor, deine allerersten Schreie ausgestoßen … Darum möchte ich, dass du dich darum kümmerst. Was sagst du dazu, Serge?«

Habib stand auf und gab ihm folgende Antwort: »Dazu sage ich, dass du morgen früh meine Kündigung auf dem Tisch hast. Das sage ich dazu.«

17.

Als er sein Wahlkampfquartier in Grogny verließ, frohlockte Montesquiou. Seiner neuen Mitarbeiterin Leïla war es gelungen, für ihn ein Treffen mit den Bewohnern der Sozialbausiedlung zu organisieren, die seiner Kandidatur am feindlichsten gegenüberstanden. Im Auto setzte er sich im Schneidersitz auf die Rückbank, rieb sich die Hände, drehte Däumchen und schlug sich auf die Knie. Die Sporthalle, in der das »Treffen« stattfinden sollte, war für ihn das Allerheiligste. Er stellte sich einen heruntergekommenen Saal vor, schlecht beleuchtet, ethnischen Schweißgeruch, eine Herde verhüllter Köpfe und finstere Blicke, die ihn hassten und die er zu unterwerfen plante, einzeln zu konvertieren, wenn es nötig sein sollte. Er hatte Lust, sich zu bewegen, würde ein Podium brauchen, auf dem er auf und ab gehen konnte. Auf dem Beifahrersitz hielt Leïla ihre runde Nase über das Display ihres Telefons gebeugt. Sie vervielfältigte die Erinnerungs-SMS, aktualisierte die Facebookseite für die Dreißigjährigen, schickte für die Jungen Nachrichten auf WhatsApp, all das mit fleißiger Hingabe und dem Ernst einer Werkstudentin. Sie war herrlich unironisch. Im Übrigen hieß sie gar nicht Leïla, sondern Lucie, Lucie Aloulou. Montesquiou biss sich jedes Mal auf die Lippen, wenn er seine junge Mitarbeiterin, die er selbst umgetauft hatte, jemandem vorstellte.

Ihre Eltern, Harkis, hatten ihr die Vaterlandsliebe eingebläut, die Lust an der Anstrengung, den Respekt vor Autoritäten und einen ganzen Haufen an Tugenden ähnlichen Kalibers, die sie gelernt hatte in einer zwölfsekündigen Anapher abzuspulen, ideal fürs Radio. Ihren Akzent aus dem 93. Departement hatte sie noch nicht ganz abgelegt. »Sie ist eben so richtig aus Seine-Saint-Denis!«, sagte ihr Mentor von ihr mit ebenso genüsslichem wie abstoßendem Ekel. Wenn man über ihr Cellulitisproblem einmal hinwegsah (ihre Figur erinnerte an eine Amphore), brachte Leïla wirklich alles mit und stellte die perfekte Wahlkampfsprecherin dar. Er dachte ernsthaft darüber nach, sie als Parlamentsattachée einzustellen, wenn er erst einmal diesen bislang uneinnehmbaren 13. Wahlkreis von Seine-Saint-Denis gekapert haben würde.

Doch die Sache in der Sporthalle lief nicht wie geplant. Zum einen war eine Kamera von France Télévisions in der letzten Reihe versteckt, obwohl Montesquiou wieder und wieder betont hatte, dass er eine Atmosphäre des Vertrauens herstellen wolle, wie bei einer antiken Agora, weitab von Journalisten und den Gestängen ihrer fallenstellerischen Mikrofone. Zum ersten Mal musste Leïla seinen stillen Zorn ertragen; sie hatte noch nie so viel Hass in einem einzigen Blick gesehen. Zum anderen bestand das spärliche Publikum zur Hälfte aus Soziologiestudenten, die die Mikrofone in Beschlag nahmen und ihn mit unangemessenen Vorträgen schikanierten. Er konnte sie nicht einfach eines Besseren belehren, um nicht als der zu erscheinen, der er eben war, ein Eliteschüler aus dem erlauchten Kreis der fünfzehn Jahrgangsbesten und leider zu

Recht von seiner intellektuellen Überlegenheit gegenüber der Mehrzahl seiner Zuhörer überzeugt. Nachdem zum sechsten Mal irgendeine These zum Postkolonialismus wiedergekäut worden war, begriff Montesquiou, dass man ihn in einen Hinterhalt gelockt hatte; er war kurz vorm Explodieren.

»Sagt mal, ihr jungen Leute«, hob er an und stellte dabei sein strahlendstes Lächeln wie einen Schild zur Schau, »möchtet ihr nicht auch mal ein wenig die Älteren zu Wort kommen lassen?«

Verärgert schickten die Älteren ihren Champion nach vorn, der sich als pensionierter Professor einer technischen Hochschule vorstellte, sich »leidenschaftlich für Tagespolitik interessierte« und Träger eines »Doktorgrades in neuester Geschichte« von einer Provinzuni war. Er wollte gerade dieselbe fachchinesische Leier wie seine Vorgänger anstimmen, als Leïla aufschrie.

In diesem Schrei lag echtes Grauen. Mit raumgreifenden Schritten stürmte Montesquiou quer über die Bühne. Gerade war eine Eilmeldung über AFP hereingekommen, die die Smartphones eines guten Viertels der Versammlung hatte vibrieren lassen: Al-Qaida im Islamischen Maghreb gab bekannt, zwei westliche Geiseln in ihrer Gewalt zu haben, eine belgische Journalistin und eine junge Französin. Die Identität der Journalistin war noch ungeklärt, doch nicht die der jungen Französin: Florence de Montesquiou.

Knapp eine Minute später stand ein Video online. Florence las darin auf Französisch einen Text vor und rief Präsident Chaouch unter anderem dazu auf, zum Islam zu konvertieren und verpflichtenden Koranunterricht an allen französischen Schulen einzuführen.

Das älteste der Montesquiou-Geschwister erhielt daraufhin zwei aufeinanderfolgende Anrufe, von seiner Schwester und seinem Vater. Leïla verstand nicht, warum er nicht ranging. Keiner in der Turnhalle dachte jetzt daran, dass eine Kamera lief, außer Montesquiou, der sofort bemerkt hatte, dass sie sein Gesicht heranzoomte. Als Reaktion darauf veränderte er seine Mimik und wollte eine Erklärung abgeben. Es tue ihm sehr leid, dass er diese außerordentlich wichtige Veranstaltung abbrechen müsse, aber die Umstände …

Leïla hatte seit einer Minute nicht mehr den Mund geschlossen. Sie sagte sich, dass es ganz sicher nichts Schlimmeres gab als einen genialen Menschen ohne Prinzipien. Sie sah, wie er den Kopf senkte, eine niedergeschlagene Miene aufsetzte und sich dann von einem Chor muslimischer Mamas trösten ließ. Als die Kamera näher heranfuhr, stieß Montesquiou sie beiseite, blickte direkt hinein und zeigte ganz Frankreich auf diese Weise seine tränenfeuchten Augen, und wie aufrichtig erschüttert er war.

Nach diesem Gerangel verließ er den Saal mit erhobener Faust und tat dabei so, als telefonierte er mit jemandem, obwohl sein Telefon mittlerweile in den Flugmodus geschaltet war. Die Turnhalle stand wie ein einziger Mann auf und skandierte den Namen des Kandidaten, der am Rand der Tränen war. Die spektakulären Bilder sollten daraufhin durch sämtliche Nachrichtensendungen gehen und sich als der Kulminationspunkt seines Wahlkampfs in die Erinnerung einbrennen, sein Höhepunkt und *Point of no Return*.

18.

In ihrem Zimmer im Élysée-Palast weinte sich Jasmine an der Schulter ihres Vaters aus. Er hatte sich jede Störung verbeten, und auch das wiederholte Klopfen an die Tür des Amtssitzes würde daran nichts ändern. Seine Tochter brauchte ihn, die Welt konnte warten. Zu diesem Zeitpunkt waren weder sie noch er auf dem Laufenden über das abendliche Vorkommnis. Jasmine hatte die ganze Nacht kein Auge zugetan. Sie wiederholte immer nur, dass sie Fouad verlassen, dass sie sich noch nie so einsam gefühlt habe und dass sie dieses Video niemals bis zum Ende hätte anschauen dürfen. Für diesen letzten Punkt gab ihr Vater Kommandantin Simonetti die Schuld – sie hätte es rechtzeitig unterbrechen müssen, so wie er es ihr aufgetragen hatte. Doch jetzt war es zu spät.

»Ich weiß nicht, was ich machen soll«, sagte sie, und ihre schmalen Schultern begannen erneut zu beben.

Es war das dritte Mal, dass sie sagte, sie wisse nicht, was sie tun solle. Ihr Vater ließ sie sich erst einmal alles von der Seele reden, streichelte ihr über den Kopf, strich das Haar dabei nach hinten und wartete auf den geeigneten Moment, um selbst das Wort zu ergreifen.

»Ich kann ihn ja nicht zwingen, mich zu lieben, und ich sehe ja, dass er es nicht tut. Er verspürt Sympathie, Zärtlichkeit, aber …«

Sie hatte einen Ton angeschlagen, der vermuten lassen konnte, sie würfe ihrem Vater vor, dass er, der Präsident höchstselbst, Fouad erlaubt hätte, sie zu verlassen. In Wahrheit richtete sich ihr Vorwurf gegen die Welt, wie sie war, eine Welt, in der Liebestränke einfach nicht existierten.

»Jedenfalls bin ich ja selbst schuld. Ich wollte die Zeichen nicht sehen. Und als du dann ins Koma gefallen bist, hatte ich diesen Anfall von Mystizismus, er muss mich für verrückt gehalten haben. Und Fouad ist keiner, der sich in Verrückte verliebt. Er mag gesunde Frauen, er mag gute Gesundheit, was soll ich dagegen machen? Ich bin eben krank. Ich bin Miserella, die Monteverdi'sche Nymphe, die über den Verräter klagt: »*Dove dov'è la fè che'l traditor giurò …*«

Ihr Vater schloss die Augen. Freundliche Fältchen bildeten sich in den Augenwinkeln.

»Papa«, sagte sie und führte ihre Hand dorthin, »es ist, als hättest du dein Gesicht wiedergefunden …«

Neuerlich schnürte sich ihr die Brust zusammen, Tränen schossen ihr in die Augen. Dieser Angriff war von nur schwer erträglicher Gewalt. Eine Stimme, die sie nicht kannte, sprach daraufhin ihre finsterste Sorge aus: »Ich werd' es doch nicht ganz allein aufziehen?«

»Du wirst niemals allein sein, mein Liebling.«

Auf dem Tisch gab es keine Taschentücher mehr, sie wischte sich das Gesicht mit dem Ärmel ihres Wollpullovers ab. »Bist du mir böse?«

»Ich nicht, aber wir müssen den Damen von der Wäscherei ein kleines Briefchen schreiben …«

Sein Scherz erzeugte bei Jasmine keinerlei Reaktion.

»Mama hat mir neulich erzählt, dass die Frauen während des algerischen Bürgerkriegs in den Neunzigerjahren nicht schwanger werden konnten, es gab etwas, was es verhinderte, es war zu … schwer, an eine Zukunft zu glauben und in diesem Klima des Schreckens und des Weltendes Kinder zu machen … Ich habe den Eindruck, dass es bei uns heute genauso ist …«

Chaouch zog sie wieder an seine Schulter. Die Geste bedeutete sehr präzise: »Aber nein, die Situationen sind nicht vergleichbar«; er begnügte sich mit der Geste.

Plötzlich schien es auf dem Flur einen Tumult zu geben. Chaouch hatte eine Idee.

»Erinnerst du dich, wie Jesu Geburt im Koran beschrieben wird? Das habe ich vorhin noch mal gelesen. Hab ich dir davon schon erzählt?«

Jasmine schüttelte mit der Heftigkeit eines kleinen Mädchens ihr rotes Näschen.

Also erzählte ihr Chaouch, wie Maria (Myriam) sich an einen abgelegenen Platz zurückgezogen habe, unter eine Palme, wo sie so lange litt und klagte, bis der Erzengel erschien, sie tröstete, ihr eine Quelle zu ihren Füßen zeigte und ihr sagte, sie solle den Baum schütteln, dann würden frische, reife Feigen auf sie herabfallen. Maria rieb sich an der Palme, der aufgeheizte Stamm brachte die Äste zum Schwitzen, und saftige Früchte lösten sich in einem bernsteinfarbenen Strom davon, die sie ablutschte, an denen sie saugte und die sie gierig verschlang. Es waren die Datteln, die aus dem Harz einer Palme und der Laszivität einer Jungfrau entstanden waren und die das göttliche Kind aus ihrem Schoß lösten, in einer feinschmeckerischen und sinnlichen Ekstase …

»Der heilige Koran«, lächelte Jasmine.

Ihre Tränen waren versiegt, doch ihr Blick war noch immer verschleiert und glänzend. Chaouch küsste seine Tochter auf die Stirn, und sie brachen in Gelächter aus, zur Unzeit zwar, aber zusammen.

»Du wirst niemals allein sein, meine kleine Tochter.«

Bei diesen Worten öffnete die Tür sich einen Spaltbreit, trotz der ausdrücklichen Anweisung, die der Präsident gegeben hatte.

»Ich habe gesagt: niemand!«

Doch da stand kein Berater oder Beamter in der Tür, sondern General Fenouil, der Chef seines Militärstabs. Chaouch schloss daraus, dass sich etwas Schwerwiegendes ereignet hatte; er bat seine Tochter um eine Minute und ahnte wegen der Ader, die am Hals des Generals pochte, bereits, dass diese Minute sich über den ganzen Abend und durch die ganze Nacht hinziehen würde.

19.

In dieser Nacht traf gegen zwei Uhr morgens ein eigenartiger Stromausfall einen Teil von Beaubrun, ein Viertel von Saint-Étienne. Entlang der Umgehungsstraße verloschen die Straßenlaternen zusammen mit den Fernsehern und den Computern der Nachteulen. Es war das Viertel um die Mine du Puits Couriot, die in den Siebzigerjahren stillgelegt und im Schatten der Abraumhalden in ein Museum umgewandelt worden war. Der Förderturm aus Metall war wie ein Wachturm erleuchtet; als das Licht ausging, wurde das gesamte Gelände, das er überragte, in absolute Finsternis getaucht. Zwei Schatten lösten sich daraus, da nutzte jemand das Versagen der Alarmanlage, um die Umzäunung zu überklettern. Die zwei Eindringlinge bewegten sich mit zögerlichen Schritten im Licht ihrer Handydisplays voran, über den gekiesten Hof, der von Gebäuden aus einer anderen Zeit umschlossen wurde. Ein Mahnmal für die

Gefallenen des Ersten Weltkriegs erhob sich vor ihnen. Zu beiden Seiten der Stele standen jeweils die Figur eines Soldaten und die eines Bergmanns aus jener Zeit, wie um zu zeigen, dass die Zivilisten, die in die Tiefen der Erde hinabgestiegen waren, keine Drückeberger gewesen waren, sondern dass sie genauso sehr zu den heiligen Kriegsanstrengungen beigetragen hatten. Da sie nicht wussten, wie sie auf dieses sonderbare Grabmal reagieren sollten, dessen Bedeutung zu entschlüsseln sie weder Zeit noch Lust hatten, knöpften die Sanchez-Brüder ihre Hosenschlitze auf und pinkelten dagegen.

Der Ältere der beiden, Dylan, bemerkte als Erster den rötlichen Rauch, der aus den Abraumhalden aufstieg. Sein kleiner Bruder fragte sich laut und mit einem dicken Akzent aus dem Südosten: »Scheiße, is' das 'n Vulkan, oder was?«

»Du bist 'n Idiot, hast du schon mal 'nen Vulkan mit Bäumen drauf gesehen?«, erwiderte Dylan, der offenbar noch nie einen Fuß in die Auvergne gesetzt hatte.

Ihre Augen gewöhnten sich an die Dunkelheit, inzwischen konnten sie die unruhigen, dicht bewachsenen Grate der Hügel aus Minenabfällen und Kohle erkennen und auch die Gipfel, die bis auf drei oder vier Büsche kahl waren. Kevin ging voran. Von beiden war er der Bulligere und Kräftigere. Dylan hatte zwar nicht bedeutend weniger Muskelmasse, doch er war größer, und die Steroid-Injektionen hatten ihn nicht so schnell und umfassend transformiert wie seinen kleinen Bruder. Beide hatten sie den gleichen vorspringenden Unterkiefer und den gleichen schwarzen Flaum auf ihren kahl geschorenen Schädeln. Ein Weg zwischen zwei braunen Backsteingebäuden hindurch führte sie in eine Sackgasse vor eine imposante Fassade, die von hohen Fenstern mit metallischen Rahmen durchbrochen war.

Kevin trat nervös von einem Fuß auf den anderen, als er im Schein seines iPhones eine Rauchwolke vorbeiziehen sah: »Ich hab dir ja gesagt, das is 'n Vulkan! Der bricht aus, ich sag dir, der bricht aus!«

Dylan zeigte ihm die Kippe, die er sich gerade angesteckt hatte: »Manchmal frag ich mich echt …«

Den Satz beendete er nicht: Er glaubte, ein paar flinke Lichtstrahlen an den Fenstern des Gebäudes gesehen zu haben.

»Ich sag's dir gleich«, sagte Kevin, dessen Tonfall härter wurde, »keine Chance, wenn ich da so 'nen Kamelficker entdecke … Is' mir scheißegal, wie du klarkommst, keine Chance!«

Kevin spielte damit auf ein hartnäckiges Gerücht in den Reihen der FRAASE an, demzufolge Franck, ihr Anführer, deshalb im Gefängnis saß, weil er Waffengeschäfte mit einem Araber gemacht hatte. Dylan machte sich da keine Illusionen: Ihre Gruppe war zerschlagen, der Großteil seiner Waffenbrüder würde monatelang im Knast schmoren; nur Kevin und er selbst waren übrig, und sie konnten bei ihren Lieferanten nicht wählerisch sein, obwohl es ihm widerstrebte, mit dem Feind Handel zu treiben.

Unvermittelt hob er den Kopf und blickte zu den Fenstern empor. Jemand war dort drinnen und versuchte, ihnen mithilfe einer Taschenlampe ein Zeichen zu geben. Die Brüder fragten sich, wo der Eingang war. Ihre vereinten Lichtstrahlen wischten schließlich über Treppenstufen. Im ersten Stock gelangten sie an eine angelehnte Metalltür. Sie stießen sie auf und tasteten sich auf dem gefliesten Boden langsam voran. Das Licht kam aus dem größten Raum des Gebäudes, auf einem Schild am Eingang stand »großer Waschraum«. Er wurde auch der »Saal der Gehängten« genannt, was die Sanchez-Brüder allerdings nicht wussten. Die Taschenlampe, die sie vom Hof aus gesehen hatten, strich über die sehr hohe Decke, wo etwas aufgehängt war, was sie für Kinderleichen hielten. Tatsächlich handelte es sich nur um Arbeitskleidung für Bergleute, die an Bügeln hing und nach der Reinigung von feinen Metallketten hochgezogen worden war. Tausende von Kleidungsstücken waren so in diesem riesigen Raum zum Trocknen aufgehängt worden, als die Mine noch in Betrieb gewesen war.

Die Sanchez-Brüder umkreisten den feingliedrigen Unbekannten, der reglos in der Mitte des Raumes stand, und verlangten, er solle sich selbst ins Gesicht leuchten, damit sie sehen konnten, mit wem sie es zu tun hatten. Nach kurzem Zögern leistete er der Aufforderung Folge. Er hatte ein langes, kantiges Gesicht, das vollkommen glatt rasiert war: Kinn, Schädel und Brauen.

Kevin hatte einen sechsten Sinn: Er brüstete sich damit, Araber *erspüren* zu können. Sein Radar funktionierte außerdem und vor allem bei Juden, die sich widerrechtlich eine weiße Haut angeeignet hatten, manchmal sogar blondes Haar.

»Wie heißt du?«

Der Usurpator ließ sich Zeit mit seiner Antwort.

»Nestor. Stets zu Diensten.«

»Noch dazu macht der sich über uns lustig? Wie heißt du?«

Nestor zog ein Sandwich aus einer der Taschen seiner schwarzen Jacke. Er nahm die Scheibe Schinken heraus und verschlang sie, wobei er den Hals bis zum Anschlag nach hinten beugte, so als schickte er sich an, ein kleines, lebendiges Tier zu verspeisen.

»Gut, wir haben schon genug Zeit verloren.«

Nestor verließ den Saal der Gehängten und lotste seine Besucher durch ein vergittertes Fenster aus dem Gebäude heraus auf eine Kräuterwiese, aus der die Margeriten herausragten. Wo die Bäume auf der Abraumhalde standen, fand Nestor eine Spalte. Er hob eine schwere stählerne, in den Boden eingelassene Tür an und stieg in eine Grube mit schmalem Durchmesser hinab. Die Brüder berieten leise miteinander und entschlossen sich dann, ihm zu folgen. Die Holme der Leiter waren rutschig. Ungefähr zehn Meter weiter unten sanken ihre Kampfstiefel in den schwarz glänzenden Grund ein. Ein leicht abschüssiger Gang von etwa dreißig Metern Länge lag vor ihnen. An den Wänden verhinderte ein Gitter, dass sich dicke Gesteinsbrocken daraus lösten.

Unterwegs bemerkten sie keine einzige Abzweigung. Plötzlich erlosch die Taschenlampe vor ihnen, und beide riefen: »Oh, oh!« Sie stürzten nach vorn, fanden sich aber unvermittelt vor einer Sandsteinmauer wieder, an der zwei Rucksäcke und eine Sporttasche abgestellt waren – beide voller Waffen, kugelsicherer Westen und Abzeichen der Antiterroreinheit der französischen Polizei. Ganz wie versprochen. Ihr »Diener« Nestor hatte sich indessen in Luft aufgelöst.

20.

Als er endlich die Bestätigung bekam, um wen es sich bei der »belgischen Geisel« handelte, vergrub Fouad sich in seiner Wohnung im Quartier de la Bastille, wo er wie ein Löwe im Käfig stundenlang auf und ab ging. Währenddessen lief die ganze Zeit über dieselbe Nachrichtensendung im Fernsehen, unterbrochen nur von Werbung und Sportmeldungen. Er hatte den Ton abgedreht, sobald es Neuigkeiten über Marieke gäbe, würden die ja als Text im roten Laufband unten am Bildschirm erscheinen. Ein Jingle der morgendlichen Radiosendung drang durch die Wände seiner Wohnung. Fouad ließ die elektrischen Rollläden hochfahren und sah seine vertraute Place d'Aligre erstarrt im frühmorgendlichen Dämmerschlaf liegen.

In den Morgenausgaben war fast nur von Florence de Montesquiou die Rede. Im Laufe der Nacht war durchgedrungen, dass die kleine Schwester des ADN-Gründers von ihrer Familie verstoßen worden war, dass sie eine Flüchtige war, eine Randfigur. Seit mehreren Monaten war sie schon vom Radar verschwunden, sie hatte mittlerweile ihren Vornamen geändert und nannte sich jetzt »Fleur«. Manche spekulierten, sie sei zum radikalen Islam konvertiert.

Um acht Uhr morgens nahm plötzlich eine neue Meldung den ganzen Raum ein: In einer Nachricht präzisierte Scheich Otman, der

Anführer der Splittergruppe, die sich zu der Entführung bekannt hatte, noch einmal seine an Chaouch gerichteten Forderungen und gab ihm bis Sonntag um Mitternacht Zeit, darauf einzugehen. Bei Ablauf des Ultimatums würde das Los entscheiden, welche der beiden Geiseln zuerst enthauptet würde. Falls auch dann keine positive Reaktion erfolgte, würde die zweite innerhalb von 48 Stunden dasselbe Schicksal erleiden.

Montesquiou und seine Familie wurden im Élysée-Palast empfangen. Chaouch saß im Rollstuhl und erwartete sie nicht auf der berühmten Treppe vor dem Gebäude, sondern im Salon für die Adjutanten, bewacht von Mitgliedern der republikanischen Garde. Der Handschlag wurde aus dem Hof des Palasts heraus fotografiert. Fouad sah die ausführlich kommentierten Bilder im Fernsehen und fühlte, wie ihn die Kräfte verließen. Er wollte nach Levallois-Perret laufen und der DCRI seine Hilfe anbieten. Doch er wusste nichts über Mariekes Leben: Wie lautete ihre Adresse? Wo wohnten ihre Eltern? Waren sie überhaupt noch am Leben? Wer waren ihre Freunde? Ihre Liebhaber? Er hatte zu verstehen gemeint, dass sie keinen festen Freund und erst recht keinen Ehemann hatte; aber sie war fünfunddreißig Jahre alt; hatte sie vielleicht ein Kind, von dem sie ihm nichts erzählt hatte?

Niemals zuvor war er wegen einer Frau, die er erst seit ein paar Tagen kannte, so aufgewühlt gewesen. Hatte er sich denn überhaupt schon mal wegen einer Frau so gequält? Die Situation war außerordentlich dramatisch, sie hätte ihn ohnehin mitgenommen, doch darüber hinaus gab es keinen Zweifel mehr, was er für Marieke empfand. Sein Herz begann heftig zu klopfen, als er ihre Gestalt auf dem Video der Terroristen erkannte: Ihr Blick war nach unten gerichtet, ihr hübsches Gesicht mit den kräftigen Kiefern nicht zu erkennen; das Einzige, was man unter dem unförmigen grellfarbigen Gewand sehen konnte, das ihr diese Tiere übergeworfen hatten, war ihr Hals, dessen weiße Haut aufblitzte.

Fouad schossen einige grausame Gedanken über Jasmine durch den Kopf, er sah sie vor sich, wie sie in ihrem Prinzessinnenschloss herumjammerte. Diese Gedanken sahen ihm gar nicht ähnlich, und sie zu entwirren hätte wohl einige Zeit in Anspruch genommen.

Kamelia schickte ihm eine Nachricht. Danach zu urteilen, was sie ihm Anfang der Woche mitgeteilt hatte, musste sie schon wieder zu Hause in Paris sein. Er fürchtete, dass sie sich mit ihm treffen wollte, und entschied deshalb, die Nachricht nicht zu lesen und ihr nicht zu antworten. Doch sie blieb hartnäckig und rief schließlich sowohl auf dem Handy als auch auf dem Festnetz an. Fouad ging nicht ran. Eine Stunde später schickte sie ihm eine Nachricht in Großbuchstaben: Sie sei immer noch in Saint-Étienne, seine Mutter sei gerade in die Notaufnahme des Krankenhauses eingeliefert worden, auf die Pneumologie. Sie hatte wieder angefangen, Blut zu spucken. Kamelia fügte hinzu, dass sie wegen ihrer zu langen Abwesenheit »garantiert« ihren Job verlieren werde und dass es da wohl das Mindeste sei, dass er ihre Nachrichten nicht einfach ignoriere!

Fouad trat auf seinen Balkon hinaus und bedauerte, dass er nicht rauchte, dann hätte er wenigstens etwas zu tun gehabt. Sein Blick blieb an der Bank hängen, auf der Marieke ihn letzte Woche ausgequetscht hatte. Eine andere Frau saß jetzt dort, die Ellbogen auf die Knie gestützt und den Kopf in den Händen vergraben. Sie hatte rot gelocktes Haar, das ihr in Zöpfen bis auf die Waden fiel. Fouad erkannte die junge Direktorin der Agentur, die sich um seine Verträge kümmerte, zu spät: Yaël richtete sich auf und sah zum fünften Stock hinauf. Als sie ihn sah, gestikulierte sie wild mit den Armen und lief zur Eingangstür, deren Sprechanlage allerdings defekt war.

»Du hast Glück«, sagte sie, als er herunterkam, um ihr aufzumachen, »ich wollte schon wieder gehen … Verrückt, seit – wie lange? – vielleicht einer halben Stunde ist niemand in dein Haus rein- oder rausgegangen. Das hab ich noch nie erlebt. Wir sind wirklich auf dem besten Weg, zu einem großen Dorf zu werden. Wir sollten übrigens aufhören, es Paris zu nennen. Das hier ist nicht mehr Paris, sondern Lutetia! Mal ganz ohne Witz!«

Als sie im Fahrstuhl standen, sagte Fouad nichts, den Blick hatte er auf die runden Knöpfe geheftet, die in jedem neuen Stockwerk kurz aufleuchteten. Yaël beobachtete ihren »Schützling« aus dem Augenwinkel und kramte dabei mit sicheren Gesten in ihrer Tasche. Dann zog sie einen Parfumflakon daraus hervor und besprühte den geschlossenen Raum der Aufzugkabine. Sie wiederholte das noch einmal im Treppenhaus sowie in der Wohnung, wo die Unordnung und der trostlose Anblick ihr ein mitfühlendes Jammern entlockten.

»Ich versteh es nicht, Fouad, hast du ein Armutsgelübde abgelegt? Warum wohnst du nur weiterhin in diesem Loch? Ganz egal, ich hab gute Nachrichten: All das wird sich bald ändern, und das ist auch der Grund für meinen Besuch …«

Sie schnappte sich einen Hocker und pflanzte sich vor Fouad hin. Er bot ihr nichts an, und sie blinzelte sehr rasch: Es war ganz egal, denn sie hatte ohnehin schon vier Kaffee innerhalb von zwei Stunden getrunken.

Nach dem Attentat war Fouad bei *L'homme du match* gekündigt worden, der Fernsehserie, mit der er bekannt geworden war. Er erwartete schon, dass Yaël ihm gleich eröffnen würde, dass sie ihn dort wieder engagieren wollten und das Produktionsteam sich in aller Form bei ihm entschuldigte. Sie konnten sich wohl denken, dass seine Nähe zum Präsidenten seinen Marktwert steigerte; dabei wussten sie allerdings nicht, dass Jasmine Chaouch ihn gerade verlassen und dass ihr Vater daraufhin wahrscheinlich entschieden hatte, nie mehr auch nur ein Wort mit ihm zu wechseln.

Doch es ging nicht um *L'homme du match*.

»In New York hast du doch auf der Dachterrasse eines Grand Hotels einen Drink genommen und bist in einen Platzregen geraten, richtig?«

»Woher weißt du das denn?«

»Na ja, stell dir vor, du warst auf dieser Dachterrasse in sehr guter Gesellschaft …«

»Können wir bitte gleich zur Sache kommen?« drängte Fouad ungeduldig.

»Dort hat auch eine Casting-Direktorin einen getrunken, und sie arbeitet sehr eng mit …« Hier fiel nun ein großer Name aus Hollywood. Yaël steckte sich eine Zigarette an. »Für sein nächstes Projekt sucht er noch einen europäischen Schauspieler, es ist ein Riesending. Seine Produktionsfirma hat mich schon vor einiger Zeit mal kontaktiert, davon hab ich dir damals nichts erzählt. Ich wollte keine falschen Hoffnungen wecken, war selbst recht skeptisch … Doch der Typ scheint angebissen zu haben, und als ihm die Casting-Direktorin dann erzählt hat, dass sie dich in New York gesehen hat, hat er das wohl als einen Wink des Schicksals gesehen. Er ist Mitglied bei irgendso einer Sekte für transzendentale Meditation oder so, ich weiß auch nicht genau …«

Fouad zog die Augenbrauen hoch. »Das Kapitel Schauspielerei ist für mich abgeschlossen. Tut mir leid, Yaël, aber wenn ich aus den letzten Wochen eines gelernt habe, dann, dass ich nicht dafür gemacht bin, Komödie zu spielen.«

»Jetzt red doch keinen Quatsch. Sie zahlen dir einen Hin- und Rückflug nach Los Angeles, übermorgen um neun Uhr geht es zum Vorsprechen. So was lehnt man nicht ab.«

»Doch«, erwiderte Fouad, »das lehnt man ab. Hier ist der Beweis!« Er stand auf, um sie zur Tür zu bringen.

Yaël blieb sitzen.

»Ich muss dieses Wochenende nach Saint-Étienne«, fügte Fouad dann doch noch als knappe Erklärung hinzu.

Mehr sagte er aber nicht. Yaël zog sich den Rocksaum wieder über die Knie. Ihre Lippen bewegten sich, ohne dass sie einen Ton herausbrachte, sie suchte fieberhaft nach irgendeinem schlagenden Argument.

Als sie sich dann erhob, fasste sie wenig überzeugt zusammen: »Wenn du die Wahl zwischen Los Angeles und Saint-Étienne hast, entscheidest du dich also für Saint-Étienne?«

»Genau«, bestätigte Fouad, ohne sie anzusehen, und schloss die Hand fest um den Knauf der offenen Tür.

21.

Die Weisen hatten die Mondsichel gesehen und waren diesmal einer Meinung mit den Anhängern der »astronomischen Berechnung« gewesen: Ramadan würde diesen Samstag beginnen; nun wäre aber der erste Tag zugleich auch der letzte Tag der Meisterschaftsrunde der obersten Spielklasse. Dieser Zufall hatte nirgends größere Bedeutung als in Saint-Étienne. Denn in diesem Jahr war den *Verts* eine außergewöhnliche Saison geglückt: Ein Unentschieden an diesem letzten Spieltag würde genügen, um ihnen den dritten Platz zu sichern, und sie wären für die Champions League qualifiziert. Am Vortag dieses krönenden Saisonabschlusses füllten sich, während Fouad noch auf Höhe von Mâcon auf der Autobahn im Stau stand, die Gebetsräume von Saint-Étienne mit grünen Schals. Gut aufgelegte Imame garnierten ihre Predigten mit Fußballanspielungen, andere wandten sich, natürlich erst nachdem sie an die Größe Allahs erinnert hatten, direkt mit einem glühenden, heidnischen Appell an die Götter des runden Leders.

Als Fouad sich seiner Heimatstadt näherte, war jedes zweite Auto mit grünen Fahnen und mit anfeuernden Spruchbändern für die Mannschaft des AS Saint-Étienne dekoriert. Im letzten Jahrhundert war Saint-Étienne noch eine Bergarbeiterstadt gewesen, eine Arbeiterstadt voller Arbeitsloser. Der Fußball hatte ihr in den Siebzigerjahren eine große, epische Erzählung mit den Kameraden um Dominique Rocheteau geschenkt, der auch »der grüne Engel« hieß; dann waren da noch

Curkovic, Santini, Larqué, die Brüder Revelli, Janvion, Bathenay gewesen – Namen, die Fouad seine gesamte Kindheit über gehört hatte, Namen ökumenischer, verbindender Heiliger mit langen Haaren und Schnauzbärten, echte Helden der Seventies. Seine Eltern und seine Onkel hatten dieses Goldene Zeitalter in vorderster Reihe miterlebt, bis 1976, bis zu dem Finale in Glasgow, das sie gegen Bayern München verloren hatten, und zwar wegen dieser inzwischen legendären »eckigen Pfosten«. Die von Herbin trainierte Mannschaft war trotzdem über die Champs-Élysées gezogen, die Männer der Familie Nerrouche waren per Anhalter dorthin gekommen, ein weiteres Epos, von dem sie auch einige Jahrzehnte später noch voller Stolz und Ergriffenheit sprachen.

Würde die Legende neuen Auftrieb erhalten, wenn am nächsten Tag die Krönung erfolgte? Fouad war griesgrämig und glaubte nicht daran. Ihm fiel auf, dass er das Telefon, das Chaouch ihm in New York gegeben hatte, in Paris hatte liegen lassen; darin sah er eine Freud'sche Fehlleistung und zwang sich, nicht weiter darüber nachzudenken. Er parkte auf dem fast vollkommen verwaisten Parkplatz des Nordkrankenhauses. Besondere Schilder schmückten die Heckscheiben der großen Wagen der Ärzteschaft, für die Plätze reserviert waren. Am Empfang wies man ihm den Weg zur Abteilung für Lungenheilkunde. Er ging durch einen schier endlosen leeren Gang und gelangte schließlich in ein anderes Gebäude. Ein Quartett von Zeitungslesern, die auf den Plastiksitzen des Wartesaals saßen, überwachte den Eingang. Fouad brauchte nicht lang, um zu begreifen, dass es sich dabei um DCRI-Agenten handelte. Glaubten sie etwa, dass Nazir sich hierher wagen würde, um seiner Mutter einen Besuch abzustatten? Hatten sie denn noch immer nicht verstanden, wer der arme Tropf war, den sie da verfolgten?

Die Empfangsdame hatte Fouad geraten, den Aufzug zu benutzen, obwohl das Zimmer seiner Mutter sich im ersten Stock befand. Als die Türen sich öffneten, erblickte er sofort die Locken seiner Tante Rabia, die sich mit einer der Schwestern unterhielt. Er trat zu ihr, bei seinem Anblick begann sie zu schluchzen.

»Sie hat Blut gespuckt«, erzählte sie, nachdem sie sich wieder beruhigt hatte. »Also haben wir sie schnell hierher gebracht. Eigentlich ist die Besuchszeit vorüber, und sie schläft auch, sie haben ihr eine Infusion gelegt, außerdem eine Sauerstoffmaske … Der Arzt wird bald vorbeischauen, na ja, schon seit einer Stunde behauptet das Pflegepersonal, dass er bald kommt …«

Dann packte sie ihren Neffen am Ellbogen und sagte noch eine Nuance leiser: »Sie verabreichen ihr Kortison, ich glaube, das macht sie ein bisschen verrückt. Sie hört gar nicht mehr auf, von Nazir zu sprechen.«

Im Wartesaal im ersten Stock saßen Slim und Luna an entgegengesetzten Enden der blauen Sitzreihen, es waren die gleichen wie im Erdgeschoss. Fouad sah, dass seine kleine Cousine die Haare unter einem Kopftuch verbarg. Er grüßte sie als Erste, nahm sie in den Arm und zwickte ihr dabei in die Wange. Slim war sitzen geblieben. Als er an der Reihe war, erhob er sich im letzten Moment und schaute dabei über die Schulter seines großen Bruders hinweg, um nicht in Tränen auszubrechen. Rabia nahm wieder in der Mitte der Bank Platz. Sie legte ihrer Tochter den Arm um die Schultern. Mit einem Blick in die Augen seiner jungen Tante konnte Fouad erahnen, was für eine Atmosphäre vor seiner Ankunft geherrscht haben musste. In diesem Moment fühlte er sich wie ein Kapitän, der auf sein Schiff zurückkehrte und dabei begriff, dass seine Mannschaft durch seine Abwesenheit zutiefst verunsichert worden war.

Der Anblick von Lunas Kopftuch ließ ihn kurz ein ganz anderes Szenario ins Auge fassen: zu seinem Auto zurückzugehen, nach Paris zu fahren, am nächsten Morgen ins Flugzeug nach Los Angeles zu steigen und nie wieder zurückzukehren.

Wortlos tauchte die Krankenschwester wieder auf. Sie beugte sich über eine Akte und blätterte gähnend darin. Dann traf Dounias betreuender Arzt ein. Fouad und Rabia traten in den Flur, um den Pneumologen anzuhören, einen großen Mann mit sanftem Blick. Er stammte aus Westafrika, hatte eine sehr dunkle Haut, rollte die R und sprach mit einem melodischen Akzent, und zwar so sehr, dass seine tiefe Stimme auch dann zu singen schien, wenn er mit ihr sehr schlechte Nachrichten überbringen musste.

»Sie hat das entwickelt, was wir eine karzinomatöse Lymphangitis nennen, zudem eine beidseitige Rippenfellentzündung, und Wasser ist in beide Lungenflügel eingetreten. Das andere Problem ist, dass sich Metastasen in ihrem Gehirn zu bilden beginnen. Und da nichts getan werden kann, um das zu stoppen …«

»… bewegt sich der Krebs dorthin, wo er will«, beendete Fouad den Satz und drückte dabei die zitternde Hand seiner Tante.

»So ist es. Wir haben ihr also Kortison gegeben und eine Infusion gelegt, um sie zu beruhigen, zu entspannen, Palliativversorgung nennen wir das.«

Fouad stützte mit seiner freien Hand Rabias Unterarm, damit diese nicht umkippte.

»Wie lange hat sie noch?«

»Schwer zu sagen. Maximal noch ein paar Tage. Sie können heute Nacht zu Hause schlafen und morgen früh dann wiederkommen. Jetzt ist sie endlich eingeschlafen. Und bei all den Medikamenten, die wir ihr gegeben haben, leidet sie auch nicht.«

»Ich nehme an, es ist jetzt zu spät … auch gegen ihren Willen … die Therapien durchzuführen, die sie verweigert hat …?«

In diesem Moment kam der sanfte Blick des Lungenarztes zum Einsatz. Er neigte den Kopf und strich Rabia mitfühlend über die Schulter. Fouad begab sich allein ans Ende des Ganges, an dem das Zimmer seiner Mutter lag. Die Tür stieß er nicht auf, doch er konnte Dounia durch die rot gestreifte Luke hindurch erkennen. Die untere Hälfte des Gesichts war durch eine Sauerstoffmaske verdeckt, und die Unterarme steckten voller Infusionsnadeln.

Da Rabia in ihrem Zustand kein Auto lenken konnte, schlug Fouad vor, den Wagen seiner Tante hier stehen zu lassen und in seinem nach Hause zu fahren. Sie durchquerten das Stadtzentrum. Manchmal lieferten sie sich ein Wettrennen mit der Straßenbahn, die um diese späte Uhrzeit nur noch auf Verlangen anhielt. Slim, der auf dem Beifahrersitz saß, blickte die ganze Zeit zur Seite. Auf der Rückbank hatte Rabia die Wange gegen den Stoff gelegt, der das Haar ihrer Tochter verhüllte. Jedes Mal, wenn sie anfuhren, drückte sie lange, nachdenkliche Küsse darauf.

Nach weniger als einer Viertelstunde kamen sie in der Wohnsiedlung an. Keiner von ihnen hatte zu Abend gegessen, doch sie hatten auch keinen Hunger. Kamelia hatte Brik vorbereitet, die sie in Aluminiumfolie einwickelte und in den unteren Kühlschrankfächern verstaute. Sie entschuldigte sich bei Fouad für die gemeinen Dinge, die sie ihm geschrieben hatte.

Dieser zog ihren Kopf gegen seine Brust und murmelte: »Kam, ich werde dir nie vergessen, was du alles getan hast.«

Cousin und Cousine hätten gern weiter miteinander gesprochen und einander auch viel zu sagen gehabt, doch Fouad spürte, dass ihn die Pflicht in den ersten Stock zu den Schlafzimmern rief, in die sich die Jüngeren, Luna und Slim, zurückgezogen hatten. Slim tat so, als wäre er schon eingeschlafen. Luna hatte sich vor den Computerbildschirm gesetzt, dessen bläuliches Licht nun das Zimmer erhellte, in dem keine Poster mehr hingen. Fouad ging einmal herum und ließ sich dann aufs Bett plumpsen. Er hoffte, seine Cousine würde den Computer ausschalten und zu ihm kommen. Tatsächlich versetzte sie das Gerät in den Ruhezustand und drehte sich zu Fouad um. Sie sprach zuerst über ihre Wohnung in der Rue de l'Éternité, die Bouzid gerade neu herrichtete und in die sie bald wieder einziehen könnten. Die Zukunftspläne, selbst die für die nächste Zukunft, kollidierten mit der Aussicht darauf, dass Dounia dann höchstwahrscheinlich nicht mehr bei ihnen sein würde.

Die junge Frau schwieg und runzelte das noch kindliche Gesicht, das vom Kopftuch straff gezogen wurde. Fouad überbrachte ihr die positiven Nachrichten ihres Anwalts: Dank seines kooperativen Verhaltens würde Krim bald eine Art Sonderbehandlung erhalten und in ein Gefängnis verlegt werden, in dem er Zugang zu einem Klavier hätte.

»Es ist gar nicht so lang her, dass ich ihn gesehen habe, er war … voller Hoffnung, was die kommende Zeit angeht. Bald kannst du ihn auch besuchen.«

Luna hatte schließlich auch das Passwort seines Youtube-Kanals wiedergefunden. Dort gab es Dutzende von Videos, in denen man nur seine Hände über die Klaviatur wandern sah. Seine Fingernägel waren vom Cannabis schwarz gerändert. Er spielte hinreißende Neuinterpretationen, Mash-ups von Hip-Hop-Songs und klassischen Stücken. Luna mochte vor allem die einfachsten seiner Coverversionen, in denen er mit der einen Hand die Begleitung und mit der anderen die erste Stimme spielte. Bei manchen der Stücke schien er über vier Hände zu verfügen, so viele Noten schlug er in so kurzer Zeit an.

»Sein Konto ist privat, meinst du, ich kann es auf öffentlich stellen, oder würde ihn das zu sehr aufregen?«

Fouad rückte an sie heran: »Ich glaube, du bist jetzt groß genug, um das allein zu entscheiden.«

Luna biss sich auf die Lippen. »Du wirst jetzt aber nicht mit dem Kopftuch anfangen? Willst du mich dazu überreden, es abzunehmen? Keinen Ramadan zu feiern?«

»Nein, nein«, beruhigte sie Fouad und setzte sein berühmtes Lächeln mit den fast geschlossenen Augen auf.

Doch in ihm brannte der Wunsch, ihr alles zu erzählen, wie er damals damit fertiggeworden war, als er sich fremd im eigenen Land fühlte: Er hatte den Trost der Herde abgelehnt, den Ruf seiner Herkunftsgemeinschaft, und sich einzig und allein auf seinen guten Stern verlassen, auf seinen eigenen Lebenssinn. Er war sich seiner elitären Sichtweise und des naiven Heldentums, das seine Haltung zum Ausdruck brachte, durchaus bewusst, doch wollte er seiner Cousine erklären, was passieren würde, wenn sie weiter Kopftuch trug, sich einen muslimischen Ehemann aussuchte und sich von ihm mit zwanzig schwängern ließ, also das tat, wozu ihre Tanten in der Generation vor ihr gezwungen worden waren. Die Worte formten sich bereits in seinem Mund, gestählt von seinem persönlichen Aufbegehren, aber er sprach sie dann doch nicht aus. Er taugte hier nicht zum Vorbild. In der Welt, in der er groß geworden war, ersetzte die Verführung das Verdienst, »Wunder« konnten einen ans andere Ende der Welt katapultieren und von heute auf morgen grundlegend den Verlauf des eigenen Lebens ändern.

Fouad klammerte sich an das Lächeln auf seinen eigenen Lippen und sagte dann die folgenden Worte: »Du bist so hübsch, dass ich sehr wohl glauben kann, dass sich deine Haare und deine Brauen als Versuchung für die Männer interpretieren lassen …«

»Bah, das sagst du doch nur so«, entgegnete Luna und kniff die Lippen zusammen.

Doch ein Leuchten erschien in ihren traurigen Augen, das ihrem großen Cousin kurz ins Gedächtnis rief, wie schelmisch ihr Blick früher einmal gewesen war.

»Du siehst auch nicht so schlecht aus, Cousin …«

Und da stieß Fouad in die Lücke: »Nur stehe ich zufällig auf der richtigen Seite der Linie, keiner wird jemals von mir verlangen, mich zu verschleiern, oder irgendwem verbieten, sich am Anblick meines hübschen Gesichts zu erfreuen. Glücklicherweise übrigens, denn andernfalls wäre ich arbeitslos …«

Lunas Miene verfinsterte sich daraufhin wieder. Sie gab vor, noch etwas am Computer machen zu müssen, und verabschiedete sich von ihrem großen Cousin, indem sie sich mit einer knappen Geste von ihm wegdrehte.

22.

Als Fouad am nächsten Morgen die Augen aufschlug, fiel sein Blick auf den Rücken seines kleinen Bruders im Pyjama. Er machte gerade Kaffee.

»Slim? Wie spät ist es denn?«

»Pst, draußen ist es nicht mal hell«, murmelte er. »Hab ich dich geweckt?«

Fouad streckte sich. Vor ein oder zwei Stunden war er angezogen auf der Couch im Wohnzimmer eingenickt. Die Brüder schlossen die Küchentür, damit sie nicht den Rest der Familie aufweckten, und tranken zusammen Kaffee. Slim fiel es schwer, mehr als eine halbe Minute Stille zu ertragen. Wenn Fouad gerade nicht sprach, dann lag das an dem ganz unschuldigen Traum, der ihm gerade wieder eingefallen war, als er an seiner Lieblingskaffeeschale genippt hatte: Er spielte sich genau in dieser Küche ab. Fouad befand sich in Gegenwart seiner Mutter und einiger anderer verschwommener Gestalten. In dem Traum geschah nichts weiter Bemerkenswertes, es ging nur um die versagenden Sanitäreinrichtungen. Fouad ärgerte sich bei dem Gedanken, dass er Bouzid dazu überreden musste, ihnen zu helfen … Es ging nicht um Krankheit oder Tod, um nichts, was auch nur unterschwellig auf die Tragödie verwies, die sich gerade in der Wirklichkeit abspielte. Die Differenz zwischen den beiden Welten erschien ihm unerträglich, und so legte sich ein Schimmer des Albtraumhaften auf sein Blickfeld.

»Ich will wieder anfangen zu studieren, Fouad, das habe ich Mama gestern versprochen. Es war dumm von mir aufzuhören, du hattest recht.«

Fouad sah auf den Boden seiner Schale. Der Schlafmangel brannte ihm in den Augen, und er hatte große Lust, brutal zu sein, zu streiten.

»Das ist gut, Slim, das wird ihr gefallen.«

Slim wirkte bekümmert, als sein großer Bruder den Rest seines Kaffees auf ein Mal austrank, dann ins Wohnzimmer zurückging und den Fernseher anschaltete.

»Komm schon, ich will nur schnell Nachrichten gucken.«

Slim ließ sich nicht bitten. Es gab keine Neuigkeiten von Marieke. Fouad wandte sich seinem Bruder zu, der nach dem bläulichen Licht spähte, das durch das Zimmer flackerte.

»Offenbar gehst du inzwischen regelmäßig in die Moschee …«

»Ja. Na ja, es ist nicht, was du denkst.«

»Und willst du mir vielleicht von deinem blauen Auge erzählen …?«

»Ist schon okay.«

»Feierst du heute Ramadan?«

»Na, schon«, erwiderte Slim in gekünsteltem Tonfall.

Er stand auf, um die Fensterläden aufzumachen, während Fouad sich eine zweite Schale Kaffee einschenkte und ihn dann von Weitem musterte, ohne dass er es bemerkte.

Eine Stunde später stieg die Sonne über die Dächer der Siedlung. Das Vogelgezwitscher wurde vom Brummen des Verkehrs übertönt. Slim betrachtete nägelkauend die Laterne mit dem weißen Licht, die er doch eigentlich jeden Tag sah. Fouad war joggen gegangen. Auf den letzten hundert Metern legte er noch einen Sprint hin und stellte dann eine Tüte mit Croissants und Aprikosen auf dem Couchtisch im Wohnzimmer ab. Als er eine Viertelstunde später aus der Dusche kam, parkte draußen Bouzids Wagen. Fouad sah, dass sein kleiner Bruder geweint hatte.

»Ich muss weg, sehen wir uns dann später?«

»Slim, wir fahren jetzt mit Onkel Bouzid zu Mama, komm doch mit …«

Der junge Mann setzte eine schuldbewusste Miene auf: »Ich komm dann mit der Straßenbahn nach, zuerst will ich noch in die Moschee zum Morgengebet.«

»Na, dann setzen wir dich unterwegs ab, du willst doch nicht zu Fuß zur Moschee gehen?«

»Nein, nein«, entgegnete Slim hektisch, »ich mach mich sofort auf den Weg, aber später komm ich nach, versprochen.«

Es gelang ihm, unbemerkt an Bouzid vorbeizukommen, der halb in seinem Kofferraum vergraben war, er fing an zu laufen, sobald er vom Haus aus nicht mehr zu sehen war. Der Hunger quälte ihn bereits ein bisschen; er machte an einer Bäckerei halt und kaufte sechs Windbeutel, die er mit zwei Bissen verschlang. Unterwegs wurde er mehrfach gegrüßt, er schüttelte Hände und presste sich die Hand aufs Herz. Es war beinahe so, als hätte ihm sein regelmäßiger Moscheegang, obwohl das eine ganz neue Entwicklung war, bereits die Wertschätzung und Zuneigung der gesamten Gemeinde eingetragen. Gesichter, die einstmals düster dreingeblickt hatten, öffneten sich wie Blütendolden im Frühling. Man wünschte ihm »*salaam*« und grüßte ihn mit »*khoya*«, und diese Zeichen der Fürsorge trieben ihm Tränen in die Augen; er fühlte sich zu einem Klan zugehörig, zu einem Stamm, den allein die Tatsache der Geburt zusammenschweißte.

Nachdem er eine Viertelstunde lang gerannt war, bekam er Seitenstechen, doch nun war die Moschee am oberen Ende der Rue du Jasmin in Sichtweite. Slim hauchte sich in die hohle Hand, um zu prüfen, ob sein Atem nach dem Zucker und der Nahrung roch, die er gerade verschlungen hatte.

An diesem Morgen war der Andrang so groß, dass eine ganze Autokolonne auf ungefähr zwanzig Metern Länge halb auf dem Gehweg parkte, ein wenig hangaufwärts, nicht weit vom moscheeeigenen Parkplatz entfernt. Die zwei mit Zinnen versehenen Türme der Moschee wurden von rosafarbenen Kuppeln überwölbt, die an zerquetschte Zwiebeln erinnerten. Die sonnengelbe Fassade war von drei symmetrischen Bogen durchbrochen; aus der Nähe konnte man fein ziselierte Ornamente bewundern. An den Seitenwänden des Gebäudes färbten riesige bunte Fensterscheiben das Licht ein und streuten es in schrägen Bändern über die Gebetsteppiche.

Im Innenraum waren die Schultern und Hände von dreihundert Männern gleich ausgerichtet, angeleitet vom Imam, der ihnen den

Rücken zugekehrt hatte. Nachdem er die Schuhe ausgezogen hatte, fiel Slim auf, dass sich drei Journalisten von France Culture etwas abseits hielten. Ihre Mikrofone lugten aus ihren Taschen hervor.

Er suchte sich einen Platz in der letzten Reihe hinter einem jungen Mann mit kahlem Schädel, der ihn mit einem diskreten Blinzeln begrüßte. Slim erwiderte den Gruß, richtete sich auf, sobald seine *Brüder* sich aufrichteten, kniete sich nach demselben Muster hin und konnte es sich nicht verkneifen, den Blick auf den Po seines Vordermannes zu richten. Er hatte ihn vor einer Woche kennengelernt, aufgrund eines Paars am Eingang vertauschter Turnschuhe. Als die Predigt anstand, gesellte sich Slim zu seinem Glaubensbruder ganz hinten im Saal. Er hieß Adnan und war politischer Flüchtling aus Syrien und Medizinstudent. Sein Bart war stets tadellos gestutzt. Er litt unter einer verfrühten Glatzenbildung, weshalb er sich den Schädel vollkommen kahl rasiert hatte. Adnan hatte große, fröhliche Augen mit gebogenen schwarzen Wimpern, so lang wie bei einem Mädchen. Er war vier Jahre älter als Slim, verhielt sich aber schüchtern, was wahrscheinlich mit seinen noch ein wenig unsicheren Französischkenntnissen zusammenhing.

Die beiden jungen Männer verließen nacheinander den Gebetsraum, wobei sie eine Minute dazwischen verstreichen ließen. Währenddessen äußerten sich die Djellabaträger zustimmend über die Ausführungen des Imams über die Bedeutung des Fastens.

Die Architekten der Moschee hatten offenbar die romantische Idee gehabt, zwischen dem großen Saal und dem Raum für die Frauen einen Innenhof anzulegen, der von einer doppelten Reihe Arkaden umschlossen war. In der Mitte stand ein dreistöckiger Brunnen, dessen Plätschern alle Schritte und Gespräche überdeckte. Adnan und Slim trafen sich unter den Arkaden und schlängelten sich im Schatten der Galerie bis zum Eingang des Frauentrakts hindurch. Ihr Versteck hatte die Größe einer Abstellkammer und bestand aus Maschrabiyyas, durch die man auf den Innenhof blickte.

Adnan zeigte auf das blaue Auge seines »Freundes«; die Mehrzahl seiner Sätze begann er nämlich mit »mein Freund«.

»Ja, geht schon besser«, beruhigte ihn Slim.

Adnan bemerkte, dass ihn irgendetwas bedrückte. Er hob die Hand und strich über Slims blasse Wangen. Adnans Finger waren mit sehr dunklen Haarbüscheln bedeckt. Vor ihm hatte Slim noch nie jemanden aus dem Nahen Osten kennengelernt. Mit den Algeriern hatten sie nichts gemeinsam. Ihre Haut war dunkel, Augen und Haar waren tiefschwarz; vor allem erschien ihm das Arabisch, das sie sprachen, rein, jedenfalls unberührt von französischen Ausdrücken. Der Imam der Moschee in der Rue du Jasmin stammte aus Marokko, und Adnan musste sich zwicken, um nicht zu grinsen, wenn er laut aus dem Koran vorlas.

»Mein Freund, du bist traurig, ich sehe, du bist traurig. Sag mir, Slimane …«

Er war der Einzige, der ihn mit seinem vollen Vornamen ansprach. Slim wusste nicht, ob er ihm sagen sollte, worum es ging. Also lenkte er das Gespräch auf ein harmloseres Thema.

»Wie machst du das, Adnan, gleichzeitig Moslem zu sein und … du weißt schon …?«

Adnan näherte sich ihm; jetzt trennten sie nur noch wenige Zentimeter voneinander. Dann erklärte er ihm, dass auch Gott nicht alles wissen müsse und dass er vor allem in die Moschee komme, weil sie ihn an sein Leben in der Heimat erinnere, an sein früheres Leben. Slim fuhr ihm mit der Hand über den Nacken und drückte dann die Lippen auf seinen Mund. Zuerst hörte er noch das Rauschen des Brunnens, dann schloss er die Augen und hörte gar nichts mehr. Doch plötzlich hallten Schritte ganz in der Nähe wider, die sie ihre Umarmung frühzeitig beenden ließen. Durch das Maschrabiyya-Gitter hindurch sahen die Liebenden zwei vermummte Kolosse in Kampfkleidung an ihnen vorbeigehen; in jeder ihrer behandschuhten Hände hielten sie einen großen Sack. Adnans Herz klopfte ihm so heftig in der Brust, dass Slim es hören konnte;

auf einmal sah er auf den Rücken und den Ärmeln der Männer in Kampfstiefeln das Abzeichen der schnellen Eingreiftruppe der Polizei.

»Alles gut, Adnan, das ist die Polizei! Eliteeinheit der Polizei, verstehst du?«

Doch der junge Flüchtling ließ sich nicht beruhigen. Seine Hände schwitzten, und sein Schädel war puterrot angelaufen; er kauerte sich zusammen, um sicherzugehen, dass er nicht entdeckt wurde. Einige Sekunden später waren die ersten Schüsse im Gebetsraum zu hören.

23.

Eine halbe Stunde nachdem der letzte Schuss verklungen war, waren alle Polizeichefs im Untergeschoss des Innenministeriums per Videokonferenz mit dem Präfekten des Departements Loire versammelt. Vertreter der Staatsanwaltschaft und aus dem Hôtel Matignon vervollständigten die Runde. Der Innenminister konnte leider nicht den Vorsitz führen, denn er musste sich umgehend – gemeinsam mit Chaouch – an den Schauplatz des Gemetzels begeben. Die Täter hatten die Flucht ergriffen. Eine erste Bilanz verzeichnete dreiunddreißig Tote und ungefähr fünfzehn Verletzte, sechs davon schwebten in Lebensgefahr. Die drei Bereitschaftspolizisten, die die Moschee beschützt hatten, waren unter den Opfern. Auch der Präsident von Radio France hatte bestätigt, dass zwei seiner drei vor Ort befindlichen Journalisten ums Leben gekommen waren. Ihre Bilder machten schon auf allen Fernsehkanälen die Runde.

Die Auswertung der ersten Bilder der Videoüberwachung hatte im Übrigen gerade ein wenigstens verstörendes Resultat ergeben: Das Attentat war von nur zwei Männern verübt worden. Ratlosigkeit war auf sämtlichen Gesichtern des Krisenstabs abzulesen. Wie hatten nur zwei – wenn auch schwer bewaffnete – Männer ein Massaker solchen Ausmaßes in weniger als zwanzig Minuten verüben können?

Dieuleveult gab dem Chef der schnellen Eingreiftruppe RAID ein Zeichen, ihm ins Erdgeschoss zu folgen. Dort fragte er ihn, ob die Mörder Hilfe aus seiner Einheit gehabt haben könnten. Der reagierte gekränkt; es bestand eine alte Feindschaft zwischen den beiden Männern, die in die Zeit zurückreichte, als Dieuleveult noch Polizeipräsident gewesen war und für Kriseninterventionen grundsätzlich auf konkurrierende Einheiten zurückgegriffen hatte. Der RAID war vom Vorgänger des neuen Innenministers immer sehr umfänglich in Anspruch genommen worden, das ärgerte Dieuleveult, und er konnte es sich deshalb auch nicht verkneifen, es seinem Gesprächspartner ins Gedächtnis zu rufen, um dann mit den Worten zu schließen: »Sie werden alle Zeit der Welt haben, eine interne Untersuchung durchzuführen. In der Zwischenzeit möchte ich niemanden aus Ihrer Truppe außerhalb der Kasernen sehen.«

Für den Transport des Präsidenten und seiner Frau Esther war ein kleines Flugzeug gechartert worden. Sie begriff nicht, wie man eine Moschee am ersten Tag des Ramadan ohne besondere Bewachung hatte lassen können; und »wie« hieß in diesem Fall »wer«. Dieuleveult stand auf ihrer Abschussliste, das wusste er, und so nahm er in dem Kleinflugzeug neben ihr und dem Präsidenten Platz, damit sich ihre Blicke auf keinen Fall kreuzen konnten.

Premierminister Vogel hatte sich dafür entschieden, in Paris zu bleiben, wo er die wichtigsten religiösen Würdenträger sowie eine Delegation von Parlamentariern treffen wollte. Noch bevor das Flugzeug überhaupt gestartet war, verlangte Chaouch ein umfassendes Briefing von seinem Innenminister. Zwar trafen die Informationen nur tröpfchenweise ein, bekannt war aber immerhin Folgendes: Die beiden Angreifer hatten die Bereitschaftspolizisten mit schallgedämpften Pistolen getötet. Danach waren sie um die Moschee herumgegangen und hatten sie durch den Hintereingang betreten. Die Auswertung der Videoüberwachung hatte ergeben, dass sie den Innenhof durchquert und sich daraufhin getrennt hatten. Der erste war auf die Galerie hinaufgestiegen und hatte von dort auf die Gläubigen gefeuert; der zweite hatte sich – aus den gefundenen Patronenhülsen zu schließen – mit einem Maschinengewehr am Haupteingang postiert. Verwirrung herrschte noch immer bezüglich des Schicksals der Journalisten von France Culture, die mit dem Schützen im Erdgeschoss gesprochen hatten, bevor er sich dazu entschlossen hatte, zwei von ihnen niederzumähen. Die Tonaufnahmen, die dabei entstanden waren, wurden gerade analysiert. Bei ihrer Ankunft in Saint-Étienne würden sie dann mehr darüber erfahren.

»Und was ist mit der Identität der Terroristen?«, fragte der Präsident mit zusammengebissenen Zähnen.

Dieuleveult schien bei dem Wort zusammenzuzucken. »Es gibt keine Fotos, sie haben Sturmhauben und Handschuhe getragen. Der Tatort wird gerade untersucht, die Umgebung wird aufs Genaueste durchkämmt. Jedenfalls waren sie vorbereitet, Herr Präsident. Sehr gut vorbereitet.«

»Mansourd ist doch vor Ort. Was meint er dazu?«

»Ich habe vor fünf Minuten mit ihm telefoniert. Ich darf Sie daran erinnern, dass uns im Augenblick noch keine gesicherten Erkenntnisse vorliegen, die uns erlauben würden …«

»Was meint Mansourd?«, unterbrach ihn der Präsident.

»Für ihn besteht kein Zweifel, dass es die Sanchez-Brüder waren. Im rechtsextremen Milieu war von einer Operation Jasmin die Rede; es war angenommen worden, dass das etwas mit Ihrer Tochter zu tun hätte, doch die angegriffene Moschee liegt in der Rue du Jasmin. Diese Übereinstimmung ist sicherlich schwer zu ignorieren. Ich glaube einfach, dass man auch die anderen Spuren nicht vernachlässigen darf …«

»Sie denken an die Gruppierung um Scheich Otman?«

»Ich weiß, das erscheint unwahrscheinlich«, erwiderte der Minister, »aber man muss sich ins Gedächtnis rufen, dass die sogenannten gemäßigten Muslime für die fanatischsten unter den Dschihadisten vielleicht ein noch verhassteres Ziel als die Ungläubigen sind. Unterdessen haben wir für die gesamte Region Rhône-Alpes die höchste Terrorwarnstufe verhängt.«

Chaouch ergriff die Hand seiner Frau und wandte sich den Wolken zu, die sich hübsch vor seinem Flugzeugfenster aufeinandertürmten. In der Hälfte Frankreichs, die sie gerade überflogen, herrschte bestes Wetter.

»Aber warum haben sie sich als Mitglieder des RAID getarnt?«

Der Minister hatte darauf keine Antwort; er nestelte mit den Fingerspitzen an seiner Krawatte herum. Esther Chaouch spähte auf den Notizblock, auf den ihr Mann einen unleserlichen Satz gekritzelt und schon wieder durchgestrichen hatte.

»Haben Sie denn keine Angst«, fragte sie, ohne sich direkt an den Minister zu wenden, »dass dieser Angriff, wenn er sich nicht als eine List oder eine Aktion unter falscher Flagge der al-Qaida im Islamischen Maghreb erweist, sie dazu veranlassen könnte, die Geiseln noch vor Ablauf der Frist hinzurichten?«

»Natürlich, Madame, das ist eine unserer Befürchtungen. Doch wir arbeiten eng mit den algerischen und amerikanischen Geheimdiensten zusammen, um die Geiseln zu befreien.«

Chaouch winkte seinen Adjutanten heran. Zwei Berater folgten ihm eilig auf dem Fuße.

»Wir ordnen einen Tag Staatstrauer an, mit einer Schweigeminute und Halbmastbeflaggung.«

Diese Ankündigung kam für niemanden im Flugzeug überraschend. Ganz im Gegensatz zu der Frage, die sich unmittelbar daran anschloss.

»Wie hießen denn die beiden Journalisten von France Culture, die getötet worden sind?«

Dieuleveult antwortete anstelle der Berater, die die Information auf ihren Telefonen nachprüften.

»Arnaud Jacobi und Melissa Cohen. Er achtundzwanzig, sie zweiunddreißig Jahre alt.«

»Und der Journalist, der verschont worden ist?«

Der Minister wandte sich zu dem Berater um, der die Antwort gab: »Ein gewisser … Renaud Camille … Camille Renaud, Verzeihung. Es handelt sich um eine Dame.«

Chaouch schlug einmal mit der Faust auf sein Tablett und verlangte dann, dass man ihn bis zur Ankunft allein lasse. Als der Jet dann etwas außerhalb von Saint-Étienne landete, befand sich die Stadt bereits im Belagerungszustand. Der Sicherheitsdienst des Präsidenten hatte keine Zeit gehabt, die üblichen Überprüfungen der Route vorzunehmen, die der Konvoi einschlagen würde. Daher wurde das gesamte Stadtzentrum lahmgelegt, ganze Viertel abgeriegelt und für den Verkehr gesperrt. Hubschrauber kreisten über den Hügeln. Einige von ihnen gehörten zu den großen Fernsehsendern.

Während sich der Wagen des Präsidenten der Moschee näherte, erhielt Dieuleveult laufend Updates zur Lage, die er an Chaouch weitergab: Das Fluchtfahrzeug der Schützen war gerade in einem kleinen Ort im Pilat aufgefunden worden, ungefähr dreißig Kilometer südöstlich von Saint-Étienne. Ein beträchtliches Polizeiaufgebot war in dieser Mittelgebirgsregion an den Ausläufern des Zentralmassivs unterwegs; sie war von Tannenwäldern bedeckt, in denen man sich leicht verstecken konnte. Verstärkung hatte sich bereits zum Gebiet an der Grenze zur Ardèche aufgemacht, überall waren Polizeisperren.

Der offizielle Konvoi hatte inzwischen auf dem Parkplatz vor der Moschee angehalten. Chaouch las einige handschriftliche Notizen. Esther saß in einem anderen Fahrzeug. Dieuleveult nutzte die Gelegenheit, um eine *heikle Angelegenheit* anzusprechen: Am vorigen Abend hatten Mansourds Leute ein ehemaliges Mitglied seines Sicherheitsdiensts festgenommen, den jungen Polizeimajor Aurélien Coûteaux. Als man ihn mit den über die vergangenen Wochen hinweg gesammelten Beweisen konfrontiert hatte, hatte er ein Geständnis abgelegt, das heißt, er hatte Montesquiou beschuldigt, das Attentat vom 6. Mai in Auftrag gegeben zu haben.

»An Aurélien erinnere ich mich sehr gut. Wenn ich dran denke, dass er nach dem Attentat mit Jasmines Personenschutz betraut gewesen ist … Welche Rolle hat er denn bei der Verschwörung gespielt?«

»Er sollte es dem Schützen ermöglichen, sich der Absperrung zu nähern, so nahe wie möglich an Sie heranzukommen …«

Chaouch leckte sich über die Unterlippe.

Der Minister fuhr fort: »Es wird noch schlimmer, Monsieur. Mansourd hat mit anonymer Post Nazirs Beweise erhalten: die Mitschnitte der NSA, die Montesquiou entlarven. Die Beweise reichen inzwischen aus, Herr Präsident. Sie werden mir sagen, dass das Timing nicht ideal ist – vielleicht sagen Sie mir auch das Gegenteil. Wie dem auch sei, ich weiß aus sicherer Quelle, dass die Untersuchungsrichter nicht länger warten wollen …«

Sein Telefon vibrierte. Er sah, wer anrief, und hob den Finger, um dem Präsidenten anzuzeigen, dass er drangehen müsse.

»In Ordnung«, murmelte der Minister dann, »wir haben nun die Bestätigung ihrer Identität. Sie sind vor einer Stunde geblitzt worden, es handelt sich tatsächlich um die Sanchez-Brüder.«

Im selben Moment stieg einer der Berater zu Chaouch ins Auto und spielte ihm die Aufnahme der Journalisten von France Culture vor.

»Die Stimme, die die Fragen stellt, ist die von Kevin Sanchez, dem jüngeren Bruder.«

Chaouch hörte mit an, wie dieser siebzehnjährige Bengel die Journalisten nach ihren Namen fragte, während Schreie ein unerträgliches Hintergrundgeräusch bildeten. Die Journalisten verrieten ihm nur ihre Vornamen. Kevin ließ sich ihre Presse- und Personalausweise zeigen.

Camille Renaud … Lass sehen … Okay, hau ab.

Dann wandte er sich dem Nächsten zu: *Jacobi … Jacobi, Arnaud …*

Mit bebender Stimme versuchte der junge Toningenieur sich zu verteidigen: *Ich … Ich … Ich stamme aus einer katholischen Familie …*

Die Aufnahmequalität war zu schlecht, als dass man die Intensität hätte bestimmen können, mit der der arme Mann einer ethnischen

Begutachtung unterzogen wurde: angewachsene Ohrläppchen oder nicht, Struktur und Verteilung der Haare, Nasenform. Seine Nasenlöcher waren unglücklicherweise etwas zu gewölbt: Nach einer zehnsekündigen Stille hörte Chaouch einen Schuss fallen.

Als Nächstes war an der Reihe: *Cohen* ...Der Blick des Präsidenten verhärtete sich. Er riss sich den Kopfhörer herunter und klopfte mit zwei Fingern gegen die Scheibe. Die Tür öffnete sich auf den Vorplatz der Moschee, es wimmelte nur so von Polizeibeamten und Blaulichtern. Esther erwartete ihn mit feuchten, geröteten Augen. Mit den Fingern zeigte sie die Zahl 36. Die Bilanz hatte sich weiter verschlimmert. Chaouch atmete einmal durch. Man hatte ihm den Entwurf für eine Rede gegeben, die er während des Gesprächs mit Dieuleveult nebenbei korrigiert hatte. Er zerknüllte das Papier und hievte sich in den Rollstuhl, den seine Leibwächter beim Aussteigen aus dem gepanzerten Wagen für ihn bereitgestellt hatten.

24.

Keines der finsteren Details war den Medien zu diesem Zeitpunkt bekannt. Während sie auf die Pressekonferenz des Staatsanwalts von Saint-Étienne warteten, hielten sich die Redaktionen an das, was von den Ermittlungsbehörden durchgestochen worden war, wiederholten in sämtlichen Tonlagen die »entsetzliche Bilanz« und luden sich dafür umsichtige Spezialisten und am Boden zerstörte Persönlichkeiten des öffentlichen Lebens ein. Dass sich um die Identität der Mörder erst vage Gerüchte rankten, hinderte die Mehrzahl der Kommentatoren nicht daran, sie als »Amokläufer«, »geistig Verwirrte« und manchmal auch einfach nur als »wütende Irre« zu bezeichnen. Wenn die Opfer nicht zum größten Teil muslimischen Glaubens gewesen wären, hätte niemand gezögert, die Täter als »Terroristen« zu bezeichnen.

Der Mangel an belastbaren Tatsachen trug noch zur Verschärfung der Kontroverse bei. Man würde Chaouchs Stellungnahme um 13.30 Uhr abwarten müssen, um diesem semantischen Geplänkel den Wind aus den Segeln zu nehmen und das Töten als »rassistisches und antisemitisches Attentat« zu bezeichnen, ausgeführt von »Terroristen einer rechtsextremen Splittergruppe«.

Im Nordkrankenhaus hatte Fouad derweil den Vormittag damit zugebracht, ein Sperrgebiet um das Zimmer seiner Mutter einzurichten. Bei diesem Projekt war ihm die Topografie vor Ort zupassgekommen: Die Notaufnahme, wo ständig Verletzte eintrafen, lag am südlichen Eingang der Universitätsklinik, weit entfernt von der Pneumologie und der Onkologie; sie waren sogar durch die Straßenbahnendhaltestelle von den restlichen Stationen getrennt. Das Zimmer, in dem Dounia Nerrouche langsam starb, lag an der Nordseite des Krankenhauses und des Stadtgebiets, sodass sie keinen der Rettungshubschrauber mit den schlimmsten Fällen vorbeifliegen sah.

Slim hatte seinem großen Bruder gleich mitgeteilt, dass er sich während der Schießerei nicht im Gebetsraum aufgehalten habe. Er würde nun die Fragen der Polizei beantworten und dann so schnell wie möglich nach Hause kommen.

Den ganzen Nachmittag über strahlten die Fernsehkanäle die Bilder von der Menschenjagd am Mont Pilat aus. Auch ausländische Medien trafen massenhaft in Saint-Étienne ein. Aufgrund der allgemeinen Hysterie hatte sich die Mehrzahl der Einwohner zu Hause verschanzt.

Als die Nachricht die Runde machte, dass sich Dounias Gesundheitszustand allmählich verschlechterte, statteten ihr ihre wenigen Freunde einen letzten Besuch ab. Fouad überwachte das Defilee und nahm die tränenreichen Umarmungen dieser Menschen entgegen, die sich seit dem Attentat von ihm abgewandt hatten. Er war großmütig genug, ihnen beim Abschied noch ein paar Erklärungen zu liefern. Warum sagte sie nichts? War das Leiden zu groß, konnte sie deshalb nicht sprechen?

»Das Kortison ist schuld«, log er dreist, »es verursacht akustische Halluzinationen …«

Die Leute zogen mit dem Taschentuch auf den Mund gepresst wieder ab und versprachen, am nächsten Tag wiederzukommen, und hofften im tiefsten Inneren, dass es für Dounia kein Morgen mehr geben würde. Sie wollten keine weitere halbe Stunde in Gegenwart einer Sphinx im Todeskampf verbringen müssen, die mit starrem, erschöpftem Blick kaum wiederzuerkennen war, den sie böse auf das Fenster richtete und auf den bewaldeten Hang des gegenüberliegenden Hügels.

Gegen Ende des Nachmittags ließ Fouad die Jalousien herunter und erzeugte damit die erste heftige Reaktion seiner Mutter, seit sie aufgewacht war.

»Soll ich sie wieder hochmachen?«

Sie nickte knapp und zog eine beleidigte Schnute, als würfe sie ihm vor, sie aus ihrem Schweigegelübde gerissen zu haben. Als er die Jalousien wieder nach oben fuhr, bemerkte Fouad die graue Fassade eines Schlosses. Sie war von dichten Bäumen umschlossen, hinter denen man zwei spitze, schiefergedeckte Türme erahnen konnte.

»Glaubst du, dass dort irgendwer wohnt? Oder steht das leer?«

Dounia hob den Kopf und ließ dann die andere Wange auf ihr Kissen sinken. Bei dieser kaum merklichen Positionsänderung schien sie unendlich zu leiden. Rabia erschien in der Tür; sie drückte ihrer Schwester einen Kuss auf die Hand und bat dann Fouad, sie auf den Flur zu begleiten. Sehr leise wies sie ihn auf einen Mann in Anzug und Krawatte hin, der mit hinter dem Rücken verschränkten Armen beim Aufzug stand.

»Da ist jemand für dich, mein Liebling. Geh schon, und dann schnauf mal ein bisschen durch, mach einen Spaziergang, ich bleibe hier, mach dir keine Sorgen, ich übernehme. Fouad?«

Sein Blick hing gebannt an den Lippen seiner Mutter. Er spürte, dass sie kurz davor stand, ihm etwas mitzuteilen.

»Monsieur Nerrouche?«

Der Unbekannte kam auf ihn zu, sobald er ihn bemerkt hatte. Es war einer von Esther Chaouchs Sicherheitsoffizieren. Die First Lady erwartete Fouad im Erdgeschoss.

Rabia stand in seinem Blickfeld. Fouad ging an ihr vorbei, während er ihr eine Hand auf die Schulter legte: »Du rufst mich, wenn was ist, hm?«

Dann folgte er dem Gorilla. Ungefähr zwanzig seiner Kollegen hatten die brandneue Eingangshalle aus anthrazitfarbenen Wänden und gläsernen Treppen besetzt. In einer fast vollkommen verlassenen Nische in der Cafeteria saß Esther Chaouch mit übereinandergeschlagenen Beinen vor einem kleinen Becher mit dampfendem Kaffee. Sie trug einen beigefarbenen Regenmantel, der von einem Lackledergürtel zusammengehalten wurde. Ihre Stirn war glatt. Das rohe Neonlicht erzeugte die Illusion einer ungewöhnlich hohen Anzahl von Fältchen in ihren Mundwinkeln. Diesmal schien sie ihn immerhin nicht mit Blicken töten zu wollen, doch sie wich seinem aus und vertraute lieber auf ihre Hände, um ihm einen Platz anzubieten.

»Madame.«

Beide schwiegen. Esther legte einen Umschlag aus braunem Papier vor ihn hin und fragte: »Wollen Sie etwas trinken?«

»Ich glaube, ich brauche einen Kaffee«, erwiderte Fouad und wandte sich Richtung Tresen.

»Nein, nein, bleiben Sie sitzen.«

Sie streckte den Zeigefinger und rief mit stummen Lippenbewegungen den Vornamen eines ihrer Leibwächter.

»Sind sie gefasst worden?«, fragte Fouad.

»Noch nicht. Danach zu urteilen, wie es losgegangen ist, könnte es auch die ganze Nacht dauern. Aber fast vierhundert Leute sind im Einsatz, und wir wissen inzwischen, wer die Täter sind. Man kann nur hoffen, dass sie keine Geiseln nehmen …«

Fouad nickte und betrachtete die Dampfschwaden des Getränks, das offenbar nicht abkühlen wollte.

»Was ist in diesem Umschlag?«

»Eine Art Geschenk«, erwiderte Esther. »Fotos, die an dem Tag aufgenommen wurden, bevor Sie nach New York aufgebrochen sind. Sie sind mir gestern gezeigt worden. Ich habe mit niemandem in meinem Umfeld darüber gesprochen und möchte Ihnen versichern, dass es keine weiteren Abzüge gibt und dass ihre Existenz niemals irgendwem zur Kenntnis gelangen wird. Es steht Ihnen frei, sie zu vernichten.«

Fouad spürte, wie sein schwerer Kopf auf seinem Hals zu schwanken begann. Er begriff, dass es sich bei den Fotos um Aufnahmen seines Liebesspiels mit Marieke handeln musste. Esther Chaouch hatte ihn offenbar beschatten lassen. Es sei denn, die DCRI hatte nie aufgehört, ihn zu überwachen, selbst nachdem ihm der Richter den Status eines Zeugen mit Rechtsbeistand gewährt hatte.

»Wie geht es ihr?«

Esther antwortete ihm mit einer Stimme, in der keinerlei Hass lag: »Sie hat viel nachgedacht, viel gezögert, und schließlich hat sie sich dazu entschieden, das Baby zu behalten. Niemand wird Sie daran hindern können, es zu sehen, doch Sie werden verstehen, dass sie es in Anbetracht der Umstände vorziehen würde, nicht auf Ihre Unterstützung zählen zu müssen.«

»Ist das alles?«, fragte Fouad nach ein paar Sekunden.

»Nein, ich möchte, dass Sie die Schwierigkeit der Situation begreifen, aber … Sehen Sie mich an, Fouad.«

Er blickte dieser strengen Frau direkt ins Gesicht, die plötzlich gar nicht mehr so streng wirkte. Zu Fouads Überraschung ließ sie ihren Unterarm auf den Tisch gleiten und ergriff seine Hand, die er um den Kaffeebecher geschlossen hatte.

»Ich habe Sie zu hart beurteilt, Fouad. Sie verstehen doch, dass ich immer nur Angst um meine Tochter hatte. Aber die Geringschätzung, mit der ich Ihnen begegnet bin, haben Sie nicht verdient. Ich wünsche Ihnen viel Kraft. Wir durchleben gerade einen tragischen Moment, wir alle. Aber glauben Sie mir, ich weiß nur zu gut, dass die Tragödie, die Sie ganz persönlich gerade durchmachen, mit nichts zu vergleichen ist …«

Sie wollte noch etwas hinzufügen, doch die Worte wollten sich in ihrem Mund nicht mehr mit derselben Leichtigkeit formen. Sie ließ die Hand des Schauspielers los, erhob sich und verschwand hinter der Mauer, die ihre Leibwächter bildeten.

Die Fotos bestätigten Fouads Befürchtungen. Er wartete, bis sich die Wolke aus Limousinen mit den getönten Scheiben verzogen hatte, und verließ dann auch die Cafeteria. In der Ferne sah er, dass die Motorradstaffel der Polizei mit Pfeifen und Handbewegungen den Weg für sie frei räumte. Er sah dem Konvoi nach, bis auch das letzte Auto in eine platanengesäumte Allee abgebogen war.

25.

Die Hände in den Taschen umrundete er einmal das Gebäude der Pneumologie, den braunen Umschlag hatte er zusammengefaltet unter den Arm geklemmt und unter seiner Jacke verborgen. Unter dem Fenster seiner Mutter wurde ihm unvermittelt heiß, und er schwankte. Er stützte sich an der Wand ab und sah zum Horizont, die Schlosstürme waren von der Vegetation des Hügels eingerahmt. Erneut blitzte dort drüben etwas auf. Er schenkte dem keine weitere Aufmerksamkeit und schaute stattdessen auf sein Telefon. Der Akku war unter 10 Prozent gesunken. Schnell überflog er die letzten Eilmeldungen auf der Seite von AFP. Die Partien des letzten Spieltags der Fußballmeisterschaft waren auf Geheiß des Präsidenten des französischen Fußballverbands verschoben worden. Gottesdienste würden in Moscheen, Synagogen, Kirchen und Tempeln gefeiert. Doch es gab keine Neuigkeiten aus Algerien. Nichts über Marieke.

Nach dem Surfen war die Anzeige im roten Bereich, auf 6 Prozent. Fouad schloss daraus, dass er keinen Spaziergang machen konnte; er musste für Rabia erreichbar bleiben. Dennoch verließ er den Betonboden des Parkplatzes und machte ein paar Schritte auf dem Rasen. Eine Baumreihe erhob sich neben der Landstraße am Rand des Viertels. Auf der anderen Seite der Straße breiteten sich am Fuß des Hügels hübsche Häuschen aus. Fouad stieg die Böschung hinauf; er erahnte im Norden die blauen und ockerfarbenen Rechtecke von Schwimmbädern und Tennisplätzen. Hinter ihm im Süden war die eigentliche Gemeinde von Saint-Étienne den Armen überlassen worden, den Studenten und vor Kurzem erst den Roma, in deren schmutzigen Gesichtern sich der Hass und die Wut aller anderen ethnischen Minderheiten konzentrierten, der Maghrebiner, der Kameruner, der Kongolesen, der Verdammten von gestern und vorgestern. Die wohlhabende weiße Mittelschicht erwarb Eigentum in den Vororten, auf den Hügeln oder in der Ebene. Diese Bürger von Saint-Étienne erledigten ihre Einkäufe in Supermärkten neben der Autobahn und zogen den Kinos an der Place Jean-Jaurès die Multiplexe im Speckgürtel von Lyon vor, der nur eine Dreiviertelstunde von ihnen entfernt lag, aber eben weit weg war vom Lärm und den Gerüchen des Stadtkerns.

Fouad versuchte, den Gesichtsausdruck seiner Mutter durch das Fenster im ersten Stock hindurch einzuschätzen. Dabei wurde er von einem neuerlichen Blitz geblendet, der – was er bemerkte, als er sich rasch umdrehte – von der Schlossfassade herkam. Bevor sie hinter den Hügeln versank, blendete die Sonne Fouad vollständig. Er legte seine Hände als Schirm über die Augen und erspähte ein blinkendes Licht, das zu hell und zu weiß war, um von einem Spiegel zu stammen. Als er sich dann wieder dem Fenster im ersten Stock zuwandte, hatte Rabia es geöffnet und winkte ihn mit weiträumigen Armbewegungen heran. Fouad hetzte im Laufschritt bis zu dem Zimmer, wobei er zwei Krankenschwestern anrempelte, die im Treppenhaus einen Kaffee tranken. Rabia erwartete ihn bereits auf dem Gang. Sie war ganz außer Atem, als wäre sie selbst gerade gesprintet.

»Sie will unter vier Augen mit dir sprechen.«

Fouad betrat das Zimmer. Seine Mutter blickte in die entgegengesetzte Richtung, zum Schloss hinüber.

»Mama? Du willst mir etwas sagen?«

Er näherte sich ihr, doch sie hielt ihn mit einer Handbewegung zurück. Sie wollte nicht, dass er sie ansah, wenn sie ihm das sagte, was sie ihm nun zu sagen hatte. Fouad nahm auf der anderen Bettseite Platz.

»Er will dich sehen«, begann Dounia. »Er will dir erklären …«

»Mama, weißt du, wo er ist?«

»Ich will nur Frieden, dass meine Söhne Frieden schließen. Versprich mir, mein Sohn, versprich mir, dass du Frieden mit ihm schließt.«

»Wo ist er, Mama?«

Dounia bedeckte das Gesicht mit den Händen. Durch sie hindurch drang ein Wort zu ihm.

»Das Licht …«

Fouad stand auf und ging um das Bett herum bis ans Fenster. Einige Augenblicke später war er zurück auf dem Parkplatz. Die Vögel hatten begonnen, lauthals zu zwitschern. Die Bäume im gesamten Umfeld rauschten, bewegt vom Wind, der auffrischte und eine dunkle Wolkenbank Richtung Schloss trieb. Fouad näherte sich der Hecke, die die Landstraße säumte. Er zwängte sich zwischen den Bäumen hindurch, überquerte die wenig befahrene, zweispurige Straße und stand schließlich vor einer Lärmschutzwand aus Beton. Während er nach einer Lücke darin Ausschau hielt, klingelte sein Telefon. Rabia wollte ihm mitteilen, dass Slim zurück war und dass Dounia endlich lächelte, dass sie sich sogar aufgerichtet hatte und mit seligem Gesichtsausdruck in den Sonnenuntergang blickte. Das Gespräch wurde unterbrochen, obwohl er noch 3 Prozent Akku übrig hatte. Fouad schaltete das Telefon ganz aus, um einen letzten Anruf für Kommandant Mansourd übrig zu behalten, dessen Handynummer er halblaut vor sich hinmurmelte, während er den Lärmschutzwall erklomm.

Dann stieg er den Hang hinauf, wobei er sich an den Baumästen festhielt. Er musste kleine Mauern aus alten Steinen überwinden und sich zwischen Stacheldrahtzäunen hindurchschlängeln. Ihnen fiel ein Fetzen seines Hemdes zum Opfer, außerdem kratzte er sich den Schenkel blutig, als er an einem der dornigen Hindernisse die Geduld verlor.

Zehn Minuten nach Verlassen des Krankenhausparkplatzes erkannte er durch das Blattwerk hindurch die beiden Türme, die symmetrisch das von Efeu und Weinranken überwucherte Gebäude flankierten. Üppige Vegetation hatte die Wege des Parks und die Nebengebäude des Schlosses erobert, zudem die Terrasse, von der aus man einen Ausblick auf den nördlichen Teil der Stadt hatte. Sie war von Statuen bevölkert, die sämtlich enthauptet worden waren. Das weiße Licht blinkte weiter hinter dem Fensterkreuz im ersten Stockwerk, dessen einzelne Scheiben zu mehr als der Hälfte zerbrochen waren. Hier oben herrschte eine so vollkommene Stille, dass Fouad das Geräusch des Projektors hören konnte, das dem Flügelschlag eines hinter einem Lampenschirm eingesperrten Schmetterlings glich.

Er schaltete sein Telefon wieder ein. Das Klügste wäre gewesen, Mansourd Bescheid zu geben, doch er hatte keinen Empfang. Der Projektor verlosch. Der Schatten, der ihn bediente, entfernte sich vom Fenster.

Fouad drückte unten die nur angelehnte Schlosspforte auf. In einem Saal im Erdgeschoss entdeckte er einen Kamin und eilte darauf zu. Mit einem Holzscheit in der Hand kehrte er zum Fuß der Haupttreppe zurück und stürmte dann nach oben, wobei er immer zwei Stufen auf einmal nahm.

Nazir erwartete ihn in einem geräumigen, heruntergekommenen Ballsaal. Er saß ganz am Ende des Raums vor dem Kamin in einem roten Samtsessel, trug einen Strohhut und eine Sonnenbrille. Fouad ging langsam auf ihn zu. Er sah, wie sich Nazirs Hut kaum merklich in seine Richtung drehte, ohne dass er die Asche des erloschenen Kamins aus den Augen gelassen hätte. Seine Stimme erklang schließlich, seine Lippen schienen sich nicht zu bewegen; Fouad hatte den Eindruck, als käme die Stimme vom Fenster zu seiner Linken, von der Tür hinter ihm, von überall und nirgends.

»Ich nehme an, auch du wirst Erklärungen von mir verlangen. Warum? Woher kommt all der Hass?«

Fouad ließ das Holzscheit in seine rechte Hand gleiten. »Nein. Es gibt kein Warum.«

»Stimmt«, räumte Nazir ein. »Es gibt kein Warum. Du sollst jedenfalls wissen, dass ich deinem Freund Mansourd Bescheid gegeben habe. Er sollte jetzt nicht mehr allzu lange auf sich warten lassen.«

Zwei Meter trennten die beiden Brüder noch voneinander.

»Als ich hier meinen Stützpunkt bezogen habe, hab ich mich daran erinnert, wie du morgens deinen Kaffee trinkst. Aus einer großen Schale, statt wie alle anderen eine Tasse zu nehmen. Und da hab ich mir gesagt, dass damit alles angefangen hat. Alles. Absolut alles.«

Fouad spürte, wie seine Schramme am Oberschenkel brannte. Er ließ das Scheit los und stürzte sich auf seinen Bruder. Er packte ihn am Kragen und schleuderte ihn aufs Parkett. Er setzte sich rittlings auf ihn und bearbeitete sein Gesicht mit Faustschlägen.

Sein Gegenüber ließ sich schlagen, ohne irgendwie zu reagieren. Seine Brille war zerbrochen und davongeflogen, die knallroten Wangenknochen drehten sich nach rechts, nach links, doch sein langer, schmaler Körper blieb ohne Regung, als wäre er gar nicht am Leben. Fouad brüllte, während er auf ihn einprügelte, und verdoppelte noch einmal die Heftigkeit, als er ihn Blut spucken sah. Nazir profitierte von einer Pause und streckte den Arm aus, um sich den Umschlag mit den Fotos von Marieke zu greifen. Es gelang ihm, ihn vor sein blau geschlagenes Gesicht zu halten.

»Willst du sie irgendwann wiedersehen?«

Fouad überkam Übelkeit. Seine Schläge schienen ihn gar nicht zu erreichen, ihn nur oberflächlich zu verletzen. Er stand auf, schnappte sich das Scheit und holte aus, um allem ein Ende zu bereiten und ihm damit den Schädel zu zertrümmern.

Die Stimme des Kommandanten Mansourd hinderte ihn daran: »Lass los, Fouad! Lass das fallen!«

Ungefähr fünfzehn Polizisten in Kampfmontur bildeten einen Halbkreis um den Kamin und die zwei Brüder. Fouad wurde zu Boden gedrückt, während Nazir sich langsam erhob und ihnen die Arme entgegenstreckte, um sich Handschellen anlegen zu lassen. Er fand noch die Zeit, um Fouad ein blutiges Lächeln zu schenken, dem zwei Zähne fehlten, bevor er sich von den Leuten des Kommandanten abführen ließ.

26.

Die Sanchez-Brüder wurden kurz vor den Abendnachrichten auf einer abgelegenen Farm, auf der sie eine alte Frau als Geisel genommen hatten, getötet. Diese war sehr taub, sehr kurzsichtig und wahrscheinlich auch sehr senil: Sie hatte große Schwierigkeiten, den Polizisten, die sie, nachdem alles vorüber war, befragten, auch nur die kleinsten Auskünfte zu geben. Sie glaubte nämlich, dass die beiden »Knirpse«, die bei ihr eingefallen waren, Freunde ihrer Enkelin wären, einer Modeschmuckverkäuferin aus Vallon-Pont-d'Arc. Sie trotzte der Gefahr – einer Gefahr, von der sie nichts ahnte – und telefonierte mit besagter Enkelin, während die Terroristen sich in ihrem Garten zankten. Die Enkelin schlug Alarm, und die Großmutter kehrte wieder zu dem Ragout zurück, das für ihren Besuch auf dem Herd schmorte. Als sie dann mit dem Topf in der Hand die Küche verließ und ins Esszimmer humpelte, sah sie zu ihrer Verblüffung, dass ihre Fensterscheiben zerbrochen, ihre Möbel zertrümmert waren und dass alles voller Rauch und bewaffneter Leute war.

Bei der Pressekonferenz des Staatsanwalts von Saint-Étienne wurde ein Teil dieser Details live nach den Abendnachrichten im Fernsehen zum Besten gegeben. Der kleine, gedrungene Mann mit dunkler Haut sah mit den buschigen Augenbrauen und den vollen Lippen wie ein Bergmann aus der Auvergne aus.

Etwa um halb sieben waren die Flüchtigen zu Fuß auf die Landstraße 29 gelangt und hatten einige Minuten später Burdignes erreicht, das zum Kreis Bourg-Argental im Departement Loire gehörte. Da sie ihr gesamtes Waffenarsenal im Auto an der Landstraße 22 zurückgelassen hatten, hatten sie nur noch ein paar automatische Sturmgewehre bei sich gehabt. Die fraglichen Personen waren von einem Förster erkannt worden, der die Polizei verständigt hatte. Die Personen hatten darauf einen unmarkierten Weg benutzt und waren in einen Bauernhof eingebrochen …

Der Bericht schleppte sich mühsam weiter bis zur Hinrichtung der beiden »Personen«, die, was der Nachrichtensprecher dem Publikum ins Gedächtnis rief, mit Franck Lamoureux' FRAASE im Bund standen, »dem Schwager Pierre-Jean de Montesquious, Parlamentskandidat«.

Umgeben von seinen engsten Vertrauten massierte Montesquiou sich in seinem Büro am vorläufigen Sitz der ADN in der Rue du Faubourg-Montmartre den Nacken und die rechte Schulter und ließ dann seinen Arm in der Luft kreisen, wie man es tut, um einer Angina Pectoris vorzubeugen. Einer seiner Adjutanten brachte ihm einen Karton, der gerade für ihn abgegeben worden war. Er enthielt eine ganze Latte von Merchandising-Artikeln: ADN-Schlüsselanhänger, ADN-iPhone-Schalen, ADN-Aufkleber, ADN-Sonnenbrillen, ADN-Tassen, ADN-Regenschirme, ADN-Jutebeutel und sogar ADN-Gürtel. Montesquiou griff sich einen dieser blau-weiß-roten Gürtel und ließ ihn wie eine Peitsche schnalzen, bevor er seinen eigenen Ralph-Lauren-Gürtel aus geflochtenem Leder durch ihn ersetzte.

»Und was machen wir jetzt?«, wagte sich der Adjutant vor, bevor er den ganzen Kleinkram wieder in seiner Kiepe verstaute.

Montesquiou betrachtete die Gesichter seines engsten Zirkels. Zum Großteil waren sie noch jung, »Hitzköpfe«, wenn es nach seinen Gegnern ging – worauf ihr Chef, der selbst auch nur so tat, als wäre er älter, entgegnete, dass man dasselbe über die Jugend von 1940 gesagt habe, die den Mut hatte, sich de Gaulle und dem freien Frankreich anzuschließen.

Montesquious Telefon vibrierte. Er begab sich ins Nebenzimmer, um dort den Anruf entgegenzunehmen.

»Hier spricht Françoise Brisseau.«

»Frau Senatorin«, erwiderte Montesquiou und drückte sich dabei gegen das kleine Fenster, durch das man auf die Glaswand einer Töpferwerkstatt sah, die sich am gegenüberliegenden Ende des Innenhofs befand. »Was kann ich für Sie tun?«

»Für mich nicht viel. Ich wollte Sie vorwarnen, sagen wir aus Höflichkeit, dass der Premierminister seine Meinung geändert hat.«

»Wie, zum zweiten Mal in weniger als einer Woche?«

»Das Attentat ändert alles, er hat den ganzen Tag damit verbracht, die Abgeordneten einzeln zu überzeugen, sowohl die aus Ihrem als auch die aus meinem Lager. Das Hohe Gericht wird nicht angerufen, nicht jetzt, niemals. Und falls Ihnen in den Sinn kommt, eines Tages einen Pakt zwischen uns beiden zu erwähnen, werden Sie nicht überrascht sein, dass ich ihn kategorisch bestreite.«

Dann legte sie ohne ein weiteres Wort auf. Montesquiou trat einmal gegen die Tür, die sich quietschend einen Spaltbreit öffnete, wie um sich über ihn lustig zu machen.

Seine Getreuen hatten wieder den Fernseher angeschaltet. Sie saßen um den Couchtisch herum, der mit Kartons und Sushischachteln zugemüllt war, die sie sich vor den Nachrichten hatten liefern lassen. Montesquiou bückte sich, um das letzte Maki zu verspeisen. Vor allen anderen hörte er das Getrampel, das durchs Treppenhaus heraufkam. Es wurde an die Eingangstür geklopft. Die Sekretärin war nach Hause geschickt worden, und einer der Schergen des Anführers der ADN stand auf, um zu öffnen. Zivilpolizisten drängten daraufhin in die fast leeren Räume, in denen nur noch der Schreibtisch des Chefs beleuchtet war. Sie trugen

Armbinden mit der Aufschrift KRIMINALPOLIZEI und führten die Anweisungen eines Untersuchungsrichters aus, der darauf bestanden hatte, persönlich herzukommen. Zwei Polizisten wandten sich an Montesquiou, der sein gummiartiges Maki noch nicht zu Ende gekaut hatte. Richter Wagner sprach mit klarer Stimme und hielt dem eisblauen Blick des ehemaligen starken Mannes aus dem Innenministerium stand.

»Pierre-Jean de Montesquiou, von jetzt an, 20.55 Uhr, stehen Sie unter Arrest wegen Verdachts auf Terrorismus, Bildung einer kriminellen Vereinigung zur Vorbereitung einer terroristischen Straftat, versuchten Mordes an einer Amtsperson …«

Er verlas ihm seine Rechte mit ritualisierten Formulierungen und hielt abrupt inne, als sein Blick auf den grotesken Gürtel fiel.

Zwei weitere Gruppen der Antiterrorpolizei hatten sich zur selben Zeit zu den jeweiligen Privatwohnsitzen von Charles Boulimier, des alten Chefs der DCRI, und Xavier Putéoli begeben, des reaktionären Leitartiklers, der über die letzten Wochen in aller Munde gewesen war.

Am Sitz der DCRI in Levallois-Perret drängte sich eine beträchtliche Menschenmenge im Untergeschoss, wo sich die Arrestzellen befanden. Montesquiou war auf dem Weg zu seiner, während Putéoli einen Schwächeanfall erlitt und auf die Krankenstation gebracht werden musste. Als Charles Boulimier schließlich eintraf, bildete sich entlang seines Weges ein Spalier der Schande. Männer und Frauen, die unter seiner Aufsicht gearbeitet hatten, standen mit verschränkten Armen und, ohne einen Ton zu sagen, da. Die wahnwitzigsten Gerüchte verbreiteten sich seit ein paar Monaten. Beginnend mit dem Tag nach Mansourds Ernennung, hatte der neue Chef die Abteilungsleiter des Hauses in seinem Büro im obersten Stockwerk antreten lassen und ihnen eine Ansprache gehalten, unter der das ganze Gebäude erbebt war: Seit einigen Jahren hatte sich eine Schwarze Kammer, eine Verschwörung wie ein Tumor im Herzen der Terrorabwehr eingenistet, durch die ihre finanziellen Mittel und außergewöhnlichen Möglichkeiten zweckentfremdet worden waren.

Es war die Rede davon, dass einer der bei dieser Besprechung anwesenden Männer ihn unterbrochen und ihm die Frage gestellt habe, ob er ernsthaft glaube, dass Boulimier und Montesquiou das Komplott gegen Chaouch in Auftrag gegeben haben könnten; Mansourd hatte ihm darauf todernst erwidert, dass es sich nicht um ein Komplott gegen Chaouch, sondern um eines gegen Frankreich gehandelt habe.

27.

Der Innenminister war in Saint-Étienne beim Präsidenten geblieben und wurde über diese aktuellsten Entwicklungen unterrichtet. Er erstattete dem Präsidenten Bericht, der über dieses Thema allerdings nichts hören wollte. In dem großen Gebäude der Präfektur war ein Saal dafür eingerichtet worden, die Familien der Opfer und die Mitarbeiter der psychologischen Betreuung zu versammeln. Auch Chaouch hatte sich entschlossen, sich in Begleitung seiner Frau dorthin zu begeben. Dieuleveult bat um ein kurzes Gespräch unter vier Augen.

»Monsieur, wir werden Sie brauchen«, erklärte er, nachdem er die Tür zu dem Büro geschlossen hatte, das der Präfekt ihnen überlassen hatte. »Nazir Nerrouche befindet sich an einem sicheren Ort. Er gibt vor, den genauen Aufenthaltsort der Geiseln in Algerien zu kennen, weigert sich aber, mit Mansourd zu sprechen.«

»Er glaubt doch nicht etwa, dass ich vorhabe, mit ihm herumzudiskutieren?«, echauffierte sich Chaouch.

»Nein, Monsieur. Er will nur mit seinem Bruder Fouad verhandeln.«

Der Präsident biss sich auf die Lippen und legte dann die Hände auf die Oberschenkel. »Kommt nicht infrage, einen Zivilisten derart unter Druck zu setzen … Schon gar nicht Fouad. Wo ist er denn überhaupt?«

»Er ist bei Ihrem Sondereinsatzleiter in einer streng geheimen Militärbasis irgendwo im Allier.«

Dieuleveult ließ die Brille auf seine Nasenspitze rutschen und wählte die Nummer des Verteidigungsministers. Dann hielt er dem Präsidenten das Telefon hin.

»Monsieur, im Moment bin ich hier zusammen mit Kommandant Mansourd und General Fenouil, wir briefen Ihren … nun ja, Fouad Nerrouche. Otmans Ultimatum läuft in sechsundzwanzig Stunden ab. Die Spezialeinsatzkräfte halten sich zum Eingreifen bereit, wobei sie, wie verabredet, von den Algeriern und den Amerikanern unterstützt werden. Es fehlt allerdings noch eine genaue Lokalisierung, wir können uns nicht einzig und allein auf die Erkenntnisse der Amerikaner verlassen, in denen ohne weitere Präzisierung von einem Dorf in den Bergen von Djurdjura die Rede ist. Falls Sie grünes Licht für die Operation geben, können wir das Überleben der Geiseln unter den momentanen Umständen nicht garantieren.«

»Was will er denn als Gegenleistung für seine angeblichen Informationen?«

»Na ja, das ist eben das Problem: Er besteht darauf, darüber nur mit seinem Bruder zu sprechen.«

Chaouch fuhr mit seinem Rollstuhl im Büro hin und her und schlug dann ein Mal kräftig gegen die Tür. Zwei Leibwächter öffneten sie.

»Gut, ich muss also mit Fouad reden.«

Der Präsident ließ sich in den Flügel der Präfektur bringen, der den Unterstützerstab beherbergte.

Esther war nicht die Einzige im Vorzimmer: Die Generalsekretärin des Parti Socialiste Apolline und der zurückgetretene Sonderbeauftragte Habib hatten sich von Paris herbegeben.

»Serge …«

Die beiden Männer schüttelten sich lange die Hand.

»Am Ende hatte Fouad doch recht«, räumte Habib ein und wedelte dabei mit einem Stapel Papier. »Die Umstände sind außergewöhnlich, also bleibt uns auch eine … außergewöhnliche Antwort nicht erspart. Wir haben sie den ganzen Tag ausgearbeitet, ich und … ähm … Apolline. Zum Thema: Es geht um identitären Nationalismus, der getötet hat. Lasst uns die blutigen Banner senken, sollen sie für immer auf halbmast bleiben.«

Chaouch vertraute die handgeschriebene Rede seinem Adjutanten an. »Danke euch beiden. Ich werde sie nachher lesen.«

Ein Leibwächter brachte ihm sein abhörsicheres Telefon. Fouad hustete. Der Präsident schloss die Augen, um den Mut aufzubringen, das Unmögliche von ihm zu verlangen.

»Fouad, ich fürchte, wir stehen mit dem Rücken zur Wand. Welche Rolle Nazir auch immer bei der Vorbereitung dieses Attentats gespielt hat, er konnte glaubhaft darlegen, dass er es nicht in Auftrag gegeben hat. Wahrscheinlich spricht man mit dir seit einer halben Stunde über nichts anderes mehr, aber es könnte sein, dass wir ihn wieder freilassen müssen.«

Am anderen Ende der Leitung blieb Fouad stumm.

»Wie verrückt das auch immer klingen mag, wir haben nichts gegen ihn in der Hand. Keinen Zeugen, keinen belastbaren Beweis, keine Überweisungen … Er hat für unseren Geheimdienst gearbeitet, und alle Akten sind von denen, die ihn dort beschäftigt haben, vernichtet worden. Das Einzige, was eine Anklage gegen ihn rechtfertigen könnte, wäre, wenn Krim gegen ihn aussagen würde. Doch das wird er nicht tun, wie du sicher weißt, seit du mit ihm gesprochen hast …«

»Aber er ist gefährlich. Er hat … versucht, Sie zu töten, Herr Präsident. Er hat seine eigene Familie zerstört. Und ich kann doch nicht der Einzige sein, der sich sicher ist, dass er die … Verantwortung für das Massaker in der Moschee trägt …«

»Mansourd glaubt das auch, aber wir können nicht aufgrund einer Vermutung ein Verfahren gegen ihn eröffnen. Außerdem verfügt er über lebenswichtige Informationen …«

»Ich habe also recht«, fiel ihm Fouad ins Wort, »Sie haben sich entschieden, ihm Immunität zu gewähren, um Ihre politischen Feinde zu Fall zu bringen, darf ich das so verstehen?«

Dieses Mal blieb Chaouch kurz stumm. »Es geht nicht um Immunität, sondern darum, die Ermittlungen gegen ihn unter Auflagen einzustellen. Er wird nie mehr einen Fuß auf französischen Boden setzen, Fouad. Ich verstehe ja, dass du willst, dass er büßen muss, aber …«

»Aber was?«

»Aber das ist unmöglich.«

»Das ist alles? Es ist unmöglich? Ich muss weiterleben, wir alle müssen mit seinem Schatten über uns weiterleben, bis ihn eines Tages ein Querschläger erwischt?«

»Nein, Fouad. Das ist es nicht, was ich sagen will.«

»Was wollen Sie denn dann sagen?«

»Ich will sagen …«

»Warum bieten Sie ihm nicht nur zum Schein einen Deal an und verhaften ihn, sobald er verraten hat, wo sich die Geiseln befinden? Warum nicht … Warum ihn nicht anlügen und ihn dann umbringen?«

Chaouch konnte Fouads Gesicht natürlich nicht sehen, aber er stellte es sich ausgehend von dem veränderten Tonfall, der Brutalität im Klang seiner Stimme vor.

»Fouad, zum einen können wir das nicht machen: Es sind noch andere Akteure in die Angelegenheit verwickelt. Und außerdem willst du das nicht wirklich.«

»Herr Präsident«, *Herr*, Chaouch stellte sich vor, wie er die Augen schloss, seinen Atem wieder unter Kontrolle brachte und auf diese Weise seine Stimme künstlich sanfter klingen ließ, »er ist ein gefährlicher Geisteskranker, wir können nicht mit einem Vertrag auf … die Art von Hass reagieren, von der er besessen ist.«

»Ich bin vom genauen Gegenteil überzeugt. Einer meiner Vorgänger, Edgar Faure, hat einmal gesagt, dass Politik nicht darin besteht, Probleme zu lösen, sondern darin, mit unlösbaren Problemen zu leben. Wir können das, wofür dein Bruder steht, nicht auslöschen, Fouad. Wir können Hass und Verbitterung nicht überwinden.«

»Also müssen wir sie triumphieren lassen?«

Chaouch hielt kurz inne, doch die Pause war rein gymnastischer Natur: Er brauchte die Zeit, um seine Gedanken richtig zu ordnen.

»Er triumphiert nicht, das kannst du mir glauben. Die Furcht gewinnt niemals, weil sie nichts schafft. Sie bleibt einfach nur Schrecken, anonym, schonungslos, während das Leben weitergeht, Fouad, das einzigartige, ungelenke Leben. Das Leben triumphiert. Du gewinnst, und das weißt du auch.«

»Danke«, erwiderte Fouad in einem Tonfall, der keinerlei Rückschlüsse auf seinen Gemütszustand zuließ. »Monsieur, anscheinend muss ich jetzt los.«

»Danke dir, Fouad.«

Nachdem er aufgelegt hatte, benötigte Chaouch eine Minute, um zu ermessen, was er gerade von Fouad verlangt hatte, um die Prinzipien, die er gerade gepredigt hatte, auf sein Handeln anzuwenden und um sich zu fragen, wie Nazirs Freilassung nicht zum Sündenfall seiner Amtszeit werden konnte.

Er betrat den Saal, in dem die trauernden Familien auf ihn warteten: Frauen, die alle seiner Mutter, Männer, die alle seinem Vater ähnelten. Ihre verschleierten Blicke suchten den seinen. Er hatte geplant, eine Stunde bei ihnen zu verbringen. Er blieb die ganze Nacht.

28.

Sie standen zu viert aufgereiht und mit verschränkten Armen hinter einer einseitig verspiegelten Scheibe, die die gesamte Zellenwand einnahm. Sie beobachteten den Staatsfeind Nummer eins, der sich einige Stunden zuvor gestellt hatte – beziehungsweise sich hatte verhaften lassen – und der gerade zu General Fenouils großer Verblüffung mindestens eine halbe Stunde lang nicht ein einziges Mal geblinzelt hatte.

Fouad erklärte ihm, dass sein großer Bruder an einer Augenkrankheit litt.

»Als ich noch jünger war, wollte er mir weismachen, dass es sich dabei um eine degenerative Krankheit handelte und dass er allmählich erblindete. Wenn das doch zur Abwechslung mal keine Lüge gewesen wäre …«

Der Verteidigungsminister sah, dass es vier Uhr morgens war. Er warf dem Sicherheitsberater des Präsidenten einen flüchtigen Blick zu.

»Monsieur Nerrouche, sind Sie dann so weit?«

Fouad wandte sich Mansourds Bart zu, in dem sein Mund voll und ganz verschwand. Dann nickte er. Fouad atmete einmal tief ein. Nazirs Blick wurde lebendig. Ohne auch nur eine einzige der Ketten zum Rasseln zu bringen, die ihm an Fuß- und Handgelenken angelegt worden waren, hob er den Kopf und ließ den Blick über die schwarze Fläche schweifen, hinter der, wie er wusste, seine Beobachter standen. Seine ramponierten Wangenknochen bewegten sich, er ließ seinen Blick einmal der Länge nach über die Scheibe wandern und machte dabei unvermittelt bei dem Gesicht seines Bruders halt. Einige Augenblicke später sah er ihn mit einem beigefarbenen Aktenordner in der Hand die Zelle betreten.

»Endlich ist es so weit, wir sitzen einander gegenüber«, sagte er und schloss dabei halb die Lider. »Der gute Nerrouche und der böse Nerrouche fangen an, bis zum Ende der Nacht zu verhandeln.«

»Es wird keine Verhandlung geben. Sie machen dir ein Angebot. Du kannst es annehmen oder ausschlagen.«

Er redete überhastet, sein Blick war unstet; die Pupillen schienen innerhalb seiner braunen Regenbogenhäute umherzuwandern. Nazir bemerkte sein Zögern, seine Schwäche, und nutzte sie aus.

»Sie dürfen mich nicht so behandeln. Ich habe alles für Chaouch getan. Der *erste arabische Präsident*! Ich habe ihm Krim gegeben. Ich habe ihm Montesquiou gegeben. Ich habe ihm … du weißt schon, wen gegeben, was … und wie viel … Jedenfalls wird jetzt niemand mehr seine Legitimität anzweifeln.«

Fouad spürte, wie seine Faust sich unwillkürlich ballte und sein Magen zu grollen begann. »Was willst du dann?«

Hinter der Scheibe bekam Mansourd keine Luft mehr: »Er schafft es nicht! Das hier ist eine miese Idee, lassen Sie mich reingehen, verdammt, wir haben nicht die ganze Nacht Zeit!«

Der militärische Berater ging dazwischen. Die Befehle des Präsidenten waren eindeutig.

Mansourd machte sich auf eine seltsame Runde um den Raum, wobei er aufstampfte und schäumte, während er Nazir zitierte: »Wen, was und wie viel.«

Nazir räusperte sich: »Ich würde zu gern einmal in meinem Leben nicht meinen Willen bekommen. Das ist gewissermaßen mein ganzes Drama.«

»Fertig? Können wir weitermachen?«

»Weißt du, ich erinnere mich sehr gut an das erste Mal, als ich gelogen habe. Das ist meine älteste Kindheitserinnerung. Ich lüge, und man glaubt mir. Also verachte ich denjenigen, der mir geglaubt hat. Ich verabscheue ihn.«

»Hast du deshalb deinen eigenen Vater wieder ausgegraben? Weil du ihn verachtet hast?«

»Ich habe niemand im Speziellen verachtet, sondern unsere kollektive Bedeutungslosigkeit. Ich wollte, dass wir etwas zählen, verstehst du? Ich wollte, dass wir Gewicht haben, wir, die Kinder Algeriens. Und das habe ich geschafft. Persönlich hat mich das allerdings nicht gerettet. Nein, diesmal will ich nichts. Sag mir, was ihr mir vorschlagt, damit wir hier fertig werden.«

»Sie bieten dir die Freiheit an«, erwiderte Fouad und hielt dem furchtbaren, reglosen Blick stand.

»Die Freiheit«, wiederholte sein älterer Bruder überrascht.

Fouad fuhr mit veränderter Stimme fort, ganz wie er es unter den Anweisungen eines Regisseurs getan hätte: »Du hast dich wacker geschlagen, das muss man anerkennen. Keiner der Vorwürfe gegen dich lässt sich erhärten. Du hast uns alle ausgetrickst. Du hast alle Beweise verschwinden lassen. Es wird keine Anklage gegen dich geben. Du hast gewonnen, du bist frei. Unter einer Bedingung: dass du nie mehr einen Fuß auf französischen Boden setzt, dass du dein Geburtsland nie mehr wiedersiehst, nie mehr, hörst du? Falls du doch wiederkommst, musst du dich für die Dinge verantworten, die in dem ausführlichen Geständnis stehen, das du gleich verfassen wirst.«

Nazir senkte den Blick.

»Meine Güte, ihr habt ja komische Einfälle. Warum sollte ich denn einwilligen, etwas Derartiges zu schreiben?«

Fouad öffnete den Aktenordner, der keinen Vertrag, keinen Deal über eine Immunität enthielt, sondern nur einen Stapel leerer Blätter.

»Du weißt, warum«, erwiderte Fouad und schob seinen Stuhl nach hinten. »Es ist doch kein Zufall, dass ich dich so nah bei dem Krankenhaus gefunden habe, in dem unsere Mutter gerade im Sterben liegt. Du kannst natürlich weiterhin behaupten, dass du dich stellen wolltest, das stimmt wahrscheinlich auch, aber du hast dir das Schloss ausgesucht, du hast ihr Zeichen gegeben. Und aus diesem Grund wirst du dein Geständnis schreiben.«

Ein Lächeln brach sich auf Nazirs Gesicht Bahn. »Aber ich könnte doch auch lügen, das hat doch gar keinen Sinn.«

»Niemand verlangt von dir, die Wahrheit zu sagen, dazu wärst du ohnehin nicht in der Lage. Wir fordern dich einfach nur auf, deine Version der Tatsachen aufzuschreiben. Und du wirst wegen der Verbrechen, die du gestehst, nicht verfolgt, es sei denn, du setzt noch einmal den Fuß auf französisches Staatsgebiet.«

Eines von Nazirs Nasenlöchern bebte. »Und was hindert mich daran, dasselbe Geständnis noch einmal aufzuschreiben, sobald ich einmal frei und im Ausland bin, und es dann irgendeiner Zeitung anzubieten?«

»Nichts hindert dich daran. Ab Montag werden alle denken, dass das Attentat auf Chaouch von Montesquious Schwarzer Kammer in Auftrag gegeben und von dir ausgeführt wurde. Montesquiou wird sich wehren, seine Anwälte werden dich beschuldigen, und da du weiterhin unauffindbar sein wirst, wird der Zweifel bestehen bleiben. Was das Massaker in der Moschee angeht, wird die offizielle Untersuchung sicher ergeben, dass es sich um eine Tat von Rechtsextremen gehandelt hat. Wenn du dich dann nach deiner Freilassung noch äußern willst, gehe ich davon aus, dass du schon genügend Zeitungen finden und auch Anhänger gewinnen wirst, Fanatiker, die das glauben, was du ihnen erzählst. Ja, du bist dann immer noch der König der Verschwörer, der Herrscher über die geistig Schwachen, mach dir keine Sorgen. Und falls nach deinen Anschuldigungen Ermittlungen aufgenommen werden, wird das die Behörden ganz sicher in Bedrängnis bringen, so viel steht fest.«

»Du sagst mir gerade, dass sie mich ermorden lassen wollen, stimmt's?«

Fouads Brust hob sich. »Ich hoffe, sie bringen dich um, ich wünsche mir mehr als alles andere auf der Welt, dass sie dich umbringen, doch leider bin ich davon überzeugt, dass Chaouch das nie erlauben wird.«

Er legte einen Stift auf den Papierstapel.

»Wenn du diesen Raum verlässt, wirst du immer noch großen Schaden anrichten können. Aber wenn du redest, wenn du eine falsche Bewegung machst, wirst du der Erste sein, der dafür den Preis bezahlt. Und du kannst dich ruhig selbst verabscheuen, du kannst auch ein Monster sein, wir wissen jetzt alle, dass du nur ein ganz kleines Monster bist. Dein Schatten jagt niemandem mehr Angst ein.«

Und mit diesen Worten verließ Fouad gemessenen Schrittes die Zelle, ohne sich noch einmal umzudrehen, während Nazir ihn zurückzuhalten versuchte, indem er immer lauter wiederholte: Fouad, Fouad, *Fouad!*«

Hinter der einseitig verspiegelten Scheibe teilte ihm dann der Verteidigungsminister seine Befürchtungen mit: Wie konnte er sicher sein, dass er sein Geständnis aufschreiben würde? Und vor allem: Hatte er begriffen, was man ihm gestattete, wenn er auspackte? Fouad zuckte selbstbewusst mit den Schultern. Mansourd hatte die Fäuste geballt. Fouad meinte, seinen genauen Gedankengang in seinem Blick lesen zu können, der jedoch eher traurig als wütend war: »Das war so nicht abgemacht. Ich weiß, dass er den Sanchez-Brüdern geholfen hat, dieses Gemetzel anzurichten; wenn es nötig ist, werde ich auch meinen Stuhl räumen, ich folge ihm bis ans Ende der Welt und erwürge ihn dann eigenhändig.«

Der Kommandant riss seine roten Lefzen zwar ziemlich weit auf, doch kein Ton drang dahinter hervor.

Nazir hatte aufgehört zu brüllen. Schließlich hob er die rechte Hand, soweit es ihm seine Ketten gestatteten. Unter seinen Lidern waren die Nähte gerissen; blutige Tränen liefen ihm über die linke Wange.

Er streckte die Zunge heraus, um die Blutstropfen abzulecken, die sich auf seiner Oberlippe gesammelt hatten; und in einem einzigen Schwung verfasste er die folgenden paar Seiten:

29.

Ich habe Pierre-Jean de Montesquiou vor drei Jahren und drei Monaten in der Schweiz kennengelernt, in einer schönen, lauen Winternacht. Wir sind am Ufer eines Sees spazieren gegangen. Der Vollmond franste auf der Seeoberfläche aus. Wir waren allein, wenigstens glaubte ich das. Montesquiou war gerade als stellvertretender Stabschef ins Kabinett der damaligen Innenministerin eingetreten.

An diesem Abend hat er mich bei einer ganzen Reihe von Dingen ins Vertrauen gezogen; offenbar wollte er mich einwickeln, er sprach von seiner Bestimmung von nationaler Tragweite, den großen Dingen, die er zu bewerkstelligen hoffte. In der Rückschau erscheint mir seine Ansprache heute eher lächerlich, doch in jenem Moment – das muss ich zugeben – war ich von der Perversion seiner Intelligenz ziemlich beeindruckt, allerdings nicht nur davon. In ihm brannte eine Art Fieber, ein heiliger Zorn, etwas, was ich bei all den Besessenen, die ich kennenlernen durfte, stets respektiert habe: Dieses Bedürfnis nach Bedeutung, die Ereignisse dem eigenen Willen zu unterwerfen, was eine absolute Gleichgültigkeit gegenüber den Mitteln mit sich bringt, mit denen man diesen in die Tat umsetzt.

Er wollte mich anwerben, um ein streng geheimes Programm zum Erfolg zu führen, das er Projekt »Einsamer Wolf« getauft und für das er die Unterstützung Charles Boulimiers gewonnen hatte, des Geheimdienstchefs des damaligen Präsidenten. Die Grundidee dieser großen Staatsdiener war, dass die terroristische Bedrohung sich grundlegend verändert habe, dass sie inzwischen von innen komme, vor allem von der Fünften Kolonne, die von der dritten Generation maghrebinischer Einwanderer gebildet wurde, erniedrigt und beleidigt, wie er sich ausdrückte, die nichts mehr zu verlieren hatten, sobald sie zu terroristischer Gewalt übergingen, und die umso schwerer auffindbar waren, als sie sich selbst im Internet radikalisierten, weitab von jeder Form sozialer Kontrolle, weitab von allem, was einem erlaubt, Psychopathen zu identifizieren, bevor es zu spät ist.

Diese berühmten »einsamen Wölfe« trieben sämtlichen Geheimdienstmitarbeitern für Terrorabwehr in der westlichen Welt kalten Schweiß aus den Poren, sodass ihre frühzeitige Erkennung und die darauffolgenden Verhaftungen durch unsere Dienste bei den Innenministern der Europäischen Union bis hin zu denen der Vereinigten Staaten einen sehr starken Eindruck hinterließen. Letztere waren geradezu besessen von dieser unkalkulierbaren Gefahr, die sie mit dem Begriff *homegrown* belegt hatten, das heißt ausgeheckt im Herzen des eigenen

Staatsgebiets von den eigenen Landeskindern. Um sie zu bekämpfen, war Montesquiou nun auf die verquere Idee gekommen, selbst einsame Wölfe heranzuziehen, sie auszubilden, zu bewaffnen, zu radikalisieren – und sie dann, unmittelbar bevor sie zur Tat schritten, festzunehmen.

Selbstverständlich lief dieser Plan jeglichem gesunden Menschenverstand zuwider. Indem wir Monster schufen, würden wir vor allem auch eine Art der Berufung schaffen, würden anderen Monstern den Weg weisen, die zurzeit noch schlummerten und für ihre Mitbürger keine Gefahr darstellten … Montesquiou wischte meine Bedenken mit einer knappen Handbewegung beiseite. Es dauerte auch nicht lang, bis ich begriff, dass ihn Terrorismus an sich nicht die Bohne interessierte. Eine sich wandelnde Gefahr hin oder her, die Dienste waren gut aufgestellt und funktionierten reibungslos; in Wirklichkeit interessierte sich dieser teuflische Eliteschuleabsolvent nur für die mediale Dividende, deren Ausschüttung er durch die spektakulären Verhaftungen zu erreichen hoffte.

Was das betraf, wurde er nicht enttäuscht. Innerhalb des Staatsapparats führten seine revolutionären Methoden zu einem kometenhaften Aufstieg. Das DCRI-Budget erreichte neue, schwindelerregende Höhen. Zwar blieben die Etats, die das Parlament bewilligte, stabil, doch die Mittel aus speziellen Töpfen verdreifachten oder vervierfachten sich auf völlig undurchsichtige Weise.

Was mich betraf, so arbeitete ich dem Ganzen vorgelagert. Ich sollte Personen auswählen, bei denen die geplanten Maßnahmen auf fruchtbaren Boden fallen würden, weil sie die geeignete geistige Struktur mitbrachten. Ich schlich mich also in schlummernde Netzwerke ein und weckte dort die wütendsten Kräfte auf. Der Anforderungskatalog, nach dem ich dabei vorging, begünstigte jedoch die isoliertesten Ziele: Die dicksten Fische habe ich nicht in den überhitzten Vororten im maghrebinischen Subproletariat an Land gezogen, sondern am Rand der Städte, in gleichsam lauwarmen Zonen, in denen die jungen arabischen Männer nicht in Meuten ihresgleichen groß wurden, sondern wo sie bis zu dem Tag glaubten, zur weißen Mehrheitsgesellschaft zu gehören, an dem sie begriffen, dass das niemals der Fall sein würde. Manchmal wollte ich auch kleine Mörder europäischer Herkunft erschaffen, bin dann aber stets auf dieselbe kategorische Weigerung gestoßen: Die von Montesquiou gesteuerte Verschwörung wünschte sich eine klar zuordenbare Furcht. Quoten, bekam ich zur Antwort, gehörten in amerikanische Spielfilme.

Einen der unersetzlichsten Produzenten unserer kleinen französischen Fiktion fanden wir in Xavier Putéoli, dem Polemiker, der während des Präsidentschaftswahlkampfs Bekanntheit erlangte. Seine damaligen Übertreibungen haben die Rolle ein wenig entwertet, die ihm über die ganze vorhergehende Amtszeit hinweg zukam. Ihm und seinem Stall voller junger, hipper Reaktionäre hatten wir die bestinformierten Artikel über den »neuen Terrorismus« zu verdanken, den unsere Dienste dann so virtuos bändigten.

Ich für meinen Teil operierte in vollkommenster Dunkelheit. Niemand oder fast niemand bei der DCRI wusste von meiner Existenz. Ich habe mir nie vorgemacht, dass ich meinem Vaterland einen Dienst erweise. Die Gründe, aus denen ich die Aufträge angenommen habe, sind leider auch für meinen eigenen Verstand nicht sehr klar zu durchdringen. Aus heutiger Sicht wird es schwer erträglich sein, aber ich glaube, dass ich vom Wunsch zu verstehen angetrieben wurde, von der altehrwürdigen *libido sciendi*. Nun habe ich allerdings noch nie geglaubt, dass man irgendeinen menschlichen Vorgang verstehen kann, indem man sich aus ihm heraushält. Die Bürozeiten passten nicht zu den Forschungen, die mir am Herzen lagen. Also bin ich in die finsteren Abgründe hinuntergestiegen, habe auf meine Weise Höhlenkunde betrieben, oft ohne auch nur das Jugendzentrum zu verlassen, das mir als Tarnung diente.

Und dann hat mich eines Tages, kurz nachdem Chaouch seine Kandidatur bei den Vorwahlen der Linken erklärt hatte, Montesquiou zu sich beordert. Seine Arroganz war ihm abhandengekommen. Vor allen anderen hatte er begriffen, schon am Ende seiner ersten Rede wusste er, dass Chaouch gewinnen würde. Völlig panisch und nachdem er sich mit den anderen Mitgliedern seiner Verschwörung besprochen hatte, wollte er mir eine neue Mission anvertrauen, die ich abgelehnt habe. Natürlich handelte es sich um die Vorbereitung eines Attentats auf Chaouch. Er versprach mir eine beträchtliche Geldsumme, versicherte mir, dass ich über einen nie da gewesenen logistischen Apparat verfügen könne, inklusive der Möglichkeit, direkt nach dem Anschlag unterzutauchen, sogar die Unterstützung eines Sicherheitsoffiziers bot er mir an, den er in die mit dem Personenschutz des zu ermordenden Kandidaten betraute Einheit einschleusen wollte.

Vor fast genau einem Jahr war es dann so weit: Meine kategorische Weigerung hat meinen Meistern nicht gefallen. Montesquiou ging also dazu über, sehr präzise Drohungen auszusprechen. Gegen meine Familie, meine Brüder, meine Mutter. Der einzige Ausweg für mich war, mich ihrem Willen schließlich doch zu fügen. Um sich die Schlagkraft meiner Auftraggeber vor Augen zu führen, genügt es, sich an die Leichtigkeit zu erinnern, mit der sie mich nach dem Attentat in den Staatsfeind Nummer eins verwandelt haben. Mit der einen Hand vernichteten Montesquiou und Boulimier die Beweise für meine Vergangenheit bei der DCRI oder unterwarfen sie einer strengen Geheimhaltungspflicht, mit der anderen schickten sie mir gedungene Mörder auf den Hals, um mich am Auspacken zu hindern. Allerdings hatte ich mir seit dem vergangenen Sommer eine List zurechtgelegt: Statt aus meinem üblichen Reservoir zu schöpfen, um eine menschliche Bombe zu basteln, wollte ich einen Kandidaten als Mörder auswählen, der den Mord nicht begehen konnte, mir aber, nachdem er ihn in letzter Sekunde verfehlt hätte, erlauben würde, das mächtige Komplott zu entlarven, im Rahmen dessen mir der Auftrag zu diesem Mord erteilt worden war.

Ich brauchte einen jungen, formbaren Mann, wütend, aber dennoch extremer Gewalt abgeneigt. Dieses seltene Exemplar habe ich in der

Person meines eigenen Cousins Abdelkrim gefunden. Um ein weiteres Sicherheitsnetz einzubauen, hatte ich beschlossen, dass die 9 mm, die er am Tag X benutzen würde, nur mit Platzpatronen geladen wäre. Ich weiß nicht, wer sie durch scharfe Munition ersetzt hat, ich kann nur vermuten, dass es sich dabei um Romain Gaillac handelt, einen meiner Komplizen, der uns inzwischen verlassen hat. Als Krim dann mit scharfer Munition schoss, machte mich das natürlich zum wichtigsten Verdächtigen. Um den Mördern zu entkommen, die mir Montesquiou auf den Hals gehetzt hatte, musste ich meine alten Netzwerke reaktivieren und meine Dienste noch einmal meinen allerersten Dienstherren anbieten, den Amerikanern. Parallel dazu trat ich in Kontakt zu Montesquious Schwestern, mit einer von ihnen habe ich mich sogar verlobt. Ich wollte verhindern, dass er als Einziger von uns beiden ein Druckmittel in der Hand hatte. Die Geschichte ist mittlerweile ausreichend bekannt, daher will ich hier nicht weiter ins Detail gehen.

Ich erinnere mich, dass Montesquiou überrascht war, als ich ein Mitglied meiner eigenen Familie für das Attentat auswählte. Hat er damals schon etwas geahnt? Wahrscheinlich schon, aber er hat mir gegenüber darüber nie etwas verlauten lassen. Wenn ich unbedingt meinen eigenen Cousin auf die Schlachtbank schicken wollte, sollte es daran nicht scheitern. Seit letztem Sommer habe ich dann sichergestellt, Krim in der Hand zu haben, indem ich es so einrichtete, dass er sich in ein junges Mädchen aus der besseren Gesellschaft verliebte, die Tochter eines mit Terrorabwehr befassten Richters, über die ich im Lauf der vergangenen Jahre einiges an belastendem Material gesammelt hatte. Sehr früh war mir aufgegangen, dass ich bei Krim mit Politik oder Religion nicht sehr weit kommen würde. Nichts war für ihn uninteressanter als diese Fragen. Doch er liebte die Musik. Er liebte seine Familie. In ihm gedieh eine Art unausrottbare Güte. Auf seine Wutanfälle folgten lange trübsinnige Phasen. Er gehörte zu keiner Clique. Sein einziger Freund, Mohammed, genannt der dicke Momo, ermunterte ihn, wieder mit dem

Klavierspielen anzufangen und sich zu verlieben. Der Islam erlangte trotz all meiner Bemühungen keinerlei Einfluss auf seine Gedankenwelt.

Glücklicherweise war sein Vater früh verstorben, infolge von giftigen Dämpfen, die er in der Fabrik, in der er arbeitete, eingeatmet hatte. Über mehrere Monate hinweg setzte ich alles daran, ihn davon zu überzeugen, dass der französische Staat daran die Schuld trug. Ich glaubte, die Lunte hätte gezündet und lenkte seinen Grimm auf Chaouchs Kandidatur, indem ich ihn als Verräter darstellte. Ganz sicher wollte ich nicht erreichen, dass er wirklich auf ihn schoss, er musste es allerdings versuchen. Nur hat dann mein kleiner Bruder am Vortag des Attentats geheiratet, die ganze Familie war versammelt, und ich habe sehr wohl gespürt, dass Krims Herz aufging, dass er wieder einmal sentimental wurde. Schlimmer noch: Er ließ sich von Chaouch beeindrucken, von seinem berühmten Charisma und seinen hoffnungsvollen Reden. Am Ende ist es mir gelungen, ihn mithilfe der niederträchtigsten Methoden nach Paris zu lotsen. Der Rest ist inzwischen allgemein bekannt.

Habe ich Fehler begangen? Ja, ich habe ein reines Herz verdorben und war mir dabei bewusst, dass es das Schlimmste ist, die Besten zu verderben. Hatte ich eine Wahl? Nein, denn ich habe keinen anderen Kandidaten in meinen üblichen Jagdgründen ausfindig machen können, in dem der Wunsch, Chaouch anzugreifen, hätte geweckt werden können.

Kann ich noch in den Spiegel schauen? Weder besser noch schlechter als zu dem Zeitpunkt, zu dem ich mit beiden Beinen in das Leben gesprungen bin, das meins war und es immer bleiben wird, das Leben eines Verschwörers, ebenso sehr Pirat wie Korsar, immer allein, von makelloser Einsamkeit, so rein, glatt und unerbittlich wie die Oberfläche eines Handspiegels.

Ich bereue nichts.

30.

Zwei hochrangige Armeeoffiziere kamen zu ihm, schoben sein Geständnis in eine Akte und nahmen dann seine Informationen bezüglich des genauen Ortes entgegen, an dem sich Scheich Otmans Gruppierung versteckte, bezüglich der Anzahl der Männer und der Art von Waffen, über die sie verfügten. Die Operation »Blume des Djebel« wurde ein paar Stunden später am Sonntagmorgen durchgeführt. Die Blicke der ganzen Welt waren zu diesem Zeitpunkt auf das Pult gerichtet, hinter dem Präsident Chaouch seine »Rede von Saint-Étienne« hielt, nachdem er dafür gesorgt hatte, dass über die verblüffende Zeitspanne von sechsunddreißig Minuten Schweigen eingehalten wurde – eine Minute für jedes Opfer des Attentats in der Rue du Jasmin.

Jasmine flog am frühen Morgen entgegen der Ratschläge ihres Personenschutzes nach Saint-Étienne. Sie wollte eigentlich nichts von der Rede ihres Vaters verpassen, und doch schrieb sie schon nach wenigen Minuten eine Nachricht an Fouad und lauschte dann auf nichts mehr als auf ihren eigenen Herzschlag, während die Sekunden vergingen, die seine Antwort auf sich warten ließ. Sie verabredeten sich in einem Café in der Nähe der Präfektur, das über ein leicht zu sicherndes Hinterzimmer verfügte. Zehn Minuten später entdeckte sie Fouad im Gegenlicht, wie er den Schutzwall ihrer Leibwächter überwand. Er trug eine dunkle Jeans und einen ebensolchen Pulli, weiße Turnschuhe und eine Kappe. Die nahm er beim Betreten des Cafés ab und fuhr sich mit der Hand durch die zerzausten Haare. Jasmine biss sich auf die Lippe, als sie begriff, dass sie ihren Kopf nie mehr in diesem Haar vergraben würde, dessen Geruch und jede Locke sie auswendig kannte. Er wusch sie nur ein Mal pro Woche mit einem Shampoo, dessen Duft fast augenblicklich wieder verflog.

Als er sich ihr gegenüber hinsetzte, wich er ihrem Blick nicht aus. Sie behielt die Hände auf der lederbezogenen Bank und zog sie erst zurück, als sie zu schwitzen begannen.

»Jasmine …«

Sie schloss die Augen, um ihn zum Schweigen zu veranlassen. Daraufhin stand er auf und setzte sich neben sie. Über dem Tresen hing links von ihnen ein Flachbildschirm. Chaouchs Rede neigte sich ihrem Ende zu, während Laufbänder unten im Bild ununterbrochen die stärksten Sätze daraus einblendeten. Fouad fixierte das Symbol für die Stummschaltung, um nicht diese Sätze lesen zu müssen, die ihn zu schmerzlich die Schrecken dieses Wochenendes noch einmal durchleben ließen.

Jasmine hatte beschlossen, keine Träne mehr über ihre Trennung zu vergießen. Dabei hatte sie sich nicht vorstellen können, dass sich diese so vollkommen still und sanft gestalten würde. Fouad berührte ihr Kinn mit den Fingerspitzen und küsste sie auf die Stirn. Hinter der Erschöpfung, die seinen Blick verschleierte, spürte Jasmine, dass er sich verändert hatte. Sie stand auf, nahm seinen Kopf zwischen die Hände und presste ihre Nase in sein Haar, um ein letztes Mal diesen Mann zu riechen, den sie so sehr geliebt hatte. Fouad blieb mit baumelnden Armen sitzen. Sie betrachtete ihn noch ein Mal und ging dann. Er sah, wie sie sich in Richtung des rechteckigen Lichts, das von der Place Jean-Jaurès hereinfiel, entfernte, ohne sich noch einmal umzudrehen.

Am frühen Abend verließ der Präsident die Stadt und traf kurz vor Mitternacht auf dem Flughafen von Villacoublay bei Paris ein, wo gerade das Militärflugzeug gelandet war, das die Geiseln gesund und munter, wenn auch eingewickelt in große, glänzende Wärmedecken, nach Hause brachte. Ungewöhnlich war, dass keine Journalisten auf dem Rollfeld zugelassen worden waren. Florence de Montesquiou und Marieke Vandervroom wurden vom Präsidenten nichtsdestoweniger herzlich umarmt. Er versicherte ihnen, dass sie nicht länger als absolut nötig von den zuständigen Diensten befragt würden.

Als die Uhr an diesem Sonntag zur Mitternacht schlug, stellte Montesquiou in den Räumlichkeiten der Terrorabwehr in Levallois-Perret eine kurze Berechnung an: Er war gerade sechsundzwanzig

Stunden am Stück wach gewesen, hatte mit offenem Kragen auf diesem unbequemen Stuhl gesessen und die Hände auf seine der Trikolore nachempfundene Gürtelschnalle gelegt. Er hatte auf jede nur erdenkliche Weise wiederholt, dass er das Opfer eines Komplotts sei, einer politischen Verschwörung, und dass er nichts sagen werde, bevor er sich nicht mit seinen Anwälten habe besprechen können. Die Ausnahmegesetzgebung, die er stets hartnäckig verteidigt hatte, ließ zu, dass diese Anwälte hier erst nach zweiundsiebzig Stunden auftauchen würden, denn sein Fall berührte die Bereiche Terrorismus und nationale Sicherheit.

Schließlich bot man ihm an, sich für ein paar Stunden auszuruhen. Erleichtert schloss er die Augen. Er spürte, dass er zu schluchzen beginnen würde, wenn er sie nicht sofort wieder aufschlug. Der Kriminalpolizist, der ihn zu seiner Zelle begleitete, kannte den jungen Tyrannen der Place Beauvau noch sehr gut. Er nahm selbst die Leibesvisitation vor, nahm ihm seine Rolex Daytona, seine Slipper und seinen Siegelring ab und zeigte ihm dann zufrieden den Weg in seine Zelle.

»Sie haben etwas vergessen«, rief Montesquiou ihm hinterher.

Es würde nie ganz aufgeklärt werden, ob der Kriminalpolizist ihn nicht hörte oder nur so tat. Als er schließlich allein auf der Pritsche in seinem Käfig aus Glas und Beton saß, zog Montesquiou selbst seinen ADN-Gürtel aus den Schlaufen, betrachtete das Trikolore-Motiv und dachte über den Fortgang der Ereignisse nach, ganz wie er es immer getan hatte. Im Geist ging er die Liste seiner fanatischsten Anhänger durch; er dachte über Argumente und Formulierungen nach, über Drohungen, mit denen er denjenigen den Arm auf den Rücken drehen konnte, die sich auch nur im Geringsten widerspenstig zeigten. Da er ein eifriger Leser anonymer Hinweise und vertraulicher Berichte war, kannte er eine beträchtliche Anzahl beschämender Geheimnisse über eine ganze Reihe mächtiger Leute. Ohne jeden Zweifel konnte er die Republik noch immer zum Schlottern, konnte sie sogar zu Fall bringen.

Wozu war die Republik denn überhaupt noch gut, wenn er nicht mehr zu ihrem Herrn und Meister werden konnte?

Er stand auf und ging fünf Mal in seiner Zelle hin und her. Dann hockte er sich unvermittelt gegen die Plexiglasscheibe gelehnt hin. Sein patriotischer Gürtel lag noch immer auf der Pritsche. Er untersuchte die Beschaffenheit der Decke und bemerkte eine Unebenheit, die er als Haken benutzen konnte. Eine Stunde später fand man ihn daran erhängt.

EPILOG

Familientreffen

An diesem Morgen fühlte Fouad sich ein bisschen verloren, als er durch die Straßen seiner Heimatstadt ging. Er war sonst nie so früh im Stadtzentrum unterwegs, und alles überraschte ihn: Er verstand nicht, woher die Sonne kam, die länglichen Schatten ähnelten denen der Abenddämmerung, das Licht war noch jung, aber die Luft wirkte tranig, reich und alt wie am Ende des Tages. Und doch ging alles erst los. Es war die Uhrzeit, zu der alle Passanten irgendwohin unterwegs waren. Ihre Gesichter waren frisch und parfümiert, an ihren Mündern klebten noch Zahnpastareste, ihre Augen waren noch ganz verquollen vom Schlaf, aus dem sie gerade erst erwacht waren. In den Bäckereien waren die Schaufenster voller warmer, knuspriger Gebäckstücke. In den Brasserien röchelten ohne Unterlass die Kaffeemaschinen. Vor den Geschäften parkten Lastwagen in zweiter Reihe, um ihre Montagsware auszuliefern. Die Auslagen waren zum Großteil noch dunkel, die Rollgitter erst zur Hälfte hochgekurbelt. Fouad lief an sperrangelweit offenen Eingangstoren vorbei, vor denen die Hausmeister eimerweise nach Chlor riechendes Seifenwasser ausgossen. Als er die Steigung Richtung Beaubrun hinaufging, blieb er vor dem staubigen Schaufenster eines Möbelgeschäfts stehen. Es hatte geöffnet, es saß sogar schon ein Kunde darin, mitten auf einem Ecksofa in beigefarbenem Kunstleder, von dem aus man direkt auf die Straße blicken konnte.

Dieser reglos dasitzende junge Mann war sein Cousin Raouf, den er seit dem Samstag der Hochzeit nicht mehr wiedergesehen hatte. Fouad winkte ihm zu, doch Raouf bemerkte ihn nicht. Fouad stieß daraufhin die Tür des Geschäfts auf, die Glocke läutete; Raoufs Kopf folgte unwillkürlich der Bewegung, ohne noch zu reagieren, bis Fouad schließlich neben ihm stand, genau an der rechtwinkligen Ecke des Sofas. Endlich erkannte Raouf seinen Cousin und entschuldigte sich bei ihm: In letzter Zeit grüble er zu viel. Er brauchte einige Sekunden, um seine Ticks und sein geschäftsmäßiges Lächeln wiederzufinden. Er erklärte, dass die Großmutter ihn losgeschickt habe, um neue Möbel zu kaufen. Sie brauchte Veränderung. Sie alle brauchten Veränderung.

Um dem Blick seines Cousins nicht standhalten zu müssen, fing Raouf an, an den Kissen herumzukneten; er umrundete das Sofa, um mit enttäuschter, unzufriedener Miene Winkel und Struktur zu begutachten. Er wollte schon mit einer Brandrede über den schlechten Geschäftssinn der hiesigen Leute im Vergleich zu London loslegen, wo er lebte und sehr ordentlich verdiente; ihm fiel sogar eine Anekdote über ein Couscous-Restaurant in der Rue de la Ville, nicht weit von hier, wieder ein, in dem man sich geweigert hatte, ihn zu bedienen, weil der Laden theoretisch erst eine halbe Stunde später öffnete. Doch er hielt sich zurück. Auf Fouads Gesicht lag ein Ausdruck, den er noch nie bei irgendwem gesehen hatte und den er nicht hätte beschreiben können. Stattdessen erklärte er ihm, wie leid es ihm tat, von der Krankheit seiner Mutter zu hören. Fouad breitete die Arme aus und drückte seinen Cousin an sich. Die Umarmung dauerte lang genug, um die Aufmerksamkeit des Ladenbesitzers zu erregen. Raouf war vor lauter Emotionen ganz rot angelaufen. Fouad und Nazir, den beliebtesten Familienmitgliedern gegenüber hatte er immer unter Minderwertigkeitskomplexen gelitten. Durch sein Londoner Exil und seine halal Restaurantkette war Raouf eigentlich fein raus, aber er musste sich dennoch ununterbrochen beweisen, er musste die Stimme erheben, um sich bei Familienfeiern im allgemeinen Gesprächslärm Gehör zu verschaffen, und er musste sich provokante und überzogene Thesen ausdenken, um Gespräche anzuzetteln, in deren Zentrum er stand. Bei Fouad und Nazir genügte hingegen die reine Anwesenheit, um die Beschaffenheit der Atemluft zu verändern.

Der junge Unternehmer konnte das aufs Neue beobachten, als er eine Viertelstunde später die Tür zur Wohnung der Großmutter aufstieß (eine Viertelstunde seliges und friedvolles Geplauder auf den Straßen ihrer Kindheit, ohne die Themen anzusprechen, die sie verdrießen konnten, ja sogar ohne den teuflischen Beigeschmack dieser Themen). Raoufs Eltern waren ebenfalls gekommen, als sie gehört hatten, dass ihr Sohn eine Überraschung mitbringen würde. Sie drängelten sich bereits im Flur hinter der Großmutter, die Fouad am Nacken packte und ihn umarmte, bevor sie ihn mit ihrer legendären Energie in ihr kleines Wohnzimmer führte, in dem sich all die Nerrouches stapelten, die nichts mehr von Rabia, Dounia oder ihren seltsamen, schwierigen Kindern hatten hören wollen, die auf Politiker schossen und Aufmacher der Fernsehnachrichten waren.

Tränen flossen, es hagelte Küsse und nur sehr wenige Fragen. Der Name Nerrouche war reingewaschen, Nazir war untergetaucht, vielleicht war er tot, das würde man wahrscheinlich niemals erfahren und wollte es auch gar nicht mehr wissen. Fouad ließ sich eine Tasse Minztee reichen und schaute ihr beim Rauchen zu, während er an Krim dachte, wie er drei Wochen zuvor gedankenversunken auf demselben Sofa gesessen hatte. Alle machten sich für einen Besuch bei Dounia im Krankenhaus bereit, was Fouad dazu nutzte, um sich in der Wohnung umzusehen, in der er eine nicht bestimmbare Anzahl von Samstagnachmittagen verbracht hatte. Vor dem Schlafzimmer der Großmutter blieb er stehen und atmete die mit Kölnisch Wasser gesättigte Luft ein, mit dem sie sich seit den Fünfzigerjahren des vergangenen Jahrhunderts besprengte. Er folgte noch einmal dem Weg, den Krim vor drei Wochen genommen hatte, bevor er zur Hochzeit aufgebrochen war: von der dunklen Diele, in der das Foto der Kaaba hing, bis in die Küche mit dem alten, mit rot-weiß karierten Rüschen verzierten Henkelkorb. Dann trat er auf den Balkon hinaus, von dem aus man die Abraumhalden der Mine du Clapier sehen konnte, der »zwei Berge bei Oma«, wie Krim sie nannte. Fouad schob die Glastür auf und rieb sich mit den Händen übers Gesicht. Aufgestützt auf dieses Geländer hatte er mit seinem kleinen Cousin gesprochen, er hatte ihn bezaubert, beeindruckt, hatte sich von ihm eine Zigarette geschnorrt und sie mit seinen schönen, blumigen Gesten geraucht – er hatte versagt, er hatte ihn nicht retten können.

Ihr Anwalt hatte Fouad am Vortag angerufen, nachdem die Nachricht vom Tod Montesquious bekannt geworden war und – infolgedessen – dann auch die Auflösung der ADN. Er hatte ihm gegeben, was die Anwälte ab ihrem ersten Fall lernen, nur mit absoluter Sparsamkeit zu erwecken: Hoffnung. Krim war achtzehn Jahre alt. »Ich werde ihn da rausholen«, hatte er mit seiner allertiefsten Stimme gesagt. »Das verspreche ich Ihnen.«

Unversehens schwoll der Verkehrslärm an. Der Wind hatte aufgefrischt und trug nun das Jaulen der Sirenen durch das gesamte Viertel. Fouad glaubte, dass es gleich wieder losgehen würde, dass man sie erneut verhaften und in Gewahrsam nehmen würde, wie am Tag nach dem Attentat. In der Ferne blitzten stumme Blaulichter auf. Die Straße, die in den Boulevard périphérique mündete, war von Einsatzwagen der Bereitschaftspolizei blockiert. Da fielen Fouad die Hinweise ein, die er in der Innenstadt gelesen hatte: Der gesamte Bereich um die Hauptstraße war ab Mittag für den Verkehr gesperrt, da eine von der Präfektur genehmigte Demonstration angesetzt war. Er atmete durch. In diesem Moment erschien ein Motorrad an der Straßenecke. Erst schien es direkt unter seinem Balkon anzuhalten, doch bald sah Fouad, wie es die Mediothek umrundete und in Richtung der Umgehungsstraße, der Abraumhalden und der Autobahn davonbrauste.

Eine Minute später schickte Marieke ihm ein Bild: ein Selfie, auf dem er nur ihre großartigen blauen Augen sah, die noch verschmitzter dreinblickten als bisher. Ihr Hals steckte in einer Krause. Im Hintergrund konnte man den Ozean, Palmen und ein grünes Schild mit der Aufschrift »Venice Beach« erkennen. Eine zweite Nachricht traf ein, während Fouad das verliebte Lächeln wieder loszuwerden versuchte, das sein Gesicht erobert hatte.

»Ich habe die ganze Woche nur an dich gedacht. Ich bin gerade in Los Angeles gelandet. Ruf mich an, wann immer du willst, und komm nach, sobald du kannst.«

Gegen Ende des Vormittags bildeten sich Menschenaufläufe in allen Städten und allen Dörfern Frankreichs. Um die Mittagszeit setzten sich mehrere Hunderttausend Personen in Bewegung, ausgehend von der Place de la République in Paris oder von der Place du Peuple in Saint-Étienne. Zwei Stunden später marschierten Millionen Franzosen, ohne dass es eine allgemeine Aufforderung gegeben hätte. Hier und da trugen sie Transparente, die der Polizei nüchtern ihren Dank für ihre Effizienz aussprachen und an die Verstorbenen erinnerten, Opfer einer Art Hass, die man eigentlich für etwas aus einer längst vergangenen Zeit gehalten hatte: die drei Bereitschaftspolizisten, die beiden kaltblütig abgeschlachteten Journalisten, nur weil sie Juden waren oder dafür gehalten wurden, und die einunddreißig französischen Staatsbürger, deren einziges »Unrecht« darin bestanden hatte, an den muslimischen Gott zu glauben.

In unserem von Demonstrationen, wortgewandten Slogans und heiligem Zorn begeisterten Land fiel dieser Marsch durch die Stille, den Ernst und die Buntheit der Männer und Frauen, die an ihm teilnahmen, aus dem Rahmen. In Paris hatte Chaouch abgelehnt, sich ihm anzuschließen, um nicht den Eindruck zu erwecken, sich eine Bewegung zu eigen zu machen, die ebenso überraschend wie spontan entstanden war. Esther und Jasmine wurde wegen offensichtlicher Sicherheitsbedenken von einer Teilnahme abgeraten, doch sie verpassten vor dem Flachbildschirm in den Privaträumen des Élysée eng aneinandergeschmiegt keine Sekunde davon. Die kreisenden Hubschrauber legten von einer Mobilisierung Zeugnis ab, die der Befreiung von Paris würdig gewesen wäre. Eine großartige Menschenflut pulsierte durch die Haussmann'schen Arterien, von West nach Ost, von der Porte Saint-Denis bis zur Place de la Nation.

Gegen drei Uhr Nachmittag betrat ein Amtsdiener die Wohnung der Chaouchs; steif wie eine Weide teilte er der First Lady mit, der Präsident wünsche, dass sie aus dem Fenster sehe. Mutter und Tochter gingen gemeinsam hinüber und sahen unten Idder in Hemdsärmeln auf einen Stock gestützt dastehen. Er war gerade fünfzig Meter zu Fuß gegangen und winkte nun zu ihnen hinauf.

In Strasbourg-Saint-Denis ging Richter Wagner mit seiner Frau untergehakt spazieren, mit der er sich gerade wieder versöhnt hatte. Aurélie hatte es vorgezogen, allein zu marschieren, und trug in der dichten Menge die Fackel ihrer hellen Haarpracht vor sich her, die die gesamte Aufmerksamkeit der Sonne auf sich zu ziehen schien. Zur gleichen Zeit schoben sich ihre Eltern Zentimeter für Zentimeter von der Porte Saint-Martin zur Place de la République, wo der Marsch offiziell starten sollte. Sie kamen nie weiter als bis zum Anstieg des Boulevard Saint-Martin, entdeckten aber von Weitem den dichten Bart des Kommandanten Mansourd, der einen marineblauen Rollkragenpulli trug und nach Auffassung Madame Wagners darin Kapitän Haddock ziemlich ähnlich sah.

In Saint-Étienne hatte der alte Ferhat Nerrouche trotz der brütenden Hitze seine schönste Uschanka aufgesetzt. Junge Unbekannte boten dem lächelnden Chibani für ein paar Meter ihren Arm zur Stütze an, nach denen er sich dann selbst wieder von ihnen verabschiedete, um sie nicht mit seinem andauernden Summen kirre zu machen. Die Menge war so dicht, dass es anderthalb Stunden dauerte, um den von Zürgelbäumen gesäumten Rathausplatz zu überqueren, denselben Platz, auf dem sich die Familie vor einigen Wochen vollzählig versammelt hatte, um Slims Hochzeit zu feiern. Slim war inzwischen schon wieder geschieden; er ging Hand in Hand mit einem bärtigen jungen Mann. Ferhat neigte sich zu einer seiner Nichten, die der Meinung war, dass er doch ein bisschen übertrieb, sich so offen den Blicken von ganz Saint-Étienne zu präsentieren! Der alte Onkel war ein Philosoph und ein Spieler: Er behauptete, dass er schon immer gewusst habe, dass Slim lieber Jungs möge, und schien ehrlich entzückt darüber zu sein, dass er sich nun nicht mehr versteckte.

Ein bisschen weiter entlang der Hauptstraße, etwa auf Höhe der Präfektur, fächelte sich Tante Zoulikha mit ihrer alten Aufenthaltsgenehmigung Luft zu. Sie hatte lange gezögert, bevor sie ihre Wohnung verlassen hatte. Sie befürchtete, dass man nur ihre Krampfadern bemerken würde, die sich hinten an den dicken Köchinnenfesseln gebildet hatten, einer tapferen und großzügigen Köchin, die einen ganzen Tag lang ununterbrochen auf den Beinen bleiben und Couscous für eine ganze Kompanie undankbarer Mägen zubereiten konnte. Und zwar normalerweise ganz alleine, da ihre kleinen Schwestern sich stets als furchtbar faul erwiesen hatten. Bouzid hatte darauf bestanden, sie zu begleiten. Er trug eine falsche Ray-Ban-Sonnenbrille, um die aufwallenden Tränen zu verbergen, die ihm diese Versammlung zu Ehren der Opfer in die Augen trieb. Er hatte sie fast alle gekannt, wenigstens vom Sehen.

Nachdem sie sich früher am Tag von ihrer Lieblingsschwester verabschiedet hatte, ging Rabia unter dem Pont de Carnot hindurch und hörte ihre Tochter erzählen, dass Krims Videos, die sie ohne sein Wissen online zugänglich gemacht hatte, inzwischen einigen Buzz erzeugten, vor allem seine Coverversion von *Family Business* von Kanye West, das auf Youtube schon mehrere Zehntausend Mal angeklickt worden war. Rabia konnte kaum ihr eigenes E-Mail-Postfach öffnen, also bat sie um eine Übersetzung. Luna nestelte an den Enden ihres Kopftuchs herum und rief, dass Krim gerade zum Internetstar wurde, auch wenn niemand seinen echten Namen kannte: Nur seine Hände waren zu sehen … Rabia verbesserte sie: Also wurden Krims Hände gerade zu Stars! Lunas Augen leuchteten auf. Es war der erste Scherz, zu dem sich ihre Mutter hatte hinreißen lassen, seit Dounia im Sterben lag.

Weit weg vom Marsch hatte Dounia ihren Sohn in ihrem Zimmer im Trakt für Lungenheilkunde des Nordkrankenhauses darum gebeten, trotz der Anweisungen der Krankenschwester das Fenster zu öffnen. Ein letztes Mal wollte sie die Bäume sehen, den Wind in den Bäumen und die Sonne spüren, die das um diese Jahreszeit noch grelle Grün der Blätter zum Flackern brachte. Fouad hatte sich für den Fall der Fälle erklären lassen, wie man die Morphiumdosis erhöhte. Doch das Morphium zeigte bei seiner Mutter keinerlei Wirkung mehr. Ihre Haut war von einer erschreckenden Blässe, die im Vergleich dazu ihre Lider und Mundwinkel umso dunkler erscheinen ließ. Bisweilen schloss sie lange die Augen, bevor sie sprach; doch sie sagte dann niemals mehr als zwei Worte, und die mit einer Stimme, die zu schwach war, als dass sie die Barriere ihrer zusammengebissenen Zähne hätte überwinden können. Sie hatte Angst und behauptete dennoch, dass sie keine Angst habe und dass sie bald wieder bei »Papa« sein würde. Fouad musste daran denken, dass sie nur für ihre Kinder gelebt hatte, und zwar so sehr, dass sich der Name ihres Ehemannes unmerklich mit seiner Eigenschaft als Vater vermischt hatte.

Jemand klopfte an. Fouad stand von dem Stuhl auf, auf dem er gerade eine ganze Stunde lang reglos oder fast reglos gesessen hatte. Seine Beine waren schwer. Ein Mann im marineblauen Anzug trat ein. Die Hand hatte er auf das Holster gelegt, das den Stoff seines Jacketts ausbeulte; er sah nur das offene Fenster: »Das müssen wir wieder zumachen, hm?«

Er schwenkte ein Walkie-Talkie und bellte Anweisungen hinein. Fouad ging zum Fenster und schloss es. Auf der Betonfläche des Parkplatzes unten suchte ein Dutzend Zivilpolizisten die Umgebung ab.

Dounia rief ihren Sohn zu sich: »Fouad?«

Er drehte sich um, um ihr zu antworten. Doch Nazir war gerade in der Tür erschienen. Dounia folgte Fouads Blick und sah ihren ältesten Sohn auf sich zukommen. Ein Lächeln erschien auf ihren von der Krankheit ausgebleichten Lippen. Nazir nahm sich einen Stuhl und rückte ihn rechts neben seine Mutter, während Fouad sich wieder auf seinen Platz zu ihrer Linken setzte. Dann ergriffen sie jeder eine Hand dieser Frau, die sie zur Welt gebracht hatte.

Sie hob den Zeigefinger ihrer rechten Hand, zeigte zur Decke und murmelte, wobei sie die Augen diesmal offen ließ und vom einen zum anderen ihrer Söhne blickte, ohne dabei ihr Lächeln zu verlieren: »Meine kleinen Wilden …«

Das Lächeln erstarrte, ihr Atem versiegte. Dann schloss sie für immer die Augen.

Politik und Intrige –
die große französische Familiensaga

ISBN 978-3-453-27119-7

HEYNE ENCORE

Leseprobe unter **heyne-encore.de**

NOCH MEHR **HEYNE ENCORE**

»Ein Ausnahmeroman!«
Karl Ove Knausgård

ISBN 978-3-453-27073-2

Das mutigste Orchester
der Welt

ISBN 978-3-453-27102-9

Geduld ist die Tugend
des Jägers

ISBN 978-3-453-27111-1

Der große New-York-Roman
des Hollywood-Stars

ISBN 978-3-453-20114-9

HEYNE ENCORE

heyne-encore.de